www.ingramcontent.com/pod-product-compliance
Lightning Source LLC
Chambersburg PA
CBHW070507160726
48003CB00004B/1460

תנועת האחים המוסלמים
נסיבות התפתחותה ויסודה

אודות
מרכז טרינדס למחקר וייעוץ

"מרכז טרינדס למחקר וייעוץ" הנו מוסד מחקר עצמאי, אשר נוסד בשנת 2014 ועניינו העיסוק בראיית הנולד במישורים האסטרטגיים, הפוליטיים והכלכליים ולעקוב אחר סוגיות אוניברסליות המשותפות לכלל האנושות. המרכז פועל לניתוח הזדמנויות ואתגרים במישורים הגיאופוליטיים האקטואליים על משתניהם הפוטנציאליים, תוך ניסיון להגיע אל תשובות ופרשנויות מדעיות ועניניות, שיש בהן לתרום להשפעה על מגמת האירועים תוך שמירה על אורייינטציה של ניתוח, ביקורת ומבט אל העתיד.

המרכז מציג מחקרים רציניים עם ממדים של ניבוי העתיד ומציע אלטרנטיבות אפשריות שיש בהן לסייע למקבלי ההחלטות להתוודע אל ההתפתחויות האזוריות והבינלאומיות בצורה יותר מעמיקה על מנת להפיק תועלת מהאפשרויות שהתפתחויות אלה מזמנות. המרכז עוקב גם אחרי המגמות והשינויים האסטרטגיים, הכלכליים האזוריים והבינלאומיים ומנבא את השפעותיהן העתידיות על פי סטנדרטים מדעיים מוכרים ברמה הבינלאומית במוסדות מחקר מדעי מכובדים.

תקציר

- תנועת האחים המוסלמים נוסדה בשנת 1928 ע"י חסן אלבנא, שבאותה עת עבד כמורה בבית ספר יסודי בעיר אלאסמאעיליה כאשר מצרים הייתה תחת השלטון הבריטי.

- הופעת תנועת האחים המוסלמים הייתה פועל יוצא של שינויים חברתיים, דמוגרפיים, תרבותיים, כלכליים וחברתיים שמצרים חוותה במהלך השליש הראשון של המאה העשרים. שילוב של שינויים אלה יצר את הסביבה שהניעה התפתחות תנועות חברתיות ודתיות שונות, שפעלו לשינוי מצב זה, במיוחד לאור הכישלון של האליטות השולטות למצוא מענה אפקטיבי לבעיות שהיו נפוצות בחברה באותה עת.

- תנועת האחים המוסלמים הצליחה לנצל את המצב החברתי, הכלכלי והפוליטי שרווח במצרים בשליש הראשון של המאה העשרים כדי לבנות לעצמה מרקם חברתי תומך בקרב שכבות האוכלוסייה המוחלשות והמודרות, אשר האמינו ברעיונותיה והשקפתה.

- המצב הכלכלי הירוד, היעדר הצדק החברתי והבדלי המעמדות החריפים השליכו על המצב החברתי של רוב האוכלוסיות בחברה המצרית, אשר חוו הדרה ועוני במהלך השליש הראשון של המאה העשרים וסביבה זו סללה את הדרך להופעת תנועת האחים המוסלמים.

- ריבוי התנועות המיסיונריות במצרים של אותה עת היה סיבה נוספת להופעת תנועת האחים המוסלמים, שכן מייסד התנועה, חסן אלבנא, ניצל מצב זה ויצא נגד תנועות אלו.

- החינוך היה ציר חשוב בחזון השינוי של חסן אלבנא ותנועתו והם פעלו באופן אינטנסיבי במישור הזה ודרשו בתכיפות לשפר את מצב החינוך המידרדר בצל השליטה של הבריטים במצרים. על כן, החינוך היה ועודנו האמצעי המועדף על האחים המוסלמים להפצת רעיונותיהם ותורתם.

- ההקשר ההיסטורי בו הופיעה תנועת האחים המוסלמים התאפיין בפעילות רוחנית, פוליטית והתאגדות חברתית אינטנסיבית, אשר באה לידי ביטוי במאבק שהתנהל בין זרמים שונים סביב סוגיות של זהות, מודרניזם, אופי המשטר ותהליך הפיתוח. הזרם המודרניסטי שדגל בפתיחות כלפי המערב היה מהגורמים החשובים שהובילו להופעת קבוצות דתיות המתנגדות לחזון זה ומציעות חזון אסלאמי אלטרנטיבי שטמן בחובו אג'נדה פוליטית.

- שורשי החזון והרעיונות שאימצה תנועת האחים המוסלמים ניזונים מאוטוריטות עתיקות כמו הפילוסופיה של קבוצת אלח'וארג' (החורגים), התיאולוג אבן תימיה ואוטוריטות חדשות שהתמקדו בעיקר בחלוצי התחיה האסלאמית, כמו ג'מאל אלדין אלאפע'אני, מוחמד עבדו, מוחמד רשיד ריצ'א ואבו אלאעלא אלמוודודי.

- מתחילת הקמתה, תנועת האחים המוסלמים התארגנה במסגרת מבנה מנהלי הדוק עם סדר הירכי המורכב מתאים, יחידות מנהלתיות ואזוריות ומוסדות מרכזיים. אחד מהמוסדות הללו הפך זרוע צבאית שנקראה "המנגנון המיוחד". לתנועת האחים המוסלמים רשת של פעילויות ומפעלים חברתיים, חינוכיים וכלכליים לצד תכנית חינוכית לחברים החדשים. מבנה סודי ריכוזי זה והסדר ההיררכי עודם קיימים עד יומנו זה.

- החל מתקופת יסודה בשנת 1928 ועד המהפכה של 1952, תנועת האחים המוסלמים הושפעה מרעיונות קלאסיים ישנים שהגה מייסד התנועה חסן אלבנא, אשר התמקדו במישור ההטפה וניסיון לאסלם את החברה ולפתח באופן הדרגתי ורב שלבי אבטיפוס של משטר אסלאמי.

- סייד קוטוב, התיאורטיקן של תנועת האחים המוסלמים, הציג תפיסה אדוקה המתנגדת ללאומיות החילונית ההולכת ומתרחבת במצרים של אותה עת, שכן הוא היה האסלאמיסט הראשון שהכריז מלחמה תרבותית נגד המערב, מה גם שהוא האמין שהחברות האסלאמיות שבו אל מצב אלג'אהליה (התקופה הקדם אסלאמית) ששררה בחצי האי ערב טרם הופעת האסלאם. בספריו הוא מתאר פגמים, עושק, הידרדרות מוסרית, רודנות של האדם והיאחזותו בשלטון באופן שאפשר לו לחוקק חוקים ולקבוע אמות מידה של צדק ואמת על פי ראייתו ובהתאם ולאינטרסים שלו.

- רבים הם האנשים המרכזיים אשר תרמו במידת מה להתפתחות תנועת האחים המוסלמים ולקביעת האג'נדות הכלליות שלה, אולם חסן אלבנא וסייד קוטוב הם שני האנשים החשובים ביותר; הראשון הניח את היסודות הארגוניים והאידאולוגיים של התנועה וקבע את מטרותיה הכלליות, ואילו רעיונותיו של השני הניחו את היסודות שמהן שאבו כלל ההתארגנויות הרדיקליות והטרוריסטיות את הנימוקים לפעילות טרור והסתה להפלת המשטרים השולטים.

- הרעיונות והאידיאולוגיה שחסן אלבנא הגה מבטאים את היסודות עליהם נשען המבנה הארגוני והמנהלי של תנועת האחים המוסלמים. מבנה זה פעל ליישם רעיונות אלה במציאות, ובמיוחד בכל הקשור לפרויקט הפוליטי שמטרתו לתפוס את השלטון ולהיות אדוני העולם.

תוכן עניינים

תנועת האחים המוסלמים: נסיבות התפתחותה ויסודה

מבוא

במהלך העשורים הראשונים של המאה העשרים העולם הערבי עבר שינויים יסודיים פוליטיים, חברתיים וכלכליים, אשר השפיעו על כיווני המחשבה הערבית. עולם ערבי זה התאפיין בריבוי אידיאולוגיות, אשר הובילו במהלך העשורים האחרונים להגמוניה של הפונדמנטליזם האסלאמי ונסיגת הליברליזם, הסוציאליזם והנציונליזם. כך האסלאם הפוליטי הפך לחלק חשוב בהיסטוריה של האזור הן מעמדתו כאופוזיציה והן מעמדתו כשלטון אחראי כפי שהדבר בא לידי ביטוי במקרים של מצרים וטוניסיה בעקבות המאורעות של מה שנקרא "האביב הערבי".

מסה עצומה של חיבורים אקדמיים ועיתונאיים התפרסמה באינטנסיביות סביב סוגיית האסלאם הפוליטי בשפה הערבית ובשפות זרות, יחד עם זאת עדיין יש צורך לחשוף יותר מידע על אודות הנסיבות הסובייקטיביות והאובייקטיביות שמתוכן צמחו תנועות אסלאמיות ואשר זירזו התפשטות תנועות אלה באזור ובעולם, במיוחד לנוכח העניין המוגבל של חוגים אקדמיים בהערכת הזיקות החברתיות והפוליטיות של התנועות האסלאמיות.[1]

בהקשר זה תנועת האחים המוסלמים מהווה תנועת אם עבור מגוון ארגונים פוליטיים בעלי זיקה אסלאמית בעולם ומשמשת דוגמא חיה עבור מנהיגיהן ואוטוריטה עליונה להזנת האידיאולוגיות שלהן; זוהי תופעה פוליטית-דתית-חברתית רחבת תפוצה, שלה מגוון משימות ופונקציות. התנועה הוקמה במצרים

---

1. ראה:

Masoud, Tarek, Counting Islam: Religion, Class, and Elections in Egypt. Cambridge University Press, 2014.p5.

2. יש מחלוקת לגבי הערכת מספרם של האחים המוסלמים במצרים, שנע בין 500 עד 2.5 מיליון חברים. מחקר של החוקר צ'יאא' רשואן ממרכז אלאהראם למחקרים אסטרטגיים קובע שמספר החברים בתנועת האחים המוסלמים במצרים נע כעת "בין שניים עד 2.5 מיליון חברים". דוח אחר אודות משקלם של הכוחות הפוליטיים במצרים, אשר התפרסם בעיתון אלאהראם בתאריך 8 באוקטובר 2005 מציין כי האחים המוסלמים מונים 750 אלף חברים. ראה: https://bit.ly/3nxFWF8

בשנת 1928 ע"י חסן אלבנא והתפשטה וחלחלה במידה רבה[2] אל תוך הגיאוגרפיה של העולם האסלאמי ממזרח וממערב[3] והשפיעה באופן יסודי על ההתפתחויות הפוליטיות ועל צורת השלטון במספר מדינות בעולם האסלאמי.

לפיכך, העניין המחקרי והאקדמי בתנועת האחים המוסלמים מתחדש תדיר, וזאת בשל התפקידים המתרבים שהיא ממלאת בכל הקשור לעיצוב משטרים בזירה הלאומית ולהשפעתה על האיזונים האזוריים וההשלכות של כל אלה על עתיד הביטחון הקולקטיבי של האזור. ייתכן שמאורעות מה שנקרא "האביב הערבי", אשר מוטטו כמה מהמשטרים במהלך העשור החולף, זימנו לכוחות האסלאם הפוליטי הזדמנות יקרה להתמקם בזירה הפוליטית של המדינות ולשאוף לתפוס את מקומם של משטרים קורסים. זה מה שהתחולל בטוניסיה בעקבות מהפכת 17 דצמבר 2010 וגם במצרים כאשר האחים המוסלמים עלו לשלטון לאחר שרכבו על מהפכת 25 ינואר 2011 וקטפו את פירותיה למרות שלא היו שותפים ליצירתה, בדומה לתנועת אלנהצ'ה בטוניסיה. אלא שהתקוממות הרחוב המצרי שוב ביום 30 יוני 2013 נגד המשטר הטוטליטרי של התנועה אפשר לצבא לתפוס את המושכות ומנע מהמדינה מפגש עם הגורל הטראגי של מדינות כמו לוב, סוריה ותימן.

סכנת תנועות האסלאם הפוליטי משתקפת באופורטוניזם שלהן, שכן הן מנצלות דרישות לגיטימיות של שכבות אוכלוסייה נרחבות ודתיות אינהרנטית של שכבות אלה כאמצעי להשתלטות על מוסדות הממשל של המדינה. כמוכן, הסכנה של תנועות אלה מתבטאת בגישה הטוטליטרית והמדירה, אותה הן מנסות לכפות על החברה לצד מיומנותן ביצירת רישות חברתי וגיוון שיטות גיוס שכבות אוכלוסייה שונות והנעתן לטובת יישום האג'נדות שלהן.

הסכנה של תנועת האחים המוסלמים אינה מאיימת רק על העולם הערבי והעולם האסלאמי, אלא חוצה אותם לעבר איום על אזורים אחרים בעולם,

---

ובמיוחד אירופה, שבה חיים מיעוטים מוסלמים אקטיביסטים וחשובים. גל הטרור שחוו מדינות המערב רק ממחיש את האיום הנשקף מקבוצות אלה ומכל מי שהולך בדרכן ומאמץ את האידיאולוגיה שלהן. לתנועת האחים המוסלמים יש זיקות היסטוריות לפעילות אלימה. סייד קוטוב, התיאורטיקן של תנועת האחים המוסלמים, תרם רבות להפצת רעיון הגדרת חברות כחברות של כופרים לשם הפיכת המשטרים הקיימים. תיאוריית "שרשרת ההובלה" מצביעה על כך שתנועת האחים המוסלמים העלתה מספר רב של תנועות על הדרך המובילה אל הקצנה, וכתוצאה מכך הגדילה את מספר הטרוריסטים הפוטנציאליים בעוד שהספרות של התנועה ממשיכה להלל את סייד קוטוב ואת מורשתו.

לצורך הבנה יותר נרחבת של סוגיית האסלאם הפוליטי, מרכז טרינדס למחקר וייעוץ (TRENDS Research & Advisory), מייחד סדרה של מחקרים ייעודיים על תנועת האחים המוסלמים, שהראשון בהם מונח בידיכם ועוסק בנסיבות שבתוכן התפתחה ונוסדה תנועת האחים המוסלמים, תוך הסברת השפעתם של משתנים שונים במגוון רבדים על גיבוש חזונה ומשאביה הרוחניים.

1- חשיבות המחקר:

חשיבותו של המחקר הנוכחי היא בהצגת פרספקטיבה מקיפה לגבי התפתחות תנועת האחים המוסלמים בהקשר ההיסטורי, החברתי והפוליטי עם דגש על הסמכויות הרוחניות והגורמים האחראים להופעתה והתפשטותה, וזאת מתוך הכרה בחשיבות העבר לשם הבנת האינטראקציות העכשוויות ולשם ויסותן והכוונתם אל המסלול התקין. בנוסף, המחקר מאפשר לקורא, הן כחוקר מומחה, פקיד אחראי או קורא מן השורה שעוקב ומתעניין, לגבש תמונה מציאותית לגבי האפקטיביות הארגונית של התנועה וכיצד תנועה זו מקיימת אינטראקציה עם החברה ומה הגורמים להצלחתה.

2- מטרת המחקר:

המחקר המוצע תורם בצורה אקטיבית לפענוח קוד ההקצנה והאלימות לטובת ביטחון ויציבות חברתית, כאשר תרומה זו מבוססת על ידע מדעי וניתוח צלול ויציב, מה שמאפשר הבנה טובה יותר של הגורמים המשפיעים על הלידה הארגונית והאידיאולוגית של תנועת האחים המוסלמים. כל זאת למען הצגת ניתוח נכון של התפתחות תופעת האסלאם הפוליטי בכלל ולשם ניבוי עתידה של תופעה זו לאור ניסיונות העבר.

3- שאלות המחקר:

מחקר זה מנסה לענות על שתי שאלות עיקריות:

- מה הן הנסיבות שהקיפו את התפתחות תנועת האחים המוסלמים?

- כיצד התגבשו הסנוניות הראשונות של התנועה מבחינה ארגונית ורוחנית?

4- השערות המחקר והנחות יסוד:

המחקר הנוכחי מתבסס על מספר הנחות יסוד והשערות כמפורט להלן:

- תנועת האחים המוסלמים צמחה כתוצאה משינויים שפגעו במרקם החברתי במצרים בתקופה שקדמה למלה"ע השנייה. השינויים הבולטים ביותר התבטאו בצמיחת שכבות חברתיות חדשות, אשר השתלבו בחיים הפוליטיים באותה עת לצד התרחבות הפעילות הכלכלית שלוותה בצמיחה נרחבת והגירה פנימית מהאזורים הכפריים אל האזורים העירוניים.

- צמיחת תנועת האחים המוסלמים הנה תוצאה של כישלון מתמשך של המדיה והאליטות הפוליטיות- התרבותיות במצרים בפרט, וכישלון תהליכי המודרניזציה והפיתוח בשאר המדינות הערביות והאסלאמיות בכלל.

- הנסיבות הפוליטיות-כלכליות-חברתיות ששררו במצרים במהלך השליש הראשון של המאה העשרים זימנו הזדמנויות רבות, שחסן אלבנא הצליח לנצל ולרתום לקידום התנועה שלו בקרב שכבות החברה השונות, ובמיוחד השכבות העניות ושכבות השוליים.

- ההתפתחויות האזוריות והבינלאומיות שהתרחשו במהלך השליש הראשון של המאה העשרים יצרו קרקע פורייה לצמיחתן של מספר תנועות דתיות עם אג'נדות פוליטיות, דוגמת תנועת האחים המוסלמים, אשר ניצלה את ביטול מוסד הח'ליפות האסלאמית כדי לקדם עצמה כנושאת דגל ההגנה על דת האסלאם.

- כישלון מדינת הלאום הערבית, שהייתה מוסד פוליטי חדש, לזכות במעמד לגיטימי המבוסס על ניהול ענייני השלטון והיחסים בין השלטון לחברה, דבר שהגביר תחושות של קיפוח בקרב השכבות העממיות והתפתח בשלב מאוחר יותר לכדי שיח מחאה היוצא מבית מדרשה של אוטוריטה דתית.

- חוסר הצלחה של האינטלקט הערבי האסלאמי בהכלת תופעת האסלאם הפוליטי וחוסר יכולתו להתגבר על משבר התרבות הערבית האסלאמית באמצעות הצעת פתרונות מעשיים לקונפליקט בין מקוריות ומודרניזם או הגדרת יחסה של המורשת למודרניזם ועיגון הדת במסגרת המדינה המודרנית.

התפצלות האליטות החברתית לקבוצות אשר אימצו השקפות עולם שונות ביחס לסוגיות של זהות אינדיבידואלית וזהות קולקטיבית, ובכלל זה מחלוקת באשר לאופן השגת קידמה, התפתחות ושמירה על לכידות חברתית. האליטות שעד אמצע המאה העשרים הובילו תהליכים של מודרניזציה היו אליטות ליברליות עם פתיחות תרבותית כלפי אירופה, בעוד שהאליטות המסורתיות נותרו מחוץ לתהליך המודרניזציה ואף נקטו עמדה ביקורתית, שדחתה אספקטים מסוימים של מודרניזציה ופתיחות אל העולם המערבי. בה בעת, תנועת הנאורות הדתית הייתה בעלת אופי אליטיסטי, שכן תנועה זו הופיעה באמצע המאה התשע עשרה עם ג'מאל אלדין אלאפעא'אני ומוחמד עבדו ולא זכתה לתפוצה נרחבת בקרב החברה המצרית עד שהאידאולוגיה שלה אומצה באופן סלקטיבי ע"י קבוצות ומפלגות אחרות כמו תנועת האחים המוסלמים.

● תנועת האחים המוסלמים הצליחה לגייס ולעבד את הדתיות הטבועה בעם המצרי לשם הקמת תשתית ציבורית נרחבת בקרב מגוון אוכלוסיות, שבשלב מאוחר יותר היוותה בסיס תומך לתנועה ונוצלה על ידה לשם השגת יעדיה הפוליטיים.

5- שיטת המחקר:

המחקר נוקט בגישה סוציולוגית/ היסטורית, שדנה בתנועות אסלאמיות כמו תנועת האחים המוסלמים דרך הכרת מהלך העניינים החברתי- תרבותי- היסטורי שבתוכו צמחה התנועה, תוך ניסיון להבין את הזיקה בין הפוליטי לדתי בחברות הערביות, וזאת בהנחה שתנועת האחים המוסלמים הנה אחת ההתגלמויות של הזיקה בין הפוליטי לדתי כפי שהיא מתבטאת באידאולוגיה, בהתנהלות ובתרבות הערבית האסלאמית.

גישה זו עוסקת גם בהתפתחות תנועת האחים המוסלמים מזווית ראיה סוציולוגית-היסטורית ומציגה הבנה מלאה של התנועה כהגדרתה ע"י מייסדה חסן אלבנא כ"רעיון מקיף המאגד את כל המשמעויות הרפורמיסטיות, על כן היא מגמה סלפית, אמונה סונית, קבוצה הנדסית, אגודה מדעית תרבותית וחברה כלכלית"[4]. על כן, יש להתייחס אל תנועה זו על מכלול ממדיה: האידיאולוגיים, הפוליטיים והתרבותיים.

בגישה זו מצטלבים שלושה ממדים: המבנה החברתי, ההיסטוריה והביוגרפיה. הממד של המבנה החברתי מגדיר את טיב היחסים החברתיים, אשר משפיעים בסופו של תהליך על ההבנה וההתנהלות של הפרטים; הממד ההיסטורי מוביל אותנו להבנה לפיה מבנים חברתיים נתונים לשינוי על פני זמן ומקום, בעוד שהממד הביוגרפי (תולדותיהם של פרטים) נקבע במבנים חברתיים ותהליכי שינוי היסטוריים והוא גם מושפע מהם.

---

4. ראה: https://bit.ly/3jSwavg

כמוכן, גישה זו מאפשרת פרשנות של צמיחת התנועה בתוך מסגרתה החברתית הנכונה, במיוחד בכל הקשור לטיב התפקיד שהדת ממלאת בחברה, שהוא תפקיד מרכזי, כאשר המשענת האחרת היא הסמכות הדתית. כלומר, אנו יכולים להפיק תועלת רבה מהבנת והסברת תנועת האחים המוסלמים על פי המודלים והמושגים של הסוציולוגיה הדתית.

6- מהלך המחקר:

המחקר מורכב מחמישה פרקים וסיכום. הפרק הראשון – מסגרת תיאורטית לתופעת האסלאם הפוליטי- בפרק זה סקירה של שיטות ותיאוריות שעסקו בתופעת האסלאם הפוליטי ובתנועת האחים המוסלמים.

הפרק השני, שכותרתו "הרקע החברתי-כלכלי להתפתחות תנועת האחים המוסלמים" מציג סקירה של המצב הכללי במצרים על פי ממדים ומשתנים שונים תוך ניסיון להתחקות אחר שורשי העבר הלא רחוק והשפעותיו על מהלך ההתפתחויות והארגומנטים שליוו את התפתחותה של תנועת האחים המוסלמים.

הפרק השלישי, שכותרתו "המקורות הרוחניים של תנועת האחים המוסלמים" דן במקורות הסמכות הרוחנית של התנועה, שמתחלקת לסמכויות ישנות המתבטאות באדיקות הסונית והשקפת עולמם של קבוצת אלח'ווארג' וסמכויות חדשות המתמקדות בעיקר בחלוצי התחיה האסלאמית דוגמת ג'מאל אלדין אלאפעא'אני, מוחמד עבדו ומוחמד רשיד ריצ'א וגם תפקידו של אבו אלאעלא אלמוודודי, בשל היותו המחבר העכשווי המשפיע ביותר על ניסוח המערך הרעיוני של האחים המוסלמים.

הפרק הרביעי, שכותרתו "המייסדים: חסן אלבנא, אחמד אלסוכרי וסייד קוטוב" דן בחיבוריו של מייסד תנועת האחים המוסלמים, סייד קוטוב, ותפקידם בהנחיית מסלולי התנועה לקראת אלימות מזוינת והפיכת אלימות זו לחלק מובנה באג'נדה של התנועה. דיון בהיבטים אלה מאפשר סקירה של

המסגרות הרעיוניות והגישות התיאורטיות שמקיפות את האידיאולוגיה האח'וואנית במישורים הדינמי והאפיסטמולוגי.

הפרק החמישי, שכותרתו "תנועת האחים המוסלמים .. נקודות מוצא רוחניות" מתייחס ליסודות החשובים שך התפיסה האח'וואנית, תוך סקירת קונספציות ומושגים עיקריים של תנועת האחים המוסלמים, שלרוב מאופיינות בעמימות והכללה ומוצגות כתפיסות מקוריות בזירה השרעית והתיאולוגית האסלאמית.

פרק ראשון

מסגרת תיאורטית לתופעת האסלאם הפוליטי

פרק זה מציג סקירה ביקורתית של עיקר המקורות הספרותיים והחיבורים האקדמיים, אשר שימשו לחקר תופעת האסלאם הפוליטי בכלל וחקר תנועת האחים המוסלמים בפרט. פרק זה בוחן את התיאוריות והמתודות שעל פיהן נעשה ניתוח ופרשנות של ממדים שונים של אידיאולוגיה, שיח והתנהלות.

מעת הקמתה ולמשך חמשה עשורים לא זכתה תנועת האחים המוסלמים למחקר בהיקף שהולם את מידת התפשטותה והשפעתה על הזירה הפוליטית-חברתית במצרים גופא ומחוצה לה. האסלאמיזם והתופעה הדתית נותרו באופן כללי כתופעה לא נחקרת וחוקרים לא גילו עניין רב בחקר תופעה זו [*]. הסיבה לכך נעוצה בהגמוניה של הגישה המודרניסטית, על שני פלגיה המבני-תפקודי והמרקסיסטי על מדעי החברה המערביים ושלוחותיהם בעולם הערבי. אחד החוקרים מתאר את תיאוריית המודרניזציה בשנות החמישים / הששים כפרויקט המכוון בפירוש אל העולם הלא מערבי. כלומר, היא נועדה "לייצוא" של מוסדות וערכים מערביים. דוגמא לכך היא העבודה הקלאסית של דניאל לרנר בשם "החברה המסורתית כתופעה חולפת"[5].

תיאוריות אלה התייחסו מאז ומתמיד לתופעות דתיות כגון אלה הן במערב ואף בעולם הערבי האסלאמי כתופעות השייכות לעבר ונתונות בתהליך שקיעה. אחד

---

[*] יש לציין שטרם ההגמוניה של תיאוריות המודרניזם על זירת מדעי החברה וייחוד חלק מתחומי עניינה לחקר התופעה הדתית והתנועות האסלאמיות, תנועות אלה היו נושא שהעסיק את האסכולות המזרחניות השונות, אשר שקדו על חקר האסלאם במסגרת מה שכונה לימודים אסלאמיים או לימודי מזרחנות עוד באמצע המאה התשע עשרה. מן הראוי לציין גם שהזרם המזרחני החל לשגשג לאחר אירועי האחד עשר בספטמבר.

5.   ראה:

Wolfgang Zapf, Modernization Theory and the Non-Western World, Paper presented to the conference "Comparing Processes of Modernization, University of Potsdam, December 15-21, 2003.,2004. https://www.econstor.eu/bitstream/ 10419/50239/1/393840433.pdf, page5.

העקרונות היסודיים של תיאוריות המודרניזציה בתהליך השינוי החברתי היא חילון החברות, שמחייב הפרדת הדת מהמרחב הציבורי ומהפוליטיקה בפרט. החברות המערביות עברו כברת דרך ארוכה על דרך החילון וזו רק שאלה של זמן עד שהחברות הערביות ילכו בעקבותיהן. הנחה זו שאבה עידוד מכך שבעקבות השתחררותן הפוליטית מההגמוניה המערבית, מספר מדינות ערביות (מצרים, אלג'יריה, עיראק, סוריה, דרום תימן [לשעבר], טוניסיה..) אימצו גישות מודרניסטיות של פיתוח כלכלי, חברתי ותרבותי, אך ייעדו לדת ולאנשי הדת רק תפקיד משני.

החל משלהי שנות השבעים העולם הערבי היה זירה של אירועים תכופים והתפתחויות חשובות, אשר חייבו התייחסות של חוקרים ועוקבים, שהבנתם ופענוחם היוו אתגר לא קל. החשוב במאורעות אלה היתה המהפכה האסלאמית באירן בשנת 1979, מלחמת אפגניסטן נגד ברית המועצות והקמת מדינת טאליבן הדתית, עלייתן של תנועות אסלאמיות אלימות באלג'יריה, מצרים וסעודיה, מאורעות האחד עשר בספטמבר ואירועי האביב הערבי, אשר הובילו לעליית תנועות דתיות-פוליטיות אל השלטון. אירועים והתפתחויות אלה הולידו מסה גדולה של מחקרים שעסקו בתופעת האסלאם הפוליטי, ובכלל זה תנועת האחים המוסלמים[6]. מחקרים אלה כללו ענפים והתמחויות בכל מדעי החברה, החל בתחום הסוציולוגיה הדתית, אשר ניסתה ליישם דגמים תיאורטיים קלאסיים של אבות הסוציולוגיה כמו דורקהיים[7], פיבר[8] ומרקס לשם הבנת התופעה הדתית בכלל ותופעת האסלאמיזם בפרט; ועד לאנתרופולוגיה, פסיכולוגיה חברתית ומדעי המדינה.

.6   חזרתה של התופעה הדתית לא הוגבלה לחברות האסלאמיות, שכן את גלגוליה אפשר למצוא גם במערב ובמקומות אחרים בעולם. למידע נוסף אודות תופעה זו ראה: Casanova Jose', Public Religion in the Modern World, Chicago: University of Chicago Press, 1994

.7   ראה:

Emile Durkheim, Les Formes élémentaires de la vie religieuse: le système totémique en Australie, Paris, Félix Alcan, coll. «Bibliothèque de philosophie contemporaine,1912.

.8   Max Weber, The Sociology of Religion, (Boston: Beacon Press,1993).

חוקרים אקדמאיים חלוקים לגבי מיון הגישות והמסגרות התיאורטיות של תופעת האסלאמיזם ותנועת האחים המוסלמים, שכן חלקם מכפיפים אותה לשתי גישות עיקריות: חומרית ותרבותית[9]. הראשונה מאגדת קבוצה של תזות ואסכולות, שהחשובות בהן: המרקסיסטים/ המרקסיסטים החדשים, הקונטקסטואליסטים, ההיסטוריוניסטים ותיאוריות המוביליות החברתית, אשר נותנות עדיפות לגורמים ולכוחות הכלכליים, החומריים והממסדיים-ההיסטוריים להסברת תנועות אסלאמיות בהתאם לגורמים אלה; הקבוצה השנייה מייחסת עדיפות לרעיונות, משמעויות ומרכיבים תרבותיים על פני משתנים חומריים[10]. שתי הגישות מסתעפות לתת גישות ותיאוריות משניות. הגישה החומרית להסברת התפתחות והתפשטות האסלאם הפוליטי בכלל ותנועת האחים המוסלמים בפרט כוללת, לצד הגישה המרקסיסטית, חלק מתיאוריית המודרניזציה והגישה התרבותית כוללת מגוון תיאוריות, ובכלל זה תיאוריית ההיסטורית של הרעיונות.

קבוצה אחרת של חוקרים מציעה חלוקה אחרת של הספרות שטיפלה בנושא הנחקר. במחקרו שכותרתו "מתוך האחים המוסלמים"[11], החוקר ח'ליל אלענאני מונה שלוש גישות עיקריות: גישת המשבר, הגישה התרבותית (שידועה גם בשם הגישה המהותנית) וגישת המוביליות החברתית[12]. יש לציין כי רוב החלוקות האקדמיות בהתאם לאופי המחקרים שעסקו באסלאם הפוליטי ובתנועת האחים המוסלמים מצטלבות ומציינות אותן גישות, אם כי בשמות אחרים. לפיכך, במחקר הנוכחי החוקרים מציעים חלוקה שהיא מעין סיכום של החלוקות הנ"ל עם סידור חוזר של חלק מהגישות במסגרת מגמות תיאורטיות

---

9. ראה:

Dr Husnul Amin, Making sense of the Islamist Social movements: A Critical Review of Major Theoretical Approaches, https://bit.ly/36uuBMA, page7.

10. ראה:

Michael J. Thompson, ed., Islam and the West: critical perspectives on modernity, (Maryland: Rowman &Littlefield Pub Inc., 2003).

11. ראה:

Khalil Al-Anani, Inside the Muslim Brotherhood, Oxford University Press, 2016. page19.

12. Quintan Wictorowicz, ed, Islamic Activism: a Social Movement Theory Approach, Bloomington,IN: Indiana University Press, 2004.

ופילוסופיות שונות. על כן, אנו מציעים את החלוקה הבאה: (א) הפרדיגמה התיאורטית המודרנית, (ב) הפרדיגמה החומרנית, (ג) הפרדיגמה ההיסטורית המוסדית, (ד) הפרדיגמה הקונטקסטואלית, (ה) הפרדיגמה התרבותית, (ו) הפרדיגמה של מוביליות חברתית והזדמנויות פוליטיות. כל אחת מהפרדיגמות הנ"ל כוללת בתוכה גישות ותיאוריות משניות רבות.

1-1 הפרדיגמה המודרניסטית

זהו זרם תיאורטי בסיסי (grand theory) במדעי החברה, אשר בלט בעקבות מלה"ע השנייה בארה"ב כאשר מדינה זו הפכה לציר עולמי מרכזי לצד ברית המועצות, שכן באותה עת עלה הצורך בהבנת וחקירת חברות שהפכו לא מזמן לחברות עצמאיות. לצורך כך נוסחה והתגבשה תיאוריית המודרניזציה- modernization theory -המושתתת על מרכזיות מערבית ייחודית לניסיונות של חברות מערביות כדי לנסות להבין ולהציג פרדיגמה של שינוי חברתי שמאפשרת לחברות שלאחרונה הפכו עצמאיות (העולם השלישי באותה עת) להתפתח ולהגיע למודרניזציה[13]. פרדיגמה זו שלטה בייצור האינטלקטואלי ברוב תחומי הדעת של מדעי החברה. פרדיגמה זו מבוססת על הנחת יסוד שלפיה חברות נעות על מסלול ליניארי מנחשלות אל קידמה וממסורתיות אל מודרניזם ומהפשוט אל המורכב, ואילו חברות העולם השלישי הן חברות נחותות מבחינה כלכלית, טכנולוגית ומדעית והמסורות (כולל דת) שולטות על המבנים החברתיים, התרבותיים והפוליטיים שלהן. על מנת שחברות אלה יוכלו לצאת ממצב זה, האליטות והמשטרים הפוליטיים נדרשים לאמץ פעולות מודרניזציה מקיפות כפי שעשו זאת המדינות המתקדמות. מרבית המדינות שזכו לעצמאות מאוחרת אימצו מדיניות על שלטונית של חדשנות, אולם בחלוף שני עשורים (שנות החמישים והששים) ובסוף שנות השבעים והשמונים גישה זו נקלעה למשברים חריפים, אשר הולידו תנועות ומהפכות חברתיות ופוליטיות אופוזיציוניות בעלות

---

13.   כמה עבודות קלאסיות המבטאות מגמה זו:

David Lerner, the passing of traditional society: modernizing Middle East, Free Press of Glencoe, New York, 1959.

אופי דתי במרביתן, שהבולטות בהן הן המהפכה האסלאמית באירן, תנועות האסלאם הפוליטי באלג'יריה, מצרים, סעודיה, טוניסיה ואפגניסטן.

תיאוריות המודרניזציה מייחסות את עלייתן של התנועות האסלאמיות למשברים רב ממדיים שהתרחשו בתהליך המודרניזציה שהשלטונות הפוליטיים הנהיגו בארצות אלה. גישות רבות המשיכו תחת מטריית הפרדיגמה המודרניסטית בניסיונותיהן להסביר את הסיבות לצמיחת התנועות האסלאמיות והתפשטותן בחברות הערביות האסלאמיות, מה שהוביל חוקרים רבים לכנות גישות אלה בשם "גישות המשבר"[14].

2-1-1 גישות המשבר[15]

גישות אלה קובעות שתנועות אסלאמיות אינן אלא תגובה למשברים פוליטיים, כלכליים וחברתיים שנקלעו אליהן ארצות ערב במחצית השנייה של המאה העשרים. כל גישה מהגישות הנ"ל מתמקדת בהיבט מסוים של המשבר.

● גישת משבר הלגיטימציה הפוליטית: חסידי גישה זו טוענים שהופעת תנועות אסלאמיות וצמיחתן הנה תוצאה של שחיקת הלגיטימציה של המשטרים הפוליטיים בעולם הערבי, ובמיוחד בעקבות התבוסה שצבאות ערב נחלו מול ישראל בשנת 1967, וזאת לצד האופי הרודני והטוטליטרי של מרבית המשטרים האלה[16].

---

14. ראה למשל:

Moaddel, M, The study of Islamic culture and politics: An overview and assessment, Annual Review of Sociology 28:359-386, https://bit.ly/2GO59a9   וגם:

15. רבים מאקדמאים מאמצים את גישת המשבר לשם הבנת תופעת האסלאמיזם, והחשובים בהם:
Dekmejian RH, Islam in Revolution: Fundamentalism in the Arab World. Syracuse, University Press, 1985.

Deeb MJ, Militant Islam and the politics of redemption. Ann.Am.Acad. of Polit.Soc.Sci. (Nov):52-65, 1992.

16. לפרטים נוספים בנושא, ראה:
Michael Hudson, Arab Politics: The Search for Legitimacy, Yale University Press, New Haven & London (September 10, 1979)

---

* משבר כישלון האידיאולוגיה הלאומית הערבית: בסוף שנות הששים ותחילת שנות השבעים, מפעל הגיוס התודעתי העממי שהתבסס על האידיאולוגיה הלאומית, שהאליטות הפוליטיות אימצו להתמודדות מול הקולוניאליזם והשליטה החיצונית נחל כישלון גדול כאשר מדינות לא הצליחו לשמור על עצמאותן, שכן שלוש מדינות ערביות כאמור איבדו חלקים משטחיהן לטובת ישראל בעקבות מלחמת 1967.

* משבר מבני: המלחמה לא הייתה הסיבה היחידה לצמיחת התנועות האסלאמיות, שכן בעיות בעלות אופי מבני ומוסדי[17], שרוב מדינות ערב סבלו מהן, יצרו קיפוח פוליטי וחברתי שהתנועות האסלאמיות ניצלו להתפשטותן והרחבת שורותיהן.

* משבר כלכלי -חברתי:

חוג רחב של חוקרים מאמץ גישות של משבר כלכלי וחברתי כגורמים להתעצמות תנועות האסלאם הפוליטי בעולם הערבי. רעיונות אלה מתייחסים באופן שונה אל משבר המודרניזציה, כאשר חלק מהם מתמקד בכישלון הפרדיגמה הכלכלית על שני רבדיה, הליברלי והסוציאליסטי, לייצר צמיחה כלכלית ואוצר לאומי, בעוד שחלקם האחר מתמקד בחלוקה בלתי צודקת של האוצר הלאומי, שכן קיימים פערים עצומים בחלוקת המשאבים הלאומיים בין שכבות האוכלוסייה השונות, מה שהוביל להדרה והחלשה של מגזרים רחבים באוכלוסייה והקל על הצטרפותם לתנועות האסלאמיות שהשכילו לנצל את הזוועות ששכבות אלה חוות דרך הצעת מענה לחלק מצרכי המחיה שלהן באמצעות רשת של שירותים

.17   ראה:

Ziad Munson, ISLAMIC MOBILIZATION Social Movement Theory and the Egyptian Muslim Brotherhood, Forthcoming in The Sociological Quarterly 42(4), January 2002, p .12
https://bit.ly/31KqKde

Lisa Anderson, "Fulfilling Prophecies: State Policy and Islamist Radicalism," in John L. Esposito, ed., Political Islam: Revolution, Radicalism, or Reform? (Boulder, CO: Lynne Rienner, 1997), 25.

תומכים. במצרים למשל, הווקום שהמדינה הותירה כאשר ויתרה על תמיכה במגזר החברתי ואימצה מדיניות כלכלה חופשית וארגון מחדש שהוכתבו ע"י מוסדות פיננסיים בינלאומיים, נוצל ע"י תנועת האחים המוסלמים כדי לבנות כלכלה מקבילה ושירותים חברתיים, חינוכיים ורפואיים. בהקשר לכך, החוקר מארק טסלר סבור כי התמיכה לה זוכות התנועות האסלאמיות נובעת במידה רבה מגורמים כלכליים ופוליטיים יותר מאשר מגורמים דתיים ותרבותיים.[18]

על אף חשיבותן של הגישות הקושרות את עליית התנועות האסלאמיות למשבר הרב ממדי שנקלעו אליו החברות הערביות בסוף שנות השישים ועד היום, הרי שגישות אלה מתעלמות מהיבטים אחרים תרבותיים, אידיאולוגיים ודתיים, ובמיוחד לאור העובדה שהופעת תנועת האחים המוסלמים קדמה לתקופת המשברים של שנות השבעים ולאחריהן. מה גם שתיאוריית המשבר לא הצליחה להוכיח קיום קשרי השפעה ישירים בין הגורמים הכלכליים והפוליטיים לבין התעצמות התנועות האסלאמיות.[19]

1-2 הפרדיגמה החומרנית/ המרקסיסטית

כמו תיאוריית המודרניזציה, המרקסיזם גם הוא רואה בדת משתנה שתלוי בגורמים וכוחות חומריים ספציפיים (כוחות הייצור והמבנה החברתי/ המעמדות החברתיים) בחברה. לכן, התיאוריה המרקסיסטית אינה מציעה גישה עצמאית להבנת התופעה הדתית באופן כללי והבנת התנועות האסלאמיות בפרט, שכן היא רואה בדת מרכיב אחד מיני רבים של מה שנקרא מבנה העל, אשר כולל את כל היסודות הלא חומריים של החברה כמו ערכים, חוק, אומנות וכיוצא בזה. הדת על פי התיאוריה המרקסיסטית הקלאסית היא

---

18. ראה:

Mark Tessler, "The Origins of Popular Support for Islamist Movement, in John Pierre Entelis, ed., Islam, Democracy, and the State in North Africa (Bloomington: Indiana University Press, 1997), 93– 95,"

19. ראה:

Mansoor Moaddel, The Study of Islamic Culture and Politics, op.cit. P.372.

אידיאולוגיה ומודעות מופרכת[20]. על כן, אם התיאוריה המרקסיסטית הקלאסית מגלה רק עניין שולי בחקר האסלאם, שלדידה הוא רק אידיאולוגיה תומכת ומשמרת אינטרסים מעמדיים של אלה האוחזים בשלטון, הרי שהזרמים המרקסיסטיים החדשים התעניינו בגורם הדתי הבולט בנוכחותו, ובמיוחד בחברות אסלאמיות והיא רואה בו כוח של גיוס ופוליטיזציה. זרמים אלה גם סבורים שהצלחת האסלאמיסטים נובעת מהשתלטותם על סמלי הדת והשיח, שכן בפיהם נמצאת השפה שבכוחה לבטא קיפוח חברתי- כלכלי והם יכולים ליהנות ממנה ככלי לשינוי פוליטי רדיקלי[21]. בהתאם לפרספקטיבה זו, האסלאם הפוליטי קשור למושגים של מעמד, כוחות כלכליים והשפעה חיצונית, וליתר דיוק הוא תוצאה של הגורמים הבאים:

- התערבות והגמוניה אימפריאליסטית בהנהגת ארה"ב, אשר מילאה תפקיד פעיל בטיפוח תנועות אסלאמיות וקידומן כמבצר נגד הלאומנות החילונית ונגד כוחות השמאל. ההגמוניה האימפריאליסטית המשיכה להתקיים גם אחרי סיום הקולוניאליזם באמצעות משטרים פוליטיים תלויים וציייתנים, באמצעות ישראל ודרך עימותים צבאיים ישירים.

- הסתירות הפנימיות וכישלון הלאומיות החילונית והשמאלית, אשר הותירו ווקום פוליטי.

---

20.   על תפיסת הדת כמודעות מזוייפת, ראה:

Lukács, György History and class consciousness; History and Class Consciousness Studies in Marxist Dialectics Translated by Rodney Livingstone, MIT Press, 1999.

21.   ראה:

Bryan S. Turner, Class, Generation and Islamism: Towards a Global Sociology of Islamism, British Journal of Sociology, 54, No 1, 2003, p139.(Cited in Husnul Amin, Making Sense of Islamic Social Movements: A Critical Review of Major Theoretical Approaches, p.8 Website:https://bit.ly/2xaEgZv.

---

* החרפת המשברים הכלכליים ברוב מדינות ערב כפועל יוצא מכישלון השיטות הקפיטליסטיות לייצור צמיחה לאומית.[22] באמצעות רשת רחבה של פעולות פילנתרופיות, האסלאמיסטים יכלו להציע פתרונות "אסלאמיים" ולהתפתח דרך גיוס מקרב מעמד הביניים וחלקים והמעמד הזעיר בורגני. כך יהפוך האסלאמיזם למעין "האידיאולוגיה של הזעיר בורגנות"[23] ששואפת לאקטיביזם חברתי והשתתפות בשלטון הפוליטי. על אף התעניינותם המאוחרת של המרקסיסטים בתופעה הדתית ובאסלאם הפוליטי, במיוחד שהם ראו באחרון צורה של אידיאולוגיה שיעילותה הוכחה בגיוס תודעתי ובפעילות פוליטית וככזה שנהנה מעצמאות יחסית מהפרמטרים הפוליטיות והכוחות החברתיים, הרי שאלה עדיין משתנים תלויים, שלא ניתן לתקף אותם להסברת השינוי החברתי בכלל וההאצה של התפשטות תופעת האסלאם הפוליטי בפרט.[24] גישה זו הגם שהיא חשובה לצורך חשיפת הכוחות החברתיים והכלכליים מאחורי התופעה האסלאמית, הרי שנתונים רבים מצביעים על האופי הלא מעמדי של התנועות האסלאמיות, שכן שורותיהן כוללות ספקטרום חברתי רחב המייצג את מרבית שכבות האוכלוסייה. מה גם שגישה זו אינה מצליחה להסביר את אופן הפעולה של התנועות האסלאמיות ועיסוקן בהפצת התודעה, בהתארגנותן ובהתנהלותן הפוליטית.

---

22. ראה:

Deepa Kumar, Political Islam: A Marxist analysis, International Socialist Review, no 76, March 2011, https://bit.ly/38iV2Gw

23. ראה:

Husnul Amin, Op.cit. P.8.

24. קיים זרם באסכולה המרקסיסטית החדשה, אשר מייחס משקל לרעיונות ולאידיאולוגיה ביצירת מציאות וקשרים חברתיים במקום להתייחס אליהן רק כביטוי מעוות של המציאות הזו ושל הכוחות הפועלים בתוכה. למידע נוסף ראה:

Bourdieu, Pierre, "Genesis and Structure of the Religious Field", Comparative Social Research, Volume 13, JAI Press, 1991, pp. 1-43.

וגם:

Gramsci, Antonio, Selections from the Prison Notebooks, London: Lawrence and Wishart Ltd, 1998.

1-3 הפרדיגמה ההיסטורית

מתודולוגיה זו להסברת תופעת האסלאמיזם מתבססת על הקביעות או על הנסיבות ההיסטוריות הייחודיות של חברות בהן צומחת תופעה זו. מתודולוגיה זו מציעה הסבר של תופעת האסלאמיזם בהתבסס על פרמטרים או נסיבות היסטוריות של החברות בהם צומחת תופעה זו. לפיכך, תופעת האסלאמיזם בהתאם לגישה ההיסטורית- מוסדית הנה פועל יוצא של מצבים פוליטיים- כלכליים- חברתיים ספציפיים[25]. בנוסף לכך, גורמים כמו אבטלה, שחיתות, שיעורים גדולים של גידול אוכלוסייה, במיוחד של צעירים, לצד מערכת חינוך חלשה וכיוצא באלה מייצרות התמרמרות בקרב שכבות רחבות באוכלוסייה של חברות מזרח תיכוניות ודוחקות אותן לכיוון תנועות האסלאם הפוליטי מסיבות היסטוריות. מה שהאיץ פניית שכבות חברתיות בלתי מבוטלות אל האסלאם הפוליטי הוא כישלונן של האליטות החילוניות והלאומיות להגשים את שאיפות האוכלוסייה מצד אחד. ומאידך, כישלונם של הנציונליסטים, הסוציאליסטים ויתר האידיאולוגיות המתחרות לזכות בתמיכה מספקת של הציבור מיוחס לניהול כושל והיעדר משילות ושליטה. בנוסף לכל אלה, החוקר סאמי זבידה מוסיף גם את סוגיית העצמאות של מוסדות הדת בהשוואה לכוחות האופוזיציוניים האחרים, אשר דוכאו ע"י המדינה.

1-4 הפרדיגמה הקונטקסטואלית

זוהי גישה החוקרת את התופעה בהתאם למאפיינים החברתיים והתרבותיים של חברות אסלאמיות ולא בהתאם לטקסטים ונרטיבים סטנדרטיים בלבד כפי שעשו האסנציאליסטים (המהותניים)המערביים והפונדמנטליסטים המוסלמים. האסנציאליסטים הפרידו את האסלאם מהמאפיינים החברתיים והתרבותיים של החברות המוסלמיות, שישמו טקסטים הלכה למעשה במציאות. לא ניתן לתמצת

25.	ראה:

Sami Zubaida, Islam, the People and the State, (New York: I.B. Tauris & Co. Ltd, 2009).

את האסלאם הנהוג בקרב העמים המוסלמים לדפוס אחיד ומקובע. שכן, האסלאם בסעודיה למשל הוא לא האסלאם השכיח באינדונזיה או במערב אפריקה. מספר לא מבוטל של חוקרים מפורסמים מתחום לימודי האסלאם וחברות מוסלמיות הפריכו את הדימוי הדוגמטי של האסלאם כפי שהוצג ע"י זרם המזרחנים וניסו לקשור את האסלאם לחיים הריאליים[26]. חוקרים המשתייכים לגישה זו סבורים שהסלמת התנאים בסביבה, שהשתקפה בגורמים חברתיים היא האחראית על צמיחת תנועות האסלאם הפוליטי, אשר צצו לראשונה במאה התשע עשרה בצורת "התנועה הרפורמית", אשר התנגדה הן לאיום המערבי והן לאיום האסלאם המסורתי בתוך החברה.

האסלאם הפוליטי מצא פעם ביטוי פעם שנייה בתנועת האחים המוסלמים בשנות השלושים והארבעים של המאה הקודמת. הגל השלישי של האסלאם הפוליטי הופיע אחרי תבוסת מצרים בשנת 1967 ובעקבותיו המהפכה האסלאמית באירן בשנת 1979, ואילו הגל הרביעי עלה בעקבות מלחמת המפרץ בשנת 1990 ואירועי ספטמבר בשנת 2001. החוקר חסנול אמין, אשר ציטט את רגעיו של האסלאם הפוליטי מבראיין טורנר[27], מוסיף שלב חמישי שנקרא פוסט אסלאם פוליטי, שמתאפיין בנסיגה של כוחות האסלאם הפוליטי והתכלותם[28].

ישנה גישה אחרת שאינה מייחסת משמעות רבה לאסלאם בקשר לכל מה שמתרחש, שכן היא רואה בעליית האסלאם הפוליטי בדמות תנועת האחים המוסלמים כגורם אחד מני רבים במאבק הגיאו- אסטרטגי בין מדינות בעלות אינטרסים סותרים. התעצמות המומנטום האסלאמי או היחלשותו הנה תוצאה

---

26.   קבוצת חוקרים מתחום מדעי הרוח המייצגים את הזרם הקונטקסטואלי, שבתחום האנתרופולוגיה נמצא:

Clifford Geertz, Observer l'islam. Changements religieux au Maroc et en Indonésie, Paris, Ed. la Découverte, 1992.

בתחום מדעי המדינה:

Gilles Kepel, Jihad: the trail of political Islam. (I.B. Tauris, 2006) Olivier Roy, L'echec de l'Islam Politique, Edition Seuil 1992.

27.   Bryan S. Turner, Op.cit

28.   Husnul Amin, Op.cit. p.10.

של מאבק אינטרסים בין מדינות ותוצאה של התערבות כוחות מערביים ובראשם ארה"ב. בהמשך לניתוח זה יש רבים הסבורים כי מאבקים דתיים במזרח התיכון ובמפרץ הם תוצאה של מאבק גיאו-אסטרטגי בין מדינות גדולות באזור. הגיאו-אסטרטגיה היא אשר מזינה לעתים קרובות את הסכסוכים במזרח התיכון וארה"ב השתמשה רבות בכוחות אסלאמיים כנגד אויביה (כפי שעשתה למשל בתקופת המלחמה באפגניסטן נגד הסובייטים). אך על אף חשיבותה של הפרשנות הגיאו-פוליטית של תופעת האסלאמיזם והאח'וואניזם במיוחד, הרי שפרשנות זו אינה יכולה להתעלם מתנופת השינויים החברתיים המתחוללים באזור.

1-5 הגישה התרבותית/ אסנציאליסטית (Essentialism)

אסנציאליזם היא תיאוריה מטפיזית הטוענת שלעצמים ולאנשים יש מהויות, ומבחינה בין תכונותיו המהותיות של עצם לתכונותיו המקריות. הפונדמנטליזם התרבותי הוא עיסוק בקטלוג קבוצות של אנשים בתוך תרבות מסוימת או מתרבויות אחרות בהתאם לתכונות בסיסיות. כך היא מתעלמת מהפעולות החברתיות המורכבות של מספר אלמנטים שאינם משתנים. השקפה זו מניחה כי קיימת הומוגניות ויציבות מול הטרוגניות ושונות. האסנציאליסטים (המהותניים) סבורים שבאסלאם טבועה יציבות מושרשת, מה שהופך אותו בהכרח בלתי מתאים למודרניזם[29]. כתוצאה מכך הם רואים בחברות האסלאמיות ישויות הומוגניות, מקובעות ולא משתנות. הם הפכו את האסלאם למאפיינים קלאסיים מסוימים הנבדלים באופן מהותי מאירופה. בהתאם לרעיון זה האסלאם הוא דת שאינה מתאימה לרוח התקופה. לימודי המזרחנות חזרו אל קדמת הבמה לאחר אירועי האחד עשר בספטמבר 2001 לאחר שנסוגו מהזירה האקדמית על רקע ביקורות מתודולוגיות נוקבות, ובמיוחד

---

29.   למידע נוסף על אודות ההשקפה ה אסנציאליסטית לגבי האסלאם, ראה:

Bernard Lewis, what went wrong? Atlantic Monthly, JANUARY 2002, https://bit.ly/2xNBdce.

Bassam Tibi, Islam between Culture and Politics, New York: Palgrave Macmillan, 2001.

Samuel Hutington, The Clash of Civilizations and the Remaking of World Order, SIMON & SCHUSTER, 2011.

אלה שהועלו בעבודתו של אדוארד סעיד[30]. גל זה של מזרחנות חדשה הובל ע"י שלושה הוגי דעות דגולים מארה"ב: ברטרנד לויס, סמואל הנטנגטון ודניאל פייפס, אשר סברו שהאסלאם אינו מסוגל להתיישב עם דרישות התקופה המודרנית, שכוללת על פי תפיסתם סטנדרטים דמוקרטיים, ערכים ליברליים, נחישות ועבודה, אמנות יפה וכללים תרבותיים מודרניים. לדעתם קיימת הפרדה ברורה בין החברות האסלאמיות המודרניות לבין האסלאם, שכן בעוד האסלאם נותר כלוא בתקופת ההתגלות, התפתחויות ושינויים חברתיים גדולים התחוללו בחברות האסלאמיות, דבר שדחק את האסלאם לעימות וסכסוך הכרחי נגד תרבות המערב.

המזרחנים הם המייצגים הטובים ביותר של זרם זה, הם אלה שאחראים להבנה הבסיסית/ המקובעת של האסלאם. אדוארד סעיד, אחד המבקרים המפורסמים ביותר של גישה זו מבחין כי מזרחנות כאוסף של תיאוריות על אודות "המזרח" והאסלאם משקף את ההווריאציה של הכוח בין חוקרים אירופיים לבין נושאי עיסוקם, או במלים אחרות, גישה זו משקפת יחס של הגמוניה ונחיתות תרבותית, שכן דעותיהם של מזרחנים ביחס לאסלאם סייעה למתן לגיטימיות לפוליטיקה הקולוניאליסטית. הניתוח שמציג אדוארד סעיד מבוסס על התיאוריה של מישל פוקו[31], שלפיה הדיון וההכרה קשורים בקשר הדוק עם שלטון וכוח ואדוארד סעיד הופך תזה כללית זו לתזה ספציפית שיש לה תחולה במיוחד על לימודי המזרחנות.

האסלאם על פי פרספקטיבה זו נוטה להתנגש אם סגנונות החיים המודרניים. באופן פרדוקסלי, התיאורטיקנים והאידיאולוגים של האסלאם הפוליטי מאמצים פרספקטיבה דומה לזו שהמזרחנים מקדמים, ולפיה האסלאם הוא מערך של רעיונות ואמונות שכוחם יפה לכל עת ולכל מקום וכי הם אינם משתנים ומתנגשים עם סגנון החיים והמחשבה המערבית.

---

30.   ראה: אדוורד סעיד, מזרחנות, תרגום מוחמד ענאני (קהיר, הוצ"ל רואיה, 2017).

31.   ראה:

Michel Foucault, Power Essential Works of Foucault, 1954–1984 James D. Faubion (editor), New Press, 2001.

1-6 הגישה הציביליזציונית/ התרבות

הפרשנות התרבותית וההצלחה היחסית של התופעה האח'ואנית (של אחים המוסלמים) לחלחל בחברה מבוססת על הקרבה שבין רעיונות התנועה, סמליה ותפיסותיהם הערכיות לבין הערכים, הפעולות והשאיפות של מרבית מרכיבי החברה. הגישה התרבותית כוללת מספר תזות:

- התזה הביו-ציביליזציונת המתמקדת בהיבט מלחמת הציביליזציות בין האסלאם למערב. התרחבות הנוכחות של ארגונים אסלאמיים, ובמיוחד תנועות האחים המוסלמים, הנו תגובה נגד ההגמוניה המערבית או הגלובליזציה המערבית על כל היבטיה הצבאיים, הכלכליים והתרבותיים.

- מחקרים אחרים התייחסו לתנועת האחים המוסלמים בעיקר כתופעה אידיאולוגית והתמקדו בממד ובתוכן האינטלקטואלי שלה. חוקרים שאימצו גישה זו עקבו אחר המסלול ההיסטורי של תנועה זו באמצעות התמקדות במערך רעיונותיהם במהלך המאה הקודמת. חלקם מהפרשנים אף פרצו אל ההגות התיאולוגית כדי למצוא זיקה או סמכות רוחנית לזרמים אסלאמיסטיים חדשים.

1-7 גישת המוביליות החברתית

גישת המוביליות החברתית הנה תיאוריה ותיקה במדעי החברה * שמציעה הסבר למניעם ולאופי של ההתנהגות הקולקטיבית המכוונת בעיקר נגד המדינה. במקביל להתפתחותן והתרחבותן של תנועות חברתיות בשנות הששים והשבעים באירופה התפתחה תיאוריה זו, אשר הציגה את התנועות החברתיות כהתנהגות רציונלית הכפופה לאסטרטגיות מחושבות. התיאוריה החדשה של המוביליות החברתית כללה שתי גישות: הגישה הסטרוקטורלית וגישת ההבניה החברתית (social constructivism).

22

הגישה הראשונה מאמצת גיוס משאבים שמתבטא בהיבטים הארגוניים והפוליטיים המעשיים, שבאים לידי ביטוי בממדים הפוליטיים של הפעולה הקולקטיבית. ואילו הגישה השנייה מתמקדת באופן בו יחידים מבינים ומפרשים את הפעולה החברתית, דבר שמצריך התמקדות בהיבטים האינטלקטואליים והאמוציונליים של הקונפליקט[32]. מה שמבדיל תיאוריות חדשות אלה של מוביליות חברתית הוא העניין שהן מגלות במכניזם של גיבוש זהות התנועה ויחסה אל החברה האזרחית יותר משהן מגלות בתפקיד המוביליות החברתית בקונפליקט הפוליטי[33]. מעבר זה מהתמודדות מול הכוחות הכללים באמצעות פעולה פוליטית קולקטיבית אל התעניינות בסוציאליזציה ויצירת זהות לתנועה והענקת משמעות ודיון דרך אינטראקציה יומיומית של חברי הקבוצה נתפש כמבוא חשוב להבנת התנועות האסלאמיות.

גישה תאורטית זו שימשה לא מזמן לטיפול בתופעה האסלאמית ותרמה להתגבר על הראיה החד צדדית של התופעה האסלאמית וראתה בה תופעה רב ממדית. גישה זו עושה זאת תוך אימוץ מתודולוגיה המתמקדת באינטראקציה היומיומית בין הפעילים החברתיים והשפעתה על הממדים התרבותיים, הפוליטיים והאידיאולוגיים ועל גיבוש זהות קולקטיבית. המוביליות החברתית מאפשרת למשתתפים בה הזדמנות להבהיר ולהפנים את עקרונותיה. עבודות אקדמיות מחודשות על תנועת האחים המוסלמים שירתו ביעילות תיאוריות חדשות של מוביליות[34].

.32   ראה:

Jacquelien van Stekelenburg and Bert Klandermans Social Movement Theory: Past, Presence & Prospect.

.33   ראה:

Iberto Melucci, Nomads of the present: Social movements and individual needs in Contemporary Society, (Philadelphia: Temple University Press, 1989).

.34   ראה:

ASEF BAYAT, Islamism and Social Movement Theory, in Third world Quarterly, Vol.26, No.6, pp 891-908, 2005.

1-8 גישת מבנה ההזדמנות הפוליטית

מבנה ההזדמנות הפוליטית עולה כמושג שכיח בחקר תנועות חברתיות בחברה המודרנית. הטענה של מבנה ההזדמנות הפוליטית מתמקדת בקשר בין תנועה חברתית מסוימת לבין סביבתה, ובמיוחד הסביבה הפוליטית. פרדיגמה זו משמעה הוא שגיוס ודעתי להמונים יכול להתקיים רק בצל נסיבות פוליטיות מתאימות. פרדיגמה זו מדגישה את הקשר בין תנועות חברתיות לבין מוסדות פוליטיים. חיבורים שעסקו באסלאם הפוליטי לא הציגו תשובה ברורה לשאלה: כיצד עלה בכוחה של תנועת האחים המוסלמים לגייס תמיכה עממית בשנות השלושים של המאה העשרים. גישת מבנה ההזדמנות הפוליטית מציגה בתיאוריית המובילות החברתית פרשנות אלטרנטיבית אפשרית.

הטיעונים של מבנה ההזדמנות הפוליטית מתבססים על ארבעה ממדים עיקריים[35]: היחלשות הדיכוי המופעל ע"י המדינה, ריבוי הזדמנויות לכניסה לזירה הפוליטית, פיצולים בשורות האליטות ומציאת בעלי ברית חזקים. אך במקרה של תנועת האחים המוסלמים, ארבעת ממדים אלה לא היו קיימים, שכן הדיכוי של המדינה התגבר בתקופת הצמיחה הגדולה ביותר של תנועת האחים המוסלמים. לא הייתה להם אפשרות להשתלב במשטר הפוליטי במהלך אותה תקופה, למעט לתקופה של מספר חודשים, וזאת בשל מגבלות שהטיל המשטר של ג'מאל עבד אלנאצר לאחר שנחשפה מעורבותם במספר מעשי אלימות. תנועת האחים המוסלמים הייתה תנועה עממית שזכתה למעט תמיכה סמויה או גלויה מצד האליטה הן בתוך מצרים והן מחוצה לה.

מאחר והנסיבות שהקיפו את תנועת האחים המוסלמים שונות מהנסיבות אליהן התייחסו מרבית החוקרים העוסקים במנועות חברתיות, אין זה נכון לדחות את פרדיגמת מבנה ההזדמנות הפוליטית על בסיס ההערות האמורות. תחת זאת,

---

35.   ראה:

Sidney Tarrow, Power in Movement: Social Movements and contentious Politics (Cambridge: Cambridge University Press, 1994).

החוקר זיאד מונסון[36] סבור שהממדים העיקריים של מבנה ההזדמנות הפוליטית מתאימים למקרה תנועת האחים המוסלמים. ישנם שלושה צירים עיקריים בהיסטוריה הפוליטית המצרית במהלך התקופה הנחקרת: (1) תפקיד הבריטים בחיים הפוליטיים המצריים, (2) דה-לגיטימציה של מפלגת "אלוופד" (המשלחת) המצרית שזכתה אז לפופולריות גדולה, (3) הקונפליקט האידיאולוגי בעניין הקמת מדינת ישראל. לאור האמור, ההתפתחויות הפוליטיות שהתרחשו במהלך אותה תקופה מאששים את הפרספקטיבה של מבנה ההזדמנות הפוליטית להבנת עלייתה של תנועת האחים המוסלמים.

---

36. ראה:

Ziad Munson, ISLAMIC MOBILIZATION Social Movement Theory and the Egyptian Muslim Brotherhood, Forthcoming in The Sociological Quarterly 42(4), January 2002, https://bit.ly/31KqKde

---

פרק שני

הרקע החברתי- כלכלי-פוליטי
להתפתחות האחים המוסלמים

הנסיבות הכלכליות, חברתיות, פוליטיות והתרבותיות ששררו במצרים במהלך השליש הראשון של המאה העשרים הן אחד הפרמטרים העיקריים להבנת הסיבות לצמיחתה והתפתחותה של תנועת האחים המוסלמים וחדירתה והתפשטותה בתוך החברה המצרית ואף למדינות ערביות אחרות בשלבים מאוחרים. וזאת במיוחד על רקע העובדה שהההתפתחויות שהתחוללו במצרים, באזור ובעולם כולו במהלך אותה תקופה היו רבות ומרחיקות לכת והותירו חותם השפעה ברור על מגוון הכוחות והזרמים הדתיים שהופיעו במהלך תקופה זו ובכללן תנועת האחים המוסלמים, אשר מייסדה, חסן אלבנא, הצליח לנצל התפתחויות אלה כי לקדם את תנועתו והצגתה כפתרון לכל בעיותיה של החברה המצרית במישור הכלכלי, החברתי או הפוליטי.

חסן אלבנא מצא במציאות הפוליטית-כלכלית- חברתית ששררה במצרים באותה תקופה הזדמנות אידיאלית להקמת תנועתו, שלדעתו ייצגה צורך חיוני לגאולת החברה המצרית והחייאתה מחדש[37]. הוא אימץ שיח דתי-חברתי שמציג את תנועתו בדמות של תנועת דעווה (הטפה) רפורמיסטית שעיקר עניינה הוא עיסוק בסוגיות המעסיקות את המולדת ואת האומה הערבית והאסלאמית, ואשר מניפה את גדל השינוי ומגנה על עניים ומוחלשים וקמה להגן על דת האסלאם אל מול התנועות המיסיונריות שהתפשטו באותה עת וקראה להשבת מוסד הח'ליפות האסלאמית.

---

37.   מכתבי חסן אלבנא, ויקיפידיה האחים המוסלמים בקישור: https://bit.ly/2UKiMzq

המשתנים הפוליטיים, הכלכליים, החברתיים והתרבותיים במצרים במהלך
השליש הראשון של המאה העשרים

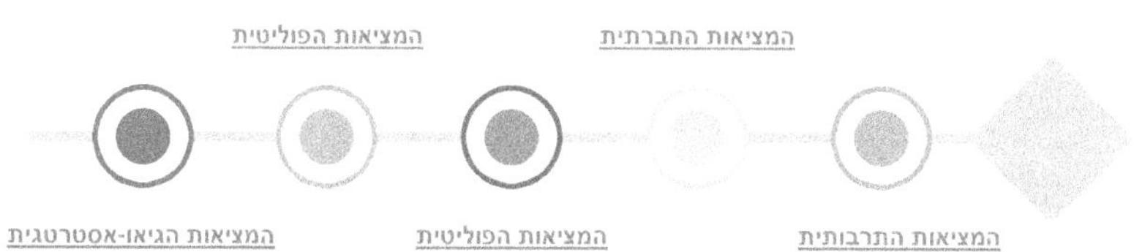

2-1 המשתנים הפנימיים מאחורי התפתחות תנועת האחים המוסלמים

אין ספק שהנסיבות ששררו במצרים במהלך השליש הראשון של המאה העשרים
במישורים הפוליטי, הכלכלי, החברתי והתרבותי תרמו רבות ליצירת הסביבה
שסייעה להתפתחות תנועת האחים המוסלמים. חסן אלבנא היטיב לנצל נסיבות
אלה לקידום תנועתו והצגתה באור שונה משאר הכוחות והזרמים הפוליטיים
שהיו קיימים באותה תקופה. התנועה הוצגה כתנועה המחויבת להגנה על
האינטרסים הלאומיים, הגנה על עצמאותה של מצרים ועל זכויות העם המצרי
והתנגדות לקיפוח החברתי שהיה מנת חלקן של שכבות רחבות בחברה
המצרית. **המשתנים העיקריים היו:**

2-1-1 הכיבוש הבריטי: מצרים הייתה נתונה לכיבוש הבריטי החל משנת 1882
על כל המשמעויות השליליות של כיבוש כמו השתלטות על המשאבים הכלכליים
של הארץ וקיבוע העוני, הנהגת מדיניות של חוסר צדק חברתי ושימור הבדלי
המעמדות בתוך העם המצרי, מה שהוביל לצמיחת מעמד של עשירים פיאודליים
שהשתלטו על רוב הנכסים של מצרים.

לפיכך, הקולוניאליזם היה גורם מאחד לכוחות הפוליטיים והחברתיים סביב סוגיה
אחת, שהיא פינוי הכובשים והשגת עצמאות לאומית[38]. באותה עת עלתה תנועה

---

38. אחמד עוף, המצב במצרים מעידן לעידן- מהפרעונים עד עכשיו, (קהיר: אלערבי להוצאה לאור והפצה, ל. ת),
ע 42.

לאומית המתנגדת לכיבוש הבריטי ובראשה עמדו אנשים לאומנים בולטים כמו מוסטפא כאמל, מייסד המפלגה המצרית הלאומית, שהייתה המפלגה הראשונה שקמה במצרים על פי מצע מוגדר. מוסטפא כאמל לא האריך חיים אחרי הקמת מפלגתו והוחלף ע"י יורשו מוחמד פריד, שקרא לתחייה מצרית, שכן הוא היה הראשון שקרא להקמת האוניברסיטה המצרית ולהפיץ את ההשכלה ולשתף את העם המצרי בהגדרה העצמית שלו[39].

התקרית של דינשאווי בשנת 1906 בין מספר קצינים בריטיים לבין האיכרים בכפר במחוז אלמנופיה סימן תחילתו של עידן חדש של מאבק לאומי נגד הכיבוש הבריטי[40]. בעקבות אותה תקרית הופיעו כוחות פוליטיים חדשים שהנהיגו את המאבק הלאומי דוגמת מפלגת אלוופד בהנהגת סעד זע'לול שהרים את גדל השחרור והעצמאות. מפלגה זו הגישה אז לממשלה המצרית בקשה לנסוע לפריז כדי להציג את הסוגייה המצרית בוועידת הפיוס והבקשה אושר, אולם מלכת בריטניה דחתה בקשה זו וביום 8 מרץ 1919 נעצר סעד זע'לול יחד עם כמה מבכירי מפלגתו וגורשו למחרת אל האי מאלטה, מה שהביא לפרוץ מהפכת 1919. לאחר גירושו של סעד זע'לול אל האי מאלטה הגיע הנציב הבריטי אדמונד הנרי היינמן אלנבי אל קהיר כדי לטפל במצב הבלתי יציב במצרים. הוא האמין שהכוח לבדו אינו מהווה פתרון לבעיות והוא ראה שיש צורך לשחרר את סעד זע'לול ובכירי מפלגת אלוופד כדי להרגיע את המצב. ביום 31 מרץ 1919 שלח איגרת לשלטונות הבריטיים ובה המליץ לשחררם ולאפשר להם לנסוע לאירופה כדי להציג את הסוגייה המצרית. ואכן סעד זע'לול ובכירי המפלגה נסעו ללונדון ופריז והגישו תכנית להענקת הצמאות למצרים. בהצעה נאמר שכאשר מצרים תקבל כצמאות, ניתנת לעם הזכות לבחור בין משטר מלוכני למשטר רפובליקני[41].

---

39. מוחמד צברי, תולדות מצרים ממוחמד עלי באשא עד העידן המודרני, מהדורה 2, (קהיר: מכתבת מדבולי, 1990), ע 237.

40. לדעת הרבה על תקרית דינשאווי, ראה:

Kimberly Alana Luke, peering through the Lens of Dinshwai: British Imperialism in Egypt 1882-1914, https://bit.ly /2HYoEOA, 2011, p.113.

41. פח'רי עבד אלנור, זכרונות פח'רי עבד אלנור מהפכת 1919, תפקידו של סעד זע'לול ומפלגת אלוופד בתנועה הלאומית (קהיר: דאר אלשורוק, 1992), ע 16.

כותרת הוידיאו: European influences in the Middle East בקישור: https://www.youtube.com/watch?v=0-94R2Ufj2w	

ההשפעה האירופית בעולם האסלאמי החלה לתת את אותותיה במאה השמונה עשרה, במיוחד במצרים בתעלת סואץ, שם עבדו מספר גדול של אירופאים (בריטים וצרפתים) כטכנאים ומהנדסים והם הביאו עמם מנהגים אירופאים והשפיעו על החברה המצרית.

- חסן אלבנא, מייסד תנועת האחים המוסלמים, שהושפע מהרעיונות של ג'מאל אלדין אלאפע'אני נלחם בהשפעה המערבית במצרים וקרא להחייאת הח'ליפות האסלאמית

- הרעיונות של האחים המוסלמים חלחלו עד מהרה אל תוך החברה תוך זמן קצר. התנועה הקימה זרוע צבאית שתסייע לה להגשים את מטרותיה. זרוע זו ביצעה פעולות של התנקשות במספר דמויות נגד הממשלה המצרית.

- תנועת האחים המוסלמים התפתחה והתחילה להעלות דרישות פוליטיות להחלת משטר אסלאמי במצרים. התנועה האתאפיינה בגמישות וגיוונה את השיח שלה בהתאם לאופי החברה שפעלה בתוכה, אך לא קיבלה הזדמנות להגיע לשלטון עד לשנת 2012.

https://www.youtube.com/watch?v=0-94R2Ufj2w

בריטניה דחתה את הדרישות המשלחת המצרית ונראה כי היא נוקטת גישה מניפולטיבית כדי לספוג את השפעות מהפכת 1919 אך סעד זע'לול וחבריו המשיכו להציג את הסוגייה המצרית עד שקטפו פרי עמלם כאשר בריטניה הסכימה לבטל את הפרוטקטורט שלה על מצרים ביום 28 פברואר 1922 והתפנות הפקידים הבריטיים, אולם עמדה על מספר דרישות, שעיקרן: (אבטחת התחבורה של האימפריה הבריטית במצרים, הגנה על מצרים כנגד כל מעורבות

זרה, הגנה על המיעוטים ועל האינטרסים של הזרים במצריים). לאחר מכן, השליט הראשון של מצרים דאז, פואד הראשון פרסם מגילת כצמאות והעניק לעצמו תואר של מלך[42].   לאחר מכן הוקמה ועדה לניסוח חוקה, שהיא חוקת 1923 וסעד זע'לול שוחרר יחד עם חבריו ונערכו בחירות. מפלגת אלופד זכתה ברוב מוחץ והפרלמנט המצרי נפתח ביום 15 מרץ 1924 וסעד זע'לול הרכיב ממשלה פרלמנטרית ראשונה. הממשלה לא הייתה לשביעות רצונו של המלך פואד והוא ניסה להחליש את מפלגת אלופד באמצעות תמיכה במפלגות חדשות, ובעיקר מפלגת "אלשעב" (העם), אשר נוסדה בנובמבר 1930ובראשה עמד אסמאעיל צדקי[43]. ביום 28 באפריל 1936 המלך פואד הלך לעולמו ומונה במקומו המלך פארוק.

חוקת 1923 הייתה צעד חשוב בהיסטוריה הפוליטית של מצרים משום שזו סימנה שלב מעבר משלטון אבסולוטי אל שלטון קונסטיטוציוני, ואילו המשקל הפוליטי של הכוחות והמפלגות שהתקיימו דאז, מפלגת אלופד זכתה המפלגה המשפיעה ביותר על החיים הפוליטיים והיא הרכיבה את מרבית המפלגות ששלטו במצרים עד למהפכת 1952. למפלגת אלופד היה אופי לאומי חילוני והאידאולוגיה שלה התבססה על עקרונות בסיסיים של השגת עצמאות, שמירה על אחדות לאומית וממשל קונסטיטוציוני ששומר על חופש הפרט והכלל[44]. למפלגה הצטרפו נוצרים קופטים רבים ומילאו בה תפקידים בכירים[45].

מצב פוליטי זה שהעיבוד הבריטי הותיר תרם לגירוי רגשות דתיים, במיוחד לאור ריבוי גילויים של הידרדרות מוסרית באותה תקופה, דבר שחסן אלבנא היטיב לנצל כדי לקדם את תנועתו בשנות העשרים של המאה הקודמת ולהציגה כתנועה הניצבת בחזית הכוחות הלאומיים המתנגדים להמשך הכיבוש הבריטי. הוא אף

42.	מוחמד צברי, מקור קודם, ע 499.

43.	לטיפה מוחמד סאלם, פארוק ונפילת המונרכיה במצרים 1936-1952, מהדורה שניה (קהיר: מכתבת מדבולי, 1996), ע 220.

44.	פח'רי עבד אלנור, מקור קודם, ע 51-55

45.	לדעת הרבה בנושא הזה, ראה:

Hafez Ghanem, Egypt's Difficult Transition: Options for the International Community, https://brook.gs/2vYNqaS. P.5-6

הציב את שחרור המולדת מכיבוש זה כמטרה עיקרית של האחים המוסלמים ודורג במקום הרביעי של שלבי הפעולה, שהוא "שחרור המולדת מכל שלטון זר"[46]. חסן אלבנא הבין כי התמקדות בעניין ההתנגדות לכיבוש הזר עשויה לתת לקריאותיו מומנטום בחברה עת שהחברה המצרית הייתה כמהה להתפטר מכיבוש זה, שהיה הסיבה להידרדרות המצב הפוליטי, הכלכלי, החברתי והמדעי.

2-1-2 המאבק בין הכוחות הפוליטיים: הכיבוש הבריטי היה אמור לאחד את הכוחות והזרמים הפוליטיים, שכן כולם נלחמים למען סוגיה לאומית, שהיא ביטול הכיבוש וקבלת ריבונות לאומית. אולם, תקופה זו התאפיינה בהופעת הדלים ושונות בין הכוחות הפוליטיים, דבר שהשתקף בהתייחסות כוחות אלה אל הזהות המצרית, אשר התבטאו בארבע מגמות עיקריות: ראשית, הלאומיות האזורית שקראה לבניית חברה חדשה על פי התפיסות האזרחיות של האומה. שנית, הלאומיות הנציונליסטית, אשר קראה להקמת "מצרים רבתי". שלישית, הלאומיות הערבית, אשר הדגישה את הזהות הערבית של המצרים. רביעית, הלאומיות האסלאמית, אשר שאפה לאזן בין זהות מצרית לזהות אסלאמית חוצה גבולות[47].

באותה עת האינטרסים האישיים שלטו בחיים המפלגתיים על חשבון הדאגה לאזרחים העניים כפי שקרה כאשר רוב המפלגות, לרבות מפלדת אלווְפְד, מפלגת הקונסטיטוציוניים החופשיים והמפלגה הלאומית נגד הצעת חוק להגדרת הבעלות על האדמות החקלאיות. מה גם שמפלגות אלה לא הציגו פתרונות מדעיים לבעיית יוקר המחיה, האינפלציה והשחיתות המנהלית והפיננסית ששררו שהיו נפוצות באותה תקופה[48], דבר שתנועת האחים המוסלמים ניצלה

---

46. לפרטים נוספים על האופן בו ניצל חסן אלבנא את סוגיית הכיבוש הבריטי, ראה: האמאם אלבנא והעימות עם הכיבוש הבריטי במצרים, אתר ויקיפידיה האחים המוסלמים, ל.ת, בקישור הבא: https://bit.ly/2ujC6lG

47. לדעת הרבה בנושא הזה, ראה:

Paul Brykczynski, Radical Islam and the Nation: The Relationship between Religion and Nationalism in the Political Thought of Hassan al-Banna and Sayyid Qutb, https://bit.ly/2Mx69VR

48. מוחמד מותוואלי, מצרים והחיים הפרלמנטריים והמפלגתיים לפני 1952- עיון היסטורי ותרבותי, (קהיר: דאר אלת'קאפה מו"ל והפצה, 1980), ע 162.

כדי להטיל ספק בלאומיות של מפלגות אלה והציגה אותן כמפלגות שאינן מעוניינות בצדק חברתי והן תמיד לצד האינטרסים של העשירים ואנשי העסקים, ואילו היא מרימה את דגל המלחמה בעוני ובקיפוח ותמיד עומדת לצד העניים במטרה להתרחב ולחלחל את המרקם החברתי במצרים. זו הייתה הסיבה להתנגדות התנועה עם מספר רב של מפלגות וכוחות פוליטיים בשנות השלושים של המאה העשרים, ובמיוחד עם מפלגת אלוופד. אלבנא אף פרסם שורה של מאמרי ביקורת נגד המפלגות הפוליטיות, שבאחד מהם הוא תוהה: "שאל כל מנהיג פוליטי: ראש מפלגת "אלחראר" או מפלדת "אלשעב" או מפלגת "אלאיתיחאד" על השיטה שגיבש והכין כדי לקדם את האומה ולהוביל אותה אל הגשמת צרכיה. דבר לא הוכן כלל"[49], וזאת הוא עשה בנסותו להציג את תנועתו בהיותה תנועה עם חזון ותוכנית לקידום מצרים וטיפול בכל הבעיות שמדינה מתמודדת מולן. דבר זה גם מצביע על כך שהשיח שאימץ אלבנא כבר מתחילת התפתחותה של התנועה ביטא שאיפה פוליטית ברורה, שהיא תפיסת השלטון כפי שהתברר מאוחר יותר.

3-1-2 המשתנים הכלכליים

אין ספק שהנסיבות הכלכליות ששררו במצרים בשליש הראשון של המאה העשרים תרמו במידה רבה לצמיחת תנועת האחים המוסלמים, במיוחד התרחבות מעגלי העוני, עליית שיעורי האבטלה בקרב הצעירים והשחתת התעשיה הלאומית, מה שגרם להתמרמרות בקרב השכבות אוכלוסייה רחבות של העם המצרי, דבר שתנועת האחים המוסלמים היטיבה לנצל באותה תקופה כדי להציג עצמה בדמות של תנועה לאומית המזדהה עם מכאובי האזרחים המצרים ושוקדת על מציאת פתרונות הולמים.

מבט חטוף על טיב הנסיבות הכלכליות ששררו במצרים באותה תקופה יבהיר כיצד ניצלה תנועת האחים המוסלמים כבר בתחילת דרכה את המצב הכלכלי-חברתי הקשה כדי לתפוס לעצמה אחיזה בחברה באמצעות הגשת שירותים

---

49.   תנועת האחים המוסלמים ומפלגת אלוופד.. עובדות היסטוריות, אתר וקיפידיה אלאח'וואן, ל.ת, בקישור: https://bit.ly/37v38vr

כלכליים-חברתיים ופעילות צדקה[50]. ואכן המצב הכלכלי היה קרקע פורייה עבור תנועת האחים המוסלמים כדי להתרחב בחברה. הכלכלה המצרית במהלך העשור השני של המאה העשרים הייתה כהגדרת אחד החוקרים, מושקעת לשירות המלווים, שכן מצרים הפכה למדינה מייצאת הון במקום לייבא הון. המטרה העיקרית של הניהול הכלכלי בצל הכיבוש הבריטי הייתה לייצר מספיק הכנסה לטובת החובות שמצרים נקלעה אליהם. הנימוק הראשון שהממשלה הבריטית הציגה להצדקת כיבוש מצרים היא הגנה על המלווים האירופיים. מכאן נקראה אותה תקופה בשם "כידן חובות ללא פיתוח"[51].

הציר של הכלכלה המצרית במהלך שני העשורים הראשונים של המאה העשרים היה חקלאות. ההשקעות במגזר החקלאי ובתשתיות באותה עת נוקזו לשירות ייצוא הכותנה והצמיחה באותה תקופה הצטמצמה בתעשיות שזכו להגנה טבעית כמו ניפוט כותנה ודחיסתה ותעשיות שמנים, מלט ובירה. בריטניה לא הרשתה כל שינוי במבנה התעשיה המצרית. הכלכלה המצרית הייתה נתונה לשליטת ההון האירופי בתקופה הזו, שקיים מספרים רבים של סניפי בנקים אירופיים, הזרים שלטו גם על המסחר. שלטונות הכיבוש התרחבה בגידול כותנה לטובת המפעלים הבריטיים. דבר שהביל לשנוי הפעולות הכלכליות ולקריסת דפוסי הייצור הישנים, אשר המשיכו להתקיים עד סוף שלטונו של מוחמד עלי ושל כמה מבניו מאחריו[52].

ברור היה שהכיבוש הבריטי פעל לסיכול כל אפשרות של התפתחות כלכלית במצרים וצמצם את אפשרויות הצמיחה במסגרת התלות והכניעה לקפיטליזם המערבי[53], כך שנוצר פחות עניין בתעשייה במצרים, שהתבטא בסגירת מפעלים

---

50. לדעת הרבה בנושא הקמת תנועת האחים המוסלמים, ראה: ג'ון ל. אספוזיטו, האיום האסלאמי: מיתוס או אמת? תרגום עבדו קאסם (קהיר: דאר אלשורוק, 2002), ‬מהדורה שניה, ע 43.

51. לדעת הרבה בנושא שלבי התפתחות הכלכלה המצרית, ראה: ג'לאל אמין, סיפורה של הכלכלה המצרית מתקופת מוחמד עלי עד תקופת מובארק, (קהיר: דאר אלשורוק, 2012), ע 38-39.

52. מקור קודם, ע 40-45.

53. גלאל אמין, ספור הכלכלה המצרית מתקופת מוחמד עלי אל תקופת מובארק, מקור קודם, ע 60-77. לדעת הרבה בנושא הזה אפשר לראות: מחמוד מתולי, היסודות ההיסטוריים של הקפיטליזם המצרי (אלהייאה אלעאמה לקוצור אלת'קאפה, קהיר, 2011) ע 83.

ממשלתיים ומכירת בתי הכותנה ומפעלי הטקסטיל שעוד נותרו מימי מוחמד עלי. כמוכן, השלטונות הבריטיים הפסיקו את העבודה במפעלים לייצור רובים ותחמושת, הפסיקה את העבודות במספנה לתיקון ספינות ונסגרו סדנות ובתי מלאכה ונסגר המפעל לייצור מטבעות כסף, וכל זה במגמה ברורה שנקט הכיבוש הבריטי לריקון התעשיה המצרית מתכניה והפיכת מצרים לעוד כלכלה המייצאת חומרי גלם או לשוק פתוח לצריכת תוצרת הכיבוש[54].

בעוד שמוצרים בריטיים ואירופיים במיוחד זרמו למצרים, נשללה מהמוצרים המצריים הגנת מכס והשלטונות הבריטיים ביטלו שיגור משלחות תעשייתיות לחו"ל[55]. השוק המצרי הפך למקום לשיווק התוצרת התעשייתית האירופית, וכתוצאה מכך הממשלה המצרית לא הייתה מסוגלת להגן על התעשייה במקומית באמצעות ייצאו כותנה לאירופה וקבלת תמורת הכותנה במוצרים תעשייתיים מיובאים למצרים מבריטניה או דרך בריטניה. כמוכן, הוטל מס' בשיעור של 8% על כל מוצרי הכותנה, שזה היה שווה לשיעור המכס המוטל על מוצרים מיובאים מאותו סווג, מה שגרם למיתון בתחום תעשיית הכותנה[56].

תקופת מלחמת העולם השנייה הייתה הזדמנות להתעוררות מחודשת של המגזר התעשייתי לאחר שהופסק ייבוא של מוצרים אירופיים רבים, באותה תקופה הוקמו עוד כמה תעשיות, אבל רובן היו תעשיות יחידניות עם משאבים מוגבלים, שפועלות על פי טכניקות ייצור ישנות מפני שתעשיות גדולות דורשות השקעת סכומי כסף גדולים[57].

---

54. ג'לאל אמין, סיפור הכלכלה המצרית, מקור קודם, ע 45.

55. המקור הקודם, ע 77-82, למידע נוסף על התפתחות המגזר התעשייתי בתקופה זו, ראה:

Ropert Mabrow & Samir Radwan: The industrialization of Egypt (1939 – 1973) policy and performance. Clarendon press, Oxford, 1976, P.5.

56. אבראהים אלביומי ע'אנם, האידיאולוגיה הפוליטית של האימאם חסן אלבנא (קהיר: מדאראת למחקר והוצ'ל, 2012), מהדורה ראשונה, ע 55.

57. ד. סעיד אסמאעיל עלי, החברה המצרי בעידן הכיבוש הבריטי, 1882-1923, (קהיר: הספרייה האנגלו מצרית, 1972), ע 163-164.

מצרים לא ידעה באותה תקופה פעילות בנקאית. היו שם סניפים של בנקים אירופיים, וכמה ממוסדות הנאמנות שהיתה מעונינת במימון רק סחר חוץ של מצרים ולהשקיע את החסכונות של המצרים בנמצאים ברשותם בחו"ל ולהימנע ממימון כל פעילות תעשייתית במצרים[58]. מצב זה הניע מספר בכירים לאומנים במצרים לחשוב על הקמת בנק מצרי שיהווה בסיס למימון פרויקטים לאומיים[59]. טלעת חרב הצליח להקים את בנק מצרים בשנת 1920 עם הון של מיליון לירה מצרית. הבנק פעל ליזום פרויקטים תעשייתיים כישויות נפרדות מהבנק עם תקציב עצמאי, אך זוכות לתמיכה וסיוע של הבנק. במהלך העשור הראשון לפעילותו, הבנק הקים 14 חברות, שחלקן היוו על פי המודל האירופי החדשני ביותר באותה עת[60].

הבנק המצרי היה סמל של מגמה לאומית ציבורית ופעל לעידוד השקעת ההון מצרי בפרויקטים פיננסיים מסחריים וכלכליים. באותה עת הבנק שיתף פעולה עם הממשלה לצורך בניית מערך מימון מיוחד לפרויקטים מצריים של תעשיה קטנה. הבנק גם הצליח לפתוח תחומים חדשים עבור משקיעים, שכן באוותה תקופה בעלי ההון המצרים לא גילו עניין מספיק בהפניית הוונם להשקעה בפרויקטים תעשייתיים ומסחריים, אך עם התרחבות פעילות הבנק, הוא סייע במימון מספר פעילויות שהביאו תועלת למצרים באותה תקופה[61].

בכל הקשור לכוח העבודה העיקרי, הזרים שלטו על כל רבדי הפעילות הכלכלית, כך שבוגרי אוניברסיטאות מצריים הפסידו בתחרות על המשרות. תופעה זו הועלתה בבירור בדוח מטעם ועדת המסחר והתעשייה בממשלה המצרית, אשר קבעה כי הגידול באוכלוסייה במצריים היה מלווה בגידול

---

58. המקור הקודם, ע 166.

59. ראה:

Robert L. Tignor, Bank Misr and Foreign Capitalism, International Journal of Middle Eastern studies, Vol., 8, No. 1977, P. 161.

60. ד. אחמד בדיע בליח, מקור קודם, ע 84.

61. סעיד אסמאעיל עלי, מקור קודם, ע 175-174.

באוכלוסיית המובטלים[62]. עליית מספרם של מבקשי העבודה נרשמה לא רק באזורים העירוניים, אלא הגיעה גם לאזורים הכפריים. היצע גדול של ידיים עובדות וביקוש קטן של ידיים עובדות הוביל לירידת גדולה בשכר העבודה בענפים החקלאיים, כך שקשה היה הבחין בין אלה המשתכרים שר שעום לבין אלה המובטלים. הנתונים סטטיסטיים משנת 1970 הצביעה על כך שמתוך כלל האוכלוסייה, שמנתה אז 11.190.000 נפשות, 5.338.000 אנשים, כלומר מחציתם לא ידוע מה עיסוקם[63]. מצב זה נמשך עד פרוץ מלה"ע הראשונה בשנת 1914, אשר הביאה להופעת תנועה בקרב בעלי עסקים זרים ומצריים, ובמיוחד בתחומי תעשייה ומקצועות שהושפעו מהמלחמה בשנותיה הראשונות, שמטרתה הפחתת שכר והצעת ידיים עובדות. תנועה זו ועוד גורמים אחרים כמו שיבוש תנועת סחר החוץ ועזיבת בעלי עסקים זרים וחיסול עסקיהם ועצירת עבודות הבנייה, הובילה לעלייה בשיעורי האבטלה בקרב עובדים מצריים וזרים כאחד[64]. בשנת 1920 היו 250.000 עובדים מקצועיים מתוך 13 מיליון תושבים, בעוד ששיעור עובדי החקלאות היה קרוב ל- 70% מכלל האוכלוסייה, וזאת לאור העובדה שהכלכלה המצרית הייתה כלכלה חקלאית[65].

במקביל לכך הופיע הקניין הפרטי כיסוד לארגון חברתי במקום בעלות המדינה על אמצעי הייצור, ובמיוחד אדמות חקלאיות. שלטונות הכיבוש פעלו לקביעת בעלות פרטית על הקרקע ולהפוך שכבת בעלי הקרקעות החדשים לשכבה תלויה במדיניות הכיבוש הבריטי ובקפיטליזם המערבי, לכן היה טבעי שהאליטה הזו תהפוך להיות מיוחדת ועשירה לעומת שאר המצריים[66].

62. דוח ועדת המסחר והתעשיה, ממשלת מצרים, ל.ת, ע 57.

63. סעיד אסמאעיל עלי, מקור קודם, ע 234-235.

64. אמין עז אלדין, תולדות מעמד עובדים במצרים מיום צמיחתו עד למהפכת 1919, (קהיר: דאר אלכיתאב אלערבי להוצאה לאור והפצה, ל.ת), ע 137.

65. David Johnson, Egypt's 1919 Revolution, April 3, 2019, https://bit.ly/2MLEocz

66. רוברט תיג'נוד, "הכלכלה הפוליטית של חלוקת ההכנסה במצרים", (קהיר: אלהייאה אלמצריה אלעאמה לילכיתאב, ל.ת), ע 20.

מצב כלכלי זה השפיע רבות על מגזר רחב של האוכלוסייה המצרית והוביל להתרחבות מעגלי העוני ועליית שיעורי האבטלה והידרדרות שירותי הרווחה. מצב עניינים זה הי אחד הגורמים העיקריים לעליית תנועת האחים המוסלמים, מה שעודד את מייסד התנועה, חסן אלבנא, לחשוב כיצד לנצל מצב זה באופן שיבטיח לתנועתו כיבוי חברתי חזק, והוא עשה זאת באמצעות הגשת סיוע לשכבות העניות והמוחלשות מתוך הנחה שזו תהיה התחלת בניית תמיכה חברתית. בשלב מאוחר יותר התנועה התחילה לחזק את אחיזתה בקרב האוכלוסייה באמצעות הקמת בתי ספר, בתי חולים, חברות למסחר סיטונאי וקמעונאי של מצרכי מזון, גרוטאות והלבשה[67].

ביסוס האחיזה החברתית של תנועת האחים המוסלמים לא הצטמצם רק בטיפול בסוגיות כספיות והתנועה יצרה והעלתה שיח דתי- חברתי- פוליטי במטרה למשוך אליה שכבות אוכלוסייה רחבות, במיוחד ממעמד הפועלים והאיכרים. מגמה זו אומצה ע"י המייסד חסן אלבנא ויישומה נמשך ע"י מנהיגי התנועה שבאו אחריו, אך קיבלה צורות רבות עם התפתחות אמצעי התקשורת. חסן אלבנא נהג להפיץ את רעיונותיו והנחיותיו באמצעות איגרות או אנקדוטות פולקלוריסטיות ואלה שירשו אותו דאגו להדפיס את המסרים של התנועה ולהפיצם בקרב האוכלוסייה, ובמיוחד בקרב סטודנטים באוניברסיטאות. מנהיגי התנועה שבאו אחריו נהגו באותה שיטה, כך לדוגמא, מוסטפא משהור, המנהג החמישי, שהיה קרוב יותר לזרם של סייד קוטוב, חיבר סדרה שכותרתה "בין הנהגה לשירות צבאי על דרך הדעווה". עומר אלתלמסאני, המנהיג השלישי, שהיה מתון יותר והסתגל יותר עם החברה והמדינה, לא זנח מגמה זו דרך חיזוק הייצוג של התנועה באיגודים המקצועיים[68], שכן היה ברור שמנהיגי התנועה מאמצים שיח חברתי תודעתי שמטרתו לגייס את האוכלוסיות העניות והחלשות בחברה ולהשתמש בהם לקידום המטרות הפוליטיות של התנועה, ובמיוחד בתקופות בחירות.

---

67. עמאר עלי חסן, "החברה עמוקה של האחים המוסלמים והסלפים במצרים", (אלכסנדריה, מכתבת אלכסנדריה), סדרת פרסומים (מראצד), גיליון 29, ע 27.

68. עמאר עלי חסן, מקור קודם, ע 32-33.

2-1-4 הנסיבות החברתיות

הנסיבות החברתיות ששררו במצרים במהלך השליש הראשון של המאה העשרים סללו את הדרך להופעת תנועות דתיות-פוליטיות ובראשן תנועת האחים המוסלמים. תנועות אלה הופיעו כמחאה על היעדר צדק חברתי, פערי מעמדות חריפים או התרחבות מעגלי העוני בקרה מגזרים רחבים באוכלוסייה המצרית, שהנם כאמור השלכות של מדיניות הכיבוש הבריטי במצרים.

המדיניות שנקטו שלטונות הכיבוש הבריטיים חיזקו את הבדלי המעמדות במצרים כאשר קבעו בעלות פרטית על הקרקע, וזאת במטרה להדק את שליטת הכבוש על הכלכלה המצרית באמצעות הפיכת מעמד בעלי הקרקעות החדשים לשכבה תלויה במדיניות הכיבוש הבריטי ובקפיטליזם המערבי[69]. מדיניות זו תרמה להגדלת הפערים המעמדיים במצרים עם עלייית מעמד העשירים ובעלי ההשפעה בחברה המצרית מכיוון ששלטונות הכיבוש חילקו את אדמות המדינה על האמידים ובעלי ההשפעה, דבר שאפשר שליטה של מספר מועט של משפחות על שטחים גדולים על חשבון רוב העם המצרי[70]. ראיה לכך היא ש 0.4% מהבעלים החזיקו בכ- 35% מהאדמות החקלאיות וקרוב ל- 0.076% מבעלי הקרקעות החזיקו בכ- 19.6% מהאדמות החקלאיות במוצע של 2300 דונם, בעוד שמרבית העם המצרי היו חסרי כל[71].

באותה תקופה החל להתהוות מעמד ביניים במצרים, אך לא היה כפוף לשכבת הנכבדים. ובתקופה מאוחרת שילובם של בני הכפריים בצבא המצרי גרם לסוג של תנועה חברתית. ועם הזמן הצליחה שכבת המשכילים לעבוד בכמה תפקידים בכירים בתוך מוסדות המדינה והתאגדה בהתאחדויות

---

69. רוברט תיג'נוד, "הכלכלה הפוליטית של חלוקת ההכנסה במצרים" (קהיר: אלהייאה אלמצריה אלעאמה לילכיתאב, ל. ת), ע 20-25.

70. לפרטים נוספים אודות מאפייני מאבק המעמדות במצרים, נא לראות: מחמוד חסין, מאבק המעמדות במצרים, תרגום אחמד וואצל, (ביירות: דאר אלטליעה, 1971).

71. מחמוד עבד אאלפצ'יל, תמורות כלכליות וחברתיות באזורים הכפריים 1930-1970, (אלהייאה אלמצריה אלעאמה לילכיתאב, 1978), ע 12.

לאומיות, חקלאיות ותעשייתיות[72]. בנוסף לכך, מדיניות הכיבוש הבריטי קידמה אינטרסים של עשירים על חשבון העניים, וראיה לכך ניתן למצוא במדיניות תעריפי המכס ומדיניות התעסוקה, אשר שירתו בעיקר את העשירים בעוד שהנטל של מדיניות זו היה על העניים[73]. הממשלות באותה תקופה היו לצד האינטרסים של האירופאיים על חשבון המצריים בכל התחומים[74].

בצל מצב חברתי זה של היעדר צדק חברתי, סדר מעמדי ועוני הולך ומחריף, הרעיונות של מייסד התנועה, חסן אלבנא, הזדהו עם דרישות פשוטי העם ואפשרו לו לקדם את תנועתו ועקרונותיה תחת מעטה של מטרות חברתיות ופוליטיות. מה שסייע לו לקידום התנועה היא העובדה שהמרקם החברתי במצרים של אותם ימים היו איכרים ופועלים מעוטי הכנסה.

חסן אלבנא ניצל מצב זה כדי לחדור אל שכבות החברה השונות והצליח לגייס אלפי עניים שמצאו בעקרונות דת האסלאם פתרון לשיפור איכות חייהם והשגת צדק חברתי לטובתם. מכאן אנו למדים למה חסן אלבנא הקפיד לתאר את הקריאה שלו כתנועה דתית מקיפה שעוסקת בהיבטים השונים של החיים החברתיים, הכלכליים והפוליטיים. במקביל לכך הוא דאג לצרף לתנועתו אנשי מפתח משכבות האוכלוסייה השונות, ובמיוחד השכבות שבתחתית סולם העוני ושכבות שסבלו מדיכוי חברתי והפך אותם למקדמי ומשווקי התנועה בתוך החברה. לפיכך, אנו מוצאים בין מייסדי התנועה כאשר הוכרזה בשנת 1928 נגר, ספר, גהצן, נהג, גנן ומכונאי. אלה היו קבוצות האוכלוסייה המושפעות ביותר מהאסלאם הקדמוני הפשוט, בעוד שבני המעמד הבורגני והפיאודלי הושפעו יותר

72. למידע נוסף אודות חלק זה, ראה: מאג'דה ברכה, המעמד העליון בין שתי מהפכות (1952-1919), (קהיר: המרכז הלאומי לתרגום, 2009).

73. למידע נוסף על התפתחות המאבק המעמדי במצרים, ראה: עבד אלעט'ים רמצ'אן: מאבקי מעמדות במצרים 1952-1837 (קהיר: מכתבת אלאוסרה, ל. ת).

74. רוברט תיג'נוד, "הכלכלה הפוליטית של חלוקת ההכנסה במצרים" (קהיר: אלהיי'אה אלמצריה אלעאמה ליל כיתאב, ל. ת), ע 20.

ברעיונות מערביים ותרבות מערבית בשל יכולתם להיחשף לתרבות המערבית, לחוות אותה ולקרוא להיפתח אליה[75].

מחקר אחר אף מצביע על כך שתחילת התפתחות התנועה באיסמאעיליה לא נבעה מווקום, אלא הייתה תוצאה של שכבה גדולה של פועלים וחקלאים באותה עיר, אשר סבלו קיפוח, הדרה ודיכוי ומצאו ברעיונות של אלבנא והתקרבותו אליהם הזדמנות להציע הקמת תנועה שתפעל למען היחלצות ממצב זה. ואכן, לאחר הקמת התנועה בשנת 1928 היא הציבה בראש מטרותיה לפעול למען צדק חברתי, ונענתה באתגרים שעמדה בפניו של החברה המצרית, כגון אנאלפביתיות, תחלואה ועוני. התנועה הקדישה גם תשומת לב מיוחדת בסוגיות שהעסיקו פועלים וחקלאים והקימה במסגרת המבנה הארגוני והניהולי שלה מחלקת הפועלים והחקלאים במרכז הכללי שלהם[76].

2-1-5 אלבנא וניצול הסוגיות החברתיות (האישה- החינוך)

בשליש הראשון של המאה העשרים מעמדה של האישה במצרים היה ירוד כמו בכל מדינות ערב כתוצאה משיקולים חברתיים וערכיים ונשים לא נהנו מזכויות בסיסיות. לימודי נשים למשל היו דבר נדיר ובכל מצרים היו שלושה בתי ספר לבנות, ובכללן בית הספר הסוני בתחילת המאה העשרים[77]. בתקופה הזו האישה לא היה לה מעמד חברתי בגלל מערכת מנהגים ומסורות המורשת, שהבילה למגבלות על האישה בתוך החברה והמולדת שלה, ומנעה אותה למלא תפקידה לצמיחת החברה והתפתחותו[78].

---

75. מוחמד עמארה, החיבורים השלמים של רפאעה ראפע טהטאווי, כרך שני, מדיניות לאומית וחינוך (קהיר: אלמואססה אלערביה למחקר והוצ"ל, 1973), מהגורה ראשונה, ע 95.

76. החינוך הפוליטי של האחים המוסלמים, אתר ויקיפידיה האחים המוסלמים, בקישור: https://bit.ly/36eOMhf

77. ד. מוחמד עלי עטא, עתיד האישה בצל האחים המוסלמים, אתר אח'ואן ויקי, ל. ת, בקישור: https://bit.ly/2TF2k2L

78. קאסם אמין, שחרור האישה, (קהיר: מכתבת אלאדאב לדפוס, הוצ"ל והפצה, 2009), ע 44-52.

כתוצאה ממצב זה צמחה במצרים באותה תקופה תנועה פמיניסטית שקראה לשחרור האישה והשוואת מעמדה לזה של גבר. תנועה זו קמה כמחאה על המצב הקשה בו היו נשים נתונות ובעידוד אינטלקטואלים שקראו לשוויון בין המינים הן בזכויות והן בחובות, ובמיוחד הזכויות הפוליטיות, ובכללם קאסם אמין והפעילה הפמיניסטית מוניר ת'אבת[79]. תנועה זו הונהגה בידי נשים מפורסמות דוגמת הודה שערַאוּוי, שהיא אחת הנשים הבולטות ביותר בהיסטוריה של מצרים, שכן לאחר חזרתה מרומא אל מצרים היא החלה את דרכה במאבק למען שחרור האישה, וזה היה הסיפור והתיאוריה הראשונה לשחרור האישה במצרים. היא קראה לנשים לא לעטות חיג'אב כפי שנהוג בתרבות המערב, וקראה להחיות את תפקידה של האישה המצריייה בכל תחומי ההשכלה והעבודה והשוואתה לגבר לאחר קיפוח זכויותיה למשך תקופה ארוכה.[80]

חסן אלבּנא גילה הזדהות עם הפעילות החברתית שקראה לשחרור האישה ועצמת מעמדה בחברה כדי להפגין את העניין של תנועתו בסוגיות של מעמד האישה והגנה על האישה בשל היותה שותפה לגבר בחברה. הוא פעל לניצול סוגיה זו לטובת מטרות התנועה בהתפשטות בתוך החברה, שכן הוא הבין כבר מלכתחילה כי אין זה הגיוני שהתנועה שהוא מקים תהיה רק מפלגה של גברים בלעדי הנשים. לפיכך, הצעד הראשון והבולט שהוא נקט להפגנת הזדהות עם האישה ולהתעניין במצבה במטרה לזכות בתשומת לבה ותמיכתה ברעיון החדש היה הקמת בית ספר "אימהות המאמינים". לבחירת השם הייתה משמעות ורמז ברור למהות וסוג החינוך בבית ספר זה. לאחר מכן הקים בי"ס "אלתאא'יבאת" (החוזרות בתשובה) עבור נשים שננטשו לעבוד בזנות כדי ללמדן מקצועות מכובדים ולהשיאן[81]. כוונותיהם האמיתיות של האחים המוסלמים נחשפו כאשר על פי החלטת לשכת ההנהגה (מכתב אלאירשאד), התנועה הכריזה בראשון באפריל 1933 באיסמאעיליה על הקמת המחלקה

79. חמאדה אסמאעיל, חסן אלבּנא ותנועת האחים המוסלמים בין דת לפוליטיקה 1928-1949, (קהיר: דאר אלשורוק, 2010), מהדורה ראשונה, ע 25.

80. רחמה צ'יאא', האישה הערביה: יותר ממאה לקראת שחרור, 8 מרץ 2019, בקישור: https://bit.ly/2NWJeSj

81. חוד'ייפה חמזה, האישה ותנועת האחים המוסלמים, אתר נון פוסט, 6 פברואר 2016, בקישור: https://bit.ly/360ImCk

הראשונה של אחיות מוסלמיות, המסונפת למרכז הכללי ומפקחת על כל קבוצות האחיות המוסלמיות במצרים[82].

תנועת האחים המוסלמים התייחסה לסוגיית האישה על פי גישה פרגמטית גרידא, וזאת מתוך הנחה שהאישה היא כלי חשוב שיש בו לסייע בהרחבת שורות התנועה והתפשטותה בחברה. בתחילת דרכה של התנועה, חיבורים רבים של התנועה הדגישו את זכויות האישה בכל התחומים, אך עניין זה פחת בצורה ברורה לאחר מכן. לא זו בלבד אלא שהתנועה החלה להטיל מגבלות על עבודת האישה במרחב בציבורי, ובמיוחד בתחום הפוליטי, שכן חסן אלבנא האמין שהמרחב הציבורי והזירה הפוליטית אינם מקומות שמתאימים לאישה כי זה פוגע בנשיות שלה. הוא האמין גם שאסור לאישה להציג מועמדותה בבחירות וכי הצגת מועמדות כזו היא כמו מרד נגד האסלאם ואף טען שהשתלבות האישה במרחב הציבורי מנוגדת לטבעה ולבריאתה [83].

הסוגייה השנייה שהעסיקה את חסן אלבנא ואותה היטיב לנצל כדי להכין את הקרקע להקמת תנועתו היא החינוך. הוא קרא רבות לשיפור מצב החינוך במצרים, שהיה נחות בצל הכיבוש הבריטי.

שלטונות הכיבוש הבריטי השתלטו על מערכת החינוך, כפי שהשתלטו על מערכות ומגזרים אחרים, והובילה אותה לכיוונים המתיישבים עם האינטרסים שלהם לניהול ענייני המדינה, שכן השלטונות הבריטיים ידעו כי הנהגת עם בור קל עשרות מונים מהנהגת עם משכיל. האובססיה של הבריטים הייתה תמיד שהפצת החינוך במצרים עשויה להוליד בטווח הרחוק מעמד של אינטלקטואלים מלומדים שיתחילו להבין מה הזכויות המגיעות לעם מהכובשים, ובראש ובראשונה זכותם לסיום הכיבוש והשגת עצמאות. שכבה זו עשויה להתייצב בשם

---

82.   טארק אבו אלסעד, האמת מאחורי תפקיד האישה בתנועה וכיצד הוקמה מחלקת האחיות המוסלמיות?, אתר חפריאת, 14 נובמבר 2018, בקישור: https://bit.ly/38mhY7C

83.   חוד''ייפה חמזה, מקור קודם.

העם מול הכובשים ולדרוש את התפנותם ואף עלולה להוביל את העם לעימות ישיר עם שלטונות הכיבוש[84].

לשם כך, שלטונות הכיבוש קבעו כללים חריגים לניהול התהליך החינוכי. כללים אלה התבססו על ראיה צרה של אגוצנטריות מופלגת, שלפיה החינוך במצרים צריך להיות לא מעבר למידה שתאפשר הכשרת פקידים המסוגלים לנתב את ענייני המדינה המנהליים בלבד. הקונסול הבריטי, הלורד קרומל, הצהיר זאת בפירוש כאשר כתב באחד מאיגרותיו כי "מטרתה של מערכת החינוך במצרים היא ייצור מעמד של פקידים שישתתפו בניהול ענייני המדינה, ואין זה מצופה שמערכת זו תשרת מטרה אחרת זולת מטרה זו"[85]. דברים אלה מצביעים בבירור על כך שהכיבוש הבריטי הכפיף את ההשכלה למדיניות הכשרת פקידים למילוי תפקידים כמין יישום של מדיניות "השכלה של מחסור" או השכלה בהתאם לצרכי הממשלה בפקידים ולא השכלה לכל. לפרספקטיבה צרה זו של השכלה היו השלכות קשות ביותר על החברה, ובמיוחד על בוגרי בתי ספר, אשר נמנעה מהם היכולת לחשוב ולחדש ונאלצו ללמוד על פי שיטת השינון. מדיניות חינוך זו הציבה את בוגרי בתי הספר בתבנית פונקציונלית מקובעת, שפסגת ההישגים בה הם משכורת ממשלתית וציפייה לקידום והעלאת שכר, שאלה היו הציפיות הגבהות של כל עובד ועל פיהם התנהלו חייו הפרטיים, מה שהביא לדיכוי רוח ההרפתקה וריחוק מפעילות פוליטית[86].

שלטונות הכיבוש הבריטיים במצרים פעלו במספר מישורים במטרה להגביל את ההשכלה של המצרים והסתייעה במספר אמצעים ליישום מדיניות זו. ייתכן שהאמצעי המסוכן ביותר שנקטו היה חוסר התנגדות ברורה או אפקטיבית להתפשטות שיטת "אלכותאב" (מורים פרטיים של קבוצות תלמידים במסגרות לא פורמליות) בחברה המצרית, שסימלה אז תחילתו של סולם ההשכלה במצרים, וזאת המטרה להותיר רושם שהשלטונות הבריטיים דואגים להשכלת העם בעוד שהם היו בטוחים כי שיטת לימוד פרימיטיבית זו

---

84.   100 שנים של אוניברסיטה מצרית, סדרת ימי מצרים, גיליון 30, 2007, ע 2.

85.   המקור הקודם, ע 23.

86.   אותו מקור, ע 24.

אינה תורמת באופן אפקטיבי להעלאת המודעות והידע של הלומדים משום ששיטה זו הצטמצמה בעיקר לשינון ספר הקוראן ולמידת עקרונות קרוא וכתוב וחשבון. כלומר, זו הייתה השכלה מוגבלת, שאינה מפתחת את כישורי הלומדים ברמה מספקת שתסייע להם להתקדם אל שלבי השכלה מתקדמים יותר משום שהסכנה האמיתית טמונה בלימוד מדעים חדשים. לפיכך, תקופת כיבוש זו התאפיינה בהזנחת החינוך וקיצוץ התקציבים המיועדים לחינוך[87]. שלטונות הכיבוש לא הסתפקו בכך ואף פעלו על פי מספר מגמות הוספות: הפיכת האדמיניסטרציה המצרית לאדמיניסטרציה בעלת אופי בריטי, הגבלת ההשכלה לצורף איוש משרות, הפצת התרבות האנגלית במצרים דרך הוראת מקצועות בשפה האנגלית[88], גיבוש תוכניות לימודים מתאימות למטרות הכיבוש. ההוכחה הברורה ביותר לכישלון מדיניות זו היא שבחלוף 40 שנה בצל הכיבוש הבריטי אחוז האנאלפביתיים במצרים לא היו פחות מ- 92% בקרב הגברים ו- 97% בקרב הנשים[89].

מדיניות הכיבוש הבריטי כלפי החינוך במצרים בשאר השכבות, החל מהיסודי על להשכלה גבוהה, הייתה שונה במקצת. שלטונות הכיבוש הצר את צעדיהם של המצרים ככל שניתן ובדרכים שונות. תקציב החינוך היה תמיד מצומצם ביותר ואינו הולם את חשיבות החינוך ואת תרומתו לפיתוח האומה[90].

על אף מלחמת הכיבוש הבריטי נגד תפוצת ההשכלה הגבוהה בקרב המצרים וחרף ניסינו להפוך את החינוך לאמצעי ייצור של פקידים, נולד רעיון הקמת אוניברסיטה כמוסד השכלה עליון. רעיון זה נהגה וקודם ע"י מספר אינטלקטואלים מצריים וערבים מעל דפי העיתונות. הראשון שהעלה רעיון זה היה יעקוב ארתין, מנכ"ל משרד החינוך והאימאם מוחמד עבדו והפובליציסט ג'ורג'י זידאן. הרעיון נתקבל בהתלהבות ע"י המנהיג מוצטפא כאמל, אשר אימץ את הרעיון לקרוא

---

87. אותו מקור, ע 24-26.

88. למידע נוסף על החינוך במצרים בתקופת הכיבוש הבריטי, ראה: מוחמד אבו אלאסעאד, מדיניות החינוך במצרים תחת הכיבוש הבריטי, 1882-1922, (קהיר: טיבה, 1993).

89. האוניברסיטה המצרית- 100 שנים, מקור קודם, ע 42-45.

90. המקור הקודם, ע 26.

לאומה להקים מכללה (אוניברסיטה) שתשלב בתוכה בני עניים ועשירים כאחד. רעיון זה זכה לתמיכת העם והוצא אל הפועל, ורק אז, שרים, נסיכים ומובילי דעת קהל התחרו ביניהם כדי לתרום להצגתה כצעד חשוב לקראת אספקת חינוך מודרני לבני העם כדי שירימו את דגל המאבק והתיקון[91].

<table>
<tr><td>

כותרת הוידיאו: נשות האחים המוסלמים (1): תחילת הגיוס ושיטות הניצול.

בקישור:

https://www.youtube.com/watch?v=jSgrTM rWELY

- "נשות האחים המוסלמים" היא סדרה תיעודית ששודרה באתר 24 החדשותי. הסדרה הציגה לראשונה את הסיפור המלא של ארגון הנשים של תנועת האחים המוסלמים וחשפה את סודותיה של אחת הקבוצות הנשיות המסוכנות ביותר באזור.
- הפרק הראשון בסדרה מתעד את הדרך בה נהג מייסד תנועת האחים המוסלמים, חסן אלבנא כדי להקים את "מחלקת האחות", אותה ניצל בפרויקט שלו להגעה לשלטון. הסדרה מציגה כיצד הנשים של התנועה הצילו את ארגון האחים המוסלמים בשנות החמישים של המאה הקודמת וכיצד נשים של האחים המוסלמים סייעו לעליית מוחמד מורסי לשלטון בעקבות מהפכת 25 בינואר 2011 וכיצד נשים ניסו להתקומם בתוך התנועה בשל הדרתן ממרכז קבלת ההחלטות ולאחר מכן הן הושתקו.

</td><td>

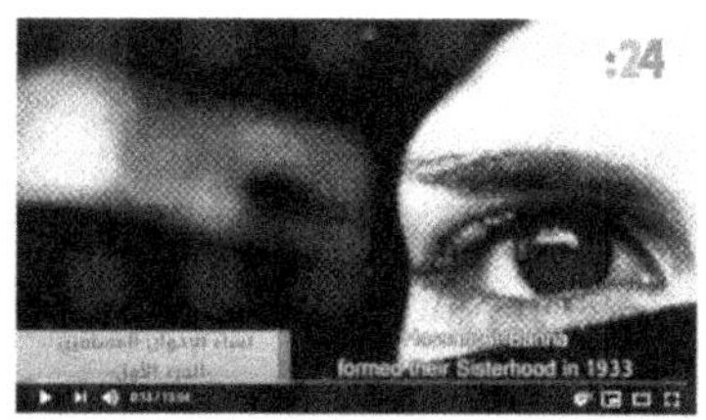

</td></tr>
</table>

https://www.youtube.com/watch?v=jSgrTMrWELYל

כמנהגו של חסן אלבנא, מייסד תנועת האחים המוסלמים לניצול סוגיות אחרות כמו זכויות האישה, הפועלים וההבדלים המעמדיים כדי לקדם את תנועתו, הוא

---

91.   אותו מקור, ע 32.

מצא גם בחינוך הזדמנות חשובה וניצל את הידרדרות מצב החינוך במצרים בצל הכיבוש הבריטי כדי להציג את חזונה של תנועתו בכל בתחום החינוכי, לפיו התנועה מעוניינת לתקן את מערכת החינוך ולתת מענה מקיף לכל הבעיות שהמערכת מתמודדת עמן בכל המישורים.

אלבנא ניסה לשכנע את עמיתיו המורים בצורך לעשות רפורמה במערכת החינוך והם אכן שיגרו איגרת אל שר החינוך ובה ביקשו לערוך רפורמה בתחום החינוך הדתי. לא זו בלבד, אלא שאלבנא חתר להיאבק נגד ההפרזה בלימוד שפות זרות, שלדעתו הייתה שיטה שנקט הכובש כדי למוסס את הזהות הדתית של המוסלמים. לעניין זה הוא טען כי "לימוד שפות זרות הנו אחד היסודות החיוניים של החינוך, במיוחד לאור מצבנו ולאור הצורך שלנו לשאוב ממקורות ההשכלה הזרה את מה שאנו זקוקים לו ביותר למען תחייתנו כאומה; אין על כך ויכוח, אך מה שנראה לנו מוזר הוא ההפרזה בלימוד שפות והפיכתם ליסוד מובנה בתוכניות הלימודים המצריות בכל השכבות ואף בחינוך היסודי. לא ראינו כל אומה שמפריזה כך בלימוד שפות על אף הצורך שלה ללימוד שפות זרת. אפילו במדינות מתקדמות, שמשרד החינוך מעתיק חלקים גדולים ממערכות החינוך שלהן, לא מתחילים לימוד שפה זרה אלא אחרי כתה ו' או ז'. גם חוקרים ואנשי חינוך ממליצים לדחות את לימוד השפה הזרה לגיל מאוחר יותר לאחר החינוך היסודי. אולם משרד החינוך שלנו לא התייחס לא לזה ולא לזה וממשיך בתוכניתו הרגילה של ההפרזה בלימוד שפה זרה עד כדי יצירת השלכות רעות ביותר"[92].

חסן אלבנא הבין את ערכו של החינוך ככלי שעשוי לסייע לקידום תנועת האחים המוסלמים והרחבת ההזדהות עמה בחברה בשל היותה תנועה רפורמית. לשם כך הוא הקפיד על הקמת מוסדות ביעור האנאלפביתיות כדי ללמד איכרים ופועלים. כמו גם בתי ספר, שהראשון בהם היה בית ספר "אלתהד'יב" (היישור) באלאסמאעיליה ולאחר מכן נפתחו בתי ספר ללימודי ערב עבור המבוגרים בענפים שונים כמו ביה"ס הלילי ביישוב אבו צוויר[93].

---

92.   מאמצי האימאם חסן אלבנא לרפורמה ופיתוח של החינוך, אתר וקיפידיה האחים המוסלמים, ל.ת, בקישור: https://bit.ly/2TzrSOK

93.   המקור הקודם.

החינוך היה אחד היסודות עליהם נשען מייסד התנועה, חסן אלבנא, במטרה לחדור ולחלחל לא רק אל תוך החברה המצרית, אל גם אל תוך מדינות ערב. אחד המחקרים שעסק בנושא מציין שלאלבנא היו מגעים מוקדמים עם סעודיה עוד לפני הקמת תנועת האחים המוסלמים. מגעים אלה נעשו במסגרת בקשה לעבור לסעודיה ולעבוד בה בתחום החינוך, אך הדבר לא עלה בידו. אולם, זה היה צעד ראשון לקראת השקעה בסעודיה באמצעות חדירה אל שדה החינוך משום שהוא ראה בה מרכז של מדינת הח'ליפות האסלאמית [94].

2-1-6 הופעת התנועות המיסיונריות בחברה המצרית

במהלך תקופת הכיבוש הבריטי במצרים הופיעו מספר תנועות מיסיונריות שקהל היעד שלהם היה נערים וצעירים כאשר המטרה היא לערער את אמונתם. בחודש יוני 1910 התקיימה הוועידה הראשונה של המשלחות המיסיונריות במצרים. מצרים הראתה אז כזירה המעשית לבחינת מידת ההצלחה של המשלחות המיסיונריות במדינות ערב אסלאמיות כפי שמשתקף מדברי הכומר סמואל זוומר, ראש המיסיונרים, שנאם בפני אותה ועידה ואמר "בטרם נבנה את המצרות בלבבות המוסלמים, עלינו להביס את האסלאם בנפשותיהם עד שיהפכו לא מוסלמים, ואז יה קל לנו או למי שבא אחרינו לשתול את הנצרות בנפשותיהם או בנפשות מי שיתחנכו על ידם. תהליך ההרס קל יותר מתהליך הבניה בכל תחום, אך לא התחום בו אנו עוסקים משום שהריסת האסלאם בעיני המוסלמי משמעה הריסת הדת כלל, וזו תכנית מנוגדת לעקרונות שאנו דוגלים בהם, כי זו תכנית שמובילה לאתיאיזם והתכחשות לכל הדתות, אולם אין דרך אחרת לגאול את המוסלמים מהאסלאם" [95].

הופעת התנועות המיסיונריות במצרים במהלך בשליש הראשון של המאה התשע עשרה היה אחת הסיבות להקמת תנועת האחים המוסלמים. מייסד התנועה,

---

94.   יוסף אלדיני, האחים המוסלמים וייסוד השלטון הסמלי, בליעת תחום החינוך בסעודיה, (דובאי: מרכז אלמסבאר למחקרים, 2018), ע 12-18.

95.   ד. ח'אלד מוחמד נעים, השורשים ההיסטוריים של המשלחות המיסיונריות הזרות במצרים (1756-1986), (קהיר, אלמוח'תאר אלאסלאמי להוצ"ל והפצה, 1988), מהדורה ראשונה, ע 185.

חסן אלבנא קם להילחם בתנועות מיסיונריות אלה והקים עם חברו, אחמד אפנדי אלסוכרי את "ג'מעיית אלחצאפיה אלח'יריה" (אגודת התבונה הנדיבה) ואלסוכרי נבחר לעמוד בראש העמותה. עמותה זו פעלה בשתי זירות: הזירה **הראשונה**- הטפה למוסריות ומלחמה בתועבות ובתופעות אסורות שהתפשטו בחברה המצרית כמו צריכת אלכוהול, הימורים ומופעי כפירה וחטא. זירה **השנייה**- מאבק במשלחת האנגליקנית המיסיונרית שנחתה באלמחמודיה (עיר בצפון מצרים) והקימה שם מטה ומשם החלה להטיף לדת הנצרות תחת מעטה של מתן שירותי רפואה ולימוד עבודות רקמה. חסן אלבנא גם היה שותף להקמת אגודת הצעירים המוסלמים למלחמה במיסיונריות ותרם להקמת מגזין "אלפתח", אשר לקח על עצמו את המשימה להילחם בגל המיסיונרי[96].

תפקידו של חסן אלבנא לא הסתיים כאן, הוא ניצל את סוגיית המיסיונרים לאחר הקמת תנועת האחים המוסלמים כדי להציג תדמית חיובית של התנועה בתור כזו שלוקחת על עצמה את משימת השמירה על דת האסלאם וכזו שמובילה את המאבק נגד תנועות מיסיונריות אלה, במיוחד בבתי הספר שהיו כפופים לכיבוש הבריטי ובפרט בתי ספר של קהילות זרות, שחלקם היו שייכים למשלחות המיסיונריות. התנועות המיסיונריות בחרו את בתי הספר בהתאם לאפשרויות ההשפעה הפוטנציאליות על תלמידים בגילאים צעירים, שכן בגילאים אלה אפשר להשפיע עליהם ולעצב את תודעתם. מה גם שבבתי ספר אלה היו פנימיות ותלמידים נשארו בבתי הספר לאחר יום הלימודים ובמסגרת שהייתם שם, גם התלמידים המוסלמים היו מחוייבים להשתתף בשיעורי דת נוצרית ולהשתתף בתפילות ובטקסים דתיים של הנוצרים[97].

2-2 המשתנים הבינלאומיים

לא ניתן להסביר את הרמת תנועת האחים המוסלמים בנפרד מההתפתחויות האזוריות והבינלאומיות במהלך השליש הראשון של המאה העשרים, **ועיקרם:**

---

96. האחים המוסלמים והמלחמה במיסיונרים בתחילת המאה העשרים, אתר ויקיפידיה אחים מוסלמים, ל.ת, בקישור: https://bit.ly/2ul2DoP

97. עבדו דסוקי, האחים המוסלמים ותיקון החינוך.. עימות עם המיסיונרים בבתי ספר זרים, אתר ויקיפידיה אחים מוסלמים, ל.ת, בקישור: https://bit.ly/2NHsQ7Q

2-2-1 מלחמת העולם הראשונה

עם פרוץ מלה"ע הראשונה בשנת 1914, בריטניה הבטיחה לערבים לסייע להם לקבל עצמאות מהאימפריה העות'מנית בתנאי שיעמדו לצדה במלחמתה נגד העות'מניים, אשר הצטרפו למלחמה לצד גרמניה. הבטחות אלה הומחשו בחליפת המכתבים בין הנרי מקמהן, הנציב הבריטי העליון במצרים לבין אלחוסין בן עלי, המנהיג של מכה בין השנים 1915-1916, ולפיהם הסכימה בריטניה להכיר בעצמאות הערבית לאחר מלה"ע הראשונה בתמורה לתמיכת הערבים במלחמה נגד העות'מניים. הערבים התייחסו אל הבטחה זו כאל הסכם פורמלי, אולם הבטחה זו לא תועדה ולא נתמכה במפות פורמליות[98].

כותרת הוידיאו: Hitler, The Mufti Of Jerusalem And Modern Islamo Nazism (subtitled in English)

בקישור:

https://www.youtube.com/watch?v=d51poygEXYU

במהלך מלה"ע השנייה, המופתי של ירושלים דאז, מוחמד אמין אלחוסייני, יצר קשר עם היטלר וקיבל סיוע כספי לתנועתו.

תוכניות של היטלר במלה"ע השנייה הייתה למצוא בן ברית בעולם הערבי.

היטלר קיבל את המופתי של ירושלים.

היטלר והמופתי של ירושלים היה להם אויב משותף, היהודים.

התקיים שיתוף פעולה במשך שנים רבות בין היטלר לבין המופתי של ירושלים.

המופתי של ירושלים קרא למלחמת קודש תחת סמל צלב הקרס והוא מנהיג את הדיוויזיה הבוסנית של האס. אס שנקראה "הנדזאר".

בשנת 1943 המופתי מבקר בזגרב, סרייבו.

https://www.youtube.com/watch?v=d51poygEXYU

---

98. למידע נוסף על התכתבויות מקמהון0 אלחוסיין, ראה: השפעת מלה"ע הראשונה על שינוי המציאות הפוליטית וחלוקת העולם הערבי, http://fsh.altervista.org/ Cap03.pdf

לאחר שהבריטים ניצחו את האימפריה העות'מנית, הוסכם בין בריטניה וצרפת לחלק את האזור הערבי לאשורי שליטה בהתאם להסכם סייקס- פיקו בשנת 1916; הסכם שחילק את המזרח התיכון דרך דיפלומטיה חשאית בהתאם לאינטרסים האירופיים הקולוניאליסטיים ותוך התעלמות מההבטחות הפוליטיות שבריטניה נתנה לערבים[99]. הסכם זה גרם לאומיים באזור, אשר ציירו את ההווה והעתיד של האזור והולידו בעיות רבות שהשלכותיהן ממשיכות להתקיים עד היום.

תוצאות מלה"ע הראשונה הובילו לחלוקת העיזבון של האימפריה העות'מנית הערבית אל מספר מדינות שהוצבו תחת המנדט הבריטי והצרפתי ואפשרו העברת שליטה לגיטימית על אזורים מסוימים מידי שלטון מובס לידי שלטון מנצח. ההתייחסות של הרכוש של האימפריה העות'מנית היה כאל שלל מלחמה שיש לחלקו בין המנצחים[100]. יחס זה גרם להתמרמרות בקרב האליטות הערביות אשר שאפו לשחרור ועצמאות ומכאן התעצמו הרגשות הלאומיים וההודגשה הזהות הערבית והיו המנוע לקראת אחדות האומה. בצל מצב זה ניתנה הצהרת בלפור ביום 2 בנובמבר 1917, שלפיה בריטניה התחייבה במהלך מלה"ע הראשונה לתמוך בהקמת מולדת לאומית ליהודים בפלסטין. הצהרה זו עוגנה במנדט שהוענק ע"י חבר הלאומים לבריטניה על פלסטין והובטח בחוק הבינלאומי ומומש באופן סופי עם הקמת מדינת ישראל בשנת 1948[101]. ההתפתחויות שליוו את מלה"ע הראשונה היוו הזדמנות פז עבור חסן אלבנא להבלטת כישוריו האינטלקטואליים כמנהיג. אמנם היה עדיין צעיר באותה עת, אך הוא גילה עניין ועקב אחר ההשלכות של המלחמה, ובמיוחד בכל הקשור לזכויות העם הפלסטיני לאחר פרסום הצהרת בלפור. בתחילת שנות העשרים אלבנא היה עדיין סטודנט במכללה למדעים, אך פרסם מאמר בעתון "אלפתח" שהמו"ל שלו היה מוחב אלדין

---

99.   למדע נוסף ביחס לתנאים שהיבילו להסכם סייקס- פיקו, ראה: ,Sykes-Picot Agreement 1916
https://www.britannica.com/event/Sykes-Picot-Agreement

100.   ראה:

Nele Matz, Civilization and the Mandate System under the League of Nations as Origin of Trusteeship, https://bit.ly/2WMjlKG, p. 52.

101.   ראה: וליד אלח'אלדי, פלסטין ולימודים פלסטיניים לאחר מאה שנים ממלה"ע הראשונה והצהרת בלפור, מג'לת אלדיראסאת אלפלסטיניה, ביירות, מואססת אלדיראסאת אלפלסטיניה, גיליון 99, קיץ 2014, ע 7.

אלח'טיב, ושם התריע מפני הסכנה הציונית המאיימת על פלסטין. כאשר סיים את לימודיו במכללה למדעים בקהיר ושנה לפני הקמת תנועת האחים המוסלמים, הוא שיגר מכתב אל המופתי של ירושלים, חאג' אמין אלחוסייני, בה הביע רצון לסייע למופתי ולתמוך בג'יהאד [102].

<table>
<tr><td>

כותרת הוידיאו:

Nazi Collaborators - The Grand Mufti Amin al-Husseini

בקישור:

https://www.youtube.com/watch?v=WghqmG4sn_A

- מוחמד אמין אלחוסייני (1897 -4 יולי 1974) היה לאומן ערבי פלסטיני ומנהיג מוסלמי בפלסטין המנדטורית.

- במהלך מלה"ע השנייה הוא שיתף פעולה הן עם איטליה והן עם גרמניה ושידר תעמולה בתחנת רדיו וסייע לנאצים לגייס מוסלמים בוסנים ליחידות האס. אס (על רקע ארבעה יסודות המשותפים להם, משפחה, סדר, מנהיג ואמונה).

- בפגישתו עם היטלר הוא ביקש תמיכה בעצמאות הערבית וסיוע להתנגדות להקמת בית לאומי ליהודים. בסוף המלחמה הוא היה תחת הגנת הצרפתים ולאח מכן ביקש מקלט בקהיר כדי להימנע מהעמדתו לדין בגין פשעי מלחמה.

- המורשת של אלחוסייני מעסיקה חוקרים בני זמננו מתחום האסלאם הפוליטי בשל הכנסתו אנטישמיות רדיקלית לתוך הפונדמנטליזם האסלאמי.

- המורשת של אלחוסייני מעסיקה חוקרים בני זמננו מתחום האסלאם הפוליטי בשל הכנסתו אנטישמיות רדיקלית לתוך הפונדמנטליזם האסלאמי.

</td><td>

Nazi Collaborators : The Grand Mufti Amin al-Husseini

</td></tr>
<tr><td colspan="2">

https://www.youtube.com/watch?v=WghqmG4sn_A

</td></tr>
</table>

102.   פלסטין בהגות אלבנא, אתר האחים המוסלמים, 13 בפברואר 2008, בקישור: https://bit.ly/2TzYoAx

אולם ועל פי עדויות של מספר מנהיגים של תנועת האחים המוסלמים, אלבנא ניצל תחילה את הסוגייה הפלסטינית לקידום תנועתו ובמטרה להציגה בדמות חיובית בכל הקשור לבעיות הערביות והאסלאמיות. בשלב מאוחר יותר פלסטין הייתה במוקד הפרויקט של התנועה להתפשט אל מדינות ערב. בשנת 1935 המגמה של אלבנא להפצת האידיאולוגיה של האחים המוסלמים אל מחוץ למצרים הייתה ברורה, כאשר באחת ההחלטות שנתקבלו ע"י ועידת השורא (התייעצות) השלישית של התנועה, פלסטין הוצבה במקום הראשון ליישום מגמה זו. שני בכירים בתנועה, עבד אלרחמן אלסאעאתי ומוחמד אסעד אלחכים, ביקרו בפלסטין באותה שנה במטרה לקדם את הרעיונות והעקרונות של התנועה. ואכן הסניף הראשון של תנועת האחים המוסלמים נפתח בעזה ובראשו עמד חאג' ט'אפר אלשווא. לאחר מכן נפתח עוד סניף ביפו בראשות ט'אפר אלדג'אני ואילו הסניף של ירושלים הוקם בשנת 1945. תהליך פתיחת הסניפים נמשך ומספרם הגיע ליותר מעשרים סניפים שהיו פרוסים ברחבי פלסטין[103].

2-2-2 ביטול מוסד החַ'ליפות העות'מנית בשנת 1924

בשנת 1924 מוסטפא כמאל אטאטורק ביטל את מוסד החַ'ליפות האסלאמית והכריז על הקמת משטר חדש בטורקיה על פי עקרונות חילוניים –לאומיים. כמוכן, הממשלה הטורקית בראשות כמאל אטאטורק החליטה להסב את ספר הקוראן לשפה הטורקית ולקרוא אותו בשפה הטורקית במקום השפה הערבית[104]. צעד זה עורר סערה הן בעולם הערבי והן בעולם האסלאמי, לא משום שמוסד החַ'ליפות היה- באופן סמלי- סמכות עליונה עבור המוסלמים במישור האינטלקטואלי והפוליטי, אלא משום שנפילה זו התרחשה במקביל לעליית תנועות מודרניזם והתמערבות, אשר ביקשו להיפתח אל תרבות המערב וליהנות מתהליך התחיה והקידמה שעבר על תרבות זו.

---

103.   חסן אלבנא, יומני הדעווה והמטיף (קהיר: אלזהראא' ללאיעאלם אלערבי, 1990), ע 198-199.

104.   אבראהים אלביומי ע'אנם, מקור קודם, ע 43-44.

כותרת הוידיאו: תנועת האחים המוסלמים, צמיחתה ותחילת המנגנון החשאי

בקישור:

https://www.youtube.com/watch?v=WpV6tqM_Ka0

- מטרתה של תנועת האחים המוסלמים למן היווסדה הייתה להגיע אל השלטון בתוך מעטפת

- הדוקטרינה של התנועה התאפיינה בקנאות דתית והאשמת חברות וממשלות בכפירה, מלחמה הרעיון המודרניזציה או ההזרה תוך הקפדה על חוקי האסלאם.

- המזכ"ל העליון של תנועת האחים המוסלמים הכריז במהלך הוועידה החמישית של האחים המוסלמים על שימוש תנועת האחים המוסלמים באלימות וכוח.

- המנגנון המיוחד נהג לבצע פעולות מיוחדות שתנועת האחים המוסלמים אינה יכולה לאמץ באופן מוצהר (כמו אימונים, פעולות מזוינות, פגיעה באנשים המתנגדים לתנועה וכן מלחמה בפלסטין).

- לאחר מבצע המעצרים של מנהיגי התנועה בתקופת שלטונו של המלך פארוק, האחים המוסלמים נסעו לסעודיה וחזרו אל מצרים בשנת 1951 וחידשו את פעילותם

https://www.youtube.com/watch?v=WpV6tqM_Ka0

ביטול מוסד הח'ליפות העלה תהיות לגבי טיב היחסים בין דת ומדינה ובין ישן לחדש ויצר קונפליקטים אידיאולוגיים ופוליטיים לצד פילוגים חסרי תקדים בקרב הוגי הדעות והאינטלקטואלים במדינות ערביות ואסלאמיות. היה זה אחד הגורמים שהאיצו לא עליית תנועת האחים המוסלמים, אלא גם עלייתם של מוסדות דתיים פורמאליים ותנועות דתיות עם אג'נדה פוליטית, אשר התלכדו סביב הדיון בהשלכות של המצב החדש. ביום 6 במרץ 1924, ראשי מוסד "אלאזהר" במצרים פרסמו הודעה שכותרתה "בהדחת הח'ליף אינה לגיטימית" וחתמו עליה ששה עשר מגדולי אנשי השת. הודעה זו תפרסמה ארבעה ימים אחרי ביטול הח'ליפות ובה הודיעו

אנשי הדת על אי קבלת דחיית הח'ליף עבד אלחמיד, אשר כל המוסלמים נשבעו לו נאמנות, וזאת משום שהדחתו נעשתה ע"י מיעוט קטן. במקביל לכך, אנשי הדת ביקשו לכנס ועידה מיידית לדיון בהתפתחות מסעירה זו והזהירו את המוסלמים שלא להתמהמה וכי המחלוקת תחליש את האסלאם. הקריאות לכינוס הועידה התרבו ובאו מכל עבר עד שכינוסה הפך לצו השעה של האומה[105]. נשמעו אף קריאות רבות מצד זרמים שהדגישו את חשיבות החייאת מוסד הח'ליפות האסלאמית גם אם במסגרות חדשות, ובכללם תנועת האחים המוסלמים, אשר קראה לבניית פאן אסלאמיות שנייה וחדשה שתשיב את המערך הלגיטימי של הח'ליפות האסלאמית[106].

דבר זה אולי מסביר למה מייסד התנועה, חסן אלבנא הקפיד כבר מההתחלה על הדגשת האופי הבינלאומי של האג'נדה של כפי שעשה זאת במסר הראשון שלו שכותרתו "אל מה אנו מזמינים את הציבור", שם הוא אומר "האחים המוסלמים אינם מגבילים את קריאתם זו לארץ מוסלמית אח. זוהי זעקה שאנו מקווים שתגיע לאוזני המנהיגים בגל ארץ שתושביה מוסלמים כדי שינצלו הזדמנות לאחדות ארצות הסלאם והצעדתן לקראת בניית עתיד המושתת על יסודות יציבים של קידמה ושגשוג". חזון זה הומחש בתקנה הראשונה בתקנון היסוד של תנועת האחים המוסלמים, אשר הדגישה את האופי הבינלאומי של אג'נדת האחים המוסלמים[107].

---

105. דליף הירו, פונדמנטליזם אסלאמי בעת החדשה, תרגום עבד אלחמיד פהמי אלג'מאל, (אלהייאה אלמצריה אלעאמה ללכיתאב, קהיר), סדרת תולדות המצרים, 1997, גיליון 107, ע 118.

106. עבד אלרחים עלי, האחים המוסלמים מחסן אלבנא עד מהדי עאכף, (קהיר: מרכז אלמחרוסה להוצ"ל ושירותי עיתונות ומידע, 2007), מהדורה ראשונה, ע 20-21.

107. למידע נוסף על תחום זה, ראה: ג'ומעה אמין עבד אלעזיז, דפים מההיסטוריה של האחים המוסלמים: האחים המוסלמים והקהילה המצרית והבינלאומית בין השנים 1928-1938, (דאר אלתווזיע ואלנשר אלאסלאמיה, קהיר, 2003), פרק שלישי.

---

https://www.youtube.com/watch?v=M3gRpZQa7_
g

- מטרת הקמת תנועת האחים המוסלמים לפי חסן אלבנא הייתה ברורה כבר מההתחלה, שכן היה ברור שהוא מתנגד לרעיון (המהפכה) ותיאר אותה כפעולה ברברית של אספסוף. הוא אמר שהמהפכה היא לא הדרך שלו, לא שייכת למשנתו הרעיונית ושיטה שאינו גודל בה. אולם הוא הזהיר את הממשלות הקיימות בכמה נסיבות שאם לא ייתקנו את המצב, עשויה לפרוץ מהפכה שתחסל את כולם.

- חסן אלבנא מצביע על כך שמן הראוי שהיישום יתבצע על פני שלבים: 1. הגדרה, 2. הקמה, 3. ביצוע.

- הרעיון של הקמת המנגנון החשאי של התנועה עלה על רקע הכיבוש הבריטי המתמשך במצרים והסוגיה הפלסטינית.

- מטרת התנועה התפתחה והפכה בשלב מאוחר להקמת ממשלה אסלאמית. לא די בכך אלא התחילה חתירה לעבר הקמת מוסד הח'ליפות האסלאמית על דרך הנביאים (ח'ליפות אחראית) ומשם אל המטרה העליונה שהיא "אדנות העולם", כלומר הכרזת האסלאם המישור הגלובלי והפצת הוראותיו ועקרונותיו הנכונים כדי שיגיע אל העולם כולו

https://www.youtube.com/watch?v=M3gRpZQa7_g

באיגרת של הוועידה החמישית ליסוד תנועת האחים המוסלמים, שכותרתה "האחים המוסלמים והח'ליפות", חסן אלבנא שב והדגיש את עמדת האחים המוסלמים כלפי החייאת הח'ליפות כשאמר "האחים המוסלמים סבורים שהח'ליפות היא סמל לאחדות אסלאמית וגילוי של זיקה בין אומות האסלאם, וזה נוהג אסלאמי שהמוסלמים צריכים לתת עליה את הדעת ולדאוג לקיומה כאשר הח'ליף הוא מקור

סמכות על פי רבים דיני הדת"[108]. דברים אלה ממחישים כי החייאת מוסד הח'ליפות היתה בעדיפות עליונה של תנועת האחים המוסלמים כבד בתחילת דרה ועד יומנו זה. זה מה שניתן ללמוד מהצהרותיו של המנהיג (אלמורשד) האחרון של תנועת האחים המוסלמים, מוחמד בדיע, בחוזר השבועי שלו מחודש מרץ 2013, שם הוא אומר כי "יצירת ח'ליפות אחראית הוא שלב ביניים שנקבע ע"י האימאם חסן אלבנא במטרה להשיג את המטרה העליונה של התנועה, שהיא החייאה מחודשת של המדינה האסלאמית והשריעה של הקוראן, וכי השגת המטרה העליונה מתקרבת בעקבות מהפכות האביב הערבי"[109].

2-2-3 הוויכוח האידיאולוגי בין חסידי המודרניזם וחסידי המורשת והמקוריות

בסוף השליש הראשון של המאה העשרים מדינות ערביות ואסלאמיות היו עדות לחלוקי דעות אידיאולוגיים חריפים סביב שאלות של קידמה ומודרניזם. ויכוחים אלה התעוררו בעקבות ביטול מוסד הח'ליפות האסלאמית, שעוררה הדים נרחבים. בעת שמדינות כמו איראן ואפגניסטן ניסו להעתיק את המודל הטורקי, מרבית מדינות ערב ומדינות האסלאם האחרות החלו להעלות שאלות מהותיות לגבי עניין הקידמה ולגבי המשטר המיטבי ביותר לתקופה החדשה.

מצרים לא הייתה מנותקת מהתפתחויות אלה, אלא הייתה בלב והופיעו בה זרמים אידיאולוגיים ופוליטיים רבים[110], אשר התגבשו והתפצלו לשתי מגמות עיקריות: **הראשונה** מודרניסטית שמאמינה בפתיחות למערב וחיקוי המודל הערכי והתרבותי שלו וניצול הקידמה שהמערב יישם במדינות ערביות ואסלאמיות. אחד מחסידי מגמה זו היה עלי עבד אלראזק, מחבר הספר "האסלאם ועקרונות הממשל", שיצא לאור בשנת 1925 ובו קרא להפרדת

---

108. חסן אלבנא, איגרת הועידה החמישית, אתר ויקיפידיה האחים המוסלמים, 4 בינואר 2003, בקישור: https://bit.ly/2QhypdJ

109. בדיע: אנו פועלים להחייאת הח'ליפות, עיתו אלראי (כווית), 7 במרץ 2013, בקישור: https://bit.ly/2vuMZYy

110. ראה:

Paul Brykczynski, Radical Islam and the Nation: The Relationship between Religion and Nationalism in the Political Thought of Hassan al-Banna and Sayyid Qutb, https://bit.ly/2Mx69VR

הדת מהמדינה. לצדו היו גם הסופרים טההה חוסיין וסלאמה מוסא. הזרם השני היו השמרנים שדחו את המודל המערבי וקראו לשמירת המורשת הדתית והליכה בדרכי האבות הקדמונים[111].

קונפליקט אידיאולוגי זה בין שני הזרמים ועמידת כל צד על דעותיו היה אחת הסיבות לעלייתן שך תנועות דתיות עם אג'נדה פוליטית, ובכללן תנועת האחים המוסלמים. תנועות אלה ניצלו את הקונפליקט לקידום האג'נדות שלהן שכללו אג'נדות דתיות, חברתיות וכלכליות ומשכו אליהן תומכים מכל שכבות העם המצרי באותה עת, במיוחד לאור העובדה שהקונפליקט האידיאולוגיה היה מלווה בהיחלשות ברורה של ערכי רוח ודת בגלל התפשטות התפיסות החילוניות שקודמו ע"י זרמים פוליטיים רבים ונתמכו ע"י פרסומים של חסידי הקדמה, הנאורות וההפתיחות אל המערב, מה שיצר קרקע פורייה לצמיחת תנועת האחים המוסלמים באותה תקופה[112].

חסן אלבנא מצא בקונפליקט אידאולוגי זה הזדמנות לקידום תנועתו כתנועה מתונה ורפורמיסטית שמשקפת את הדתיות המולדת הפשוטה של מרבית העם המצרי. ואכן הרעיונות שהפיץ אלבנא מצאו אוזן קשבת בקרב מגזרים לא מבוטלים של צעירים מצריים[113]. יש הסבורים כי חסן אלבנא רצה אולי שאף לכך שתנועתו תוביל את מסע הרפורמות והשינוי בחברה באמצעות העלאת המסר של האסלאם ויישום מטרותיו, ובמיוחד בכל הקשור להחלת שינוי מקיף ברמת

---

111. למידע נוסף על אודות הויכוח האידיאולוגי בין חסידי המודרניזם וחסידי המקוריות והמורשת, ראה: אחמד עבד אלרחים מוצטפא: התפתחות המחשבה הפוליטית המצרים המודרנית, (קהיר: מעהד אלבחותה' ולאדיראסאאת אלערביה, 1972), ע 49.

112. מוחמד אחמד עבד אלעאטי, התנועות האסלאמיות במצרים וסוגיות השינוי הדמוקרטי, (קהיר: מרכס אלאהראם לתרגום והוצ"ל, 1995), ע 36.

113. חסן טוואלבה, אלימות וטרור על פי הפרספקטיבה של האסלאם הפוליטי, מצרים ואלג'ירייה כמודל, (עמאן: עאלם אלכיתאב אלחדית', 2005), ע 165.

הפרט והחברה כדר להשגת היעד העליון של התנועה, שהוא החייאת מוסד
החّליפות האסלאמית [114].

השינויים הפנימיים שהתחוללו במצרים לצד התמורות האזוריות והבינלאומיות
היו המרכיבים העיקריים של הסביבה שבתוכה צמחה תנועת האחים
המוסלמים. לשינויים אלה הייתה השפעה ברורה על האג'נדה הפוליטית
והחברתית של מייסד תנועת האחים המוסלמים, חסן אלבנא, אותה אימץ
לקידום תנועתו. הוא הקפיד על כך שתנועתו תהיה תנועה סניגורית, פוליטית,
חברתית, תרבותית, מדעית וספורטאית שתוביל בשלב ראשון את מסע השינוי
והרפורמה בחברה המצרית ותציג פתרונות מקיפים לכלל הבעיות הפוליטי
והחברתית, ומשם תתקדם אל תפיסת השלטון ולקבל לסמכות מקיפה בשלב
מאוחר יותר.

<h3 style="text-align:center">תרשים של עיקרי המשתנים הפוליטיים, הכלכליים והחברתיים במצרים
במהלך השליש הראשון של המאה העשרים</h3>

---

114.   מוחמד עבד אלרחמן אלמורסי, "דרך הרפורמה והשינוי של האימאם חסן אלבנא", מהדורה שנייה, (קהיר: דאר
עמאר, 2005), ע 50.

פרק שלישי

המקורות הרוחניים של תנועת האחים המוסלמים

פרק זה עוסק באוטוריטות הרוחניות של תנועת האחים המוסלמים. תחילה ראוי לציין כי הגיית רעיונות והפצתם לא הייתה פעולה שעומדת בראש סדר העדיפויות של תנועת האחים המוסלמים, שכן השיח של התנועה והסמלים שאימצה המשיכו להישען על ספרות וסמכויות משני פלגי ההגות האסלאמית: הקלאסי והמודרני. כמוכן, התייחסותה לתוצרי הדעת האסלאמיים נעשתה באופן סלקטיבי ובהתאם לאינטרס הפוליטי שלה, שהוא הידוק אחיזתה בחברה ובמדינה גם יחד.

לכן, אנו ננסה להתחקות אחר השורשים הפילוסופיים של תנועת האחים המוסלמים במתווה של מעין מחקר ארכיאולוגי. אני משתמשים במושג "ארכיאולוגיה" בהשאלה מדברי הפילוסוף הצרפתי מישל פוקו בספרו המפורסם "הארכיאולוגיה של הידע"[115], או "חפירות בידע", כאשר תנועת האחים המוסלמים בוחרת את הרעיונות שלה מתוך שני פלגי ההגות האסלאמית, הקלאסי והמודרני; בפלג הראשון יש שכיחות לאוטוריטה המסורתית, לרבות הקונספציות של אלח'וארג' (החורגים) שמתירות התקוממות והפיכה נגד הדין השרעי, כשהן מוצגות בתוך עטיפה של רעיונות הנגזרים מאמונת "אלמרג'אה"[116] (אסכולה אסלאמית שקידמה את האמירה על פני המעשה), שמתירה להם לעסוק ב"צביעות פוליטית" ולהציג את הרעיון בתוך תמהיל אידיאולוגי סוני- צופי כדי להקנות לו לגיטימיות הנשענת על התיאולוגיות של אלע'זאלי ואבן תימיה ועוד תיאולוגים סונים.

---

115. ספרו המפורסם של פוקו בשם "הארכיאולוגיה של הידע" עוסק בהיסטוריה של המחשבות ומיישם מתודולוגיה שקושרת את המחשבות עם סביבתן, כלומר, הסביבה הסמנטית ליצירת שיח רעיונות והסביבה ההיסטורית הסוציולוגית גם. עבודתו זו דומה לחפירות לגילוי בשכבות השיח. ראה: Michel Foucault, L'archeologie du savoir, Gallimard, 1969

116. הדבר מתבטא בהימנעותם, משיקולים פוליטיים, להגדיר את החולקים על דעתם ככופרים (תכפיר). ראה לעניין זה תגובתו של חבר לשעבר בתנועת האחים המוסלמים, וג'די ע'נים, "אחי המרג'אה- אמונת האחים המוסלמים", אתר יוטיוב, בקישור: https://www.youtube.com/watch?v=y_p609sStzY

ההגות האסלאמית המודרנית באידיאולוגיה של תנועת האחים המוסלמים מתבטאת בסימנים המופיעים בשיח של התנועה בהשראת הוגי אסכולת התחיה האסלאמית כמו ג'מאל אלדין אלאפע'אני, מוחמד עבדו ומוחמד רשיד ריצ'א, ובשלב מאוחר יותר חדרו אליהן השפעות מהגותו של התיאורטיקן האסלאמיסט הפקיסטני אבו אלאעלא אלמודודי, דבר שניכר בעיקר בחיבוריו של סייד קוטוב, שהתאפיין בנטייה תכפירית וג'יהאדיסטית.

לצורך מעקב אחר רצף הרעיונות וההשפעות היאידיאולוגיות המוטמעות בתפיסת האחים המוסלמים, יש להתייחס תחילה אל האוטוריטות המוקדמות של תפיסה זו, שמקורן בהגות המסורתית ומשם נמשיך אל האוטוריטות של העת המודרנית.

3-1 אוטוריטות אידיאולוגיות מוקדמות

תרשים השורשים הרעיוניים של תנועת האחים המוסלמים ומקורותיהם

3-1-1 ההשקפה הסלפית כמורשת אוטוריטית

קו המחשבה השולט והמקשר את השקפת האחים המוסלמים מתחילת דרכה עם ההשקפה האסלאמית הוא המורשת הסלפית, ששורשיה מגיעים אל עומק ההיסטוריה האסלאמית, שאבן תימיה (1263 – 1328)[117] הוא האישיות הדומיננטית ביותר בספקטרום האסלאמי והמשפיע ביותר על התגבשות הקהילה הסלפית המודרנית.

שייח' אלאסלאם, אבן תימיה צדד באסכולות הנוקשות הדוחות כל פרשנות רציונאלית של הטקסט הדתי. לפיכך, פסקי ההלכה שלו היו מחמירים יותר מאלה של האסכולה החנבלית אליה הוא השתייך. לכן, יש להבין את עיוניו ופסקי ההלכה שלו ביחס אל ההקשר ההיסטורי שלהן בצל התפוררות מוסד הח'ליפות האסלאמית וההתקפות של כוחות זרים כמו מונגולים וצלבנים. מציאות זו השפיעה על מחשבתו של אבן תימיה ועל פסקי ההלכה שיצאו ממנו, ולכן הוא "סבר שמסקנותיו וההחמרה ביישומן היא האמצעי הטוב ביותר להתמודדות מול האויבים ולשחזור מעמד האסלאם והמוסלמים באותה תקופה"[118].

לזכותו ייאמר כי הוא החיה את "תפיסת הג'יהאד בקרב המוסלמים והעניק לו ממדים דתיים וגשמיים תוך הצגת פסוקים מהקוראן לעניין הג'יהאד והגדשת אמירות מסוג "יש להתייחס בעוינות לכל מי שאינו מוסלמי" וחשיבות "השפלת הלא מוסלמי והשפלת כל המקודש לו" וכי "היהודים והנוצרים ארורים הם ודתם" ועד לאימוץ תיאוריית "בית האסלאם ובית הכפירה", ולמעשה "בית המלחמה" נגד כל מי שאינו משתייך לאסלאם, שזו התיאוריה החביבה על לבותיהם של ארגונים ג'יהאדיסטיים הפזורים כיום בעולם הערבי ובעולם האסלאמי. אם כי למושג "בית האסלאם" או "בית הכפירה" אין להם כל זכר בספר הקוראן או במורשת

---

117. לפרטים נוספים על ההגות והביוגרפיה של אבן תימיה, ראה:

Carl Sharif El-Tobgui, Ibn Taymiyya on Reason and Revelation, Brill, 2019,https://brill.com/view/title/55796

ראיד אלסמהורי, ביקורת השיח הסלפי- אבן תימיה כמודל, (לונדון: טווה להוצ"ל ותקשורת 2010).

118. ח'אלד ע'זאל, אבן תימיה אינו מפסיק מלהנהיג את המוסלמים, עיתון אלנהאר הלבנוני, 20 יולי 2014, בקישור: https://bit.ly/2WQm7KA

הנביא"[119], ואינם אלא תוצר של עיונים ופרשנויות תיאולוגיות שהיו שכיחות בתקופת שלטון בית אומייה ונאמרו ע"י האימאם אחמד בן חנבל (780 – 855)[120].

אבן תימיה

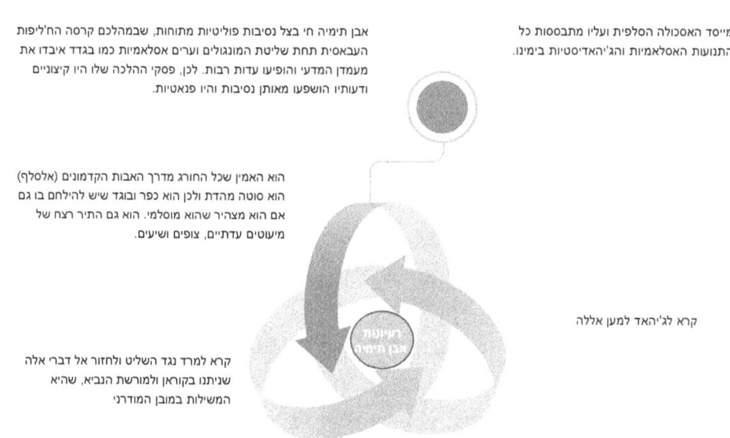

אין ספק שהההשפעה המתמשכת של אחמד בן חנבל על המחשבה האסלאמית עד ליום זה משתקפת במתודה שהוא אימץ, ואשר התבססה בצורה מלאה ומילולית על הטקסטים הקדושים המייסדים של הדת האסלאמית, שהם הקוראן ומורשת הנביא והצורך לקבלם כלשונם וכפי שהובאו ע"י מקורות מוכרים. זוהי אותה מתודה שהתגבשה אצל אבן חנבל ואצל פילולוגים אחרים בתוך סערת המאבק הקשה שהוביל נגד "אלמועתזלה" (אסכולה של אנשי דת שהאמינו שיש לבסס אמונה על השכל ולא על העתקה, שאם הטקסט סותר את השכל הישר,

---

119. Ibid.

120. למידע נוסף על המחשבה והביוגרפיה של אבן חנבל, ראה: צאלח בן אחמד, ביוגרפיה של האימאם אחמד בן חנבל, (אלריאצ': דאר אלסלף להוצ"ל והפצה, 1995).
Christophor Melchert, Ahmad Ibn Hanbal, Series: Makers of the Muslim World, oneworld Publications, 2001.

יש להכריע על פי השכל) בסוגיית "בריאת הקוראן"[121], דבר שהסעיר את השלטונות העבאסיים נגדו, במיוחד בתקופת שלטונו של הח'ליף אלוואת'ק (847-842) ולאחר מכן הושב לו כבודו ע"י הח'ליף אלמותוכל (861-822) שמונה לח'ליף בשנת 847. הח'ליף החדש יצא נגד אסכולת "אלמועתזלה" ונגד המתודה הרציונאלית וחיזק את אסכולת הפילולוגים ואת שיטת ההעתקה וההעברה שאימצו, וזו השיטה שאימצו כל הזרמים הדתיים לאורך ההיסטוריה האסלאמית ועד ליומנו זה.

התנועות האסלאמיות ובכללן תנועת האחים המוסלמים, שואבות את תרבותן הדתית מסביבה סלפית זו, שמספר רב ממנהיגיה היו במחלוקות וקונפליקטים עם רשויות השלטון. ייתכן שהדבר נובע מהפרנויה של האסכולה הסלפית, שלדברי אחד החוקרים היא "זהירה ודרוכה ותמיד חוששת מהתקפה מבחוץ או בגידה מבפנים"[122].

בנוסף, האסכולה הסלפית, ובפרט החנבלית – שאחד ממאפייניה המובהקים היה קרבתה אל הרחוב עוד מראשית דרכה בעיר בגדאד, העיר שהייתה רוויה קונפליקטים אידיאולוגיים ופוליטיים והמון גועש, עד שאימצה את שפת ההמון- שימרה את תכונותיה הראשוניות לאורך ההיסטוריה האסלאמית, ובכלל זה שמירה על קו נוקשה. תכונות אלה סייעו לגיבושה ולהטמעתה של אידיאה דתית בקרב ההמונים[123]. מה שמייחד את האסכולה החנבלית הוא המשכיותה ושמירתה על מאפייניה הראשוניים לאורך ההיסטוריה האסלאמית, החל מאבן חנבל, מייסד הזרם הזה, עובר באבן אלג'וזיה, אבן תימיה ואבן אלקיים וכלה במוחמד בן עבד אלווהאב (הלך לעולמו בשנת 1792).

הוגה הדעות הדגול, מוחמד ארכון מצביע על הנוכחות המתמשכת של המחשבה הסלפית בשיח הערבי המודרני ומסביר כי "ברור ששורשיו של השיח האסלאמי המודרני מחוברים להיסטוריה המוקדמת של תקופת אבן חנבל והמאבק החנבלי

---

121.   עבד אלרחמן סאלם, ההיסטוריה הפוליטית של אלמועתזלה, דאר רואיה להוצ"ל והפצה, 2013.

122.   למידע נוסף ראה: עבדאללה אלערווי, הסונה והרפורמה, (ביירות: אלמרכז אלת'קאפי אלערבי,2008).

123.   בלעיד בן ג'באר, הזרם הסלפי באלג'יריה- שיטת החיסול והחינוך, עבודת דוקטורט שהוגשה לאוניברסיטת והראן 2, אלג'יריה, 2016-2015, ע 12.

נגד מה שנראה בעיניו כחריגות חומריות חילוניות של מוסד החﬞליפות, כך שתנועות המחאה האסלאמיות המוכרות לנו כיום הן לא תולדה של הזמן הזה, אלא תולדה של מומנטום היסטורי אורך שנים"[124]. הוא מדגיש גם ﬨ הצורך להגיר לכך "שהאסלאם אליו משתייכות אותן תנועות אסלאמיות כיום הוא אסלאם מפורר, סכולסטי, קפוא ורקורסיבי יותר משהוא אסלאם של מורשת מלאת חיים ופתיחות וסגולה גדולה של התקה, אינטראקציה ואינטגרציה"[125].

היסטוריון מארצות המפרץ, מוחמד ג'אבר אלאנצארי, מתאר זרם זה במחשבה האסלאמית כדפוס מחשבה סלפי ולהגדרתו, זה "דפוס סלפי המוגבל לשימוש במושגים האסלאמיים המקוריים ונשען על ערכי הסלאם ועקרונותיו כפרמטר היחידי לדיון והכרעה, כאשר המקור האבסולוטי להוכחת טענותיו הם טקסטים מועתקים ללא כל זיקה אל יסודות מחשבה עצמאיים מחוץ לפונדמנטליזם האסלאמי"[126]. לדברי המחבר, דפוס מחשבה זה מבוסס על העתקה ואינו נוקט אמצעים של פרשנות רציונלית כאשר הוא נתקל ברעיונות ואלמנטים תרבותיים לא אסלאמיים.

לדעתו של מוחמד עבד אלג'אברי, התייחסות הזרם הסלפי אל המורשת מאופיינת בזיקה אל העבר והיא מתאפיינת בהיעדר ביקורת מדעית והיעדר פרספקטיבה היסטורית. משמעות הדבר היא "התמנה הכללית שאנו רואים אצל זרם זה לגבי בקיאות במורשת, על כל רבדיה הלשוניים והספרותיים מבוססת על שיטה הנשענת על מה שהיה בעבר, אם ניתן לקרוא לזה הבנה של המורשת. הבנה זו מאמצת את דברי הקדמונים כלשונם, הן אם דברים אלה נאמרו להבעת דעה אישית או שנאמרו ביחס לדברי מי שקדמו להם. האופי הכללי השכיח של שיטה זו הוא שחזור והסתבכות עם שני פגמים: היעדר רוח ביקורתית והיעדר פרספקטיבה היסטורית. זה אך טבעי במקרה זה שהתוצר של זרם זה הוא "המורשת משחזרת את העצמה" ולרוב בצורה מקוטעת וגרועה"[127].

---

124. מוחמד איית חמו, אופקי הדיאלוג במחשבה הערבית המודרנית, (רבאט: דאר אלאמאן, 2012), ע1

125. מוחמד רקון, המחשבה האסלאמית: סקירה מדעית, תרגום האשם צאלי, מהדורה 2, (ביירות – קזבלנקה: מרכז הפיתוח הלאומי/ מרכז התרבות הערבי, 1996) ע 29.

126. מוחמד ג'אבר אלאנצארי, המחשבה הערבית ומאבק הסתירות, מהדורה זניה, (ביירות: אלמואססה אלערביה להוצ"ל והפצה, 1999), ע 25.

127. מוחמד עאבד אלג'אברי: השיח הערבי המודרני, (בהיירות: דאר לאטליעה, 1982), ע 77.

מודל מופשט של התפתחות המחשבה הדתית

לכן, סוגיית התנועות האסלאמיות הפוליטיות השואבות את "כוחן ויכולתן לגייס המונים" מהמורשת [128]" הפכה לאחת הסוגיות העיקריות המעסיקות את המחשבה הערבית המודרנית הן ביחס לרצף ההיסטורי של מחשבה זו והן בשל זיקתה ההדוקה לתנאי השחרור, התחיה וההשתלבות בזרם התרבות הגלובלית.

זרם האסלאם הפוליטי הוא פועל יוצא של המשבר העמוק אליו נקלעה התרבות הערבית-אסלאמית ובה בעת מהווה שיקוף של משבר זה, שכן "ההקצנה הגואה ומתפשטת והאכזריות הנוראה המיוחסות לתחום הדתי מצביעות על מצוקה אמיתית בזירת ההגות הדתית האסלאמית, שאילולא מצוקה זו, ההקצנה לא הייתה מתפשטת ומתעצמת במימדים כאלה שהפכו אותה לאתגר שמעסיק את העולם כולו"[129]. גילויי מצוקה זו ניכרים "בהצטמקות המנטליות הרציונלית ונסיגתה לאורך תולדות התפתחות ההגות הדתית האסלאמית, מה שסלל את הדרך להתקדמות זרמים מסורתיים ומקובעים והשתלטותם על הזירה"[130].

מצב טראגי זה של התרבות הערבית-אסלאמית נובע בעיקר מדעיכת המחשבה הרציונלית אל מול הדומיננטיות של המסורתיות, החל מאמצע התקופה העבאסית, כאשר "השכל האסלאמי החל להידרדר לעבר קיפאון והתרבות האסלאמית הייתה על סף נפילה אל תחומי הפרימיטיביות. אז פשתה תרבות החיקוי והתפשטה תופעת הדקלום האוטומטי ותיאולוגים ואנשים הפנו עורף ליצירתיות ולחדשנות"[131]. מצב זה ניכר עם "נסיגת זרם אלמועתזלה והתקדמות יריביהם מאותה עת ועד היום"[132]. כאשר הסלפים ניצחו את זרם אלמועתזלה בתקופת הקדנציה של הח'ליף אלמתווכל, הם "החלו להילחם בשכל, בהיגיון ובחופש המחשבה, שלהבנתם היו דרך המובילה לכפירה והתכחשות לסוגיה כמו סוגיית

<hr>

128.   מוחמד איית חמו, אופק הדיאלוג בהגות הערבית המודרנית, (רבאט: דאר אלאמאן, 2012), ע1.

129.   זכי אלמילאד, "ההקצנה ומשבר הרציונליזם בזירה האסלאמית", 18 נובמבר 2017, אתר מוסד מואמנון בלא חודוד, בקישור: https://bit.ly/2TYmHbq

130.   זכי אלמילאד, המקור הקודם.

131.   מוחמד סעיד אלעשמאווי, האסלאם הפוליטי (קהיר: מכתבת מדבולי אלצע'יר, מהדורה 4, 1996), ע 245.

132.   זכי אלמילאד, מקור קודם.

בריאת ספר הקוראן"[133]. מגמה זו הובילה לשינוי "הדימוי של העמדה מהשכל והרציונל בזירת המחשבה האסלאמית, והחשד של השתייכות לזרם אלמועתזלה רדף כל אדם שצידד בהפעלת שכל ורציונל מבלי להבדיל בין המתקרבים למועתזלה או המתרחקים מהם ובין מי שמסכים עמם או חולק עליהם"[134].

לאחר מכן החלה התקופה המתועדת בהיסטוריה של המאה השתים עשרה בשם "סוף עידן הפילוסופיה של המוסלמים, שהוכתר בניצחון אלע'זאלי (1058 – 1111) מחבר הספר "תהאפות אלפלאספה" (קריסת הפילוסופים) ותבוסת אבן רושד (1126 – 1198), מחבר הספר "תהאפות אלתהאפות" (קריסת הקריסה), או שמא התקדמות אלע'זאלי ונסיגת אבן רושד; כלומר, קפיאת הפעילות הרציונלית בתחום האסלאמי, מעידתה או נסיגתה"[135]. התפשטות הגותו של אלע'זאלי והתגברות עמדתו כלפי סיבתיות, חשיבה פילוסופית והיגיון הצרו את תחום פעולת השכל הישר וצמצמו את תחום הבחירה והובילו ל"נעילת השכל האסלאמי וחיסול ההשקפה" וכך "נעלם לגמרי הרעיון שלפיו קיימין חוקים קבועים רצופים להבנת דברים, והסתיים גם הרצון החופשי ועיקרון שלפיו האדם נדרש לנמק את מעשיו"[136].

כך המשיכה המורשת, עם כל תוצרי העבר שלה להשפיע על בחירותיהם של המוסלמים בני זמננו ולכוון את עתיד חשיבתם או כפי שכינה זאת עבד אלג'אברי בשם "השכל הפורש", אשר היה שכיח בחוגי התרבות הערבית האסלאמית. שכל זה ניצח בדמות אבו חאמד אלע'זאלי ו"הותיר פצע עמוק בשכל הערבי, שעודנו מדממם באופן מוחשי ברבים מ"השכלים" הערביים עד יומנו זה"[137]. לפיכך, ולדברי פואד זכריא, הבעיה האמיתית "שהפכה את יחסנו אל המורשת כגורם

---

133.   מוחמד סעיד אלעשמאווי, מקור קודם, ע 291-292

134.   זכי אלמילאד, מקור קודם

135.   אותו מקור.

136.   מוחמד סעיד אלעשמאווי, מקור קודם.

137.   מוחמד עאבד אלג'אברי, מבנה השכל הערבי, סדרת ביקורת השכל הערבי (1), מהדורה 10, (ביירות: מרכז דיראסאת אלוואחדה אלערביה, 2009), ע 290.

עיקרי לפרימיטיביות המחשבה שלנו"[138] אינה טמונה בכך "במורשת זו גדושה אלמנטים מטאפיזיים או אגדתיים או לא רציונליים (על אף הכרתנו בסכנה החמורה של אלמנטים אלה), אלא בעובדה שמורשת זו מתחרה עם ההווה בדרך [לא היסטורית]"[139].

הדומיננטיות של ההשקפה הסלפית במורשת המחשבה האסלאמית ושכיחותה בקרב זרמים אסלאמיים מודרניים אינה פוסלת קיומם של זרמי מחשבה רציונלית ופתוחה. בנוסף לכך, ניצחון הזרם הסלפי נובע מסיבות שנמצאות מחוץ לזרם זה. מוחמד ג'אבר אלאנצארי[140] מציע מודל שמסביר את המשך הקיימות של מחשבה זו או שמא החייאתו באופן תדיר לאורך ההיסטוריה האסלאמית. הוא מצביע על כך שקיימים עוד זרמים לצד הזרם הסלפי: הזרם הפייסני וזרם הידיעה[141]. הזרם האחרון מסכים עם חלק מההנחות והעקרונות של הזרם הסלפי, וזאת מתוך אמונה שערכי האסלאם הם הרכים האבסולוטיים התקינים. אך הוא שונה מהזרם הראשון בכך שהוא מאפשר אינטראקציה עם אלמנטים תרבותיים והגותיים לא אסלאמיים, שלהשקפתו מתיישבים עם רוח האסלאם. המחבר רואה בו "פייסני" משום שהוא מפייס בין הסביר ומועבר לבין הזר והאותנטי. מה שמאפיין זרם זה הוא הפרשנות השכלית שמאפשרת לנסח מחדש ערכים שבאים מהחוץ בהתאם ללוגיקה האסלאמית שלו ומעניק להם חשיבות וערך שווים לערכיו, וכך הוא "דפוס אינטראקטיבי עם חשיבה דואלית"[142]. כמוגן, מדמה זו "השתקפה בעיקר בזרם המועתזלה ובמחשבות של פילוסופים אסלאמיים". ואילו זרם הידיעה מתאפיין בעיקר "בהימשכות השפעות חיצוניות בעלות אופי פנימי סודי או אופי רציונלי מיושן או השפעות מדתות פגאניות או דואליות. זרם זה מתנגש עם הזרם הסלפי וסותר אותו"[143].

---

138. פואד זכריא, ההתעוררות האסלאמית ברמה השכלית, מהדורה 2, (קהיר: דאר אלפיכר אלמועאצר, 1987), ע 60.

139. המקור הקודם.

140. מוחמד ג'אבר אלאנצארי, מקור קודם.

141. סיווג זה קרוב אל הסיווג שהוצע ע"י מוחמד עאבד אלג'אברי במחקרו אודות בניית השכל הערבי, שם הוא קובע שלושה דפוסים: 1- מחשבה רטורית, 2- מחשבת ידיעה, 3- מחשבת הוכחה .

142. מוחמד ג'אבר אלאנצארי, מקור קודם, ע 27.

143. המקור הקודם, ע 28.

דפוסי מחשבה אלה אינם מתקיימים בתוך ווקום, אלא בתוך חממות ועל פי פרמטרים חברתיים ופוליטיים, שכן הזרם הסלפי צמח והתפתח בסביבה טבעית מבודדת וסגורה של "מדבריות ופרברים אסלאמיים מרוחקים, שלא הושפעו רבות או לא הושפעו כלל מגורמים זרים ובעלי דפוסי חיים חברתיים וכלכליים פשוטים"[144]. גם אם הם "התנגדו לזרמים התרבותיים הנכנסים", הם התנגדו גם לפלישה הזרה. השגשוג של הזרם הסלפי אף ניכר יותר "בתקופות הפלישה הזרה (עם כל ההתפוררות הפנימית הנוצרת בעקבותיה)"[145]. ואילו הפייסנות מתקיימת "בבירות, בכרכים ובמרכזים המסחריים ונקודות החילופין התרבותיים ובסביבות מישור מעורבות (מינים ודתות רבים)"[146]. המחשבה הפייסנית התפשטה בהיסטוריה האסלאמית בתקופה העבאסית הראשונה כאשר המשטר האסלאמי המסחרי שלט בדרכים ובתנועת המסחר בשוקי בעולם.

חשיבותו של מודל זה טמונה בכך שהוא עשוי לסייע בהבנת מאפייני האוטוריטות של תנועת האחים המוסלמים והבנת החממות החברתיות שבתוכן התפתחה האידיאולוגיה של התנועה.

במסגרת הדיון בשורשי האוטוריטה של האחים המוסלמים במורשת הסונית הקלאסית, אין מנוס מלציין שהאוטוריטה שלהם לא הייתה סונית אורתודוקסית, אלא שהם עדכנו אותה והתאימו אותה לצרכים ולאינטרסים שלהם. הדבר בא לידי ביטוי מצד אחד בהבדלים בין האחים המוסלמים לבין הסלפים ומצד שני בהשפעות שספגו מחוץ לחוגים הסונים, כמו אלח'ווארג' (החורגים).

מקסים רודנסון התייחס לניסיונות של הזרמים הסלפים להסתגל לחידושים וציין כי "האידיאולוגיה הדתית מגלה לאות מעת לעת בשל התנגשות התיאוריה עם המציאות, לכן מנהיגים וחברים נדרשים לעשות מין (עיון מתמשך), אותו הם מסתירים מעטה של רפורמה. אך כאשר הפער מתרחב בין עדכון או רפורמה זו

---

144.   אותו מקור, ע 35.

145.   המחבר מציג שתי דוגמאות נבדלות להתפשטות ההשקפה הסלפית בעתות חולשה ופלישה חיצונית, שהם חאמד אלע'זאלי, שלחם מלחמת חורמה נגד הזרם הרציונלי ואבן תימיה, ושניהם פעלו בעת שסכנות חיצוניות איימו על הח'ליפות האסלאמית. ראה: המקור הקודם, ע 35.

146.   המקור הקודם ע 35.

לבין נקודות המוצא המקוריות של הדת, תמיד יימצאו מאמינים שמתקוממים נגד בגידה זו"[147].

3-1-2 האחים המוסלמים והסלפים: עיון בהבדלים

היטמעות האחים המוסלמים בזרם הסלפי יתגבר המהלך העשורים הבאים לאחר הקמת התנועה. הדבר קרה כאשר חלק מחבריה והנהגתה הושפעו מחלוצי האידיאולוגיה הסלפית, ובמיוחד אבן תימיה. במהלך גל הסלפיזציה הראשון של התנועה היא חוותה "מצב של פנייה אל הסלפיזם הווהאבי כבר בתחילת שנות החמישים ונטייה זו התגברה עם הסלמת הקמפיין הנאצריסטי נגד התנועה ועקירת חלק מבכירי הנהגתה אל מדינות המפרץ, בעיקר בסעודיה"[148]. תקופה זו בהיסטוריה של האחים המוסלמים הייתה מלווה בהופעת "גילויים ראשונים של גאות סלפית שנעה במעגלים מצומצמים אליטיסטיים, שהתבטאו בעיראק בהוצאת לאור של ספרים ויישום מורשת דתית שתוצריה העיקריים באותה עת היו ספרים וטקסטים שהניחו את הבסיס לזרם הסלפי ובראשם ספריו של אבן תימיה"[149], והדברים הגיעו לשלב בו "הסלפיזם הפך לזרם פעיל ואף הזרם הפעיל והמשפיע ביותר בקרב האחים המוסלמים"[150].

אולם גם אם תנועת האחים המוסלמים הגדירה את עצמה בספרות של כתנועה "סלפית"[151], היא הדגישה באותה נשימה שהיא מייצגת רעיון "רפורמיסטי"[152], כך שסמל "הרפורמה" שהיא נושאת הוא המנגנון שמסייע לה במהלך פעילותה

---

147. מקסים רודנסון, תופעת הפנטיות האסלאמית והשמרנות בכל מקום: ניסיון הבהרה, צוטט אצל: עבד אלחכים אבו אללוז, התנועות הסלפיות בארצות המגרב 2004-1971, (ביירות: מרכז דיראסאת אלווחדה אלערביה, 2009), ע 40.

148. חוסאם תמאם, הסלפיזציה של האחים המוסלמים: שחיקת התזה האח'וואנית ועליית הסלפיזם בתוך תנועת האחים המוסלמים (אלכסנדריה: ספריית אלכסנדריה, 2010), ע 11.

149. המקור הקודם, ע 11.

150. המקור הקודם, ע 5.

151. בכלל זה ההגדרה של חסן אלבנא "שליחות סלפית, דרך סונית, אמת סופית, ישות פוליטית, תפיסה חברתית, קבוצה ספורטיבית, אגודה מדעית ותרבותית וחברה כלכלית".

152. ראה: חסן אלבנא "איגרת הוועידה החמישית", זמין בקישור: https://bit.ly/2OBB5mH

המגוּוֹנת בחברה לשם היפרדות מהסלפיזם הקלאסי ובניית מודל אידיאולוגיה מיוחד משלה, שכן היא גיבשה אסטרטגיות התמודדות עם אתגרי המודרניזם כאשר אימצה שיטה של רפורמה סלקטיבית ופיתחה מדיניות להתמודדות עם דרישות הפעולה בתוך החברה על כל ממדיה. הדבר משתקף בהיבדלות האחים המוסלמים מהסלפים – על אף שמטרתם הסופית משותפת, שהיא החלת דין השריעה – בכל הקשור לצורה החיצונית כמו היעדר הקפדה על לבוש וגידול זקנים, ואף היבדלות מהם מבחינה דתית ואידיאולוגית והיבדלות מהם גם בתחום הסמנטיקה המשמשת אותם, שכן הם משתמשים במושגים חדשים מומצאים, וזאת בנוסף לנבדלותם ברמה התיאולוגית, שמעוּדדת חקירה מאומצת וחריגה מהזרמים הקיימים והמוכרים. שיטה זו של ניהול תהליך "הרפורמה" מאפשרת לאחים המוסלמים יכולת להכיל סתירות קיימות ועטיפתן באידיאולוגיה פרגמטית, שמקלה עליהם לשנות את השיח בהתאם לנטיות לבם של ציבור תומכיהם ולצורך חדירה אל המוסדות האזרחיים והפיכתם מבפנים למוסדות בעלי אופי אח'ואני.

<table>
<tr>
<td>

</td>
<td>

https://www.youtube.com/watch?v=I3ZREUyQPSo

- כפל הלשון של האחים המוסלמים היה ברור וגלוי ומומחים לתנועות אסלאמיות מדגישים את עובדת קיומה של הדואליות הזו.
- הלשון בה מדברים כלפי חוץ שונה מהלשון מדברים בה אל הפנים
- הדברים הנאמרים באתר של תנועת האחים המוסלמים. בשפה האנגלית שונים מהדברים הנאמרים באתר בשפה הערבית.
- הלשון בה מדברים אל צעירי תנועת האחים המוסלמים שונה מהשפה בה מדברים אל כלל הציבור.

</td>
</tr>
</table>

https://www.youtube.com/watch?v=I3ZREUyQPSo

זאת הם עושים בניגוד לסלפים, אשר נוטים להיפרד ממי שאינו שותף לאמונותיהם ומשתדלים להותיר רושם כי הם מתמקדים באמונה דתית אישית ועמדות נוקשות ובלתי מתפשרות ואינם נרתעים מלהציג את דיני השריעה כלשונם, ללא התחשבות בעמדותיהם של אחרים כלפי דינים אלה, גם בהיותם מיעוט בסביבה לא אסלאמית כמו החברות האירופיות. בנוסף לכך, הם משתמשים בלקסיקון יותר מקורי בשיחותיהם עם אחרים ומקפידים על לבוש שיבדיל אותם מהם. הם רואים בבהירות ובכנות שני אלמנטים חיוניים לבניית חברה אסלאמית טהורה ולשמירה עליה[153].

על אף הביקורת של הסלפים נגד הסובלנות של חלק מחברי תנועת האחים המוסלמים בקבלת רעיונות רבים זרים, שבעיניהם אינם רעיונות אסלאמיים, האידיאולוגים של האחים המוסלמים מנמקים את עמדותיהם לגבי דיני השריעה בהתבסס על עקרונות אסלאמיים, כמו מורשת הנביא בהתייחסו אל הלא מוסלמים בתחילת דרכו בהתאם לצרכים באותה התקופה.

על פי מודל זה, הספרות של האחים המוסלמים מדגישה שהשלב הראשון בהסברה (הדעווה) מצטמצם לבניית האדם והבהרת האמונה ואימוץ שיח הסברתי פייסני ופשרני תוך הקפדה על סודיות כנדרש על פי הנסיבות והתעלמות מכל מה שעלול לעורר חששותיהם של אחרים שאינם מסכימם עם התנועה באשר להחלת דיני השריעה על פי ההשקפה האח'וואנית, הן אם הם מוסלמים או לא מוסלמים. הרי שבסופו של דבר, היישום המלא של האסלאם לא יתאפשר אלא בשלב הסופי כאשר יושג השלטון באמצעות כניסה אל המשחק הפוליטי או באמצעות הכרזת מלחמת קודש (ג'יהאד) אם יהיה צורך בכך.

---

153. לעניין ההבדלים בין הסלפים והאחים המוסלמים, ראה: ח'ליל אלענאני, האחים המוסלמים במצרים: זקנה הנאבקת עם הזמן, מקור קודם.
וגם:

Quintan Wiktorowicz, The Management of Islamic Activism: Salafis, the Muslim Brotherhood, and State Power in Jordan (Suny Series in Middle Eastern Studies), State University of New York Press, 2000.

- קבוצת חוקרים, האחים המוסלמים והסלפים באזור המפרץ, מרכז אלמסבאר למחקרים, מהדורה 2, 2011.
- Joas Wagemakers, Muslim Brotherhood and Salafism, 2019, https://link.springer.com/chapter/10.1007/978-981-13-9166-8_16

לכן, ניתן לומר שהמצע של האחים המוסלמים אינו מוצג בצורה פומבית לכל הציבור ואפשר לחשוף את סודותיו רק באמצעות מעקב סודי תוך עיין במקורותיהם הספרותיים, עמדותיהם והתנהלותם בחברה.

3-1-3 אלח'ווארג'[154]: משילות ולגיטימיות של מהפכה

שמם של אלח'ווארג' נקשר רבות לארגוני האסלאם הפוליטי, לרבות תנועת האחים המוסלמים. קשירה זו נעשית בתחום הרעיונות וכן בתחום הדימוי הפוליטי הסמלי, שכן הם היו הראשונים להניח את יסודות האמונה הפוליטית שנקראת "המשילות", שהייתה במוקד החשיבה של סייד קוטוב ולאחריו הפכה למרכיב העיקרי באמונה של תנועות האסלאם הפוליטי. משמעות המשילות היא שהשלטון הריבוני הוא בלעדי לאלוהים, כך שכך חקיקה שאינה מתייישרת עם משילות זו תיראה כחריגה מהאסלאם.

הח'ווארג' הם כת אסלאמית ורבאלית שהתפתחה בתחילת הקדנציה של הח'ליף הרביעי, עלי בן אבי טאלב, כתוצאה מחילוקי הדעות הפוליטיים שצצו בתקופתו. בעקבות ההתנקשות בחייו של הח'ליף השלישי, עות'מאן בן עפאן, החל מאבק על כס הח'ליפות בין עלי ומועאוויה כאשר לכל אחד מהם נימוקים, חסידים וצבא משלו. המוסלמים נחלקו אל שתי קבוצות מנוגדות ישני הצבאות התנגדו שמערכת "צפין" המפורסמת בשנת 657.

154.	על הקשר בין הח'ווארג' והאחים המוסלמים, ראה:

Jeffrey T. Kenney, Muslims Rebels: Kharijites and Politics of Extremism in, Egypt, Oxford University Press, 2006.

וגם:

- נאצר עבד אלכרים אלעקל, הח'ווארג' כתנועה הראשונה בתולדות האסלאם, (ריאצ': דאר כונוז אשבּיליא, 2008).

- סולימאן בן צאלח אלע'וצן, הח'ווארג': התפתחותם, זרמיהם, מאפייניהם והתגובה לאמונותיהם העיקריות (ריאצ': דאר כונוז אשבּיליא, 2009).

Who Are The Khawarij, Are They Disbelievers or Muslims? | Shaykh 'Abd al-'Aziz ibn Baz כותרת הוידיאו: בקישור: https://www.youtube.com/watch?v=Bpw5Umi4EYQ - שייח' עבד אלעזיז באז משיב אז לשאלות לגבי קבוצת הח'ווארג', מי הם הח'ווארג'? האם הם כופרים או מוסלמים. בן באז אמר שהח'ווארג' היא קבוצה קנאית מבחינה דתית, היא מרבה לקיים את הדת ומרבה בתפילות, קריאה ועוד, אך הם קנאים ומאשימים חוטאים בכפירה מרוב שהם קנאים. - הנביא אמר על הח'ווארג': "הם עוברים באסלאם כפי שחץ עובר בקשת, שאם תשיגם ידי אני אהרוג אותם כהרג בני עאד והיכן שתמצאו אותם הרגו אותם, שכן מי שהורג אותם יבוא על שכרו בעולם הבא". - הח'ווארג' הם מרדנים, גחמנים ותועים, הם מפריזים בפרשנות של הדת ואדם המבצע עבירה נחשב בעיניהם כופר.	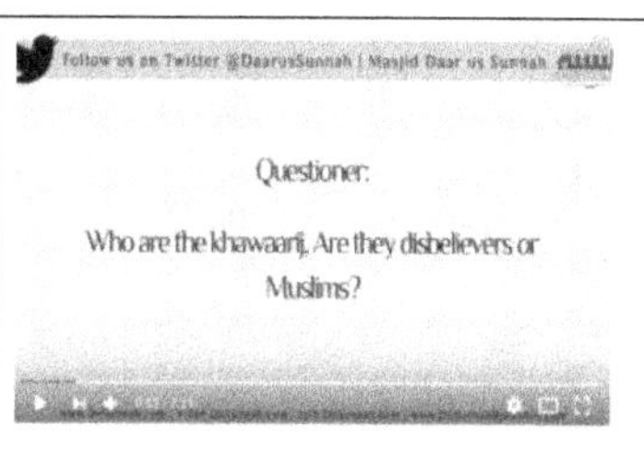

https://www.youtube.com/watch?v=Bpw5Umi4EYQ	

מועאוויה לא ניצח במלחמה ועל פי עצה של עמרו בן אלעאץ, הורה לצבאו להרים את ספרי הקוראן על החרבות בבקשה לפנות להכרעה על פי הוראת הספר הקדוש. עלי נענה לבקשה בלחץ של חסידיו הקוראים – שהפכו בשלב מאוחר לתנועת אלח'ווארג' – אך הם קמו נגדו והתנערו ממנו כאשר קיבל את הליך הבוררות[155] ומאז הם נודעו בשם "אלמחכמה" (המוכרעים) משום שהם היו בדעה שהקוראן "פסק" בעניין אותם "תוקפנים", על כן אין למנות אנשים לקיים הליך בוררות באשר ל"פסיקת אלוהים" והעלו את הסיסמה "אין פסיקה מעבר לפסיקת אלוהים". הח'ליף עלי הגיב לסיסמה זו באמירתו המפורסמת "אלה דברי צדק שמטרתם תרמית"[156].

כותרת הווידיאו: The Debate of ibn Abbas with the khawarij - The First Deviation in the History of Islam בקישור: https://www.youtube.com/watch?v=N8AuaMJ9URc - שייח' חסיני שיבאני אמר: "הויכוח שהתעורר בין עבדאללה בן עבאס לבין כת הח'ווארג' נחשב בעיני חוקרים כהתפצלות הראשונה שהתרחשה בהיסטוריה של האסלאם". - בתקופתו של הח'ליף עלי בן אבי טאלב, הח'ווארג' ראו באבו בכר וחסידיו "כופרים". - הח'ווארג' היו אלימים ורצחו מוסלמים אחרים ועלי בן אבי טאלב נלחם בהם.	

https://www.youtube.com/watch?v=N8AuaMJ9URc

---

155. סולימאן אלע'וצן, מקור קודם, ע 41.

156. מוחמד עמארה, זרמים במחשבה האסלאמית, מהדורה שנייה, (קהיר: דאר אלשורוק, 1997), ע 12.

לפיכך, הח'וואארג' הם הראשונים שהעלו את רעיון "המשילות לאללה" לבדו אל המחשבה הפוליטית האסלאמית ואל המחשבה הדתית האסלאמית[157], וכך הפכה "האידיאולוגיה הלוחמנית והרצחנית שלהם ופרשנותם המוטעית לפעולת הג'יהאד" מאז הופעתם "שיטה שנוכחת באופן תמידי בהיסטוריה האסלאמית. בהשראת האידיאולוגיה שלהם הופיעה תנועת "אלחשאשון" ותנועות אחרות. גם בעת החדשה הופיעו תנועות רבות המתעניינות באידיאולוגיה שלהם ומאמצות רעיון הרצח וההתנקשות כאמצעי האידיאלי למלחמת הקודש (ג'יהאד)"[158].

<table>
<tr><td>

כותרת הוידיאו: "951 שאלות על הח'וואארג', האם הם קיימים בתקופה הנוכחית? עיון של השייח' עות'מאן אלח'מיס".

בקישור:

https://www.youtube.com/watch?v=MY_-jswijyY

ד"ר עות'מאן אלח'מיס, מומחה לחדית' ולמחקרי ביקורת, מתייחס לח'וואארג' לאח מרידתם נגד שלטונו של עלי בן אבי טאלב ולא קיבלו את הליך הבוררות שהתקיים בין עלי בן אבי טאלב לבין מועאוויה בן אבי סופיאן משום שלדעתם בוררות זו היא סוג של כפירה.

ד"ר עות'מאן מסביר את משמעות המלה "ח'וואארג'" ומצביע על כך שזו כת שעסקה בהמצאות וכי הם לא מקהילת הסונים ועדיין קיימים ח'וואארג'. הוא מסביר שהם הופיעו לראשונה כרעיונות שהועלו בתקופת שלטונו של עות'מאן בן עפאן, אולם עלייתם הרשמית התרחשה בתקופת שלטונו של עלי בן אבי טאלב כאשר הם התנגדו לשלטון וקראו לאמץ את עיקרון המשילות של אללה.

</td></tr>
</table>

https://www.youtube.com/watch?v=MY_-jswijyY

---

157. מוחמד סעיד אלעשמאווי, האסלאם הפוליטי, ط 4, (קהיר: מכתבת מדבולי אלצע'יר, 1996), ע 52.

158. המקור הקודם, ע 141.

טבלה (1)
קווי דמיון בין החّוארג' ותנועת האחים המוסלמים

תנועת האחים המוסלמים	אלחّוארג'	
מטילים ספק בלגיטימיות של שליטים מוסלמים כדי לסלול את הדרך להתקוממם נגדם	הם פקפקו באמינותם וצדקת דרכם של החّליפות	סקפטיזם
מאשימים את כל השליטים המוסלמים בכפירה	האשימו את החّליפים עותّמאן ועלי בכפירה כדי להתקוממם נגדם 159	תכפיר (האשמה בכפירה)
סייד קוטוב פיתח את רעיון המשילות לאללה כדי להסיר את הלגיטימיות משליטי המוסלמים של העת החדשה	הראשונים שטבעו את מושג "המשילות לאללה" לבדו אל המחשבה הפוליטית האסלאמית 160	משילות
מעוותים ספרים ואמירות שנאמרו ע"י אנשי דת כדי לטעון שהם תומכים בעמדתם	נסמכים למראית עין על הוגי דעות ופילולוגים אסלאמיים מכובדים, אך הם הולכים פועלים בניגוד לדרכם ומנהגם	אינטרפרטציה וזיוף של ההיסטוריה
מאמינים במהפכות ופעולות מזוינות	הם היו הראשונים שהשתמשו בהסתה, עצרות והפגנות נגד המנהיגים	הסתה
מתנגדים לכל דעה שנוקט המנהיג בנושא השנוי במחלוקת	מתנגדים לשיקול דעתם של מנהיגים כמו שריפת ספרי הקוראן ע"י החّליף עותّמאן או השלמתו התפילה באתר מינא	קפאון והתנגדות לשינוי
מתנגדים לאיוש עמדות מפתח ע"י לא מוסלמים במדינה אסלאמית	התירו את דמם של אהל אלדّימה (בני דתות אחרות) בתקופת שלוון החّליף עלי	יחס כלפי מיעוטים

במכלול תנועות אלה נמצאת תנועת האחים המוסלמים, אשר אימצו את מורשת החّוארג' לשם הצדקת התקוממותם כנגד שליטים. החّוארג' נימקו את התקוממותם נגד החّליף עלי באמתלה של "הסרת הקיפוח, הטלת צדק ומניעת

---

159. לדברי אלאשערי: "החّוארג' כולם מכירים במנהיגותם של אבו בכר ועומר ומתכחשים למנהיגות עותّמאן בשל דבריו מעוררי המחלוקת, ומצד שני הם הכירו במנהיגותו של עלי והתנגדו למנהיגותו כאשר קיבל את הליך הבוררות". צוטט בספר: אבן פוריק אלאצבהאני, מאמרים של השّייח' אבי חסן אלאשערי, אלמכתבה אלשרקיה, 1987.

160. סולימאן בן צאלח, מקור קודם, ע 57.

תועבה"[161]. בהמשך לאחר מותו של עלי הם "התנגדו לאימאמים של המוסלמים וסטו מהקונצנזוס האסלאמי, שזו תוצאה טבעית שאליה מגיעים ההולכים אחר גחמותיהם וסוטים מהנחיות האסלאם"[162] ופועלים לקידום השקפתם האידיאולוגית לקראת אדיקות "עד כדי הפרחה, לעג וכפירה במורשת הנביא ובוז לכל מי שחולק עליהם"[163]. עיון בהיסטוריה שלהם מעלה "קנאות עיוורת ודבקות בדעה הנובעים מגחמה והפניית עורף לאמת שבידי ריביהם, שכן הם קבוצה ארוגנטית שגאה בדעותיה ומסנגרת על מחדליה"[164], והם מטילים ספק במאמינים ומפרשים את אמירותיהם על הצד הרע ביותר ואינם בוטחים בכל מאמין שאינו הולך בדרכם, ואף שונאים כל מי שחולק עליהם"[165]. הם "הפיצו שנאה וריב בעולם והחלו להרוג מאמינים שאינם מסכימים עם דעתם הכופרת"[166].

3-2 אוטוריטות חדשות: הוגי תקופת התחייה

התחייה הערבית התרחשה כתוצאה מתבקשת משני גורמים עיקריים: ראשית, ההגמוניה והעליונות המערבית, אשר איימה לא רק על מדינות אסלאמיות, אלא על התרבות האסלאמית בכלל. שנית, הפתיחות שגילו אליטות ערביות, בפרט במצרים, כלפי המודל המערבי וכניסתם לתהליך אמיץ לקראת מודרניזציה של מצרים עוד בתקופת שלטונו של מוחמד עלי בין השנים 1805 - 1848.[167] תקופה זו התאפיינה בפעילות תרגום אינטנסיבית של מקורות מתחומי המדע, המשפט והסוציולוגיה, אשר התקיימו בהנחייתו של רפאעה

---

161. סולימאן בן צאלח אלעﬞוצן, מקור קודם, ע 39.

162. המקור הקודם, ע 101.

163. אותו מקור, ע 83.

164. אותו מקור, ע 89.

165. אותו מקור, ע 92.

166. אותו מקור, ע 94.

167. על אודות תנועת המודרניזציה במצרים בתקופת מוחמד עלי, ראה:

- יונן לביב ריזק ומוחסן יוסף (הכנה וערכיה), מודרניזציה של מצרים בתקופת מוחמד עלי, הוגש ע"י אסמאעיל סראגﬞ אלדין, (אלכסנדריה, ספריית אלכסנדריה, 2007).

Noha Mostafa, The Modernization of Egypt in the Nineteenth Century: A Comparison with the Japanese Case, https://bit.ly/2Fgk4cW.

ראפע אלטהטאווי (1801 – 1873)[168], שהיה אחד המנהיגים החשובים ביותר של תנועת התחיה במצרים.

3-2-1 אלאפעّאני:

ניתן לייחס את השורשים ההגותיים והתקדימים ההיסטוריים של התחיה האסלאמית אל ג'מאל אלדין אלאפעّאני (1838 – 1897), שהיה מחשובי וגדולי החלוצים של התחיה האסלאמית ותנועת הרפורמה בהיסטוריה האסלאמית המודרנית. מטרתו העיקרית הייתה מתן מענה להגמוניה האירופית באמצעות פרשנות מחודשת של האסלאם והתאמתו לרוח העת החדשה, וזאת מכיוון שהאסלאם והמערב הפכו שני מושגים בלתי נפרדים במחשבתם של חלוצי התחיה. האיש שימש גם כמקור של השפעה שלילית משמעותית עבור תנועות האסלאם הפוליטי, ותנועת האחים המוסלמים בפרט, אשר נוסדה לאחר מותו.[169]

___

168. ראה:

Hussah A. S. R. S. Al Senan, The Change in Vocabularies of Freedoms and Rights in Egyptian Political Writings from al-Ṭahṭāwī until 1952, thesis for the degree of Doctor, University of Exeter, 2016, p.66

169. ראה:

Jamal al Din al Afghani, Encyclopedia of the Middle East, http://www.mideastweb.org/Middle-East-Encyclopedia/jamal_al-din_al-afghani.htm

הוא נולד באסד אבאד למשפחה אפגאנית יוקרת וגר בעיר קאבול. הוא למד את השפות הערבית והפרסית ובתקופה מאוחרת למד גם צרפתית. הוא למד את הקוראן לצד מעט לימודים אסלאמיים. בהיותו סן שמונה עשרה הוא נסע אל הודו ללמוד מספר מדעים מודרניים והלך אל ארץ חיג'אז (ערב הסעודית) כשהיה בן תשע עשרה כדי לקיים את מצוות החג' (עליה לרגל) טרם חזרתו לאפגניסטן.

הוא נסע גם אל העיר אסתאנה, שם זכה לפרסום ומעמד מכובד והעות'מניים קיבלו בברכה את השקפתו הרפורמיסטית. לאחר מכן עבר למצרים בשנת 1871 ושהה בה תקופה ארוכה, שבמהלכה נהג לבקר במוסד אלאזהר, שם התוודע לאנשי דת בכירים ושם החל את "פעילותו הפוליטית בשנת 1871 ונשאר במצרים עד שנת 1876 עת החריף משבר החובות. הוא קיבץ מסביבו מספר אנשי דת, פקידים, נכבדים וסטודנטים שהתמרמרו לנוכח העריצות של אלח'דיווי, הקיפוח של העם המצרי וההתערבות הזרה בענייני מצרים, אשר באה לידי ביטוי בפיקוח הדואלי ובוועדת החוב הכללי"[170].

החיים הפוליטיים וההשכליים סייעו לאלאפע'אני להפץ השקפתו. הוא שתף בהקמת עיתונאות פוליטית שתבטא את התנועה הלאומית הצעירה ונהנה מהשגשוג שחל בעבודה העיתונאית באותה עת כתוצאה מעקירת מספר עיתונאים ומשכילים מסוריה ומלבנון אל מצרים שהתעודדות מאווירת הפתיחות שהייתה קיימת במצרים בתקופת שלטונו של אלח'דיווי אסמאעיל. זאת לצד הבשלת רעיונות לאומיים בתודעתם של מחברים ומשכילים מצריים, ובראשם תלמידיו מוחמד עבדו, עבדאללה אלנדים, יעקוב צנוע, מחמוד סאמי אלבארודי ואבראהים אלמוווילחי.

---

170.   ראה:

Sayyid Jamal al-Din Muhammad b. Safdar al-Afghani (1838-1897), http://www.cis-ca.org/voices/a/afghni.htm

---

הרעיונות של ג'מאל אלדין אלאפע'אני

במצרים עמד אלאפע'אני בראש "המפלגה הלאומית החופשית המחתרתית", אשר הניפה את סיסמת "מצרים למצרים" ודרשה החלת דמוקרטיה פוליטית ושחרור מדיקטטורה של שליט יחיד, כמוכן קראה להתקוממות נגד ההשפעה הזרה ועידוד מדע, יצירה וחדשנות, מחקר, ריענון מחשבה, הבנה וזניחת חיקוי וקנאות עיוורת, החייאת מורשות וחיסול אגדות ושיגיונות על מנת לחלץ את הדת מזוהמות, תעתועים וסטיות. בהקשר זה הוא אמר "הכרחי שתקום תנועה דתית שתדאג לעקור את כל מה שדבק במוחותיהם של ההמונים ובמוחותיהם של חלק גדול מהאליטות בכל הקשור להבנת מוטעית של כמה מהאמונות הדתיות והטקסטים השרעיים. במקביל לכך יש להחיות את הקוראן ולהפיץ את הוראותיו הנכונות בקרב הציבור ולהסביר נכונה, כך שהקוראן ינחה את העם אל דרך שתבטיח את רווחתם בעולם הזה ושכרם הטוב בעולם הבא. אין מנוס מלטפח את ידיעותינו ולנקות את הספרות שלנו ונעשיר אותם במקורות זמינים וקלים להבנה כדי להיעזר בהם להשגת קידמה והצלחה"[171].

---

171. נרמין ח'פאג'י, הנחיות ג'מאל אלדין אלאפע'אני לעניין רפורמה בחיים ובדת, אלאישתיראכי, 1 יולי 2007, בקישור: https://revsoc.me/revolutionary-experiences/tlym-lsyd-jml-ldyn-fy-wjwb-slh-ldny-wldyn

אולם חלק מהרעיונות שהוא דגל בהם הסתננו אל חסידי "פוליטיזציה של הדת" וחוללו השפעה שליית על מערך המחשבה שלהם, ובראשם חסן אלבנא, אשר הצליח לרתום רעיונות אלה לטובת ארגון דתי פוליטי מסוגר ומסוכן ביותר, שלו זרוע צבאית ומאניה מהפכנית.

יש לציין כי היחס הסלקטיבי של תנועת האחים המוסלמים אל ההגות והמורשת האסלאמית גרם לה להתמקד ברעיונות ותפיסות מסוימות מתורתו של ג'מאל אלדין אלאפע'אני וזניחת השאר, שכן השפעתו של אלאפע'אני ניכרת בפרויקט של אלבנא מתוך חששו מהמערב, כי אלאפע'אני נקט עמדה מתגוננת מהמערב ומהקולוניאליזם[172]. הוא סבר כי "המוסלמים לא היו יעילים בעמידה מול המערב, שכן הפתרון הוא לא להיפתח אל המערב כדי לאמץ את דפוסי חייו ודימויי תרבותו, אלא לסגור את דלתותיהם בפניו ככל שיוכלו, כי אם הם יתעקשו לפתוח דלתות אלה הם לא יפיקו מכך כל תועלת מלבד חיקוי של האירופאים, מה שיוביל בסופו של דבר לקבלת שלטונם בשתיקה"[173]. אם כן, אלאפע'אני מקבל פתיחות מוגבלת ומותנית כלפי המערב, במידה שתאפשר למוסלמים להעתיק את מנגנוני הכוח ואמצעי הכוח, במיוחד הכוח הצבאי. לפיכך, עמדת אלאפע'אני היא עמדה מהפכנית נגד המערב ונגד השליטים המוסלמים, אשר אפשרו למערב לחלחל ולשלוט בארצותיהם. מנגד, אנו רואים שעמדתם של מוחמד עבדו ומוחמד רשיד ריצ'א היו עמדות מפויסות כלפי הקולוניאליזם באופן כללי והם הציבו בראש סולם העדיפויות של האומה והאליטה חינוך וטיפוח הדור החדש כדי להניח את היסודות לתחייה ולכוח שישמשו כלים בהתמודדות מול המערב.

כל זאת מכיוון שג'מאל אלדין אלאפע'אני סבר שהבסיס העיקרי לרפורמה ולהנגשת הדת להסברה מתמצה בחזרה אל מקורות האסלאם הראשוני; הקוראן הקדוש ומורשת הנביא, שעל פיהם יש לשפר את מצב העם, לרבות בזירה הפוליטית. משם הבשיל אצלו רעיון הקמת קונפדרציה אסלאמית שתאפשר

172.	אחמד אלמולא, שורשי הפונדמנטליזם האסלאמי במצרים של העת החדשה: רשיד ריצ'א ומגזין אלמנאר, דאר אלכותוב ולאוות'איק אלקוומיה, 2008, ע 26.

173.	המקור הקודם, ע 26.

לעולם האסלאמי להתאחד "בברית הגנה גדולה שתשמור עליו מפני כליה", וזאת לנוכח ההתנוונות השפל במדינות אסלאמיות, שאין בכוחן עוד "להיות אחראיות על ניהול ענייניהן בכוחות עצמן", בעוד מדינות מערביות "אינן מפסיקות להמציא אלפי תירוצים ונימוקים, אפילו בכוח ומלחמה, כדי לחסל כל תנועה של תחיה ורפורמה במדינות האסלאמיות"[174].

מעבר לרעיון "הקונפדרציה האסלאמית" ו"העוינות למערב", תנועת האחים המוסלמים אימצה רעיון מרכזי מתורתו של ג'מאל אלדין אלאפע'אני, שהיא "ההוליזם של האסלאם", שלדברי החוקר מוחמד ג'בריל, "רעיון ההוליזם של האסלאם, שדגל בו חסן אלבנא, מייסד תנועת האחים המוסלמים, הוא פרי מחשבתו של אלאפע'אני, שבמקור שאף לאחדות שתתמודד מול המתקפה הקולוניאליסטית על ארצות האסלאם"[175]. רעיון אחר שאימץ חסן אלבנא בהשראתו של אלאפע'אני הוא רעיון "הלאומיות האסלאמית" שהוצע במגילת "אלערווה אלווסטא", שזה רעיון המושתת על אי הכרה בגבולות הלאומיים וקיום אחדות רוחנית המחברת את כלל המוסלמים[176]. אלבנא אף שאב את רעיון הקמת התנועה מתורתו של אלאפע'אני, שלדברי ג'בריל" כאשר אלאפע'אני יצא בקריאה להקים "תנועה" שתאמין ברעיונותיו ותיישם אותם בקרב הציבור, אלבנא היה היחידי שנענה לקריאתו להקמת תנועה והוא המשיך בהתנגדותו לתאר את תנועתו כמפלגה פוליטית עד יום הירצחו"[177].

במישור המעשי אלבנא ניסה "לחקות את אלאפע'אני בעניינים ארגוניים ותנועתיים רבים. אלאפע'אני הקים את מה שנקרא אז "החוג הלאומי החופשי" ואילו אלבנא הקים את תנועת האחים המוסלמים; אלאפע'אני ועבדו תכננו להתנקש בחייו של אלח'דיווי אסמאעיל ואילו אלבנא הקים ארגון מחתרתי שלם

---

174. ‏סמיר חלבי, אלאפע'אני- רפורמיסט על אף המחלוקת (בציון יום פטירתו: 5 שוואל 1314ה'יג'רי), אסלאם אונליין, בקישור: https://archive.islamonline.net/?p=9118

175. ‏מוחמד ג'בריל, ג'מאל אלדין אלאפע'אני: האם היה "סנדק התחיה" האסלאמית, אתר חפריאת,21/1/ 2019, בקישור: https://bit.ly/31Xtt3p

176. ‏המקור הקודם.

177. ‏אותו מקור.

לביצוע משימות של התנקשויות ופיצוצים, שנקרא המנגנון המיוחד; כאשר אלאפע'אני רקם מזימה להדחת אלח'ידיווי אסמאעיל בשיתוף עם הצרפתים ויורש העצר, הנסיך תוופיק, אלבנא רקם מזימה עם משפחת אלוזיר בתימן להדחת האימאם יחיא או הפעולה שהתפרסמה בשם מהפכת 1948; אלאפע'אני נהג לתמרן את עמדותיו הפוליטיות מול כל הצדדים בכל מדינה שהשתכן בה ואילו אלבנא נהג באותה דרך כאשר החליף בריתות בין הארמון לבין מפלגת אלוופד ומפלגות אחרות לבין הבריטים והתחנף לאליטות התרבותיות כמו שנהג בשיחותיו עם טהה חוסיין או בניסיון שלו לזכות באהדתו של אחמד אמין. ולבסוף, כפי שאלאפע'אני יסד עיתונים רבים, אלבנא נהג באותה דרך כאשר גילה עניין מרכזי בעיתונות"[178].

3-2-2 מוחמד עבדו

מוחמד עבדו (1849-1905) עלה בתקופה היסטורית מכרעת בתולדות העולם האסלאמי והוא היה עד לשורה של תבוסות בכל חלקי האימפריה העות'מאנית, ששלטה ברוב מדינות ערב. באותה תקופה עלה מפלס המחאה ורגשות ההתנגדות, שעד מהרה הפכו להתקוממויות עממיות באזורים רבים, ובפרט במצרים, סודן, לוב ואלג'יריה, שבהן התרופפה השליטה של העות'מאנים[179].

בנוסף לכך, מדיניות הרפורמות שהוביל מוחמד עלי, שליט מצרים בין השנים 1805-1848, לא הצליחה לחולל התקדמות משמעותית במישור הניהולי והכלכלי במצרים. לפיכך, ניתן לומר שהכישלון שחוותה מצרים במהלך תקופה זו "פתח את הדיון בסוגיות ההגותיות המשמעותיות שהיו על סדר היום הציבורי כמעט בכל ארצות המזרח האסלאמי. סוגיות אלה הציבו את הדת אל מול ההתפתחויות המודרניות בעולם והשאלה העיקרית נסובה סביב הקשר בין הדת מצד אחד לבין המדע, הפוליטיקה, החברה, הכלכלה, האישה ועוד מצד שני. כך הצליחה המחשבה הערבית להעביר את סוגיית הרפורמה

178. عبدالله بن جاد العتيبي، الأفغاني والبنّا.. الخطاب والتنظيم، متاح على الرابط: https://bit.ly/3iUxOLo

179. פואד אבראהים, עיון נוסף בתנועת התחייה הדתית, מרכז אפאק למחקרים, 2015/9/1, בקישור:
https://aafaqcenter.co/index.php/post/2229

מהתחום הצבאי והאדמיניסטרטיבי אל התחום הדתי. המחשבה החלה להתמקד בדת עצמה, אשר תמכה על פי ההבנה העממית, את שלטון אלח'ידיווי בתקווה למצוא תשובות לשאלות בעניין הנחשלות החברתית וההיסטורית של הערבים"[180].

בצל נסיבות אלה נולד מוחמד עבדו, שנמנה על המטיפים לרפורמה ותחיה בעולם האסלאמי לאב ממוצא תורכמאני ואם מצריה משבט בני עודיי הערבי והגדל בכפר מחלת נצר במחוז אלבחירה. אביו שלח אותו ללמוד בבית הספר של הכפר ואחר כך עבר ללמוד במסגד אלאחמדי- מסגד אלסייד אלבדווי בעיר טנטא, שם למד את תורת האסלאם והשפה הערבית ושינן את ספר הקוראן בע"פ ואחר כך עבר ללמוד במוסד אלאזהר בשנת 1865 וסיים לימודיו שם בשנת 1877.

בתחילת חייו הפוליטיים, מוחמד עבדו האמין בפעולה חשאית ארגונית וחתר להדחת אלח'ידיווי תוופיק וחיפש ארגון חשאי שיאפשר לו ליישם את כל התוכניות שקיבל ולמד ע"י השייח' ג'מאל אלדין אלאפע'אני במהלך שהותו של האחרון במצרים בין השנים 1871-1879. היו לו אף רעיונות להתנקשות בחייו של אלח'ידיווי אסמאעיל על פי פסק הלכה מטעם אלאפע'אני כפי שהוא מאשר זאת ביומנו: "השייח' ג'מאל אלדין אלאפע'אני הסכים להדחה והציע לי לרצוח את אסמאעיל, שהיה עובר ברכבו כל יום מעל גשר קצר אלניל. אך כל אלה היו לחשושים שהחלפנו בינינו- ואני הסכמתי בכל לבי לרציחת אסמאעיל, אך היה חסר לנו מי שיוביל אותנו במהלך הזה"[181].

דרכו הייתה בתחילת חייו להסית את העם ואת ההמונים נגד השליטים והוא נהג לחשוף את מחדליהם ופגמיהם. הוא היה בשורה הראשונה של תומכי המהפכה העוראבית בשנת 1881 וכאשר מהפכה זו נכשלה הוא נכלא ואחר כך נידון ליציאה לגלות למשך שלוש שנים. הגלייתו ממצרים סימנה תחילתה של תקופה חדשה, שבמהלכה התרחב מעגל השפעתו במדינות ערב. הוא

---

180.   המקור הקודם

181.   תמונה הפוכה.. המסע של האימאם מוחמד עבדו מטרור אל חדשנות (7), אתר אמאן, 29/מאי/2018, בקישור: http://aman.dostor.org/109299

התיישב בבירות למשך יותר משש שנים ובמהלך שהותו שם נסע רבות לצרפת ולטוניסיה[182].

בשנת 1884 מוחמד עבדו הצטרף למורו וחברו ג'מאל אלדין אלאפע'אני בפריז, שם הם הוציאו את העיתון "אלעורווה אלוות'קא", שהייתה לשון העמותה הסודית שאלאפע'אני הקים והיה לה אותו שם. שמטרתה לקדם קריאה לריענון המחשבה האסלאמית, רפורמה דתית ופוליטית ומלחמה בקולוניאליזם, עריצות ושחיתות"[183].

לאחר מכן מוחמד עבדו וחניכו מוחמד רשיד ריצ'א אימצו עמדה פייסנית כלפי הקולוניאליזם באופן כללי והוא העלה לראש סדר העדיפויות שלו חינוך הדור הצעיר וטיפוחו על מנת לייצר תנאים לתחייה ולכוח הנדרשים להתמודדות מול המערב. מוחמד עבדו רקם קשרי ידידות הדוקים עם הלורד קרומר, אשר קידם את מינויו למופתי של ארצות האסלאם בשנת 1899[184].

השייח' עבדו הקים את תנועתו הרפורמיסטית, אותה טיפח בחיבוריו כדוגמת הספר "האסלאם והנצרות בין מדע לציוויליזציה", שם ערך השוואה בין הדת הנוצרית לדת המוסלמית ודן בהשפעתן על המדע ועל הציוויליזציה במאבק בין המודל הסלפי והמודל השמרני, הליברלי והחילוני על דרך הצגתם דת ומדע והקשר ביניהם. לכן, תוכניתו הרפורמיסטית הסתעפה לכיוון הפרכת האקסיומות של הסלפים והליברלים גם יחד ושכנוע הקבוצה הראשונה בצורך בחדשנות דתית ודחיית הפרשנות המסורתית של טקסטים דתיים, ושכנוע הצד השני ביכולתו של האסלאם וביעילותו להגשים את התנאים לתחייה והמראה תרבותית אם חוזרים אל מקורותיו האותנטיים הראשוניים[185].

---

182. אחמד תיימור באשא, אחמד תיימור באשא, גדולי המחשבה האסלאמית המודרנית, גרסה אלקטרונית, בקישור: https://bit.ly/2UG4gsG

183. עלי אלמחאפט'ה, מגמות מחשבה בקרב הערבית בתקופת הרנסאנס, (ביירות: אלאהליה להוצ"ל והפצה,1987), ע 37.

184. Mark Sedgwick, Muhammad Abduh, Ebook, 2013, https://bit.ly/2UFvkrK

185. חמיד זנאר, "האם מוחמד עבדו באמת מצא את האסלאם במערב?", 24 דצמבר 2010, אתר הדיאלוג התרבותי, בקישור: http://www.ahewar.org/debat/show.art.asp?aid=239423&r=0

למרות שאיפתו הגדולה של מוחמד עבדו לבנות מודל תרבותי אסלאמי המושתת על שכל ישר ומונחה מניסיונותיהם של אחרים, הרי שקריאתו- בניגוד לשאיפתו- סיפקה לזרמי האסלאם הפוליטי משענת חזקה לגיבוש השקפה אידיאולוגית המושתתת על העבר. אפשר ללמוד על כך מאמירתו בעקבות ביקורו בפריז: "מצאתי את האסלאם ולא מצאתי מוסלמים" ואמירתו כששב למצרים "מצאתי את המוסלמים אך לא מצאתי את האסלאם". לדעת כמה מהחוקרים, יש באמירת זו "טענה מופרכת, שחסידי המדינה האסלאמית הפכו באמצעותה את העובדות וייתכן שתרמה במידה רבה להנצחת הנחשלות של המצרים והמוסלמים בכלל והתוצאה הישירה שלה היא הסיסמה "האסלאם הוא הפתרון"[186]. חלק מהמוסלמים פועלים ליישום סיסמה נאיבית ומסוכנת זו באמצעות רצח וטרור, בעוד שחלק אחר מהם משתמש בה כאמצעי להיבחר לשלטון (...) ואין צורך לומר שהתנועה האסלאמית בכלל היא בסופו של דבר אינה יותר מאשר ניסיון למצות אמירה זו עד הסוף, שכן מה שנקרא התעוררות אסלאמית הוא בעצם לא יותר מהמשך טבעי למה שכונה שלא בצדק תחיה ערבית מודרנית"[187].

לדברי מוחמד עמארה, הוא כתב סיסמאות רבות ברוח הסיסמה "האסלאם הוא הפתרון" כמו אמירתו "הדרך היא האסלאם", שם הוא אומר כי "האסלאם הוא הדרך לרפורמה ואין צורך להעתיק צורה, פילוסופיה או אידיאולוגיה רפורמיסטית מכל תרבות אחרת כי האסלאם מספיק ומבטיח את דרך הרפורמה"[188].

תנועת האחים המוסלמים אימצה את הסיסמה "האסלאם הוא הפתרון" בהשראת עמדתו של מוחמד עבדו ובהתאם לדימוי שהוא יצר לאסלאם ולמערב על פי אמירתו הקודמת. סיסמה זו נעשה בה שימוש נרחב בקרב תנועת אסלאמיסטיות במהלך העשור האחרון, וזאת לאחר שהשקפתם של האחים המוסלמים ושל ארגונים אחרים מזרם האסלאם הפוליטי הפכה לנשק אידיאולוגי

---

186. המקור הקודם.

187. אותו מקור.

188. מוחמד עמארה, הדיונים המפורסמים של המאה העשרים (2), מצרים בין מדינה אזרחית ודתית (קהיר: מכתבת והבה, 2011), ע 57.

"בשני תהליכי השינוי הפוליטי והחברתי, מה שהותיר את המוסלמים במצב של הרהור בעבר, שלפיו האסלאם עדיין טומן בחובו את כל הפתרונות לבעיותיהם בעת החדשה, וכי יש בכוחו של האסלאם לספק מענה לתקופה הנוכחית וגם לתקופה העתידית" [189].

3-2-3 מוחמד רשיד ריצ'א

רשיד ריצ'א (1865-1935), יליד כפר אלקלמון בלבנון, שנפטר במצרין, נמנה על חלוצי הרפורמה בהיסטוריה האסלאמית החדשה. בנוסף לכך, הוא היה מהחשובים בחניכיו של השייח' מוחמד עבדו והוא מייסד מגזין "אלמנאר", שנקשר עם שמו במצרים בשנת 1898 באותה רוח של מגזין "אלעורווה אלווות'קא" של האימאם מוחמד עבדו [190].

הוא היה "חבר בממשלה הסורית שהרכיב פייצל בן אלחוסיין לאחר מלה"ע הראשונה. כאשר סוריה עברה אל הצרפתים ממשלה זו נפלה והוא שב אל מצרים, שם הוציא את המגזין "אלמנאר" לאחר שנסגר לתקופה ארוכה" [191].

ריצ'א צידד בהשקפה הסלפית לאחר שהיה צופי [192], והוא נבדל מבחינה רעיונית ממורו מוחמד עבדו, שכן רשיד גילה נטייה לעסוק ברפורמה פוליטית מתוך אמונה שהמדינה העות'מאנית זקוקה לרפורמה. אולם, בטרם התחיל לדון בנושא הוא ביקש את עצתו של מוחמד עבדו והלה הציע לו לא לעסוק בפוליטיקה. הוא אמר לו בין היתר: "אין למוסלמים אימאם (מנהיג) בעת הזו זולת הקוראן, והעיסוק בפוליטיקה העות'מאנית היא מעשה שיש לחשוש מנזקיו מאשר לקוות ליתרונותיו, והאנשים כאן אינם אוהבים לשמוע מהשלטונות ומהמדינה דברים שאינם לרוחם, ובמצרים אין פוליטיקה,

---

189. ד. פאווזי אלבדווי, על סביבת החממה, עיתון אלאיתיחאד האמאראתי, 6 דצמבר 2017, בקישור: https://bit.ly/2Sc7r9K

190. עלי אלמחאפט'ה, מקור קודם, ע 90.

191. חדשנים מודרניים, אתר מדאד, 2007/11/8, בקישור: https://bit.ly/38e0eeZ

192. אבראהים אעזאב, האסלאם הפוליטי והמודרניזם, (קזבלנקה: אפריקה של המזרח, 2000), ע 39.

והמוסלמים לא יתקדמו אלא באמצעות חינוך. על גן, אל לך לערב פוליטיקה בכוונותיך כדי לא לזהם את כוונותיך, שכן הפוליטיקה השחיתה כל עניין שנגעה בו"[193].

<table>
<tr>
<td>

כותרת הוידיאו: חמאמי/ טוניסיה "מוחמד ריצ'א או השלכות של הזרם הווהאבי" , בקישור:

https://www.youtube.com/watch?v=CXKZCfbkpfM

- האימאם מוחמד עבדו, מוביל החדשנות בתיאולוגיה האסלאמית בעת המודרנית ואחד מחסידי הרפורמה ודמות בולטת בזרם התקומה הערבית האסלאמית המודרנית. הוא היה שותף להחייאת חקר התיאולוגיה על מנת להתאימה אל השינויים התכופים בתחום המדע וכדי להדביק את התקדמות החברה והתפתחותה בתחומים הפוליטיים, הכלכליים והתרבותיים.

- הוא השפיע על רבים מחסידי הרנסאנס, אשר תרמו רבות בתחום המדע והספרות, כמו עבד אלחמיד בן בדיס, מוחמד רשיד ריצ'א, טהה חוסיין, סעד זע'לול ועבד אלרחמן אלכוואכבי.

- מוחמד רשיד ריצ'א הסיט את ההגות של מורו, מוחמד עבדהו, אל מסלול של סלפיזם ווהאביזם, שזה ההיפך ממשנתו הסלפית החדשה של מוחמד עבדו והוא הפך את הזרם הווהאבי והאחים המוסלמים לאידיאולוגיה

</td>
<td>

</td>
</tr>
</table>

https://www.youtube.com/watch?v=CXKZCfbkpfM

על אף הערכתו של ריצ'א לעצתו של מוחמד עבדו, הוא מצא עצמו ניצב פנים אל פנים מול אתגר העיסוק בפוליטיקה בהשפעת ההתפתחויות הפוליטיות במדינה העות'מאנית ובצל ההשפעה המהירה שהותירו מעשים של אנשי השלטון

---

193. הזרשי בן ג'לול, שייח' מוחמד ריצ'א והמדינה העות'מאנית, תזה לתואר מוסמך שהוגשה לאוניברסיטת אלג'יריה/ החוג להיסטוריה, 2003-2002, גרסה אלקטרונית, בקישור:
https://elibrary.mediu.edu.my/books/2014/MEDIU10064.pdf

העות'מאני. הוא הציע, בין היתר, להקים משטר ח'ליפות זמני על טריטוריה גיאוגרפית מוגדרת, שבה תונהג תכנית מדויקת להכשרת מלומדים ומתוכם ייבחר ח'ליף לאחר עמידתו בתנאי הח'ליפות[194].

הרעיונות של מוחמד רשיד ריצ'א

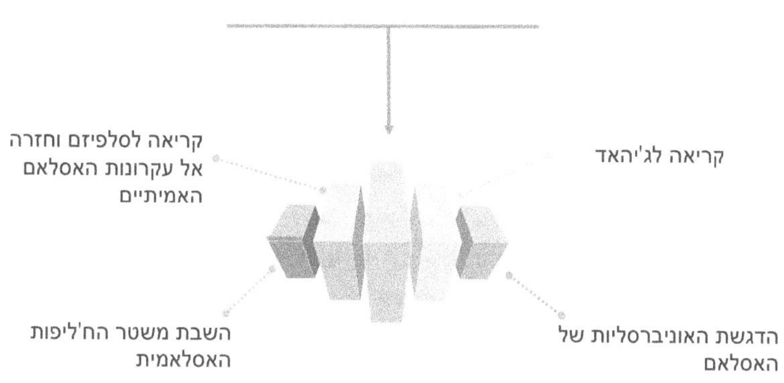

הנסיבות הפוליטיות בהם הייתה האומה שרויה אילצו את רשיד ריצ'א לאמץ קו רפורמיסטי זה תוך עיסוקו בסוגיית הח'ליפות, שזכתה למקום מרכזי בהשקפתו עד כדי כך שהסביר שמטרתו של מגזין "אלמנאר", שייסד במצרים הוא "ללמד את האומה מה הם תנאי הח'ליפות האסלאמית ומה הן החובות של הח'ליף כלפי נתיניו"[195]. במשך התקופה משנת 1898 עד שנת 1924 מוחמד ריצ'א פרסם עשרות מאמרים במטרה להפריך את טענת העות'מאנים לגבי זכותם לשאת את תואר הח'ליף של המוסלמים[196]. מוחמד רשיד ריצ'א חווה מאורעות גורליים עם תפניות ותמורות רבות ומשמעותיות, אשר ניבאו את התפוררות העולם האיסלאמי. כל זה התרחש בתקופה שהתאפיינה במתיחות ותנודות בין ניסיונות להציל את

---

194. אדריס אלכנבורי, האם אלבע'דאדי הגשים את חלומו של רשיד ריצ'א?, אתר הספריס, 20 אוקטובר 2014, בקישור: https://www.hespress.com/writers/243969.html

195. לאחר שהות של שנה באיסטנבול.. רשיד ריצ'א: הח'ליפות העות'מאנית אינה קיימת, באתר עות'מאנלי, 16 יולי 2019, בקישור: https://bit.ly/2SdeqPx

196. המקור הקודם.

הח'ליפות העות'מאנית טרם נפילתה לבין החייאתה מחדש בתחילת העשור השני
של המאה העשרים. לזכותו ייאמר בהקשר זה כי הוא מילא תפקיד חשוב בהנחיית
המדיניות האסלאמית באמצעות מאמרים רבים שפרסם במגזין "אלמנאר". הוא
השתתף גם בשתי ועידות אסלאמיות, שהראשונה התכנסה במכה בשנת 1926
והשנייה התכנסה בירושלים בשנת 1931. הוא גם תרם תרומה חשובה למאבק
הפוליטי בסוריה מעת מהפכת "טורקיה הצעירה" ובמשא ומתן בהתנהל במהלך
המלחמה נגד הבריטים[197].

מדיניות הטורקיזציה (הפיכת דברים לטורקיים) שהנהיגה "עמותת האחדות
והקדמה" הכעיסה את רשיד ריצ'א והוא נהג להעלות ביקורת נגדה מעל דפי עיתון
"אלמנאר"; העיתון שירש את מורשת האמירות התיאורטיות העיקריות של
אלאפע'אני ושל עבדו והדגישה את האסלאם ככלי יחידי לתחיית המוסלמים, אך
המשך נקיטת הקו הדפנסיבי אצלה – בנוסף לאופי השקפתו של מוחמד רשיד
ריצ'א, שהייתה יותר שמרנית ויותר מסורתית מאלה של אלאפע'אני ועבדו – הוביל
את פעולתה לתיקון המחשב האסלאמית אל דרך ללא מוצא, שסימניה החשובים
התבטאו בזיקה טראגית אל העבר ששיתקה את האפקטיביות של השכל להבנת
הדת ואינה מכירה באפשרות של התקדמות אנושית לאורך ההיסטוריה[198].

על כן, רשיד ריצ'א מהווה צומת דרכים עבור שלל הזרמים האחראים לשיתוק
המוח האסלאמי והסתיידותו. הוא "לקח מהפייסנות של עבדו את האספקט
הסלפי ושאב השראה מעמדתו הוורבאלית של אלע'זאלי ועמדתו התיאולוגית של
אבן תימיה ותמך בדעווה הסעודית בתקופת המלך עבד אלעזיז"[199]. גם אם הוא
נותר כמייצג של "תופעה כמעט מבודדת בצל הגל החילוני, הרי שהמגמה שלו
המשיכה לצמוח לאחר מכן עם הופעת תנועת האחים המוסלמים"[200].
השתלשלות טראגית זו במסלול עיתון "אלמנאר" היתה מתאימה להזנת שאיפתו

---

197. מוחמד חרב פרזאת, החיים המפלגתיים בסוריה: מחקר היסטורי על אודות הקמת מפלגות פוליטיות
והתפתחותן 1908-1955, המרכז הערבי למחקר ולימודים פוליטיים, גרסה אלקטרונית, בקישור:
https://bit.ly/3bm5y1T

198. הזרשי בן ג'לול, מקור קודם

199. מוחמד ג'אבר אלאנצארי, המאבק הערבי וקונפליקט הניגודים, מהדורה שנייה, (ביירות: המוסד הערבי למחקר
והוצ"ל, 1999), ע 79.

200. המקור הקודם, ע 79.

של אלבנא לבניית אוטוריטה אידיאולוגית סגורה השואבת מהרעיונות המאוחרים של בעליה, שבזכותם הוא הפך פחות ליברלי ויותר אדוק[201].

עיתון "אלמנאר" הייתה מעין מקום מפגש עבור אנשי התנועות האסלאמיסטיות באותה עת ושם נתקבלו ההחלטות הארגוניות החשובות[202]. מה גם שהקמת התנועה היא כשלעצמה תרגום של רעיון שהבשיל במוחו של רשיד ריצ'א כבר בשנת 1924 ולפיו יש להקים מוסד ציבורי שיניח את היסודות לח'ליפות ותכין את התשתית להקמת מדינה אסלאמית חדשה, וזאת "כדי שנשים קץ להגמוניה המערבית החומרית וקץ להעדפת אופורטוניזם על הומניזם"[203]. חסן אלבנא פיתח רעיון זה והקים בשנת 1928, 4 שנים לאחר נפילת מוסד הח'ליפות, את תנועת האחים המוסלמים בעיר אלאסמאעיליה.

מה שמחזק את הקשר של אלבנא עם מייסד עיתון אלמנאר הוא שהוא לא היה "זר למשפחת השייח' רשיד ריצ'א", שכן הוא היה בקשר הדוק עמו עוד מהימים בהם היה תלמיד במוסד "דאר אלעולום" וקשר זה נמשך עד לאחר תחילת הדעווה של האחים המוסלמים ואלבנא נהג להתייעץ עם שייח' ריצ'א בעניינים רבים"[204]. בשל קירבה זו בין אלבנא לבין רשיד ריצ'א, משפחת ריצ'א ביקשה מ"אלבנא לקחת אחריות על ניהול עיתון אלמנאר ולהיות העורך הראשי שלה"[205].

---

201. לאחר פטירתו של מוחמד עבדו בשנת 1905, רשיד ריצ'א פנה "לקראת סלפיזם ועיסוק בסוגיות של אמונה, תופעות והתנהגויות המתוארות על פי שיח זה כאגדות ותעתועים, והתרחקות מהשיטה הרפורמית המצדד בתחייה, קידמה ועיור של כלל האומה, ובהקשר זיקתם מצד זה לאומות האירופיות ולמערב המתועש והמדעי". ראה: זכי אלמילאד, "השייח' מוחמד רשיד ריצ'א והתמורות במחשבה האסלאמית המודרנית", 19 דצמבר 2010, אתר אפאק, בקישור: https://aafaqcenter.co/index.php/post/478

202. מוחמד שעבאן, אלמנאר: העיתון שהניח את יסודות האידיאולוגיה הסלפית המודרנית במצרים, אתר רציף 22, 25 מרץ 2017, בקישור: https://bit.ly/2SbLMhU

203. הח'ליפות והרפורמה האסלאמית המזויפת של רשיד ריצ'א, אתר אלבוואבה, 27/אוקטובר/2018, בקישור: https://www.albawabhnews.com/3341568

204. ראה: "עיתון אלמנאר", אתר ויקיפידיה האחים המוסלמים, בקישור: https://bit.ly/39v3P8m

205. המקור הקודם.

כך המשיכה תנועת האחים המוסלמים, באמצעות עיתון אלמנאר, לדקלם אותם טקסטים, ציטוטים ועדויות דתיות שהמציא ריצ'א בעצמו, אך עם מינון גבוה יותר של קנאות. הסלפים הראשונים כמו אלאפע'אני ובמידה מסוימת גם ריצ'א היו יותר ליברלים מחסן אלבנא ותנועתו, וזאת בשל נטייתם לפייס בין אסלאם ומודרניזם ובשל השקפתם החדשנית לגבי סוגיות המחשבה והחברה האסלאמית וקריאותיהם התכופות לחקור ולעיין וללמוד מהמערב, שכן הם לא התנגדו למודרניזציה, אלא גילו הערצה לחידושים הטכנולוגיים ולהתפתחויות החברתיות באירופה.

3-3 אוטוריטות אסלאמיות מודרניות

3-3-1 אבו אלאעלא אלמוודודי

אבו אלאעלא אלמוודודי (1903-1979) גדל בתוך סביבה שהשפיעה רבות על גיבוש רעיונותיו והשקפתו, שכן הוא היה בן למשפחה מוסלמית שמרנית שנודעה בדתיות והשכלה. הוא חונך ע"י אביו, שלא שלח אותו לבתי ספר אנגליים והסתפק בחינוכו בבית בנימוק של הגנה עליו מהשפעת הרעיונות המערביים. הוא לימד אותו שפה ערבית, קוראן, מורשת הנביא, תיאולוגיה ולימד אותו לשנן את החיבור של האימאם מאלכ ולימד אותו שפה פרסית [206].

בשנת 1926 התרחשו מהומות בהודו, כאשר המוסלמים שם היו קורבן למתקפה אלימה מצד ההינדים, אשר אילצו את המוסלמים להמיר את דתם לדת ההינדו ואבו אלאעלא אלמוודודי היה מבין הצעירים המוסלמים שהתנגדו למתקפה. אלמוודודי שהיה כותב מוכשר הוציא בשנת 1928 את החיבור בשם "הג'יהאד על פי האסלאם" ובשנת 1932 הוציא לאור את העיתון "לקסיקון הקוראן" (תורג'מאן אלקוראן) בעיר חיידר אבאד, שסיסמתה הייתה: "מוסלמים, שאו את רעיון הקוראן וקומו והתעלו מעל העולם". באותה עת עיתון זה תרם תרומה משמעותית להתפשטות הזרם האסלאמי בהודו. בשנת 1941, כלומר, כעבור 13 בלבד מהקמץ תנועת האחים המוסלמים ולאחר

---

206.   אבו אלאעלא אלמוודודי...ענק ההטפה האסלאמית, אתר דרך האסלאם, 2014/6/26, בקישור: https://bit.ly/2SmUSIS.

היפרדות פקיסטן מהודו בשנת 1947, הוא קרא לשלב את הוראות האסלאם במשטר החדש, ולאחר המאורעות האלימים בעיר לאהור בשנת 1953 הוא נעצר ע"י השלטונות הפקיסטנים והואשם בהסלמת מאורעות אלה ונידון להוצאה להורג, אך הלחץ הציבורי הביא להקלת עונשו למאסר עולם ובשלב מאוחר בוטל גזר הדין בשנת 1955[207].

הרעיונות של אבו אלאעלא אלמוודודי

207.   אבו אלאעלא אלמוודודי, אתר ויקיפידיה, בקישור: https://bit.ly/2SCFlxO

אבו אלאעלא אלמוודודי נמנה על החשובים במנהיגי זרם האסלאם הפוליטי בחצי יבשת הודו. בדומה למייסד תנועת האחים המוסלמים, בתחילת חייו הוא גדל בסביבה צופית, אולם בניגוד למייסדי תנועת האחים המוסלמים, אלמוודודי היה בקיא בתוצרי ההגות המערבית ושלט היטב בשפה האנגלית[208]. הוא גם נמנה על "חשובי התיאורטיקנים של רעיון הקמת "המדינה האסלאמית" והיה אחד הפיגורות החשובות של תנועות האסלאם הפוליטי הרפורמיסטיות והסלפיות הג'יהאדיסטיות. הוא הוגה רעיון "המשילות האלוהית" ו"הכפרת חברות ומדינות" ורעיון "הג'יהאד העולמי" והקמת מדינת הלכה אסלאמית, שהכריז על התנגדות מוחלטת למדינה אזרחית, חילונית ולאומית"[209].

<table>
<tr>
<td>

כותרת הוידיאו: אבו אלאעלא אלמוודודי 1903/1979 והנחת היסודות לפונדמנטליזם החדש

בקישור:

https://www.youtube.com/watch?v=MxHmKsRwkjs

אבו אלאעלא אלמוודודי מזכיר בספרו בשם: תזכורת לחסידי האסלאם", שלדעת דוקטור חסן בזאניה, לפי ספר זה מנהיגי תנועת האחים המוסלמים חיברו את הטקסטים שלהם כתזכיר להטפה אידיאולוגית ולמטיף חסן אלבנא.בעמוד הראשון של הספר, תחת הכותרת "זו היא משנתנו", אלמוודודי מסכם את משנתו בשלוש דרישות, ובכללן עשיית הפיכה כללית בעולם לגבי דיני השלטון הנוכחי ולקיחת השלטון 0מנהיגות רעיונית ומעשית) מידי השליטים, שזה מה שחסן אלבנא מבקש גם באיגרות שלו.

</td>
<td>

</td>
</tr>
<tr>
<td colspan="2">

https://www.youtube.com/watch?v=MxHmKsRwkjs

</td>
</tr>
</table>

208. אבו אלאעלא אלמוודודי, אתר אלמכתבה אלשאמלה, בקישור: http://shamela.ws/index.php/author/197

209. רשיד איהום, "אלמוודודי התיאורטיקן של המשילות, הג'אהליה והמדינה האסלאמית", 10 מאי 2018, אתר מרכז אלמסבאר למחקרים, בקישור: https://www.almesbar.net/אלמוודודי-תיאורטיקן-המשילות-והג'אהליה/

רעיונותיו תועדו בחיבוריו הרבים, שהחשובים בהם: "ארבע המושגים העיקריים בקוראן", "האסלאם והג'אהליה", "דת האמת" ו"היסודות המוסריים האסלאמיים". הוא גם קידם את רעיונותיו בצורה נרחבת מעל דפי עיתונו "תורג'מאן אלקוראן", שהיה מבין הגורמים החשובים שסייעו להתפשטות הזרם האסלאמי בהודו[210].

אפשר לומר שלאבו אלאעלא אלמוודודי הייתה השפעה מרחיקת לכת על התפתחות מסלול התנועות האסלאמיות, לרבות תנועת האחים המוסלמים, ובמיוחד שהוא "הדגיש את עיקרון ההישמעות והציות"[211], ועל "הצורך בשינוי בכוח להכרעת הקונפליקט בין הדואליות של טוב ורע ושל אסלאם וג'אהליה"[212]. הוא גם הדגיש את "הצורך להתבסס על סמכות הטקסט" בהתאם לדברי אללה ודברי הנביא וכך "תהיה דומיננטיות של הנימוקים המועתקים ויפחתו הנימוקים הרציונליים"[213]. באמצעות קריאתו של אלמוודודי לאמץ את סמכות הטקסט מתגברת "סכנת שיטת ההכתבה, כלומר גזירת דינים אלוהיים ישירות מהקוראן ללא התערבות שכל או תצפית"[214].

רעיונותיו של אבו אלאעלא אלמוודודי הגם השפיעו רבות על גיבוש הדימוי האידיאי והפוליטי של זרמי האסלאם הפוליטי, וזאת באמצעות תפיסתו ההוליסטית והמדירה של האסלאם, שלפי מאמרו "האסלאם אינו רק קבוצה של אמונה ורבאלית ומקבץ של פולחנים וטקסים כפי שנתפסת הדת בימים אלה, והאמת שהיא משטר הוליסטי שלם שמטרתו לחסל את יתר המשטרים הבטלים, המקפחים המונהגים בעולם ולהנהיג תחתם משטר ישר, תקין ומתקן שהוא טוב לאנושות משאר המשטרים"[215]. הוא אומר גם: "כל המאמין באמונה ומשטר, אם

210. המקור הקודם.

211. אבו אלאעלא אלמוודודי מייסד "הקבוצה האסלאמית" האוטוריטה של התכפירים, 25/נובמבר/2019, אתר פורטל התנועות האסלאמיות בקישור: https://www.islamist-movements.com/2941

212. המקור הקודם.

213. אותו מקור.

214. אותו מקור.

215. ציטוט מהתיק של אבו אלאעלא אלמוודודי: הג'יהאד למען אללה, אתר במת המונותיאזם והג'יהאד, בקישור: http://www.ilmway.com/site/maqdis/MS_128.html

אדם בודד הוא או קבוצה, הוא נאלץ מכוח אמונתו לשאוף ולהתאמץ ככל שאפשר לחסל את המשטרים המושתתים על רעיון שונה משלו ולהשתדל ככל הניתן למען הקמת משטר שלטוני המבוסס על הרעיון שהוא מאמין בו"[216].

אולם שני העקרונות של "ג'אהליה" ו"משילות" הם שני הרעיונות המסוכנים ביותר מבין הרעיונות שהעלה, ולהם הייתה השפעה ניכרת על האוריינטציה האידיאולוגית של תנועות האסלאם הפוליטי. הרי ברור שתפיסת המשילות מטיף ל"הכפרה" המבוססת על המטאפיזיות של המשילות (כלומר, ייצוג אללה עלי אדמות) ושפיטת חברות כחברות "ג'אהליות" (לא מוסלמיות)"[217]. לפיכך, כל "החברות שבעיניו אינן מיישמות את השריעה האסלאמית והציוויים החברתיים שנראים לו (קרי, אלמוודודי) הן חברות ג'אהליות. במצב מעין זה הוא שולל את האסלאם מרובם המכריע של המוסלמים"[218]. דבר שעל פי חוקרים רבים, הפך את שיטתו הרעיונית למעין "מדגרה של תכפיר"[219].

התיאורטיקן האח'וואני, סייד קוטוב, הושפע מאבו אלאעלא אלמוודודי ופעל להעתקת הפרקטיקה שלו מחצי היבשת ההודית אל ארצות ערב, ובפרט הרבד הרעיוני של פרקטיקה זו דרך העלאה מחדש של מושגי "אלג'אהליה" (טרום אסלאם) ו"אלחאכמיה" (משילות). כאשר אלמוודידי קרא את ספרו של סייד קוטוב "סימני דרך" בזמן שהותו במכה הוא אמר: "נדמה לי כאילו אני חיברתי ספר זה" והביע פליאה ממידת הקרבה הרעיונית בינו לבין סייד קוטוב" והמשיך ואמר: "אכן זה פלא, הרי רעיונותיו ושלו ושלי נשאבים ממקור אחד, שהוא ספר אלוהים ומורשת נביאו"[220].

---

216. אותו מקור, ע12.

דוקטור מוחמד עמארה הציג את הנימוק לתפיסת המשילות: "אלמוודודי ניסח רעיון לגבי המשילות בחיבוריו שהתפרסמו בין השנים 1937- 1941, טרם חלוקת חצי היבשת ההודית ועליית פקיסטן כמדינה עצמאית בשנית 1947. טרם החלוקה המוסלמים בהודו המאוחדת היו מיעוט, ששיעורו באוכלוסייה לא עלה על 25%. בצל מצב דמוגרפי, תרבותי ופוליטי זה, אלמוודודי הסיק שהמשילות של האדם, שהיא פרי דמוקרטיה ובחירות סותרת את האסלאם". ראה: מוחמד עמארה, מאמרים על הגזמה דתית ולא דתית, מקור קודם, ע 16.

217. התכפיר (הכפרה): הקשר הסמוי בין אלמוודודי וסייד קוטוב, אתר עיתון "אלערב" הלונדוני, 2014/06/02, בקישור: https://bit.ly/2tQC1fL

218. המקור הקודם.

219. תיק אבו אלאעלא אלמוודודי: ג'יהאד למען אללה, מקור קודם.

220. אבו אלאעלא אלמוודודי...ענק ההטפה האסלאמית, מקור קודם.

ספרו של סייד קוטוב "סימני דרך", אשר רובו נכתב במהלך שהותו בבתי כלא הוא "מעין מסמך לוהט ומקור השראה עבור כל הקבוצות האלימות ולא עבור תנועת האחים המוסלמים בלבד, וזאת בהנחה שהוא הספר שמהווה חממה מטפחת של כל הרעיונות העיקריים של תיאוריית אלמוודודי המושתתת על משילות אלוהית, עבדות וג'אהליה מודרנית". סייד קוטוב אף "לא רק מעתיק את התיאוריה של אלמוודודי, אלא שהוא סופג אותה ובונה אותה מחדש בתוך אסטרטגיה תיאורטית חדשה"[221].

---

221.   התכפיר (הכפרה): הקשר הסמוי בין אלמוודודי וסייד קוטוב, מקור קודם

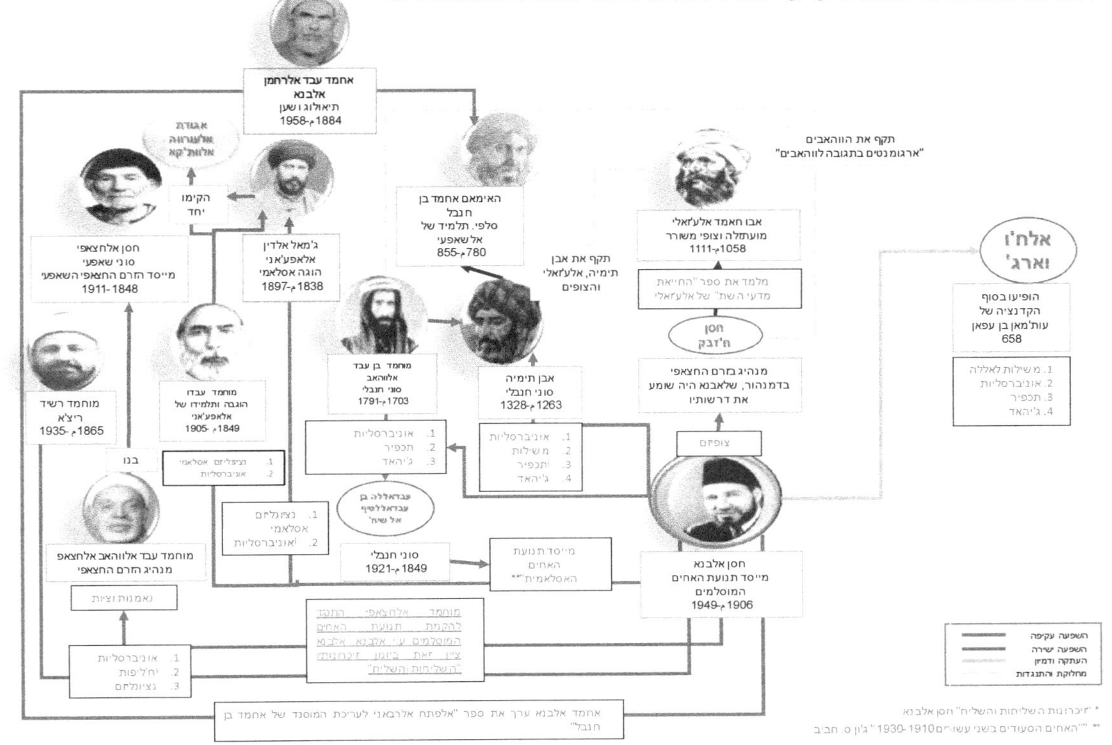
דמויות ואסכולות שהשפיעו על האידיאולוגיה של האחים המוסלמים
אחמד עבד אלרחמן אלבנא
תיאולוג ו שען
1884-מ1958
אגודת אל'ערוה אלוות'קא
הקימו יחד
חסן אלחצאפי
סופי שאפעי
מייסד חרם החצאפי השאפעי
1848-1911
ג'מאל אלדין אלאפע'אני
הוגה אסלאמי
1838-מ1897
תקף את הווהאבים
"ארגומנטים בתגובה לווהאבים"
האימאם אחמד בן חנבל
סלפי. תלמיד של אל שאפעי
780-מ855
אבו חאמד אלע'זאלי
מועתזלה וצופי משורר
1058-מ1111
אלח'ו ארג'
הופיעו בסוף הקדנציה של עות'מאן בן עפאן
658
1. משילות לאללה
2. אוניברסליות
3. תכפיר
4. ג'יהאד
מלמד את ספר "החייאת מדעי ה שת'" של אלע'זאלי
חסן ח'זבק
מנהיג בזרם החצאפי בדמנהור, שלאבנא היה שמע את דרשותיו
מוחמד בן עבד אלוהאב
סופי חנבלי
1703-1791
אבן תימיה
סופי חנבלי
1263-מ1328
תקף את אבן תימיה, אלע'זאלי והצופים
מוחמד רשיד ריצ'א
1865- מ1935
מוחמד עבדו
הוגה ותלמידו של אלאפע'אני
1849-מ1905
בנו
1. מצילחים אסלאמי
2. אוניברסליות
1. אוניברסליות
2. תכפיר
3. ג'יהאד
1. אוניברסליות
2. משילות
3. ותכפיר
4. ג'יהאד
עבדאללה בן עבדאללטיף אל שיח'
1. נצומלים אסלאמי
2. ואוניברסליות
צופים
מוחמד עבד אלוואהאב אלחצאפ
מנהיג חרם החצאפי
נאמנות וציות
סופי חנבלי
1849-מ1921
מייסד תנועת האחים האסלאמית"*
חסן אלבנא
מייסד תנועת האחים המוסלמים
1906-מ1949
מוחמד אלחצאפי רתנגד להקמת תנועת האחים המוסלמים ע'י אלבנא אלבנא צ'ין זאת ב'ומן זיכרנותי "השליחות והשליח"
1. אוניברסליות
2. יח'ליפות
3. נצויולים
אחמד אלבנא ערך את ספר "אלפתח אלרבאני לעריכת המוסנד של אחמד בן חנבל"
השפעה עקיפה
השפעה שירה
העתקה ודמיון
מחלוקת והתנגדות
* "זיכרונות השליחות והשליח" חסן אלבנא
** "האחים הסעודים בשני עשוריהם1910-1930 "ג'ון ס. חביב

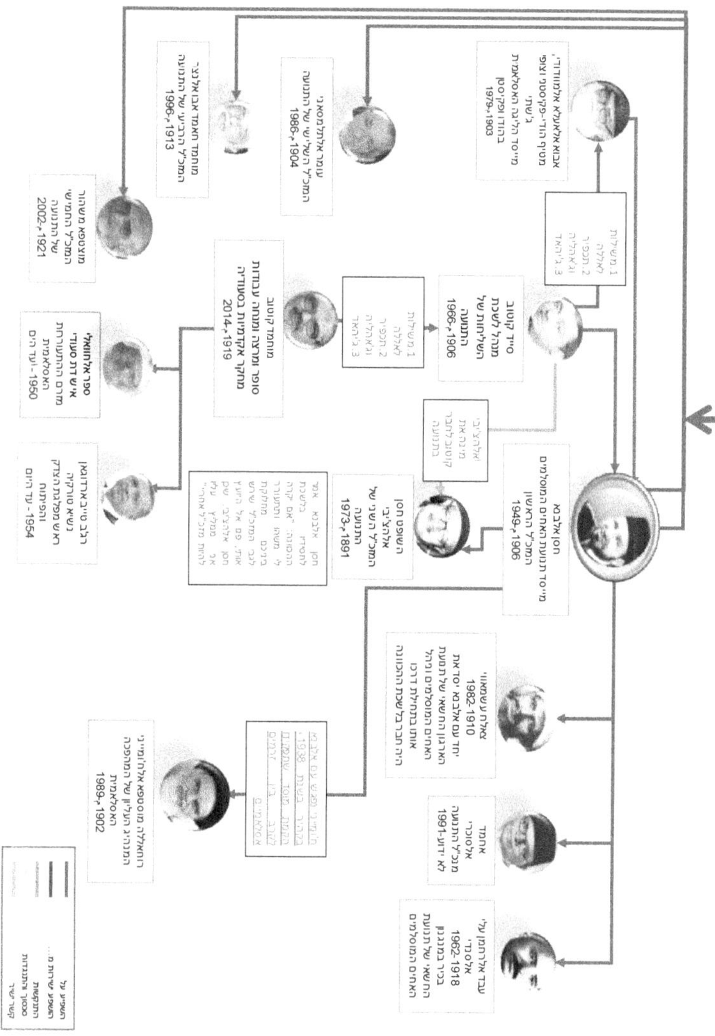

המייסדים: חסן אלבנא, אחמד אלסוכרי וסייד קוטוב
האחים המוסלמים בין ארגון לאידיאולוגיה

כידוע, חסן אלבנא ועמיתיו מהדור הראשון פעלו במאמץ להפוך את תנועתם לתנועה ציבורית, אשר עיקר פעילותה בתחילת דרכה התקיימה במסגרת תכנית רווחה, שמטיפה לחזרה אסלאם. בשלב מאוחר יותר התנועה פיתחה גישה מיוחדת לגבי ההשקפה הפוליטית באסלאם, ובמיוחד עקב כישלון פרויקט המודרניזציה שהביאו חלוצי התחיה, נפילת מצרים לידי השלטון הבריטי וקריסת מוסד החליפות האסלאמית. בצל אירועים אלה, תנועת האחים המוסלמים בלטה כתנועה של תחיה פוליטית- דתית במצרים.

התכנית של אלבנא מתחילה במצרים וחוצה בהדרגה את הגבולות הלאומיים לעבר הקמת מדינת ח'ליפות אסלאמית שתכלול מדינות אחרות, כהגשמה

לעיקרון ההוליזם (האוניברסאליות) של האסלאם ושל המשטר הפולטי שלו. אחרי לכתו של אלבנא, התפתחות זו קיבלה תפנית יותר נוקשה שהתבטאה בספקולציה אידיאולוגית של סייד קוטוב שנאבק במשטרו של עבד אלנאצר. כאן האוטוריטה של התנועה הפכה ברורה יותר בכל הקשור לשפיטת החברה ככופרת וג'אהלית, שהאסלאם בא לתקנה.

לשם הבנת התוכית של התנועה והבנת דפוס החשיב השכיח בתוכה, ננסה בפרק זה להשליך אור על חסן אלבנא, אחמד אלסוכרי וסייד קוטוב, בהיותם בכירי הנהגת תנועת האחים המוסלמים וזרם האסלאם הפוליטי בכלל, שכן הם מילאו תפקידים שונים ובולטים בשלבים הראשונים להקמת תנועת האחים המוסלמים ותרמו לחיזוק ישות זו מבחינה ארגונית ואידיאולוגית.

History of Egypt's Muslim Brotherhood :כותרת הוידיאו

בקישור:

https://www.youtube.com/watch?v=MRML2U MZ5HY

- תנועת האחים המוסלמים נוסדה בשנת 1928 ע"י חסן אלבנא כארגון פאן אסלאמי שתי שמטרתו להפיץ את ערכי האסלאם וההתנהגות הטובה באמצעות פעולות צדקה, אך עד מהרה תנועה זו התחילה להיות מעורבת בפוליטיקה, במיוחד בתחום המלחמה בכיבוש הבריטי במצרים.

- על פי אחמד באן, תנועת האחים המוסלמים עשתה שתי שגיאות ששינו את המסלול של האחים המוסלמים: השגיאה הראשונה הייתה המעבר המוקדם מהטפה לחינוך במהלך השנים הראשונות ומשם יותר לעבר צעדים פוליטיים. השגיאה השנייה הייתה בניית מנגנון חשאי שהיה מעין זרוע צבאית לתנועה

https://www.youtube.com/watch?v=MRML2UMZ5HY

4-1 חסן אלבנא

חסן אלבנא הוא מהאבות המייסדים של האסלאם הפוליטי והוא האיש שניסח את האידיאולוגיה של תנועת האחים המוסלמים. הוא נולד באוקטובר 1906 בעיירה קטנה בשם אלמחמודיה והיה בן למשפחה דתית. הוא הושפע רבו מאביו, השייח' אחמד עבד אלרחמן, השען שלמד באוניברסיטת אלאזהר בתקופתו של מוחמד עבדו. אלבנא למד את השקפתו של מוחמד עבדו ושל תלמידו מוחמד שיד ריצ'א[222]. הוא הצליח להשתמש בכישורי התקשורת הבינאישית שלו כדי לגייס חברים מבני מעמד הביניים במצרים, שכן הוא נהג לשאת הרצאות בתי קפה, בתי ספר ומסגדים והיה חבר בארגונים רבים לעבודה חברתית ומוסרית עוד מימי ילדותו. הוא הצטרף לקבוצה צופית שנקראת "אלחצאפיה אלשאד'ליה" והכשיר סטודנטים באוניברסיטת אלאזהר ובמוסד החינוכי "דאר אלעולום" עסק במלאכת ההטפה וההנחיה לקידום הרעיונות של תנועתו במקומות מפגש ציבוריים כמו בתי קפה.

חסן אלבנא ניצל אירועים המתקיימים ליד קברי קדושים צופיים כדי להפיץ את רעיונותיו והצליח למשוך קהלים אל תנועתו וקיים מפגשים וחוגים כי להסביר את רעיונותיו על אודות האסלאם. הוא נהג להתלבש בסגנון מערבי וגידל זקן קטן על מנת למשוך יותר קהלים מצריים בעלי אוריינטציה מודרנית[223].

---

222.   ראה:

Ahmet Yusuf Özdemir, From Hasan al-Banna to Mohammad Morsi; The Political Experience of Muslim Brotherhood in Egypt, https:// bit.ly/2wF4Ycs.

Encyclopedia of the Middle East, Hassan al-Banna, https://bit.ly/2Msndw7.   223

מייסד תנועת האחים המוסלמי
חסן אלבנא, יליד אלאסמאעיליה

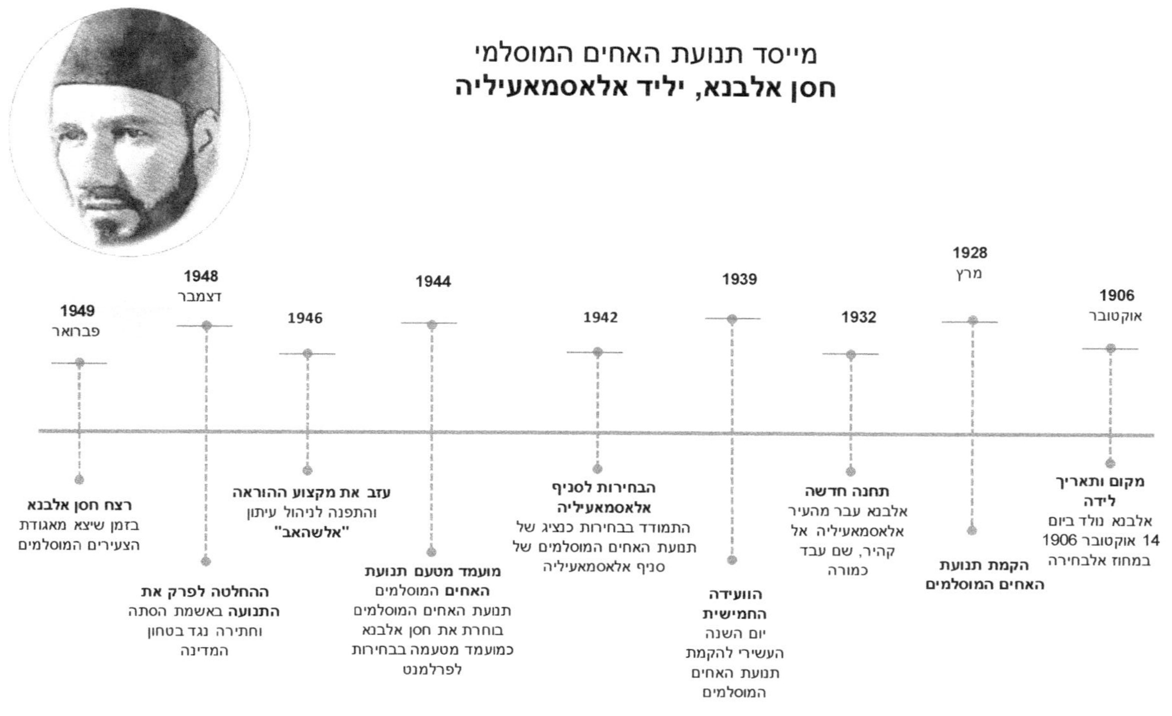

<table>
<tr><td>

כותרת הוידיאו: ריאיון עם המנהיג האח'וואני הפורש, אבראהים רביע תחת הכותרת "מי הוא חסן אלבנא? ומי נתן לאחים המוסלמים את השם שלהם?"

בקישור:

https://www.youtube.com/watch?v=kp1N6iDbx40

- קיימת אי ודאות באשר לייחוס של חסן אלבנא ולמסלול חייו. על פי הנאמר, אביו הגיע ממרוקו והתמקם בכפר אלמחמודיה שבמחוז אלבחירה ליד קברו של אבו חצירה (חכם יהודי מרוקאי).

- המנהל הבריטי של רשות תעלת סואץ הגיש לחסן אלבנא סיוע כספי בסכום של 500 לירות מצריות כדי לסייע לו בפעילויות שהנהיג. אבראהים רביע תוהה שאם תנועה פוליטית או חברתית הייתה מקבלת תמיכה חיצונית ממדינה כובשת, כיצד היו מתייחסים אליה המצרים?

- החשאיות והארגון הנוקשה שאפיין את תנועת האחים המוסלמים אינו מתיישב עם האופי המוצהר של התנועה כתנועה של הטפה והנחייה וכתנועה חברתית של צדקה.

- בזכות הארגון החשאי שמטרתו לשרטט מפה פוליטית חדשה, תנועת האחים המוסלמים הצליחה לתפוס את השלטון. באותה עת, ארגון זה היה מעין השראה לכל הארגונים הטרוריסטיים שבאו לאחריו ואשר הלכו באותה דרך.

</td><td>

</td></tr>
</table>

https://www.youtube.com/watch?v=kp1N6iDbx40

האישיות משחקת תפקיד חשוב ביותר בפוליטיקה, שכן העיסוק בפוליטיקה מצריך מנהיגים עם מוטיבציה גבוהה להנעת אנשים להשתלב בעבודה קבוצתית. מנהיגות היא שחקן ראשי בתנועות חברתיות ופוליטיות, שכן היא נדרשת לתמרן בסביבה של חוסר ודאות ולהסתגל לעמידה בתנאים קשים לצד יכולת גיוס להרחבת הבסיס החברתי והעלאת התנועה על סדר היום החברתי והפוליטי. לכן, חסן אלבנא השתמש בכישוריו הלשוניים ובחר לו שלושה בתי קפה מהגדולים ביותר והקדיש לכל בית קפה דרשה אחת לשבוע. הוא המשיך בדרשותיו ולהתחיל לגשש סביב נושא הדרשה שלו מבלי לגלוש לנושאים שנויים

במחלוקת תוך שהוא מגלה פרגמטיות כדי להימנע עימות עם אנשים שלא מסכימים עמו[224].

במקביל, הקשרים האופקיים שהוא רקם סייעו להפצת רעיונותיו והיו מדיום מתווך להצגת המטרות והתוכניות. במרץ 1928 ייסד אלבנא את תנועת האחים המוסלמים יחד עם ששת החברים, אשר הושפעו מדרשותיו, שהם: חאפט' עבד אלחמיד, אחמד אלחוצרי, פואד אבראהים, עבד אלרחמן חסבאללה, אסמאעיל עיז וזכי אלמע'רבי. לפי עדותו של אלבנא, הם דיברו אליו והוא חש את הכוח בדבריהם הברק בעיניהם והאמונה והנחישות ניכרות בפניהם[225].

השינוי החשוב ביותר בחיי אלבנא התרחש כאשר עזב את העיירה בה נולד ועבר ללמוד במוסד "דאר אלעולום" בקהיר. זה היה בית ספר ללימודי אסלאם ומקצועות אחרים, מה שאפשר לו לקיים קשרים עם אנשים אחרים. לכן, חסן אלבנא שקד בשלבים הראשונים להקמת התנועה על הקמת משרדים ומערכים ארגוניים מקומיים ברחבי מצרים על מנת לבסס את מעמדה של התנועה בחברה[226]. בשלב בו השקפת החברה מתקבלת בצורה נרחבת בחברה, אלבנא יפנה ליישום פרשנותו המיוחדת ברמת המדינה עד להפיכת מצרים למדינה אסלאמית; כשתהליך זה יתרחש במדינות רבות, הן יתאחדו ויתאגדו תחת דגל הח'ליפות החדשה.

אנו למדים מכך שאלבנא חתר להפוך את תנועתו לרשת חברתית המייצרת זהות מוגדרת, שבכוחה להתחרות עם אחרים ולמלא תפקיד פעיל בתהליך השינוי

---

224. אחמד ערפה, אברהים עיסא חושף סיבות פריצת דרך חסן אלבנא לאלסמאעיליה לקיים תנועת האחים, אליום אלסאבע, 23 בספטמבר 2020, ראה: https://bit.ly/2GP5k8X

225. חמדאן רמצ'אן מוחמד, מוחמד מחמוד אחמד, המחשבה החברתית והפוליטית של האימאם השהיד חסן אלבנא: מחקר אנליטי בסוציולוגיה הפוליטית, בקישור:
https://coism.mosuljournals.com/article_61866_6dd721891577a2d9bb93ba1c1272eaae.pdf

226. ראה:

Ahmet Yusuf Özdemir, From Hasan al-Banna to Mohammad Morsi, https://bit.ly/2MTKlyv

---

הפוליטי- חברתי, מה המצריך פעולה ישירה להשפעה על תודעת הציבור והגדרת זיקתו למשטר הפוליטי ולמערכת הערכים[227]. תהליך זה מוביל בסופו של דבר לשינוי האג'נדה הפוליטית והמדיניות הכללית ושינוי המוסדות הפוליטיים ותהליך קבלת ההחלטות.

כותרת הוידיאו: האם חסן אלבנא הולך בדרך הקוראן והסונה? – אלאלבאני משיב

בקישור:

https://www.youtube.com/watch?v=bXAWSeV9xRg

- ההגות הדתית של האחים המוסלמים מבוססת על האיגרות של חסן אלבנא, שהוא אינו חוקר דת, על כן איגרותיו אינן סוג של הגות והשימוש שהוא עושה בפסוקים מהקוראן וציטוטים מדברי הנביא נועד למשוך תומכים לרעיונות שהוא קידם.
- חסן אלבנא אינו איש מחקר ודעת, אלא איש של הטפה.
- חסן אלבנא חיבר איגרות ולא מחקרים. יש לו איגרת קטנה רק בענייני תפילה.

https://www.youtube.com/watch?v=bXAWSeV9xRg

לכן, עם הכרזת החוקה הראשונה של מצרים ביום 19 אפריל 1932 והממשלה הפרלמנטרית שקמה בעקבותיו, אלבנא החליט להעביר את מרכז פעילותו אל עיר הבירה קהיר במטרה לחשוף את פעילותו לציבור רחב יותר ועל מנת לבסס את מעמדה של תנועתו בצל אקלים פוליטי חצוי בין שלטונות הכיבוש הבריטי לבין המלך והפרלמנט.

---

227.   ראה:

Yelena Margaret Bidé, Social Movements and Processes of Political Change: The Political Outcomes of the Chilean Student Movement, 2011-2015, https://bit.ly/2QPbtT7

בשנת 1933 החלה התנועה לפרסם עלון חדשות שבועי ובאותה שנה כינסה את הוועדה הראשונה של התנועה ומספר סניפיה עלה לחמישה משרדים בשנת 1930 ובשנת 1932 היו לתנועה חמישה עשר משרדים, ובסוף שנות השלושים שלוש מאות משרדים[228].

<table>
<tr><td>

כותרת הווידיאו: האסלאמיסטים- חסן אלבנא והאחים המוסלמים!

בקישור:

https://www.youtube.com/watch?v=pjGChZhJgOE

- עיסא צלאח, היסטוריון מצרי ועורך ראשי בעיתון אלקאהירה", מופיע בתכנית בשם "האסלאמיסטים, האחים המוסלמים וחסן אלבנא", שם הוא מסביר שהאיגרות של חסן אלבנא חסרות כל עומק עיוני והם אינן יותר מנאומים כלליים עם ממדים פוליטיים.

- בהדגישו את עיקרון הליכוד, הארגון וההנעה ולא עיקרון האידיאולוגיה, הוא לא חידש דבר בתחום ההגות הרעיונית או התחום חדשנות של ההגות האסלאמית.

</td>
<td>

</td></tr>
</table>

https://www.youtube.com/watch?v=pjGChZhJgOE

בתחילת 1938 נחשפו המגמות הפוליטיות של תנועת האחים המוסלמים מעל דפי העיתון "אלנד'יר", שם הם דרשו בפומבי לחזור אל משטר האסלאם[229]. תמיכתם במהפכה בפלסטין נועדה לבטא את נוכחותם בזירה הפוליטית, כאשר בחודש מרץ 1936, אלבנא קרא לדון בתוכנית של האחים המוסלמים לפעול לתמיכה בפלסטינים. ואכן, הם הקימו ועדה מרכזית בראשותו למעקב אחר המהפכה הגדולה ותמיכה בה. הם השיקו קמפיינים להסברת הסוגייה הפלסטינית ולהבהרת תפקידם של הבריטים במזימה הנרקמת נגד פלסטין. הם

---

228.   למידע נוסף ראה: .Ziad Munson, Op.cit

229.   אברהים קאעוד, האחים המוסלמים בתוך מעגל האמת הנעדרת, ויקיפידיה האחים המוסלמים, ראה:
https://bit.ly/30WL1x0

שלחו מתנדבים לסייע לפלסטינים במלחמת 1948, דבר שהגביר את הפופולריות של התנועה והקנה לה בסיס עממי נרחב[230].

אלבנא הציע את עיקרון ההכלה, שמשמעותו שהאידיאולוגיה של האחים המוסלמים כוללת כל הרעיונות והאידיאולוגיות האחרות ומכיל אותן. לפיכך, על כולם (בודדים, קהילות, מוסדות ושכבות) להשתלב מרצונם ברעיון של התנועה. דבר זה חושף את הגישה המתעלה כלפי תנועות אחרות, כך שכל התנועות שקמו לאחר תנועת האחים המוסלמים הדגישו עיקרון זה והתבססו עליו. במצב זה אלבנא כתב: "כעת כאשר הרעיון (הדעווה) התחזק והפך להיות רעיון מנחה ולא מונחה, אנו מפצירים בנכבדים ובגדולי האומה ובגופים והמפלגות להצטרף אלינו וללכת בדרכנו ולפעול לצידנו ולנטוש את המיצגים הריקים מתוכן ולהתאחד תחת דגל הקוראן והנביא ודרך האסלאם. שאם ייענו לנו, הרי שזה מקור אושרם ורווחתם בעולם הזה ובעולם הבא ובכוחם לסייע לרעיון לעלות מדרגה ולצמצם פערי זמן ומאמץ, ואם יסרבו, לא יאונה לנו כל רע אם נתאזר בסבלנות ונתפלל לסיוע מאללה עד שדרכם תיחסם וייכשלו, ואז הם ישובו לפעול למען הרעיון שלנו כשהם בשורות האחרונות בעוד שניתנה להם הזדמנות להיות בקדמת ובהנהגה"[231].

בעקבות מלה"ע השנייה, אלבנא שקד על גיוס פעילים מכוחות הצבא ומשורות המשטרה. תנועת האחים המוסלמים חדרה אל הצבא במצרי בכל הדרגים והצליחה להפיל את משטר המונרכיה ביולי 1952. באותה עת הוא הקים את "המנגנון המיוחד המחתרתי", שחבריו קיבלו אימונים לשימוש בנשק. אלבנא גם קבע כללים מיוחדים למנגנון המיוחד בכל הקשור לגיוס פעילים והכוונתם, עד שמנגנון זה הפך לישות אוטונומית. בשנת 1947 המשטרה המצרית חשפה מצבור נשק ענק של המנגנון המיוחד בפרברי הבירה קהיר. לאחר שנה, המשטרה לכדה ג'יפ של תנועת האחים המוסלמים שהיה עמוס בחומרי

---

230. אחמד עלא'א, האחים המוסלמים לפני ובתוך הנכבה הפלסטינית... בין תמיכת הבעיה ובין ניצולה באופן פוליטי, רציף 22, 10 אוגוסט 2018, ראה: https://bit.ly/33NUCZ3

231. אחמד שושה, אלבנא ומשיכתו לשכבת המשכילים, ויקיפידיה האחים המוסלמים, ראה: https://bit.ly/36TH4NC

חבלה. כתוצאה מכך הוחלט לפרק את תנועת האחים המוסלמים באופן רמי בשנת 1948 ורבים מפעיליה נכלאו[232].

תנועת האחים המוסלמים ביצעה באמצעות המנגנון המיוחד המחתרתי פעולות של התנקשות פוליטית, שכללו בין היתר התנקשות בחיי ראש הממשלה המצרית, אלנקראשי באשא, אשר נרצח ע"י אחד מפעילי התנועה. פעולה זו החישה את פירוק התנועה, שבשלב זה הפעה לתנועה מתוחכמת ומאורגנת היטב ובעלת כוח רב, דבר שהציב אותה במעמד של הישות המקבילה למדינה המצרית[233].

לפי סינתיה פרחאת, אלבנא היה מוקסם מהקבוצות והקהילות החשאיות וההוראות האח'וואניות המשגשגות במצרים באותה עת. שיגעונו זה הוביל אותו להקמת תנועת האחים המוסלמים כאחווה של מאמינים, שיש להם מליציות חשאיות משלהם- המנגנון המיוחד הוא מנגנון שנקרא גם המנגנון החשאי- שהוטל עליו לגבש אסטרטגיות, לממן פעולות, להפעיל תוכניות אימון צבאי ולבצע פעולות חיסול[234].

מצד שני, שיתוף הפעולה בין אלבנא ובין חסידי רעיון הלאומיות נכפה מכורח המטרות המשותפות לשניהם, שהן התנגדות לכיבוש הבריטי. התנגדות שלא תשיג את מטרתה ללא אחדות העם בצל המערכה שניהלה מצרים סביב זהותה. מעבר לכך, אלבנא היה משוכנע ששיתוף פעולה עם הזרם הלאומני החילוני יסייע למאמציו להפיץ את האידיאולוגיה שלו אל מחוץ למצרים ויקל על משימותיהם של פעילים הנשלחים לקידום הרעיון בעולם הערבי. וכך הצליח אלבנא לכרות

---

232.   ראה:

Ziad Munson, ISLAMIC MOBILIZATION: Social Movement Theory and the Egyptian Muslim Brotherhood, Op. cit.

233.   ראה:

Cynthia Farahat, The Muslim Brotherhood, Fountain of Islamist Violence, Middle East Quarterly Spring 2017, https://bit.ly/31fyhQE

234.   Ibid.

בריתות עם תנועות אידיאולוגיות אחרות כמו הלאומנים והאסלאמיסטים המתנגדים לבריטים.

על אף האמור לעיל, שיטת פעולה זה הייתה מנוגדת לאידיאולוגיה הבסיסית של האחים המוסלמים, אשר ראתה בלאומיות זרם יריב לרעיון האסלאם האוניברסאלי ולרעיון הקמת מדינה אסלאמית מאוחדת, אך הדבר מהווה עדות לפרגמטיות של אלבנא. וכפי שנהג להסביר בפני חסידיו, "הנסיבות" מכתיבות פעולה עם חוכמה פוליטית וכי המשחק הפוליטי היה לא יותר מאשר אמצעי לשם השגת מטרה[235].

בשנות הארבעים של המאה הקודמת החלו מגעים בין פקידים אמריקאים לבין תנועת האחים המוסלמים במצרים כאשר מייסד התנועה, חסן אלבנא היה עוד בין החיים. בפרק שכותרתו "מזכיר השגרירות האמריקאית", בכיר התנועה, מחמוד עסאף, חושף בספרו בשם "עם האימאם השהיד חסן אלבנא" פרטים על פגישה שהתקיימה בין חסן אלבנא לבין המשכיר הראשון של השגרירות האמריקאית בקהיר דאז, פיליפ ארלנד. עסאף חשף את פרטי הפגישה שקיימו שני האנשים והצביע על כך שאמירותיו של אלבנא בגנות הקומוניזם והצגתו כסוג של "כפירה שיש להילחם בה" היוו "המבוא" למחנה המשותף לתחילת דיאלוג בין השניים. אלבנא אמר כי "הקומוניזם התחיל להתפשט בארצות ערב והוא מהווה סכנה גדולה לעמי האזור בדיוק כמו הציונות, ואף מסוכן יותר בטווח הקרוב. יש בידנו מידע רב על הארגונים הקומוניסטיים במצרים". ואילו ארלנד הציע שיתוף פעולה במלחמה נגד "האויב המשותף" והציע מנגנון לשיתוף פעולה "באנשיכם ובמידע שברשותכם ואנחנו במידע ובכספים שלנו". אלבנא בירך על ההצעה, אם כי הסתייג מקבלת כספים מהאמריקאים והציע לדיפלומט האמריקאי להקים משרד מיוחד למלחמה בקומוניזם עם הבטחה לשיתוף פעולה בתחום זה "ללא כל אופי פורמלי"[236].

---

235. ד. מחמוד עסאף, עם האימאם השהיד חסן אלבנא (קהיר: מכתבת עין שמס, 1993), ע 12.

236. עבדאלרחמאן עייאש, ארגון חזק ואידילוגיה חלשה: דרכי האחים בבתי הכלא המצריים לאחר 30 יוני, אתר יוזמת הרפורמה הערבית, 29 באפריל 2019, ראה: https://bit.ly/2XJWagp

כאן ניתן לומר שחסן אלבנא השתמש בפיקחות פוליטית כדי להפוך אותה להליך טכני לשם השגת השלטון באמצעות העלמת הכותרות הפוליטיות תחת מעטה של הטפה ושירות למען חברה עד להגעה אל "מדינת הח'ליפות". תיאור זה מתאים לתיאורם של האחים המוסלמים שהם "ארגון מיוחד. הם כמו להקת נמלים. אם תנסה לחסום את הדרך בפני שורת נמלים, עד מהרה תיווכח ששורה זו מתארגנת מחדש ותמיד מוצא מסלול לעבור דרכו. זה בדיוק מה שהאחים המוסלמים מיטיבים לעשות"[237].

כפילות המסר האח'וואני

המסר של תנועת האחים המוסלמים משקף הבדל מהותי בין הצהרותיה הכלליות והצעותיה המוגדרות והמוצגות לגבי המדיניות.

יש הבדל גדול בין מה שהם אומרים בשפה האנגלית לדעת הקהל העולמית (המערבית) לבין מה שהם אומרים בשפה הערבית לעמים המקומיים.

תנועת האחים המוסלמים ניסתה להעניק לרעיון שלה גוון ליברלי דמוקרטי, שבין השורות הסתתרו כוונות דיקטטוריות שהתבטאו במלים כמו "במסגרת עקרונות האסלאם", כך שהפתוות (פסקי הלכה) באו במקום החוקים.

קיימות דוגמאות רבות של כפל רעיונות של האח'וואן, ודי להצביע על הצהרות התנועה בנוגע להשתתפותה במהפכת 25 בינואר והצהרותיה לאחר המהפכה.

התובנות שחסן אלבנא הגיע אליהם בנוגע לרכישת כוח לשם יישום תוכניותיו הניע אותו לגלות עניין בגיוס מנהיגים מקומיים מהאזורים הכפריים, שהיו בעיניו מעין השקעה לקראת שינוי, בה בעת הוא שמר על יחסים אינטימיים עם פוליטיקאים ויועצים של המלך פארוק כמו עלי מאהר, שייח' מוסד אלאזהר

---

237.   עבד אלרחמן עיאש, ארגון חזק ואידיאולוגיה חלשה: מסלולי האחים המוסלמים בבתי כלא מצריים לאחר 30 ביוני, אתר יוזמת הרפורמה הערבית, בקישור: https://bit.ly/2XJWagp.

מוצטפא אלמראע'י והפוליטיקאי איסמאעיל צידקי, אשר הקפיא את החוקה המצרית משנת 1930 עד שנת 1933[238].

עם הנחת היסודות לזהותה של תנועת האחים המוסלמים, אלבנא פעל במתכוון לאגד את הזרמים הרעיוניים השונים לתוך מסגרת אחת, כך שתנועת האחים המוסלמים היא "שליחות סלפית, דרך סונית, אמת סופית, ישות פוליטית, תפיסה חברתית, קבוצה ספורטיבית, אגודה מדעית ותרבותית, חברה כלכלית ורעיון חברתי"[239]. תמהיל רחב זה של זהות האחים המוסלמים מבטיח קבלה ותמיכה חברתית, שכן הוא מזדהה עם כל המגמות הדתיות, הארגוניות והחברתיות.

<table>
<tr><td>

כותרת הווידיאו: אלקרצ'אווי והמרידה בשלטון

הסתירות בנרטיב של האחים המוסלמים בכל המישורים

- תנועת האחים המוסלמים משתמשת בנרטיב מלא סתירות במטרה לנצל את הדת להסתת ההמון נגד מי שאינם מסכימים עם דרכה ומעודדת אנשים לתמוך בעמדות שלה. הנאומים של יוסף אלקרצ'אווי הם דוגמא לסתירה זו.

- בשנת 2007, אלקרצ'אווי מסביר שאסור מבחינה דתית למרוד בשליט, שם הוא אומר "עלינו לפעול למען תיקון במלים ובהטפה והנחיה, בדרכי נועם במקום בריבים והתנגשויות".

- אלקרצ'אווי בשנת 2010: אני אומר לעם המצרי, המשיכו בהתקוממות שלכם.

</td><td>

</td></tr>
</table>

https://www.youtube.com/watch?v=NvMUqIvxoc8

---

238. ראה:

Roel Meijer, THE MUSLIM BROTHERHOOD AND THE POLITICAL: AN EXERCISE IN AMBIGUITY, https://bit.ly/2wOMPch, p.299.

239. ד. רשידא בוג'חפה, תנועת האחים המוסלמים והיחס שלה בשלטון.. מחקר השוואתי: מצרים ואלג'יריה (עמאן: מרכז הספר האקדימי, 2018) ע 64.

מצד שני, הגישה הארגונית של אלבנא התגברה והוא פעל לגיוס צעירים מצרים וארגונם מהבסיס אל הפסגה עד לשלב איסלאמיזציה של המודרניזם. לפיכך, אלבנא היה משוכנע שבתי ספר ומוסדות ההשכלה והתרבות שהאירופאים הקימו בלב העולם האסלאמי מזיקים יותר לחברה האסלאמית בטווח הרחוק יותר מכל כוח צבאי או פוליטי שהמערב עשוי להפעיל לשם שליטה בחברה.

מכאן העדיפות הראשונה של תנועת האחים המוסלמים הייתה לפעול בתוך מוסדות העוסקים בהתאמה אידיאולוגית ותרבותית של ילדים וצעירים. חסן אלבנא היה ער לתפיסה שלפיה מי שמקבל את הצעירים הוא שיקבל את האומה. לפיכך, תנועת האחים המוסלמים התמקדה ללא הפסקה בתחומי החינוך והתקשורת, אותם תיאר הסוציולוג הצרפתי לואיס אלתוסר כמנגנונים האידיאולוגיים של המדינה. על אף שתנועת האחים המוסלמים הייתה נרדפת מצד השלטונות, היא הצליחה לשמור על נוכחות חזקה בבתי הספר המצריים, במכונים להכשרת מורים ובמכללות לחינוך, באגודות הסטודנטים באוניברסיטאות ומחוץ לכותלי בתי הספר במועדוני ספורט ומחנות קיץ, שכולם היו מוקדי גיוס עיקריים לפיתוח תנועת האחים המוסלמים וקידום האידיאולוגיה שלה[240].

לפי אלבנא, הסטייה מדרך האסלאם האמיתי מובילה להתפוררות המוסלמים ומעמידה אותם בסכנה של ניכור, כאשר התגברה נטייתן אל האליטות הלאומיות המצריות לאמץ רעיונות חילוניים ומערביים על חשבון אמונות ונוהגים אסלאמיים. על כן, בלימת ההידרדרות האסלאמית והניצול המערבי טמונה בהחייאת האסלאם האמיתי. דבר זה מחייב לטהר את האומה מאמונותיה ומנהגיה הנוכחיים במקביל לפעולה של הקמה הדרגתית של מדינה אסלאמית שתתקן את האמונה, תדרבן רפורמה ותיישם את דיני השריעה במלואם[241].

240.	ראה:

Linda Herrera and Mark Lotfy, E-Militias of the Muslim Brotherhood: How to Upload Ideology on Facebook, https://bit.ly/2LScZDm

241.	חסן אלבנא ואידאולוגיזציה פוליטית לאסלאם במאה העשרים, תרגום: כרים מוחמד, אתר חפריאת, 2019/4/10, ראה: https://bit.ly/30XhaEN

ייתכן שהוא היבין את חשיבות הפעילות החברתית לביסוס אחיזתה של תנועתו בצל החולשה של המדינה והגמוניה של הפרמטר הקולוניאליסטי על ניהול ענייניה הפוליטיים והכלכליים, ולכן התנועה נמנעה מלעסוק בתחום הפוליטי במהלך שנותיה הראשונות. אלבנא הגדיר את התנועה במלים **"אנחנו אחים בשירות האסלאם, אנו אפוא "האחים המוסלמים"**[242], שבבסיסה היא תנועה חברתית אסלאמית, שכפי שנקבע בתקנות הפנימיות הראשונות של תנועת האחים המוסלמים, אשר פורסמו באלאסמאעיליה בשנת 1930, התנועה אינה מעורבת בפוליטיקה. סעיף 2 קובע ש"תנועה זו לא תתערב בעניינים הפוליטיים, יהיו אשר יהיו" וסעיף 15 מגדיש אי עיסוק בעניינים פוליטיים במהלך הפגישות של התנועה. מה שבולט עוד יותר הוא שסעיף 42, שמסדיר את מנגנון עדכון התקנות, אוסרת כלל שינוי חלק מהסעיפים, לרבות סעיף 2 הנ"ל, אשר אוסר על התנועה להשתתף בפעילות פוליטית[243].

לנוכח תקנות אלה, מטרותיה של התנועה מוגבלות למטרות חברתיות ולתחום המוסרי. דבר זה כולל הפצת הנחיות האסלאם, מלחמה באנאלפביתיות, הגברת המודעות לטיפול בריאותי (במיוחד בכפרים), מלחמה נגד מגפות חברתיות כמו סמים וזנות וטיפול במצוקות כלכליות באמצעות הטפה והכוונה. לפיכך, פעילות התנועה התמקדה בהקמת בתי ספר, מתן הרצאות והקמת מטות לתנועה במחוזות השונים[244].

ברור שאלבנא היה ער לצורך בהדרגתיות לשם השגת היעדים והמטרות בטווח הרחוק, לכן תחילה הייתה התמקדות בשיקולים החברתיים, שזה שלב המתואר כשלב הקמה, שבעקבותיו יבוא שלב שני של גיוס תודעתי בקנה מידה נרחב, שמטרתו להפוך זעם זה לעמדה קולקטיבית, שהתנועה תנצל לרכישת תומכים.

---

242. אחמד חוסיין שורבג'י, יסודות בדרכו של האימאם, מהדורה1, (אלכסנדריה: דאר אלדעווה לדפוס, הוצ"ל והפצה, 2011), ע 14-25.

243. עמאר קאיד, האם חיסול הפעילות החברתית של האחים המוסלמים במצרים מובילה את התנועה לשימוש באלימות?, אתר מרכז ברזקינגז, 23 מארס 2016, בקישור: https://brook.gs/2E7wSSa

244. תפקיד האחים המוסלמים ברפורמת החברה ולחימה בשחיתות (3), ויקיפדיה האחים המוסלמים, ראה: https://bit.ly/34GqGgE

לאחר מכן מגיע השלב המוסדי, שמאופיין ברמות גבוהות יותר של ארגון, תכנון ובניית אסטרטגיות.

לכן, קריאתו של אלבנא להקמת מדינה נתפסת כנקודת מפנה בשיח האסלאמי המודרני, כאשר האסלאם הופך לאידיאולוגיה פוליטית וקריאה ראשונה ומפורשת להקמת מדינה אסלאמית, אשר הפכה בשלב מאוחר לנקודת מוצא עבור תנועות אסלאמיות שבאו בעקבותיה.

לפי המסקנה מכך יורשה לנו לומר כי הנרטיב שאלבנא אימץ בהשקפתו האידיאולוגית יוצא מנקודת הנחה שהפתיחות של מצרים קשורה לעליית סגנון החיים הקולוניאליסטי וכי מנגנוני השינוי שהקולוניאליסט מפעיל עלולים לערער צורות ודפוסי חיים. על כן, התנגדותו לזהות מצרית רב גונית מבוססת על ראיה אוניברסאלית, שלפיה תנועתו יודעת את האמת יותר מאחרים, מה שמוביל להפעלת שליטה מלאה או כמעט מלאה על רצונם של הנתינים.

באותו מובן, הפטריארכיה הסמכותית שמציע אלבנא נועדה להוסיף נופך אידיאי על רעיונותיו הבלתי מתפשרים כדי להעצים תחושה עצמית מנופחת מעצם היותו הבוגר הפוליטי שיש לו חוכמה וידע בהמצאת פתרונות וטיפול בבעיות ואתגרים.

בהתאם לאמור, אלבנא דחה את המפלגות הקיימות על בסיס אידיאולוגי בצל הממשלה האסלאמית, וזאת משום שלדעתו, מפלגות אלה מקעקעות את הערך היסודי של האחדות האסלאמית. יחד עם זאת הוא קרא להתייחס אל המדינה האסלאמית בצורה מעשית ופרגמטית כאלטרנטיבה הכרחית, אך זמנית, מה שסולל את הדרך אל מטרתו האידיאולוגית הסופית: השבת מוסד הח'ליפות.

על אף השתייכות חסן אלבנא למספר רב של ארגונים לפעילות חברתית ומוסרית כבר מתקופת ילדותו, הרי שההשפעה שהוא ספג מהזרמים הצופיים ניכרת ביותר. למשל, השם שהוא בחר לתפקיד ראש התנועה (אלמורשד אלעאם-המנחה הכללי) הוא שם לקוח מהמורשת הצופית, שם כינוי זה ניתן לשייח' של

הכת שחסידיו הולכים אחריו, כך שכל מי שחפץ לחזק את אמונתו עליו להישבע נאמנות לשייח' המנחה, אשר ינחה אותו ויכוון את דרכו ויזהיר אותו מפני מפגעים וצרות תוך שהוא מתחייב לשמור על משמעת רוחנית ומוסרית.

<table>
<tr><td>

כותרת הוידיאו: הפשע הפוליטי- ההתנקשות בחיי חסן אלבנא- פרק ראשון.

בקישור:

https://www.youtube.com/watch?v=5AidU-EfiP8

- תנועת האחים המוסלמים כופה את דעותיה בנחישות וחותרת לשימוש בכוח כנגד כל מי שמתנגד לה ומסיתה נגד הממשלה ונגד שאר הדתות.

- המנגנון המיוחד ביצע מספר פעולות התנקשות כמו ההתנקשות באלח'אזנדאר.

- תנועת האחים המוסלמים הפעילה טרור בדם קר.

</td><td>

</td></tr>
</table>

https://www.youtube.com/watch?v=5AidU-EfiP8

סמכותו של השייח' על תלמידו נשענת על הסכמה בין שניהם, שלפיה השייח' מתחייב לסייע לתלמיד לטיפול במחלות רוח (רגש, מאוויים גשמיים, אנוכיות, יוהרה) וטיהור רוח זו באמצעות סדרה של תרגילים רוחניים וסגפנות, עד שהוא מגיע לדרגה המזכה אותו להשתייך לאללה. ואילו התלמיד מתחייב לציית להוראות השייח' במסירות, שכן הקשר ביניהם מושתת על ציות ולא על שכנוע. משמעות הדבר היא שהתלמיד מחויב לציית להוראות מנחו בכל מה שנוגע לחינוך, תרגול רוחני והתנהגותי ואי הטלת ספק ברעיונותיו ודעותיו, שכן המנחה הוא אישיות בעלת תכונות המשולות לתכונות נביא וחסידיו סרים למרותו. טקסי ההצטרפות לכל כת צופית מתחילים בשבועת אמונים, שכוללת נאמנות, ציות וכניעה מוחלטת לרצונות המנחה[245].

---

245.   אלזובייר מהדאד, היתכנות השימוש הפוליטי בצופיזם, אתר מאמינים ללא גבולות למחקר, ינואר 2020, בקישור: https://bit.ly/2KPYZKV

כותרת הוידיאו:וידיאו נדיר: מזכ"ל תנועת האחים המוסלמים: אנחנו גאים במנגנון החשאי והוא מקרב אותנו אל אללה

בקישור:

https://www.youtube.com/watch?v=GD8ltBk5szo

מזכ"ל תנועת האחים המוסלמים, מאמון אלהצ'יבי: אנחנו גאים במנגנון החשאי והוא מקרב אותנו אל אללה.

בשנת 1992(8 בינואר), מזכ"ל תנועת האחים המוסלמים, מאמון אלהצ'יבי גאה במנגנון החשאי, שהוא הזרוע המזוינת שביצעה פשעים נגד מספר רב של מצרים, שכללו דמויות ציבוריות ושופטים, פוצצו עסקים והתנקשו בחייו של ראש הממשלה אלנקראשי והשופט אלח'זנדאר.

ד. ת'רוות אלח'ירבאווי, מנהיג שהתפצל מתנועת האחים המוסלמים, מדגיש בספרו בשם "סוד ההיכל: הסודות הנעלמים של תנועת האחים המוסלמים" כי תנועת האחים המוסלמים הסתירה קטע זה מרוב ההקלטות של הועידה וכי הוא חיפש רבות עד שהשיג את עותק זה. המזכ"ל, מאמון אלהצ'יבי הכחיש שאמר דברים אלה, וזאת עשה במסגרת מאמר שפרסם בתגובה לדברי ד. ת'רוות אלח'ירבאווי בסוף שנות התשעים עת פרסם וידיאו זה

https://www.youtube.com/watch?v=GD8ltBk5szo

אלבנא הוא איש רב פנים; הוא צידד בשימוש בטקטיקות אלימות ומיליטריזציה של תנועת האחים המוסלמים, מה שהוביל להקמת המערכת המיוחדת, שמחזק את המסגרת האידיאולוגית עם כוח חומרי, שיאפשר לו בעת הצורך לכפות את דעותיו. אלבנא לא התכוון להתפשר עם רעיונות מערביים הודות להשפעה שספג מרעיונותיו של מוחמד רשיד ריצ'א שייצג קו סלפי שמרני. מצד שני, אלבנא הוא איש ארגוני שהאמין בשימוש באמצעים חברתיים וכלכליים ככלים לגיוס ורכישת חסידים, מה שמביא בסופו של דבר להקמת מדינה אסלאמית, שהוא יהיה מנהיגה והקוראן הוא חוקתה. בנוסף לכך הוא התאפיין בנחישות שהשתקפה

במערך של תנועת האחים המוסלמים, שהפך לשלד מתוחכם והיררכי בדומה למודל ההנהגה והשליטה הבולשביקי. [246]

במסגרת זו אלבנא פעל בשני מישורים: מישור עיוני, שם קודמה המסגרת הדתית על פני המסגרת הפוליטית, שכן המדינה נראתה ככלי ליישום הפרויקט הדתי וטיפוחו; הדתי כולל את הפוליטי ושולט בו, כך שמכאן אנו יכולים להבין את הסיבות לדחיית החילוניות. המישור השני היה מישור ארגוני, שהתבסס על התפייסות עם המדינה ולעתים כניעה להיגיון עבודתה ולעתים עימות עמה, חדירה אליה וקעקוע יסודותיה מבפנים.

המשך .. המפעל הפוליטי האח'וואני

הוכחה שהמפעל הפוליטי הוא מטרה עיקרית

במאמר שפרסם **מוצטפא משהור**, המזכ"ל החמישי של תנועת האחים המוסלמים תחת הכותרת **"האחים המוסלמים, פוליטיקה ופוליטיקה של מפלגות"**.. בו הוא מצהיר במפורש על שאיפות האחים המוסלמים להגיע לשלטון. שם הוא הצביע ישירות על התנגדות להפרדת הדת מהפוליטיקה והסביר שהימנעות הרפורמיסטים האסלאמיים מלהתחרות על השלטון היא בגדר פשע אסלאמי.

www.ikhwanwiki.com :المصدر

---

246. ראה:

Martin W. Slann, Comparing Islamism, Fascism, and Communism, University of Texas at Tyler Scholar Works at UT Tyler, 2015. https://bit.ly/31WyTLQ

כאן נשאלת השאלה לגבי זיקתה של תנועת האחים המוסלמים לאגודת הצעירים המוסלמים, אשר נוסדה בשנת 1927 בקהיר ונותרה עצמאית מתנועת האחים המוסלמים על אף השתתפות חסן אלבנא בהקמת האגודה, שמטרתה הוגדרה כמלחמה בגל המיסיונרי ולפעולות ההמרה לדת הנוצרים שהיו שכיחות במצרים.

הראה על פניו שחסן אלבנא ניצל את האגודה לחיזוק הפרויקט שלו וזאת לנוכח הדברים המשותפים לאגודה ולתנועת האחים המוסלמים. זאת הוא הבהיר באיגרת לוועידה החמישית, שם אמר: "היעד הכללי משותף, שהוא פעולה להעצמת האסלאם ורווחתם של המוסלמים, אולם קיימים הבדלים קלים באופן קידום הרעיון ובתוכנית של האחראים על הפצת הרעיון בשני הצדדים. עת הופעת כל התנועות האסלאמיות כחזית מאוחדת אינה רחוקה לדעתי, והזמן ערב להתגשמות חלום זה בעזרת השם"[247]. בנוסף לכך, באגודה היו אנשים מכובדים כמו ד"ר עבד אלחמיד סעיד, נשיא האגודה, ד"ר יחיא אלדרידרי ושייח' מוחבא לדין אלח'טיב, חברים בעמותה, שלא יסכימו לפעול תחת הנהגת אלבנא ולא יסכימו לקבל הוראות ממנו[248].

247.	עבדו מוצטפא דסוקי, הקשר בין תנועת האחים המוסלמים ואגודת הצעירים המוסלמים (1), אתר ויקיפידיה האחים המוסלמים, בקישור: https://bit.ly/37mvjM0

248.	האחים המוסלמים ויחס שלהם בארגון הנערים המוסלמים (1), אתר האחים המוסלמים, 4 באוקטובר 2008, ראה: https://www.ikhwanonline.com/article/40831

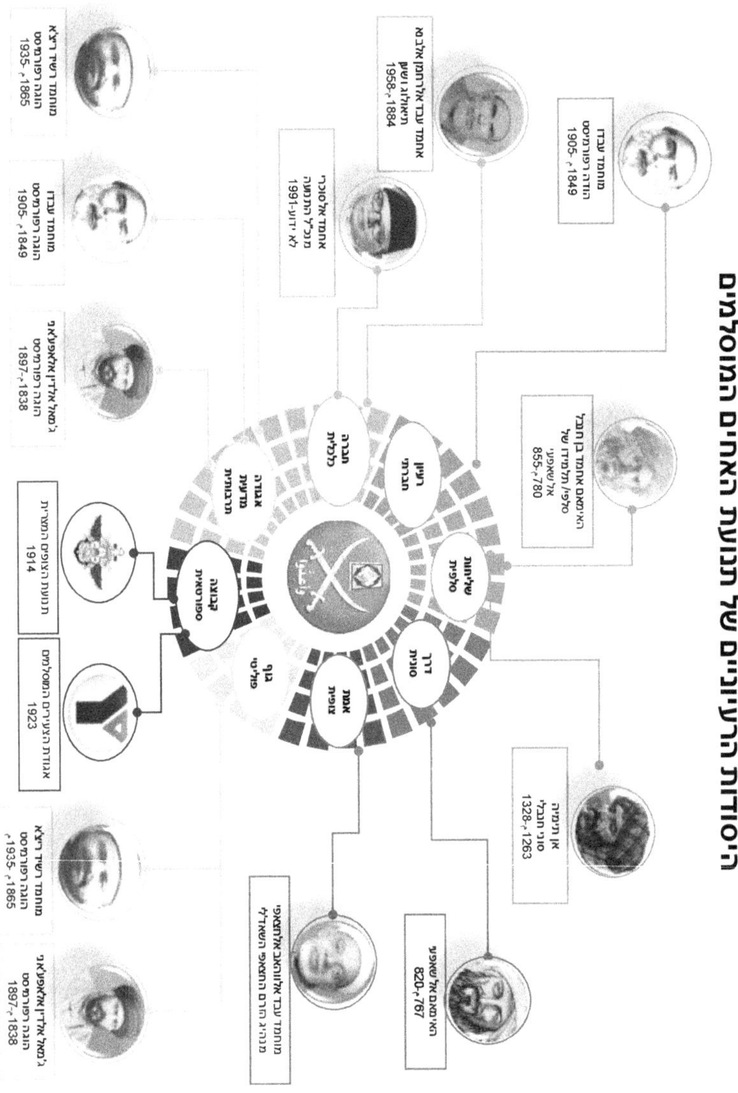
היסודות הרעיוניים של התנועה ונאמני האחים המוסלמים

2-4 סייד קוטוב

סייד קוטוב נולד בשנת 1906 בכפר ליד אסיוט באזור צעיד (פרברים כפריים) מצרים, ועם פרוץ המהפכה בשנת 1919 בהנהגת סעד זע'לול, סייד קוטוב, שהיה אז בן 13 שנים, היה נושא דרשות במסגדים ובמקומות ציבוריים. בשנת 1921 הוא עבר לקהיר להמשך לימודיו האקדמיים במוסד "דאר אלעולום" וקיבל תואר ראשון בשפה וספרות ערבית. באותה עת קוטוב היה מדור המשכילים החדשים, אשר עסקו רבות בקידום חברתי וכלכלי במצרים, לרבות שאיפה לריענון האותנטיות המצרית, שמשמעותה במקרים רבים דחיית ההתבוללות בתרבות המערבית[249].

מן הראוי לעקוב אחר התפניות שחלו בחייו של סייד קוטוב, שכן הפעילות הרעיונית שלו נעה בין ביקורת ספרות לבין שירה רומנטית שהיה לה גוון לאומי ונטייה לאומנית מובהקת. לאחר מכן פנה ללימודי האסלאם, שם הוא הכריע לטובת התמקדות באסלאם הארגוני לאחר שהצטרף אל תנועת האחים המוסלמים בשנת 1953 1953[250].

בין שנות השלושים והארבעים קוטוב היה סופר פורה שהתעניין בספרות, התחכך בחילוניים, הצטרף למפלגת אלוופד והביע הזדהות עם המערב במקרים רבים. בשנות הארבעים של המאה העשרים דעותיו החלו להשתנות בגלל מהלכים מדיניים של בריטניה כלפי מצרים במהלך מלה"ע השנייה והקמת מדינת ישראל שבאה בעקבותיה. הוא הבין שבכל הנוגע לקשרים עם הערבים, המעשים של המערביים אינם מיישמים אותם ערכים ליברליים שהם דוגלים בהם. אי לכך, החיבורים של קוטוב הפכו יותר נלהבים וביקורתיים כלפי סוגיות חברתיות[251].

---

249.   ראה: James Toth, Reviewed by Eamonn Gearon , Sayyid Qutb: The Life and Legacy of a Radical Islamic Intellectual, Middle East Policy Council, https://bit.ly/2Mv68BX

250.   ראה: Samuel Helfont, The Sunni Divide: Understanding Politics and Terrorism in The Arab Middle East, November 2009, https://bit.ly/2QPLACN, p. 15.

251.   ראה:
Samuel Helfont, The Sunni Divide: Understanding Politics and Terrorism in The Arab Middle East, https://bit.ly/2QPLACN, p. 15.

כותרת הוידיאו: "הצטרפות סייד קוטוב לתנועת האחים המוסלמים", ערוץ אלנהאר, בקישור:

https://www.youtube.com/watch?v=6Ume0oioncg

ת'רוות אלח'ירבאווי, מנהיג לשעבר בתנועת האחים המוסלמים וחוקר בתחום התנועות האסלאמיות אומר את הדברים הבאים:

- ההתהפכויות של סייד קוטוב- הוא התחיל לעסוק בתחום השירה והספרות כאשר היה חבר קרוב של עבאס מחמוד אלעקאד ופרסם מאמרים רבים שכללו ביקורת על חסן אלבנא ועל תנועת האחים המוסלמים.

- קוטוב פיתח קשרים טובים עם הנשיא ג'מאל עבד אלנאצר וקרא להכות במתנגדיו, אך עד מהרה התעוררו ביניהם מחלוקות.

- קוטוב הצטרף לתנועת האחים המוסלמים והחל לפרסם מאמרים בעתונות של התנועה, שבאמצעותם הוא תקף את עבד אלנאצר והחל לפרסם סדרת מאמרים בעיתונות התנועה תחת הכותרת "בצל הקוראן". בשלב מאוחר יותר הוא הקים את "ארגון 65".

-יוסף אלקרצ'אווי הצהיר שאין לסייד קוטוב שום קשר לאסלאם ואמר שהוא חרג מחוג קהילת הסונים והתנועה.

125

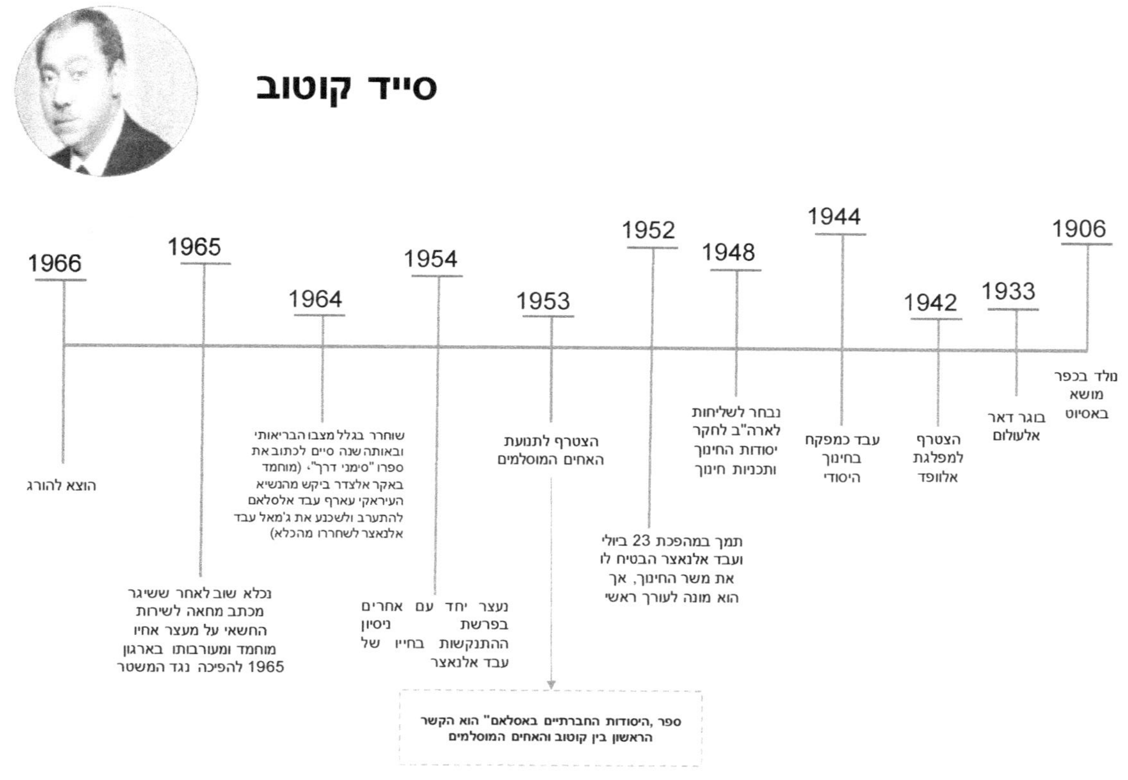

סייד קוטוב
1906
נולד בכפר מושא באסיוט
1933
בוגר דאר אלעלום
1942
הצטרף למפלגת אלווופד
1944
עבד כמפקח בחינוך היסודי
1948
נבחר לשליחות לארה"ב לחקר יסודות החינוך ותכניות חינוך
1952
תמך במהפכת 23 ביולי ועבד אלנאצר הבטיח לו את משר החינוך, אך הוא מונה לעורך ראשי
1953
הצטרף לתנועת האחים המוסלמים
1954
נעצר יחד עם אחרים בפרשת ניסיון ההתנקשות בחייו של עבד אלנאצר
1964
שוחרר בגלל מצבו הבריאותי ובאותה שנה סיים לכתוב את ספרו "סימני דרך", (מוחמד באקר אלצדר ביקש מהנשיא העיראקי עארף עבד אלסלאם להתערב ולשכנע את ג'מאל עבד אלנאצר לשחררו מהכלא)
1965
נכלא שוב לאחר ששיגר מכתב מחאה לשירות החשאי על מעצר אחיו מוחמד ומעורבותו בארגון 1965 להפיכה נגד המשטר
1966
הוצא להורג
ספר "היסודות החברתיים באסלאם" הוא הקשר הראשון בין קוטוב והאחים המוסלמים

תפנית זו בכתיבתו של סייד קוטוב לא נתקבלה בברכה ע"י המלך פארוק, שרצה לעצור ולכלוא אותו, אך בסיוע כמה מחברי מפלגת אלופד הוא ניצל מכליאה באמצעות מין בידוד או גלות שהוא גזר על עצמו. בשנת 1948 הוא נסע לארה"ב כנציג של משרד החינוך המצרי כדי ללמוד את מערכת החינוך האמריקאית. הוא שה בארה"ב כשנתיים במכללה להכשרת מורים בווילסון (כרגע- אוניברסיטת מדינת קולומביה) באוניברסיטת צפון קולורדו, שם קיבל תואר שני בחינוך. קוטוב שב למצרים בתחילת שנות החמישים ובדרכו חזרה ביקר בבריטניה, שוויץ ואיטליה[252]. החוויה האמריקאית של קוטוב לא השפיעה עליו כנדרש, שכן הוא נבהל מהגזענות, מהחופש המיני והחומרי שראה, דבר שגרם לו לצאת במתקפה נגד הרעיונות והמדיניות החברתית, הכלכלית והאמונות הדתיות של המערב[253].

בתחילת שנות החמישים של המאה העשרים הופל משטר המונרכיה ע"י התארגנות הקצינים החופשיים, שלסייידו קוטוב היו קשרים הדוקים עם מנהיגה, ג'מאל עבד אלנאצר והוא נטל חלק במהפכת יולי 1952. היו אף מי שדימו את קוטוב לצרפתי מיראבו, אשר מילא תפקיד בסלילת הדרך למהפכה הצרפתית, לכן הוא כונה "מיראבו המהפכה המצרית"[254]. אולם בשלב מאוחר יותר התגלעו חילוקי דעות בינו לבין חלק מהקצינים על רקע אידיאולוגי כי הוא היה משוכנע שהאסלאם חייב להיות היסוד של המשטר המצרי החדש[255]. עד מהרה נאצר הבין את גודל האיום הנשקף מתנועת האחים המוסלמים, וזאת לאחר שניצל מניסיון התנקשות בחייו ביום 26 אוקטובר 1954 ע"י מוחמד עבד אללטיף, פעיל המנגנון המיוחד. בעקבות אירוע זה נאצר החליט לשים קץ לתנועת האחים המוסלמים והחל גל מעצרים שגלל את סייד קוטוב ועוד אלפי פעילים של התנועה. סייד קוטוב נשפט ל- 15 שנות מאסר. 900 מהעצורים האחרים, שמספרם עמד על 19000, נדונו למאסר עולם ועבודות פרך ועוד 6 פעילים נדונו להוצאה להורג[256].

---

252. ראה:

Adam Khamis Mwamburi, Main features of Sayyid Qutb writings, https://bit.ly/2Mt3dto

253. ראה:

Robert Manne, Sayyid Qutb: Father of Salafi Jihadism, Forerunner of the Islamic State, 7 November 2016, https://ab.co/2HYGQaS

254. עלי בן יחיא אלחדאדי, דפים חשובים מחייו של סייד קוטוב, בקישור: https://bit.ly/2YmfrFD

255. Adam Khamis Mwamburi, op. cit.

256. Samuel Helfont, Op. cit, p. 14

כותרת הווידיאו: הספר הנשמע – הספר "סימני דרך" של סייד קוטוב

בקישור:

https://www.youtube.com/watch?v=-VW0BmhzC2Q

הספר "סימני דרך" הוא בבחינת מקור סמכות לתנועות ג'יהאדיסטיות שהופיעו בשלב מאוחר יותר. בספר מנמק סייד קוטוב את הצורך לקחת את השלטון בכוח על מנת להחיל את חוקי האסלאם כפי שהוא מבין אותם, וזאת בהתבסס על רעיון המקור של משילות לאללה לבדו ודחיית החוקים האזרחיים שהמציאו בני אדם. נקודה זו מודגשת גם בספרו של סייד קוטוב בפרק שכותרתו "הג'יהאד למען אללה" בעמוד 60.

- בספר "סימני דרך" סייד קוטוב מתייחס באופן כללי לתופעה היסטורית שקרא לה "הדיל הקוראני הנדיר), שכוונתו היא: דור מקורבי הנביא בתולדות האסלאם, שלא היה לו שני. הוא מסביר שמטרתו של הספר היא להבהיר את מה שנקרא בפיו שימני הדרך ומסביר שהסיבה להם היא לא היעדרותו דמותו של הנביא, אלא סיבות רבות אחרות כמו ריבוי המקורות שניזון מהם גיל המקורבים ושדורות עוקבים לא ניזונו מהם.
- הוא מדבר גם על השתנות שיטת הקבלה. ומסביר כי שיטת הקבלה לביצוע ועשייה הוא שיצר את הדור הראשון ושיטת הקבלה והקניין היא שיצרה את הדורות העוקבים.
- קוטוב הגדיר את הסיבות לנבדלותו וייחודו של הדור הראשון ומטרתו של הפרק היא להבהיר אחד מסימני הדרך ששומה על נושאי דגל האסלאם לאמצה וזאת באמצעות רכישת התכונות שניחן בהם הדור ההוא, שכן ללא התקיימות תנאים אלה לא יצמח דור כמו דור המקורבים לנביא (אלצחאבה) ויש צורך לגדל דור חדש כמו דור המקורבים משום שהמצב בו נתונים המוסלמים כיום כמו המצב בו היו נתון הדור הראשון, שהיא ג'אהליה (בורות).

בסופו של דבר קוטוב אימץ השקפה ביקורתית נגד המשטר, אותה הציג בספרו, שם הוא הביע אכזבה מהממשלה ואוזלת ידה מלפעול לבלימת ההידרדרות המוסרית והחברתית כתוצאה מאימוץ ערכים מערביים. זמן קצר לאחר שחרורו מהכלא בשנת 1964, סייד קוטוב נעצר שוב באוגוסט 1965 ונידון ל- 10 שנות מאסר ולאחר מכן הוצא להורג בשנת 1966[257].

רוב חיבוריו האסלאמיים קוטוב כתב במהלך שהייתו בכלא ובכללם" בצל הקוראן, צדק חברתי באסלאם, העתיד של דת זו ובתקופה מאוחרת חיבר את הספר "האסלאם בעיית הציוויליזציה", שזה חיבור פילוסופי בן שני פרקים. בשנת 1964 סיים לכתוב את ספרו "סימני דרך"[258]. נראה שהכלא הותיר את חותמו על ההשקפה הפוליטית של קוטוב, מה שהפך אותו יותר נוקשה ומתנגד ללאומיות החילונית שאז הייתה במגמת עלייה במצרים. כך הוא הפך לאיסלאמיסט הראשון שמכריז מלחמה פומבית נגד התרבות המערבית כי סבר שהחברות הערביות חזרו אל תקופת הג'אהליה שהייתה שכיחה בחצי האי ערב טרם הופעת האסלאם. בספרו הוא מתאר את הפגמים, הקיפוח, חוסר המוסר ושתלטנות האדם והיאחזותו בשלטון עד כדי חקיקת חוקים וקביעת עקרונות של צדק ואמת בהתאם לראייתו ולקידום האינטרסים שלו[259].

מכאן שסייד קוטוב ראה את העולם בשחור ולבן: חברות אסלאמיות וחברות ג'אהליות. חברות אסלאמיות חיות חיי אמת וכפופות לאל בכל תחומי החיים, בעוד שהחברה הג'אהלית מתעלמת מהכוונת האל ומאמצת חוקים אזרחיים. בנוסף לכך, קוטוב טוען שממשלת ג'אהליה לא רק שיש לה השפעה שלילית על האדם, היא הורסת את החברה כולה.

---

257. Luke Loboda, THE THOUGHT OF SAYYID QUTB, https://bit.ly/2EV8Haj, p.2

258. ראה:

Ronnie Azoulay, THE POWER OF IDEAS. THE INFLUENCE OF HASSAN AL-BANNA AND SAYYID QUTB ON THE MUSLIM BROTHERHOOD ORGANIZATION, https://bit.ly/2lm2zZw

259. Adam Khamis Mwamburi, Op. cit.

כותרת הוידיאו:

עד לתקופה, אורח התוכנית מר פריד עבד אלח'אלק, חבר לשעבר בלשכת ההכוונה של תנועת האחים המוסלמים.

בקישור:

https://www.youtube.com/watch?v=kbo6RR2hhjU

- עדותו של פריד עבד אלח'אלק, חבר לשכת ההכוונה לשעבר ומלווה של חסם אלבנא:

- קראתי את טיוטת הספר "סימני דרך" של סייד קוטוב לפני הדפסתו בשנת 1963. התייעצתי עם חסן אלהצ'יבי לגבי התוכן של הספר וביקשתי ממנו שלא להדפיסו כי הוא כולל רעיונות שעשויים לפתוח מדרונות מסוכנים אם יובנו בצורה לא נכונה כמו מושג המשילות, שלימים היוו הבסיס לרעיון התכפיר (הגדרת שליטים, אנשים וחברות ככופרים).

- אלמוודודי בעצמו נתקל בבעיה בהציגו את רעיון המשילות ההוא.

- חסן אלהצ'יבי כתב: אנחנו "מטיפים, לא שופטים" במענה לרעיון התכפיר וההגירה.

https://www.youtube.com/watch?v=kbo6RR2hhjU

לפיכך, המושג "ג'אהליה" משמעותו חזרת המחברות האסלאמיות ומנהיגיהן אל תקופת הג'אהליה[260], שהיא התקופה שקדמה לאסלאם. המצב האסלאמי העכשווי מתאר כדברי הנביא את המנהגים והאמונות שהאסלאם בא לשנותם. קוטוב טען שהקוראן ומורשת הנביא מספקות את כל צרכי האדם המוסלמי להסדרת חיי החברה. בדומה להשקפתו של מוחמד עבד אלווהאב, קוטוב טען שהאסלאם הפך למנוכר והמוסלמים אפשרו לרעיונות ומנהגים לא אסלאמיים לזהם את האסלאם, וכי החיים האסלאמיים האמיתיים דורשים מהמוסלמים לא רק אמונה, אלא גם פעולה על פי ציוויי השריעה (ההלכה) האסלאמית.

260.‏ מוחמד עמארה, אמירות של הפרזה דתית ולא דתית, (קהיר: מכתבת אלשורוק הבינלאומית, 2004), עמ36.

קוטוב אמר גם שחזרה לאמונה באללה דורשת קבוצה של מאמינים, אותה כינה "חלוצים", שתוטל עליה המשימה להגשים את מהות האסלאם ולספק ל"חלוצים" האלה "הנחיות" לאורך הדרך הפתלתלה לקראת היעד הסופי[261]. בסופו של תהליך, על אלה הנקראים "מוסלמים מודרניים" שיהיו ריאליים ובקיאים, שמשימתם הראשונה היא לעשות הערכה עניינית של נקודות הכוח והתורפה שלהם ולהבהיר את ציוני הדרך של המאבק[262].

ייתכן שאימץ ציטטה ישירה מרעיון המפלגה החלוצית המרקסיסטית, שראתה צורך בתפיסת השלטון לשם הקמת דיקטטורה של מעמד הפועלים, שכן מהפכה בעיני "החלוצים המהפכניים" המרקסיסטים היא הדרך היחידה "להיטהרות מכל הרפש הישן ורכישת היכולת לבניית עולם חדש", והעולם שתבנה "השכבה המהפכנית" או "התנועה האסלאמית" יהיה עולם חדש כי הוא העולם הראשון מסוגו, שבו האדם לא יהיה משועבד ל"קפיטול" או "משטרי הכפירה"[263].

בהמשך לכך, קוטוב גילה עוינות לליברליזם, פלורליזם מפלגתי ומוסדות השואבות את הלגיטימיות שלהן מהבחירות. הוא הדגיש ש"על המאמין האמיתי להציב את אמונתו מעל כל האידיאולוגיות מעשי ידי האדם ולהיזהר מללכת אחר גחמות זמניות או מחשבה אנושית. לכן, קוטוב נקט עמדה עוינת כלפי חזונות ורעיונות המנוגדים לתפיסתו ותיאר את החברה במושגים של חברה פגאנית (ג'אהלית) שלא ניתן להתמודד עמה "מבלי לשנות את עצמנו כדי שנוכל אחר כך לשנות את החברה"[264].

בהתאם לקוטוב, הג'אהליה צומחת מתוך משטרים פוליטיים מעשי ידי אדם שמתעלמים מ"דין אלוהים". לכן, אין מנוס מהחזרת החברה האסלאמית אל השריעה (ההלכה האסלאמית) שאמורה לשלוט "בכל היקום" כדי שחיי האדם

---

261. סייד קוטוב, סימני דרך, (ביירות: דאר אלשורוק, 1981) ע 8-9.

262. אותו מקור ע11-13.

263. ג'ורג' טראבישי, האסטרטגיה המעמדית של המהפכה, מהדורה 2, (ביירות: דאר אלטליעה, 1979), ע 10.

264. Adam Khamis Mwamburi, Op. cit.

131

החי בצל השריעה יתקיימו בהורמוניה עם שאר היקום[265]. בהתאם לכך, קוטוב גינה את כל החברות והמשטרים הקיימים, לרבות המשטר המצרי עם מגמות חילוניות, סוציאליסטיות ולאומניות. הוא פעל להקמת קאדר קטן של מוסלמים שיהיה מעין כוח חלוץ לבניית חברה אסלאמית חדשה כשהוא משווה אותם לדור המוסלמים הראשון, שעקרו ממכה לשם בניית חברה אסלאמית מושלמת בעיר מדינה ושם התכוננו למאבק הבלתי נמנע בחברות לא אסלאמיות השכיחות בעולמנו כיום[266].

תנועת האחים המוסלמים טוענת כי אינה דוגלת באלימות ומהפכה, אך אינה מוותרת על המורשת של סייד קוטוב. לפיכך, כל מה שקוטוב הותיר אחריו מבוסס על רעיון התכפיר והוא עדיין קיים באידיאולוגיה של תנועת האחים המוסלמים וברשימות הקריאה של חברי התנועה. טענתם נגד שימוש באלימות מחייבת אותם לא להיאחז ברעיונות של סייד קוטוב ולהתנער מהם ולהתכחש לקיומה של אג'נדה חשאית, אותה הם אמורים להפעיל כאשר הנסיבות יאפשרו זאת.

המצע הרעיוני של אבו אלאעלא אלמוודודי השפיע רבות על גיבוש האמונה של קוטוב, שלפיה האסלאם אינו סט של תפיסות ורבאליות ואינו מצטמצם לידי מספר טקסי פולחן שהאדם המוסלם צריך לקיים, שכן לדבריו: "מה שרציתי להבין ולחשוף בהקשר לנושא הנדון הוא שהאסלאם איננו רק סט של אמונות ורבאליות ומגוון של טקסים ופולחנים כפי שהוא נתפס בימים אלה, אלא שהוא משטר אוניברסאלי שלם, שמטרתו לחסל את כל המשטרים הנהוגים בעולם ויחליף אותם במשטרים תקינים ודרך מתוקנת, שהיא טובה יותר לאנושות משאר המשטרים"[267].

בנוסף לכך, אלמוודודי סבור שעל בעלי רעיונות אידיאולוגיים לכפות את ההיגיון והראיה שלהם אפילו בכוח, שמתבטא בקריאה לשינוי הסדר הקיים. לפיכך,

265. Luke Loboda, The Thought of Sayyid Qutb, Op. cit.

266. Ibid.

267. מתוך אבי אלאעלא אלמוודודי: הג'יהאד למען אללה, מקור קודם.

אלמוודודי הוא הממציא של תפיסת המשילות ובהקשר זה הוא אומר: "מי שמאמין האמונה ומשטר, אם הוא או קבוצה, ייאלץ מכוח אמונתו לחתור לחיסול המשטרים המבוססים על רעיון שונה משלו וישתדל בכל מאודו להקמת משטר המבוסס על הרעיון שהוא מאמין בו" [268].

ד"ר מוחמד עמארה מסביר את הנימוקים לתפיסת המשילות בכך ש"אלמוודודי ניסח את רעיון המשילות בספריו הראשונים, אותם חיבר בין השנים 1937-1941 טרם חלוקת חצי היבשת ההודית והופעת מדינת פקיסטן כמדינה עצמאית בשנת 1947. באותה עת המוסלמים היו מיעוט מספרי בהודו המאוחדת, ששיעורם באוכלוסייה היה לא יותר מ- 25%. בצל מצב דמוגרפי, תרבותי ופוליטי זה, אלמוודודי סבר שהמשילות האנושית, שהיא פרי דמוקרטיה ובחירות פרלמנטריות מהווה אסון עבור המוסלמים והאסלאם, לכן הוא שלל בחירות וראה בדמוקרטיה דבר מנוגד לאסלאם"[269].

3-4 אחמד אלסוכרי

מנהיג מהדרג הראשון בתנועת האחים המוסלמים ואף חבר אישי של אלבנא ושותפו לדרך במסע להקמת התנועה. הוא אף מתואר כמייסד האמיתי של תנועת האחים המוסלמים, מה שמסביר את הדאגה של אלבנא מעמדת אלסוכרי, שהיה רטוריקן רהוט וקולח, דבר שאילץ את אלבנא לגייס את כל הכלים התקשורתיים וההסברתיים של התנועה האסלאמית כדי לתקוף את אלסוכרי ולהכפיש אותו. אלסוכרי קיבל על עצמו משימה להקמת אגף של האחים המוסלמים בעיר אלמחמודיה והוא נבחר לנציג של אגף זה בשנת 1929 והשתתף בישיבה הראשונה של מועצת השורא ביום 15 יוני 1933 ולאחר מכן נבחר כציר בלשכת ההכוונה של התנועה ונבחר לממלא מקום אלבנא בשנת 1939[270].

---

268. אותו מקור, ע 12.

269. מוחמד עמארה, אמירות של הגזמה דתית ולא דתית, מקור קודם, ע 16.

270. פותנה אחמד אלסוכרי, התפצלות אחמד אלסוכרי, הגזבר הכללי של האחים המוסלמים, מהאחים המוסלמים בשנת 1947... הסיבות וההשלכות, אתר אח'ואן ויקי, בקישור:https://bit.ly/37l7nlQ .

כותרת הוידיאו: הגנרל פואד עלאם מעניק לצעירי האחים המוסלמים מאמרים שחושפים את נסתרות סטיותיו של חסן אלבנא,

בקישור:

https://www.youtube.com/watch?v=qAD1JGISeZ0

- גנרל פואד עלאם מוכיח באמצעות מסמכים שהוא מציג כי אחמד אלסוכרי הוא שייסד את תנועת האחים המוסלמים ואלבנא הצטרף לתנועה מאוחר יותר.
- עלי עשמאווי הוא הדינמו של ארגון האחים המוסלמים השייך לסייד קוטוב, כלומר שני הקטבים שמייצגים את הזרם הקוטבי התכפירי, אשר הוליד תנועות הקוראות לתכפיר חברות וטוענות שזה סוג של ג'יהאד למען אללה.

https://www.youtube.com/watch?v=qAD1JGISeZ0

אלסוכרי עמד בראש הדיסק הפוליטי של העיתון היומי של האחים המוסלמים. הוא המשיך בתפקידו הנציג של התנועה עד שהודח מהתנועה בשנת 1947. הסיבות להדחתו כפי שמדווח באתר של האחים המוסלמים נעוצות ב"התנגדותו לשיטה ולאידיאולוגיה של תנועת האחים המוסלמים ואימוצו מדיניות של מפלגת אלווׄפד והעדפתה על העקרונות והחוקים של האחים המוסלמים"[271].

אלסוכרי פרסם שורה של מאמרים מעל דפי עיתוני "אלווׄפד" ו"צוות אלאומה", שכותרתם: "כיצד הסיט אלבנא את הרעיון של תנועת האחים המוסלמים?". במאמרים אלה הוא מסנגר על עמדתו ומאשים את אלבנא בניהול רודני של התנועה ובכך שהוא הצליח לדגדג את הרגשות של ההמון המצרי באמצעות סיסמאות דתיות בעת שהקולוניאליסטים השתלטו על המדיניות המצרית. במאמרים שפרסם הוא התייחס גם לקשרים שקיים אלבנא עם הכוחות

---

271. אותו מקור.

הפוליטיים, שלפיהן הוא החניף למפלגת אלוופד וחרג מהשורה הלאומית עד כדי כך שהתנועה תוארה באותה עת כתנועה הכפופה באופן מלא לשלטונות[272].

כותרת הוידיאו:נאיף אלעסאכר: תנועת האחים המוסלמים התחילה את דרכה כתנועת הטפה ע"י אחמד אלסוכרי, אך חסן אלבנא הפך אותה לתנועה פוליטית.

בקישור:

https://www.youtube.com/watch?v=fHXsVWdOnCs

- נאיף אלעסאכר, חוקר תנועות אסלאמיות, מאשר כי אחמד אלסוכרי הוא המייסד של תנועת האחים המוסלמים.
- תנועת האחים המוסלמים קמה כעבור ארבע שנים לאחר קריסת האימפריה העות'מאנית. הוקמה ע"י אחמד אלסוכרי והאוריינטציה שלה הייתה דתית.
- לאחר מכן חסן אלבנא המטרף לתנועת האחים המוסלמים בשנת 1924 כאשר ארגון זה היה בתחילתו ארגון של הטפה ותו לא.
- לאחר תקופת זמן, אלבנא הצליח להזיז את אחמד אלסוכרי מתנועת האחים המוסלמים ובשותפות עם המערב הוא הפך את תנועת האחים המוסלמים מתנועת הטפה דתית לתנועה פוליטית.

https://www.youtube.com/watch?v=fHXsVWdOnCs

ניתן להבין מהאמור לעיל כי כל אחד משניהם האשים את האחר בהתקרבות והחנפה לשלטון וחריגה מהקו הלאומי, אולם סביר להניח שזה היה במסגרת מאבק בין יריבים המתחרים על ההנהגה ועל הליכה בכיוון השתתפות פוליטית וניצול סיסמאות אסלאמיות לשם בניית בסיס ציבורי.

---

272. טהה עלי אחמד, מאמרי אלסוכרי חושפים את מעידתו אל אלבנא אל התהום, אתר אלמרג'ע, 27/יולי/ 2018 בקישור: https://www.almarjie-paris.com/1636

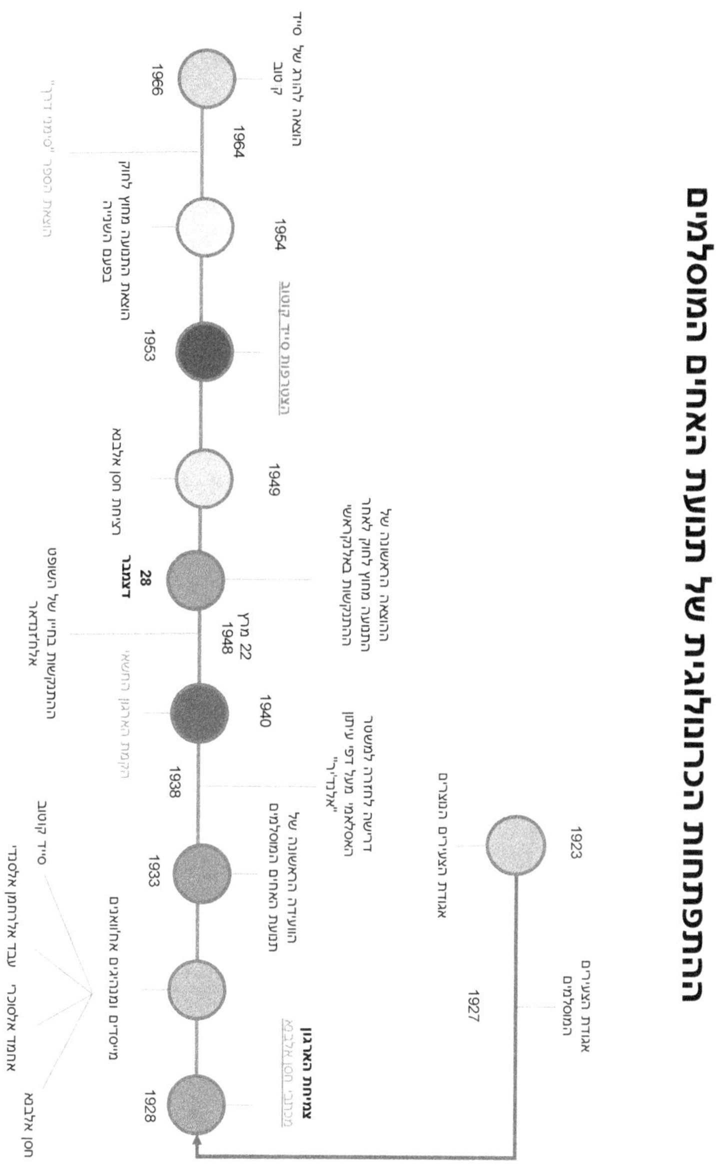
ההתפתחות הכרונולוגית של תנועת האחים המוסלמים
1923
אגודת הצעירים הנוצרים
אגודת הצעירים המוסלמים
1927
צמיחת הארגון
מכתבי חסן אלבנא
1928
מייסדים ומנהיגים אח'וואנים
חסן אלבנא
אחמד אלסוכרי
עבד אלרחמן אלסנדי
סייד קוטוב
הוועידה הראשונה של תנועת האחים המוסלמים
1933
דרישה לחזרה למשטר האסלאמי מעל דפי עיתון "אלנד'יר"
1938
1940
הקמת הארגון החשאי
22 מרץ 1948
ההתנקשות בחייו של השופט אלח'זנדאר
ההוצאה הראשונה של התנועה מחוץ לחוק לאחר ההתנקשות באלנקראשי
28 דצמבר
1949
רציחת חסן אלבנא
הצטרפות סייד קוטוב
1953
1954
הוצאת התנועה מחוץ לחוק בפעם השנייה
1964
הוצאת הספר "סימני דרך"
הוצאה להורג של סייד קוטוב
1966

פרק חמישי

תנועת האחים המוסלמים: נקודות מוצא רוחניות

תנועת האחים המוסלמים נוסדה ע"י חסן אלבנא במצרים בשנת 1928 ומאז הקמתה התבססה על נקודות מוצא רוחניות, שהיוו עבור התנועה שיטות של חשיבה ופעולה לאורך כל שלבי חייה. מעיון בספרות של התנועה, שחוברה ע"י חסן אלבנא וע"י התיאורטיקן הבולט של התנועה, סייד קוטוב, אפשר להבין את החשובות בנקודות המוצא הללו כדלקמן:

<table>
<tr>
<td>

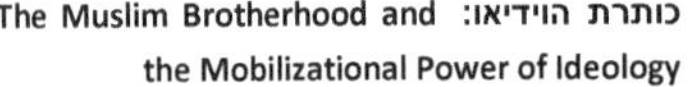

כותרת הוידיאו:

בקישור:

- הכוח המניע של האידיאולוגיה הוא משהו שהממשלה שלנו אינה מסוגלת להבין ללא קשר מי נמצא בכס השלטון הפוליטי.

- תנועת האחים המוסלמים והכוח האידיאולוגיה המניע שלה. היא פועלת כמניע ליצירת הרצון להתקדם כקבוצה ולעשות משהו.

</td>
<td>

</td>
</tr>
<tr>
<td colspan="2" align="center">

https://westminster-institute.org/events/j-michael-waller/

</td>
</tr>
</table>

5-1 המטרות העיקריות

המטרות המקיפות, הנרחבות והשאפתניות שהאחים המוסלמים הציבו מבוטאות בסיסמה **"האסלאם הוא הפתרון"**[273], סיסמה שלא השתנתה מיום הרמת התנועה בשנת 1928 עד היום. עקרונות התנועה המתבטאים בסיסמה: **"אללה יעדנו, הקוראן חוקתנו, הנביא מנהיגנו, הג'יהאד דרכנו והמוות למען אללה מטרתנו"**. עקרונות אלה מובאים בדברי המייסד, חסן אלבנא ובנאומו של מוחמד מורסי ביום 13 מאי 2012 במהלך מסע הבחירות לנשיאות מצרים[274].

תרשים ההשקפה הפוליטית של תנועת האחים המוסלמים

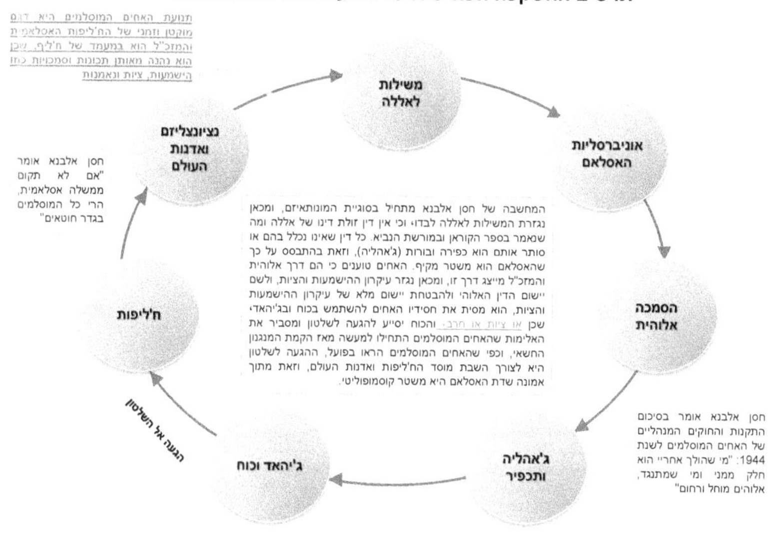

273. BBC News, Profile: Egypt's Muslim Brotherhood, 25 December 2013

274. מוחמד חג'אג', מורסי: הקוראן הוא החוק שלנו.. ואנחנו יכולים ליישם את השריעה "עכשיו", אתר אליום אלסאבע, 13 מאי 2012, ראה: https://bit.ly/3jU7G4O

5-2 האסלאם הוא הפתרון

העקרונות הבסיסיים שהניח חסן אלבנא עם יסוד תנועת האחים המוסלמים מדגישים את הנקודות הבאות:

- האסלאם הוא סגנון חיים שלם ומחייב.

- האסלאם הנו משטר המתגבש ונבנה על משני מקורות עיקריים: ספר הקוראן ומורשת הנביא.

- האסלאם הנו משטר ישים בכל הזמנים ובכל המקומות בעולם[275].

https://www.youtube.com/watch?v=QueuwqfzFOc

העקרונות נגזרו באופן ראשוני מהוגי דעות אסלאמיים רפורמיסטים שחיו במאה התשע עשרה ובכללם: מוחמד רשיד ריצ'א וג'מאל אלדין אלאפע'אני, אשר

---

275. ראה:

Al-Banna in Mitchell, R., "The Society of the Muslim Brothers", Oxford University Press (1993), p.14.

החזיק בדעה שהדרך היחידה שתאפשר לעולם האסלאמי להתמודד עם האתגרים הכרוכים בחיקוי במערב והמודרניזם היא החזרה אל הערכים "האותנטיים והלא מושחתים" הידועים בעבר האסלאמי.

השקפתו של חסן אלבנא לגבי מטרת האחים המוסלמים היא השקפה המוצגת בצורה ברורה ב"מכתב הפרידה" שכותרתו "חסמים בדרכנו", אותה כתב לחסידיו בשנת 1943 זמן קצר לפני שהבריטים עמדו להרחיק אותו ממצרים. "אחיי, אתם לא עמותת צדקה, לא מפלגה פוליטית ולא ארגון מקומי עם מטרות מוגדרות. אתם רוח חדשה בלב האומה הזו, רוח אשר מעניקה חיים לאומה באמצעות הקוראן; אתם אור חדש בוהק ומסנוור שבא לשים קץ לחשכת הפילוסופיה החומרית דרך הכרת אללה..."[276].

אלבנא הכיר בכך שהשקפתו עשויה להצריך שימוש בכוח כאמצעי להשגת המטרה. הוא הבהיר זאת במכתבו שכותרתו "חסמים בדרכנו": (אם יאשימו אותכם כמהפכנים, אמרו להם "אנחנו קולות האמת והשלום הנטועים בעומק אמונתנו ומקור גאוותנו. אם תקומו עלינו או תעמדו בדרך שליחותנו, אלוהים העניק לנו הזגות לגונן על עצמנו נגד העושק שלכם")[277].

5-3 רפורמה מקיפה

חסן אלבנא האמין ברעיון הרפורמה המקיפה והכוללנית בכל המישושים, נחל מהפרט והמשפחה, הכלכלה והחברה וכיוצא בזה, כך שתנועת האחים המוסלמים סבורה שאללה הכול יכול כאשר הוריד את ספר הקוראן וציווה על הבריות ללכת בעקבות הנביא מוחמד, הוא הניח בדת נכונה זו את כל היסודות

---

276. ראה:

A. Pargeter, "The Muslim Brotherhood: From Opposition to Power", Saqi Books 2013, P. 9-20.

277. מכתבי חסן אלבנא, מקור קודם.

הנדרשים לתקומת האומה ורווחתה"[278].לפיכך, האסלאם הניח סדר לעולם ובאמצעות סדר זה אדם יכול להפיץ את הטוב והחסד ולהימנע מסיכונים וצרות:

- החתירה להנהגת סדר מקיף ומושלם, שם אלבנא מתאר את תנועת האחים המוסלמים שהיא: "שליחות סלפית, דרך סונית, אמת סופית, ישות פוליטית, תפיסה חברתית, קבוצה ספורטיבית, אגודה מדעית ותרבותית וחברה כלכלית".

- חסן אלבנא אומר גם: "אנו מאמינים כי דיני האסלאם והוראותיו מקיפים וכוללים את כל תחומי חייהם של הנשים בעולם הזה ובעולם הבא... כי אסלאם הוא אמונה, פולחנים, מולדת ולאום/אזרחות, והוא דת ומדינה, רוח ופעולה, טקסט מקודש וחרב... הקוראן הקדוש.. רואה [בדברים אלה] מהות האסלאם ולב לבו..."[279].

- גם עומר אלתלמסאני, המזכ"ל השלישי של תנועת האחים המוסלמים שב ודיבר על האוניברסליות של האסלאם כשאמר: "האסלאם הוא אמונה, פולחן, מולדת, לאום, בריאה/יצירה, תרבות גשמית, חוק, סובלנות/סלחנות וסמכות"[280].

4-5 זכות או האצלת סמכות אלוהית

תנועת האחים המוסלמים סבורה כי השקפתה היא ההשקפה הדתית הנכונה וכל שאר ההשקפות מוטעות, וכי שיטתה היא שיטה אלוהית לתיקון העולם והיא רואה בעצמה כבעלת הסמכות מאללה לביצוע תיקון זה. אחד הכותבים

---

278.   ראה:

Al-Banna, H., "Majmu 'at Rasa'il al-Imam al-Shahid al-Banna" The Collected Letters of the Martyred Imam al-Banna], Dar al-Qur'an al-Karim 1981, p. 46 – 47

279.   ראה: Al-Banna in Mitchell, R., op.cit, p. 233

280.   ראה:

Tilmisani, U., "Do the Missionaries for God Have a Program?", in Abed-Kotob, S., "The Accommodationists Speak: Goals and Strategies of the Muslim Brotherhood in Egypt", 27(3) International Journal of Middle East Studies 1995, p. 323.

מבטא משמעות זו באמירה: "האחים המוסלמים מכירים ברצון העם כאשר הדבר מתאים להם, אולם בלב אמונתם השתית- הפוליטית הם לא מכירים ברצון זולת רצונו של אללה וכי רצון זה מגולם וממומש בהם. העם לדידם הוא כלי אלוהי שמעוצב לכלי הניתן בידיהם על פי הסמכות האלוהית שהם מאמינים בה" [281].

<table>
<tr><td>

כותרת הוידיאו: הארגון: חסן אלבנא ורעיון השבת מוסד הח'ליפות האסלאמית.

בקישור:

https://www.youtube.com/watch?v=NUT_DN-BdvY

חסן אלבנא: אבל אנחנו רעיון ואמונה, משטר ושיטה שאינו מוגבל למקום או מין ואין מחסום גיאוגרפי שעומד בדרכו והוא אינו מסתיים עד שיזכה לרשת את הארץ ומה שעליה, זאת משום שזה משטרו של ריבון עולמים ומנהגו של נביאו הנאמן.

הוא מדגיש כי תנועתו היא קבוצה שתית והיא מייצגת את הדת הנכונה.

</td></tr>
</table>

https://www.youtube.com/watch?v=NUT_DN-BdvY

השם שאלבנא בחר לתנועה, שהוא "האחים המוסלמים" מצביע על רעיון הזכות האלוהית המוענקת לתנועה, כאשר המוסלמים מתוארים כמשתייכים אליה והיא נוטלת לעצמה הזכות לסווג אנשים כמשתייכים ולא משתייכים לאחווה האסלאמית [282], כאילו יש בידה סמכות אלוהית לעשות זאת.

---

281. אלפצ'ל שלק, ברוח המהפכה "2", (ביירות: דאר אלפאראבי, 2014), ע 100.

282. עבד אלעזיז אלסמארי, "זרמי האסלאם הפוליטי ותיאוריית הזכות האלוהית", אלג'זירה, ריא'צ, 9 מאי 2016, בקישור: http://www.al-jazirah.com/2016/20160111/ar5.htm

כותרת הווידיאו: הארגון: חסן אלבנא ורעיון השבת מוסד הח'ליפות האסלאמית.

בקישור:

https://www.youtube.com/watch?v=NUT_DN-BdvY

חסן אלבנא אמר: אבל אנחנו רעיון ואמונה, משטר ושיטה שאינו מוגבל למקום או מין ואין מחסום גיאוגרפי שעומד בדרכו והוא אינו מסתיים עד שיזכה לרשת את הארץ ומה שעליה, זאת משום שזה משטרו של ריבון עולמים ומנהגו של נביאו הנאמן .

ודאי שהתנועה היא תנועה אלוהית, כלומר קבוצה נבחרת ע"י אלוהים וניתן לה מנדט אלוהי.

https://www.youtube.com/watch?v=NUT_DN-BdvY

תנועת האחים המוסלמים רואה בעצמה קבוצה שנבחרה ע"י אללה, וכך ביטא זאת אחד העיתונאים של התנועה במהלך ריאיון עם מוצטפא משהור לרגל מינויו למזכ"ל התנועה בשנת 1996, שם הוא אמר: "אלוהים יצר את הרעיון של תנועת האחים המוסלמים כראות עיניו, שרטט את דרכה, קבע את מטרותיה וקבע לה טוב וחסד בכל צעדיה ושלביה גם במצבי שברון ותבוסה. אף מנהיגיה ובכיריה באו כמעין בחירה אלוהית, כך ששיקפה במחשבתם ובמנהגם ובהחלטותיהם האישיות ואולי גם בתכונותיהם ובשמותיהם מין חסות אלוהית לרעיון האחים המוסלמים, רעיון שמציב כל דבר במקומו הנכון. לכן, אין זה מקרה שחסן אלבנא, היה המזכ"ל הראשון שהתחיל את הרעיון והניח את הבניין, ואילו חסן אלהצ'איבי היה המזכ"ל השני, אשר הוביל את ספינת הרעיון בעתות מצוקה ועמד בפני אנשי המהפכה שרקמו מזימות כנגדה, כך הוא היה הגבעה שעליה התנפצו כל תוכניותיהם ומזימותיהם. אחר כך הגיע עומר לאתלמסאני שארגן את שורותיה, איחד אותה וכלכל את צעדיה לאחר המצוקה הנאצרית. לאחריו הגיע חאמד אבו אלנצר כמזכ"ל הרביעי של התנועה והוא היה הכתובת לניצחונות שהתנועה זכתה בהם באיגודים, במועדונים, במוסדות החינוכיים, במועצות המקומיות ובפרלמנט עד שהצטרף אל בוראו ובא אחריו

מוצטפא משהור, שהאחים תולים בו תקוות להשיב עטרה ליושנה לתנועה במישור הבינלאומי והוא אחד מהאנשים שתרמו רבות לבניית והנהגת הארגון הבינלאומי של האחים המוסלמים"[283].

מי שקורא מה שכתבו האחים המוסלמים על ההיסטוריה שלהם ועל המאבקים והמערכות שניהלו מול יריביהם, אם אלה היו ממשלות מצרים או כוחות פוליטיים, הוא ייווכח שהם מתארים מאבקים ומערכות אלה כקרבות בין האמונה שהם מגלמים לבין הכפירה המגולמת ביריביהם או בין האמת "האח'וואן" לבין השקר "יריביהם" ואינם מתארים אותם כמאבקים וקרבות פוליטיים. נקודה זו משתקפת בבירור בספר **"האמת מאחורי המחלוקת בין האחים המוסלמים ועבד אלנאצר"**, אותו חיבר המזכ"ל הרביעי של התנועה, חאמד אבו אלנצר, ובו הוא מרבה לצטט פסוקים מהקוראן, שבעזרתם הוא מנסה להציג את המחלוקת בין תנועת האחים המוסלמים לבין משטרו של עבד אלנאצר כמחלוקת דתית ולא פוליטית. הוא אף מסיים כל פרק או תת פרק בספר עם פסוק מהקוראן שמדבר על המאבק בין המאמינים לכופרים ומציד את יריבי התנועה כאנשים הפועלים כנגד הדת[284].

5-5 עיקרון המשילות

תנועת האחים המוסלמים מאמינה שהריבונות המוחלטת על היקום היא של אללה, מכאן שבידיו הזכות הבלעדית לקבוע חוקים לבני אדם ולקבוע פרמטרים של מותר ואסור ונכון ולא נכון, ואין לאף בן אדם הזכות לקיים משימה זו, הן אם הוא פרלמנטר, מפלגה, ממשלה או כל גוף אחר. סייד קוטוב נמנה עם התיאורטיקנים החשובים שקידמו תפיסה זו לאורך ההיסטוריה של תנועת האחים המוסלמים. עניין המשילות חזר ועלה בספרו בשם "בצל הקוראן" רקוב ל-77

---

283. חוסאם תמאם, תמורות בקרב האחים המוסלמים.. התפוררות האידיאולוגיה וסוף הארגון, מהדורה 2, (קהיר: מכתבת מדבולי, 2010), ע 109.

284. ראה לעניין זה בפירוט: מוחמד חאמד אבו אלנצר, האמת מאחורי המחלוקת בין האחים המוסלמים ועבד אלנאצר (קהיר: אלאסלאמיה להוצ"ל והפצה, 1988).

פעמים[285]. סייד קוטוב שאב את תפיסת המשילות מאבו אלאעלא אלמוודודי, שהניח את היסוד לתפיסה זו[286].

המשילות של סייד קוטוב נחלקת לשני סוגים: משילות אוניברסאלית אלוהית, שהיא רצון אללה האוניברסלי והגורלי שמתבטאת ברצון הכללי המקיף את כל היצורים. הסוג השני הוא המשילות האלוהית החוקתית, שהיא הסוג שבמוקד העניין שלנו כאן במישור הפוליטי, שהיא רצון אללה הדתי שמתבטא בטקסי פולחן, מידות, דפוסי חיים, ערכים ודימויים שאלוהים נתן לעובדיו וציווה עליהם להאמין בהם ולהתחשב בצרכיהם ויישמם [287].

סייד קוטוב מבטא את משמעות המשילות באמצעות הפירוש שלו לדברי אלוהים (ומי שלא מושל בדרך שציווה אללה, אלה הם כופרים)[288], שם הוא אומר "והסיבה היא כאמור שמי שאינו מושל בהתאם לציוויי אללה, הרי הוא מתנכר לאלוהיות של אללה, שכן אלוהיות באה עם תכונות של משילות חקיקתית, ומי שמושל בדרך שלא ציווה עליה אללה הוא דוחה את האלוהות מצד אחד ומנכס לעצמו את זכות האלוהות ותכונותיה מצד שני. אם זו ואף זו אינן כפירות, מה היא כפירה?"[289]. הוא מוסיף ואומר כי "הטקסט כאן כללי וברור ותיאור התועבה מתווסף לתיאור הכפירה והעושק הקודמות. אין משמעותו עם חדש ולא מצב חדש נפרד מהמצב הראשון, אלא שזה תיאור נוסף לשני התיאורים הקודמים ומודבק למי שלא מושל בהתאם לציוויי אללה. הכפירה מתבטאת כאן בדחיית האלוהות של אללה באמצעות דחיית חוקתו, והעושק מתבטא בהכרחת אנשים לפעול בניגוד לציוויי אללה והפצת תועבה וחילול הקודש בחייהם כאשר הם

---

285. פארוק חמאדה, המשילות במשנת האחים המוסלמים. מקור הקיצוניות והאלימות, עיתון אלאיתיחאד, אבו ט'אבי, 2 אוגוסט 2016.

286. מוחמד עפאן, "מודל המדינה במשנתו של סייד קוטוב", מדארכ, 20 פברואר 2013, בקישור: https://bit.ly/31m5ASn

287. עבד אלחמיד עומר עבד אלחמיד עבד אלוואחד, משילות בצל הקוראן, תזה לתואר מוסמך בתחום מקורות הדת, המכללה ללימודים גבוהים, אוניברסיטת אלנג'אח הלאומית בנאבלוס, פלסטין, ע 31.

288. בשורת השולחן, פסוק 44.

289. סייד קוטוב, בצל הקוראן, (קהיר: דאר אלשורוק, 1980), ע 898.

הולכים בדרך המנוגדת לדרך אלוהים. אלה תכונות של המעשה הראשון וכולן מיוחסות למבצע והוא מודה בכולן ללא הבדל"[290].

קוטוב כותב שכך גם "הכלל התיאורטי שהאסלאם התבסס עליו לאורך תולדות האנושות, זהו כלל "השהאדה" (ההצהרה וההכרה) שאין אלוהים בלעדי אללה, כלומר הכרה בבלעדיות של אללה על האלוהות, הריבונות, השלטון והמשילות, כאשר הכרה בבלעדיות זו באה מתוך אמונה מצפונית, עבודה בפולחן והלכה בחיי המציאות. ההכרה שאין אלוהים בלעדי אללה אינה קיימת בפועל ואינה נחשבת כקיימת על פי ההלכה אלא אם היא מתקיימת בצורה האמורה שמעניקה לה קיימות אמיתית, שעל בסיסה ניתן לקרוא לאומרה מוסלמי או לא מוסלמי. המשמעות של קביעת כלל זה מבחינה תיאורטית היא שחיי בני אדם בכללותם אל אללה, כי הם לא פוסקים בענייני החיים ולא באספקטים של החיים באופן אוטונומי, ושומה עליהם לחזור אל דין אלוהים ולפעול על פיו"[291].

לפי היגיון זה, סייד קוטוב רואה בכל חוק אזרחי כמעין "ניסיון להאלהת בני אנוש, שיש להילחם בו בנחישות"[292]. סייד קוטוב קושר גם בין משילות למונותאיזם: "האמונה באסלאם מבוססת על הצהרת השהאדה שאין אלוהים בלעדי אללה, שעם אמירתה המוסלמי מסיר מליבו אלוהות של כל בן אנוש ומייחד את האלוהות לאללה ומסיר משילות מכל אדם ומעבירה כולה לאללה"[293].

סייד קוטוב קושר בין משמעות המשילות ומשמעות אחרת, שהיא **הג'אהליה** (בורות טרום אסלאמית), כלומר הג'אהליה של החברה, אותה כינה "ג'אהליה של המאה העשרים". הוא רואה בכל החברות במודרניות, לרבות חברות אסלאמיות, הן חברות ג'אהליה משום שהן התכחשו למשילות של אללה וסטו מדרכו.

---

290. המקור הקודם, ע 901.

291. סייד קוטוב, סימני דרך (קהיר: דאר אלשורוק, 1979) ע 48-49.

292. ראג'י יוסף, עיון במשמעות המשילות אצל סייד קוטוב, תאורות, 29/8/2016, ראה: https://bit.ly/2IPchnx

293. סייד קוטוב, בצל הקוראן, מקור קודם, ע 1211.

בהקשר לכך, קוטוב אומר כי "העולם כיום חי כולו בג'אהליה מבחינת המקור ממנו הן שואבות את יסודות החיים וסדרן. הרווחה הכספית העצומה והיצירתיות החומרית הגדולה אינם מפחיתים מחומרת הג'אהליה הזו. ג'אהליה זו מבוססת על פגיעה בסמכות אללה עלי אדמות ופגיעה בתכונה הנעלה ביותר של האלוהות, שהיא המשילות. החברה מפקידה את מלאכת המשילות בידי בני אנוש ושמה את חלקם במעמד של אלוהים עבור חלק אחר, זה לא נעשה בצורה הפגאנית הפרימיטיבית שידעה הג'אהליה הראשונה, אלא בהתבסס על הטענה שיש צורך להגדיר זכות לקבוע ערכים, חוקים וסדרים בנפרד מדפוסי החיים של אללה ובתחומים שאללה לא נתן בהם רשות" [294].

כבוד האימאם, אחמד אלטייב, נשיא מוסד אלאזהר התייחס למשמעות המשילות כפי שהוצגה ע" סייד קוטוב ואמר שפעילי הזרם התכפירי נתלו במשמעות זו כנימוק לפעולות רצח, אלימות וטרור. הוא הסביר כי "רעיון המשילות הוא רעיון שהתחיל בתקופת אלח'וואריג', שלפיו הצדיקו רצח אמיר המאמינים, עלי בן אבי טאלב לאחר שהאשימו אות בכפירה. רעיון זה נעלם והופיע שוב ע"י מלומד אסלאמי בהודו ששמו אבו אלאעלא אלמוודודי, שחי בתקופת השלטון הבריטי בהודו והשתמש ברעיון זה כדי להילחם בבריטים, אחר כך סייד קוטוב השתמש ברעיון, ולאחריו השתמשו בו קבוצות טרור שהופיעו לאחר 1965 והצהירו כי הפרלמנט הוא מעשה כפירה, הבחירות כפירה והדמוקרטיה כפירה, כי הן מאפשרות לבני אדם למשול, כך שהחברה גם היא כופרת כי מי שמקבל את משילות בני אדם אלה ולא רואה בהם כופרים, הרי הוא בעצמו כופר" [295].

שייח' אלאזהר הסביר את המשמעות האמיתית או הנכונה של מושג המשילות בניגוד להסבר שהוצג ע"י סייד קוטוב: "המשילות הייחודית לאללה היא משילות החקיקה. עיקרון זה אפשר למוסלמים להתכנס ולחקור וללמוד ואחר כך להחליט לפסוק פה אחד בסוגיה כלשהו, כשפסיקה זו תהיה קדושה כמו כקדושת

---

294.   סייד קוטוב, סימני דרך, מקור קודם, ע 8.

295.   שייח' אלאזהר: תפיסת "המשילות" השגויה היא הסיבה לאלימות והקיצוניות של "התכפירים", עיתון אלשרק אלאווסט, לונדון, 13 פברואר 2015. ראה: https://bit.ly/3iNpkFP

הקוראן. מכאן שהקונצנזוס הוא מקור החקיקה השני אחרי הקוראן ומורשת הנביא"[296].

5-6 התכפיר והג'אהליה של החברה

כל עוד החברה ג'אהלית כפי שסבור סייד קוטוב, הרי היא חברה כופרת שיש להילחם בה, או כפי שמבטא זאת קוטוב: "אנו חיים כיום בג'אהליה דומה לג'אהליה שהייתה קיימת בתקופת האסלאם או אף יותר מקפחת. כל מה שמסביבנו.. מחשבות אנשים ואמונותיהם, מנהגיהם ומסורותיהם, משאבי השכלתם, אומנותם וספריהם, חוקיהם והלכותיהם, אף חלק גדול ממה שנראה לנו כתרבות אסלאמית, מקורות אסלאמיים, פילוסופיה אסלאמית ומחשבה אסלאמית... הם גם מעשי ידי הג'אהליה הזו"[297].

<table>
<tr><td>

כותרת הוידיאו: אחמד מראני: סייד קוטוב משתמש בסיסמאות נוצצות ומטעות

בקישור:

https://www.youtube.com/watch?v=GWX8o b5FxEU&feature=yo

סייד קוטוב מנצל את הרגש של המוסלמים ומשתמש בסיסמאות נוצצות ומטעות כדי להוכיח שהמשטרים האלה הם כופרים.

</td></tr>
</table>

https://www.youtube.com/watch?v=GWX8ob5FxEU&feature=youtu.be

---

296.   המקור הקודם.

297.   סייד קוטוב, סימני דרך, מקור קודם, ע ע 17-18.

הוא מוסיף: "האנושות המחולקת לקהילות ועדות, כולה ג'אהליה. יש עדה המזהה את עצמה כמוסלמית והיא הולכת בדרכי הנוצרים והיהודים מלה במלה ויוצאת מדת אלוהים אל דתם של הני של אדם. גלגל הזמן התהפך וחזרנו אל הזמנים שהיו קיימים טרם הופעת האסלאם וכל בני אנוש חזרו אל הג'אהליה"[298]. קוטוב סבור כי "אנו מוכרחים להיפטר מלחצי החברה הג'אהלית על תפיסותיה, מנהגיה ומנהיגיה הג'אהלים, בפרט בתודעה שלנו. אין זה תפקידנו להתפייס עם המציאות של חברה ג'אהלית זו ולהיות נאמנים לה, שכן במצבה הג'אהלי הזה לא ניתן להתפייס עמה. תפקידנו הוא לשנות את עצמנו תחילה על מנת שנהיה מסוגלים בסוף לשנות חברה ג'אהלית זו מהיסוד. מציאות זו שמתנגשת מהיסוד עם דפוסי האסלאם ותפיסות האסלאם, ושוללת ממנו בכוח ובכפיה את הזכות לחיות כפי שבחר לנו הדפוס האלוהי, מחייבת שהצעדים הראשונים בדרכנו הן להתעלות על חברה ג'אהלית זו ועל ערכיה ותפיסותיה ושלא נתקן אנו את ערכינו והשקפותינו מעט או רבות כדי להיפגש עמה באמצע הדרך. לא, אנחנו עומדים יחד עמה על צומת דרכים, שאם אנו נצעד בדרכה אפילו פסיעה אחת, אנו נאבד את כל השקפתנו כולה ונתעה בדרך"[299].

קוטוב סבור שכרגע אין אומה אסלאמית, וזאת כדי לציין שהמוסלמים הנוכחיים הם כופרים שחיים מצב של ג'אהליה: "האומה האסלאמית הפסיקה להתקיים מזה מאות שנים, שכן האומה האסלאמית היא לא האדמה שחיו בה מוסלמים ולא עדה שאבותיה היו בדור מדורות ההיסטוריה חיים בצל משטר אסלאמי. אומה של מוסלמים היא קבוצת אנשים שכל חייהם, השקפותיהם, מצבם ומשטריהם, ערכיהם ושיקוליהם כולם נובעים מההשקפה האסלאמית. אומה עם תכונות אלה חדלה להתקיים מאז הופסק דין השריעה ונעלם מעל פני האדמה. אין מנוס מהחזרת אומה זו לחיים כדי שהאסלאם ימלא את תפקידו המיועד להנהגת האנושות פעם נוספת"[300].

---

298. סייד קוטוב, בצל הקוראן, בשורת אלאעראף, בימת המונותיאיזם והג'יהאד, ע ע 19-20, בקישור: https://tafsirzilal.files.wordpress.com/2012/06/7.pdf

299. המקור הקודם, ע 19.

300. מוחמד ג'ומעה, "האח'ואניזם הג'יהאדיסטי.. השלכות אידיאולוגיות ומבצעיות", המרד המצרי למחשבה ומחקרים אסטרטגיים, 31 אוקטובר 2018, בקישור: https://bit.ly/2wlLBiv

---

מייסד תנועת האחים המוסלמים, חסן אלבנא פונה לחברי התנועה ואמר: "תזכרו טוב אחים שאללה היטיב עמכם והבנתם את האסלאם בצורה טהורה וזכה ובקלות ובאופן מקיף ומלא. הבנה שמשתמרת על פני דורות ומספקת מענה לצרכי האומות ומביאה רווחה לאנשים, הרחק מהקיפאון של הציניקנים, התפוררות המתירנים ופלפולי המתפלמסים, הבנה שאין בה הגזמה ואין בה מחדל, שניזונה מספר אללה וממורשת נביאו וממנהגי האבות הטובים והמשך לוגי צודק בלב המאמין הצדיק ובשכל הספורטאי הדייקן"[301], כאן אלבנא רומז לכך שתנועת האחים המוסלמים הם המאמינים היחידים וכל השאר הם כופרים ועובדי אלילים [302].

על אף שהאח'וואן מכחישים שהם מגדירים חברות ככופרות, הם משתמשים באמצעי זה כסוג של טקטיקה או זהירות, במיוחד בתקופות של חולשה או בתקופות שהם נזקקים לתמיכת העם וכדי לעודד הזדהות העולם החיצוני עמם.

5-7 ג'יהאד ושימוש בכוח

למרות שתנועת האחים המוסלמים טוענת שהיא לא מקבלת אלימות ומנסה להציג עצמה כתנועה רפורמיסטית מתונה, האלימות היא יסוד מהותי בהשקפתה ודרכה להשגת השלטון והקמת מדינה אסלאמית על פי השיטה האח'וואנית, שהתנועה מאמינה כי היא השיטה האלוהית הנכונה. על אך הדעה הרווחת ולפיה סייד קוטוב, הוא התיאורטיקן של דרך האלימות בקרב האחים המוסלמים, הרי שהמייסד, חסן אלבנא, הניח משנה סדורה לשימוש באלימות; הוא סבר שהקמת ממשלה אסלאמית היא אחד מיסודות האסלאם. לפי ראייתו, "האסלאם הזה שהאחים המוסלמים מאמינים בו הופך את הממשלה ליסוד עיקרי מיסודותיו והוא מבוסס על ביצוע כפי שהוא מבוסס על הטפה, שכן בעבר, הח'ליף השלישי אמר: אלוהים נוטע דרך השלטון מה שלא ניתן לנטוע דרך הקוראן"[303].

---

301.   מכתבי חסן אלבנא, מקור קודם.

302.   אחמד באן, "כללי המחשבה האח'וואנית (9): תכפיר המצריך אפוטרופוסות על החברות", 25 ינואר 2018, חפירות, בקישור: https://bit.ly/2wTBVSB

303.   "מכתבי חסן אלבנא", מקור קודם.

כשאלבנא מתייחס אל הממשלה האסלאמית כיבוש מיסודות האסלאם, הוא יוצא מתוך הנחה שיש להשתמש בכוח לשם השגת מטרה זו, וכך הוא מתבטא: "כוח משול לתרופה מרה שהאנושות ההוללת תיאלץ לבלוע אותו כדי לרסן את השתוללותה ולשבור את רודנותה ועריצותה, זוהי דרכה של החרב באסלאם, שכן החרב בידי המוסלמי הייתה רק כסכין בידי מנתח כדי לרפא את המגפה החברתית"[304].

<table>
<tr><td>

כותרת הוידיאו: האיגרות של חסן אלבנא- איגרת הג'יהאד- אח'ואן פוסט.

בקישור:

https://www.youtube.com/watch?v=b9TKedYLjR0

חסן אלבנא (איגרת הג'יהאד):

חסן אלבנא חיבר איגרת זו כדי להוכיח שג'יהאד הוא מצווה על כל מוסלמי. הוא התחיל את האיגרת בהצגת מספר פסוקים מהקוראן לעניין הג'יהאד ולאחר מכן ציטט מדברי הנביא והשפעותיהם של גדולי אנשי הדת המוסלמים ולאחר מכן הוא הציג שאלה וענה עליה: "למה המוסלמים נלחמים?"

לאחר מכן הוא דיבר על הרחמים בג'יהאד האסלאמי ואת הדברים הנלווים לג'יהאד. הוא מסיים את האיגרת במסר קצר, בו הוא אומר כי האומה שמיטיבה לעשות את תעשיית המוות ויודעת כיצד למות מות מכובד, לאומה זו אללה יעניק חיים מכובדים בעולם הזה ובעולם הבא, וכי החולשה שלנו מקורה אהבת חיי העולם הזה ושנאת מוות, לכן הכינו את עצמכם לפעולה אדירה והקפידו למות כדי שתזכו בחיים.

</td><td>

</td></tr>
</table>

https://www.youtube.com/watch?v=b9TKedYLjR0

חסן אלבנא אינו מאמין בדמוקרטיה ובכלים דמוקרטיים לשם אכיפת הסמכות והגעה אל השלטון, שם הוא אומר: "זוהי השקפתנו שאין לה משנה זולת משנת הקוראן, ואין בה חיילים זולתכם, ואין לה מנהיג סולת נביאנו עליו

---

304.   ריפעת אלסעיד, מנהיגים פוליטיים מצריים (ספרים ערביים, 2007), ע 225.

השלום. איך ניתן להשוות את דרכנו לדרכם של משטרים מגוחכים אלה? הדמוקרטיה, הקומוניזם והדיקטטורה הזו"[305].

<table>
<tr><td>

כותרת הווידיאו: כל התנועות הג'יהאדיסטיות התכפיריות התבססו על ספריו של סייד קוטוב על פי דברי אבו מוצעב

בקישור:

https://www.youtube.com/watch?v=LdrRmC_aNsU

על פי סלפים וג'יהאדיסטים, סייד קוטוב הוא מקור ההגות הג'יהאדיסטית.

- אבו מוצעב אלסורי אומר שהאסכולה של ארגון הג'יהאד יצאה מספריו של סייד קוטוב, שם הונחו היסודות למחשבה הג'יהאדיסטית המודרנית.

- הרעיון של סייד קוטוב הוא לפסוק שמשטרים קיימים הם כופרים וחורגים מהאסלאם עם קריאה מפורשת למלחמת קודש נגדם ושרטוט המתווה של דרך הג'יהאד הזה.

- הרעיונות של אלמוודודי ושל סייד קוטוב הם שהורישו את מעשי האלימות בחברה שלנו.

</td><td>

</td></tr>
</table>

https://www.youtube.com/watch?v=LdrRmC_aNsU

מנקודת הנחה זו, אלבנא קורא לתלוש את השלטון מידי הממשלות בכוח הזרוע אם לא ילכו בדרך הדת שהאחים מאמינים בה, שם הוא אומר: "ייתכן שיהיו מטיפים מוסלמים שיסתפקו בהנחיה והטפה אם ימצאו אוזן קשבת לציוויי אללה ולדיניו כפי שנקבעו בפסוקי הקוראן, אולם כפי שעינינו רואות, ההלכה האסלאמית נמצאת בוואדי וההלכה בפועל נמצאת בוואדי אחר. הרי שהימנעות הרפורמיסטים האסלאמיים מלתבוע את השלטון היא פשע אסלאמי שאין עליה כפרה זולת התעוררות ונטילת כוח הביצוע מידי אלה שאינם סרים לדיני האסלאם. האחים המוסלמים אינם מבקשים את השלטון לעצמם ואם ימצאו

---

305.   באבכר פייצל באבכר, "האם באמת האסלאם הפוליטי נכשל?", סודן טריביון, 3 אפריל 2014.

152

באומה מי שמוכן לקחת אחריות זו ולקיימה נאמנה על פי הדפוס האסלאמי , הם יהי חייליו המסורים, תומכיו ושותפיו, שאם לא יימצא מי שמוכן לשאת בנטל זה, הם ימצאו, אז השלטון יועבר אליהם והם ייטלו אותו מידי כל ממשלה שאינה אוכפת את ציווויי אללה"[306].

אלבנא רואה שהשימוש בכוח יתממש כאשר יהיו בידי אחים המוסלמים הכלים הנדרשים לכך, וכפי שמשתמע מדבריו: "האחים המוסלמים ישתמשו בכוח מעשי כאשר כל השיטות האחרות לא יועילו, ורק כאשר הם בטוחים שהם השלימו את דרישות האמונה והאחדות. אם כאשר הם ישתמשו בכוח הם יהיו הגונים וגלויים, וייתנו אזהרה וימתינו, ורק אחרי זה הם יתקדמו בכבוד ובגאווה ויישאו בכל התוצאות המתחייבות מעמדתם זו ברצון ובקבלה"[307]. אלבנא מוסיף ואומר: "בזמן שמתוככם, עדת האחים המוסלמים, יצאו שלוש מאות דיוויזיות שהזדיינו באמונה ונחישות מבחינה נפשית ורוחנית, בזמן הזה דרשו ממני להובילכם אל לב הים הסוער ולפרוץ עמכם את גבולות השמים. ואפלוש בעזרתכם אל כל עריץ עקשן, ואני אעשה זאת בעזרת השם וכדברי הנביא: "שני עשר אלף לא ינוצחו ע"י מיעוט"[308].

אלבנא מגדיש את אותה משמעות כאשר הוא אומר באיגרת לוועידה החמישית: "הם יודעים שדרגת הכוח הראשונה היא כוח הדוקטרינה והאמונה, לאחר מכן כוח האחדות והעמידה ולאחריה כוח הזרוע והנשק. לכן, אין לתאר קבוצה כקבוצה חזקה אם לא יתמלאו בה כל המשמעויות האלה יחד, שכן אם קבוצה תשתמש בכוח הזרוע והנשק כשהיא מפוררת וללא ארגון או כאמונתה חלשה או כבויה, גורלה למות ולהיעלם. לאחר תבונות והערכות אלה אני אומר לאלה התוהים: האחים המוסלמים ישתמשו בכוח מעשי היכן שכל השיטות האחרות לא מועילות והיכן שהם יהיו בטוחים שרכשו את נשק האמונה והאחדות"[309].

---

306.   "מכתבי חסן אלבנא", מקור קודם.

307.   המקור הקודם.

308.   המקור הקודם, ע 104.

309.   "מכתבי חסן אלבנא", מקור קודם.

אלבנא גם מדגיש שתנועת האחים המוסלמים תפנה את קריאתה "אל האחראים מבין בכירי המדינה, מנהיגים, שרים, שליטים, אנשי דת, פרלמנטרים ומפלגות. אנו נזמין אותם אל שיטתנו ונניח בידיהם את תוכניתנו ונדרוש שיובילו מדינה מוסלמית זו, ואף להוביל את כל ארצות האסלאם על דרך האסלאם באומץ ובמחישות, ללא מורא וללא היסוס, שכן אין זמן לתמרונים. אם ייענו לקריאה וילכו בדרך אל היעד, אנו נתמוך בהם, ואם יבחרו דרך העורמה והתמרונים ויסתתרו מאחורי תירוצים ונימוקים חסרי בסיס אנו נכריז מלחמה על כל מנהיג או יו"ר מפלגה או גוף שלא יפעל לתמיכה באסלאם ולא יצעד בדרך להשבת שלטון האסלאם ותהילתו, אנו נכריז יריבות בלתי מתפשרת ובלתי מתפייסת עד שאלוהים יכריע ביננו לבין עמנו בצדק, והוא הטוב במכריעים"[310].

לסיכום, ההשקפה של אלבנא לגבי סוגיה זו מסתכמת כך: תנועת האחים המוסלמים רואה בהקמת ממשלה אסלאמית יסוד מיסודות האסלאם; הממשלות הקיימות לא מיישמות אל האסלאם, והם, האחים המוסלמים, אינם מאמינים בדמוקרטיה כדרך להגעה לשלטון, לפיכך אין מנוס משימוש בכוח כאשר יבשילו התנאים לכך.

לעומתו, סייד קוטוב קשר בין משמעות הג'אהליה לבין שימוש בכוח או ג'יהאד. כל עוד העולם ג'אהלי ורחוק מהאסלאם, הוא זקוק להנחיה והטפה שתתקיים על פני שלושה שלבים: **שלב ראשון** הוא שלב החולשה, שדומה לשלב הראשון של הטפת הנביא לדת האסלאם במכה, כאשר הוא ושותפיו לדרך היו יעד לפגיעה מצד החברה הג'אהלית. לכן, סיסמת המטיפים בשלב זה היא "להתאזר בסבלנות". **השלב השני** שלב ההשתלטות, שבמהלכו המוסלמים משתמשים בכוח כדי להגיע לשלטון כדברי הפסוק בקוראן "הודע לאלה הנלחמים כי הם קופחו וכי בכוחו של אללה לעשותם מנצחים" (בשורת אלחג', פסוק 39), והם מנהלים מערכות נגד כוחות העריצות, אך הניצחון יהיה מנת חלקם של אלה הנלחמים בכופרים כפי שקרה בקרב בדר ובקרב אלח'נדק, אשר יילחמו בה חיילים שרק אללה יודע על אודותם, כדברי קוטוב. **השלב השלישי** הוא שלב האוניברסאליות של ההטפה או שלב "הח'ליפות האורתודוקסית" וסיסמתה

310. מוניר אדיב, "מסרים של אלימות במשנת האחים המוסלמים", אתר אלאוואן, 28 ספטמבר 2018, בקישור: https://bit.ly/2Xzi9ar

"היום אנו פולשים אליהם והם לא פולשים אלינו", שזה שלב של ניצחון ההשקפה האסלאמית ושלטון המוסלמים בעולם[311].

בפרק שכותרתו "ג'יהאד למען אללה" בספרו "סימני דרך", אלבנא מותח ביקורת על האמירה שלפיה האסלאם אינו נלחם מלחמת ג'יהאד אלא לצרכי הגנה. הוא בדעה שמשימת האסלאם היא "להיפטר מכל הרודנים מהעולם והנעת בני אדם לעבוד את אללה לבדו והוצאתם מעבדות לבני אדם אל עבדות לאללה לא באמצעות הכרחתם לקבל את אמונתנו, אלא בניתוקם מאמונתם הקודמת לאחר ריסוק המשטרים הפוליטיים השולטים או הבסתם עד שישלמו דמי חסות ויכריזו כניעה והתרת הקשר של עמיהם לאמונה הזו[312].

קוטוב רואה ש"האסלאם לאללה הוא האמת האוניברסלית שכל האנושות צריכה לשבת בצילה ולעשות אתו שלום בהמוניה, כך שלא תעמוד בדרכו לא באמצעות משטר פוליטי ולא באמצעות כוח חומרי, ועליה להתיר חופש לכל אדם לבחור בו או לא לבחור בו מרצונו החופשי, אך לא להתנגד לו או להילחם בו עד שירצח אותו או ייכנע"[313].

לפיכך, סייד קוטוב רואה שהג'יהאד הוא שמווסת יחסים בין מוסלמים ללא מוסלמים. הוא דוחה את תפיסת מלחמת ההגנה וקורא להילחם בכל מדינה או עם שמונעת את האסלם משחרור האנשים מעבדות. כלומר, קוטוב בדעה שלמוסלמים הסכות להפיץ את עקרונות האסלאם בכוח, וכי מוטלת עליהם שליחות אוניברסאלית לתיקון העולם, ויש להילחם בל מי שעומד בדרכם. משמעות הדבר היא שהמוסלמים יישארו במצב מלחמה תמידית עם האחרים.

בנוסף לספרות של התנועה, התנהלותה מאשרת את השורשיות של האלימות בשיטתה, או כדברי אחמד כמאל עאדל, חבר במנגנון המיוחד של התנועה,

---

311. באבכר פייצל באבכר, האחים המוסלמים והאלימות: חסן אלבנא וסייד קוטוב שני צדדים של אותו מטבע (2), אתר אלחורה, 08 אוגוסט, 2018, בקישור: https://arbne.ws/2XAiBoO

312. סייד קוטוב, סימני דרך, מקור קודם, ע 58.

313. המקור הקודם, ע 59-58.

בספרו בשם **"הנקודות מעל לאותיות .. האחים המוסלמים והמנגנון המיוחד"**[314], שתנועת האחים המוסלמים הכינה תוכניות אימונים לחבריה, ובפרט לחברי המנגנון המיוחד, שמסתיימות בשאלות צבאיות כמו: ספר מה ידוע לך על פצצת האנרגיה ולמה היא משמשת? אם היית צריך פצצה 75 ולא היה בנמצא, הסבר כיצד תכין אותה? ולמה היא משמשת? מה אתה יודע על פיצוץ עם מרעום ופיצוץ עם פתיל?[315] היו עוד שאלות שמסיימי הקורסים נדרשו לענות עליהן כמו: הסבר בקצרה על טקטיקות של נסיגה. מה חשיבות הפטרולים? מה סוגיהם? מה הם הכללים שעל מנהיג הקבוצה לקחת בחשבון בעת חדירת קבוצתו לעבר האויב? מנה את נקודות הדקירה הקטלניות וכיצד תפגע בהן אצל יריבך? הסבר מה זה קוקטיל מולוטוב וכיצד משתמשים בו[316].

תנועת נאחים המוסלמים מהווה מעיין נובע שממנו שאבו התארגנויות אלימות וטרוריסטיות את רעיונותיהן ובראשם ארגון אלקאעדה ודאעש. מנהיג ארגון אלקאעדה, איימן אלט'וואהרי אישר זאת כאשר דיבר על סייד קוטוב כחלוץ הכוונת הצעירים המוסלמים אל השימוש בכוח ובאלימות כשאמר "הדרך ההיא, שלמורה קוטוב... תפקיד גדול בהכוונת הצעירים המוסלמים אליה במחצית השנייה של המאה העשרים במצרים בפרט ובאזור הערבי בכלל. לאחר פטירתו של קוטוב, מילותיו קיבלו ממדים משפיעים בעיני בצעירים החברים בתנועת האחים המוסלמים,[317]. כאן מודה אלט'וואהרי כי אוסאמה בן לאדן "היה חבר בתנועת האחים המוסלמים", גם יוסף אלקרצ'אווי הודה שאבו בכר אלבע'דאדי, מנהיג ארגון דאעש היה חבר בתנועת האחים המוסלמים, "אך הוא נחפז לצאת אל הדרך"[318].

314. ראה בפירוט: אחמד עאדל כמאל, נקודות מעל האותיות: האחים המוסלמים והמנגנון המיוחד (קהיר: אלזהראא לתקשורת ערבית, 1987).

315. מוניר אדיב, "מסרים של אלימות במשנת האחים המוסלמים", אתר המדיניות הבינלאומית, קהיר, 24 אוקטובר 2018, http://www.siyassa.org.eg/News/15774.aspx

316. המקור הקודם.

317. איימן אלט'וואהרי, פרשים תחת דגל הנביא, כרך ראשון, מהדורה 2, ע13, בקישור: https://bit.ly/31mMbjZ

318. מוניר אדיב, "מסרים של אלימות במשנת האחים המוסלמים", אלאוואן, מקור קודם.

אין עדות טובה להשתרשות דרך האלימות במשנתם של האחים המוסלמים מההתרחשויות שבאו בעקבות הדחת מוחמד מורסי מנשיאות מצרים בשנת 2013, כאשר הופיעו קבוצות טרור השייכות לתנועה והשתמשה באלימות נגד המדינה כמו "חסם" ו"בריגדת המהפכה" ופורסמו הודעות שהדגישו את השימוש באלימות ונימקו זאת, ובכללם **"הודעת הכוננות"** , שפורסם באתר "אח'ואן אונליין" בינואר 2015. הודעה זו הסיתה לפעולות מזוינות והיללה את חסן אלבנא על הקמת "המנגנון המיוחד" והסבירה שחסן אלבנא לא הציע שיטת פעולה אחת ויחידה, וכי הוא כלל לעתים פעולה מזוינת ככלי לשינוי בעתות דיכוי ומשבר[319]. תנועת האחים המוסלמים פרסמה מה שנקרא **"תיאולוגיה של התנגדות עממית להפיכה"**, שם נאמר כי הנשיא סיסי, ממשלתו ומשטרו הם עדת רודנים ועריצים, שקמו על הנשיא מורסי, אשר על כן הם אויבים שדמם מותר על פי השריעה האסלאמית[320]. הנועה פרסמה גם מה שנקרא **"קריאת הכנאנה"**(הכנת החיצים) ביום 27 מאי 2015, שבו הודגשה הלגיטימיות של השימוש בכוח מול מוסדות המדינה ומנגנוניה הביטחוניים והצבאיים[321].

5-8 האסלאם כדת וכחיים גשמיים

תנועת האחים המוסלמים מאמצת ראיה הוליסטית באופן שמאפשר לה להבין אל האסלאם בתור דת, חיים, פוליטיקה, כלכלה, תרבות ועוד. במסגרת **"איגרת ההנחיות"**, חסן אלבנא אומר: "האסלאם הוא משטר מקיף, שמתייחס אל כל תחומי החיים. הוא מדינה ומולדת או ממשלה ואומה, הוא בריאה וכוח או רחמים וצדק, הוא תרבות וחוק או מדע ומשפט, והוא חומר ומשאב או רווח ועושר, הוא ג'יהאד והטפה או צבא ורעיון כפי שהוא אמונה נכונה ופולחן נכון, הכול באותה

---

319. מוחמד ג'ומעה, "האח'ואניזם הג'יהאדיסטי.. השלכות אידיאולוגיות ומבצעיות", מחקרים, קהיר, מרכז אלאהראם למחקרי מדיניות ואסטרטגיה, 2 מאי 2018, בקישור:

http://acpss.ahram.org.eg/News/16611.aspx

320. המקור הקודם.

321. המקור הקודם.

מידה"[322]. לשיטתו, "האסלאם של המוסלמי לא יתמלא בשלמות אלא אם הוא פוליטי"[323], ו"לאסלאם

משמעות שונה מזו שאויביו מנסים לתת לו ולהגבילו בתוכה, שכן האסלאם מציע משטר שלם לחיי חברה בכל התחומים והענפים, והפרדה בין דת ומדינה בלתי אפשרית וכי האסלאם הוא אמונה ופולחן, מולדת ולאום, סובלנות וכוח, יצירה וחומר תרבותי ואומנותי והמוסלמי נדרש מכוח האסלאם שלו לדאוג לכל ענייני אומתו, ומי שלא דואג לעניינם של המוסלמים אינו נמנה עמם"[324].

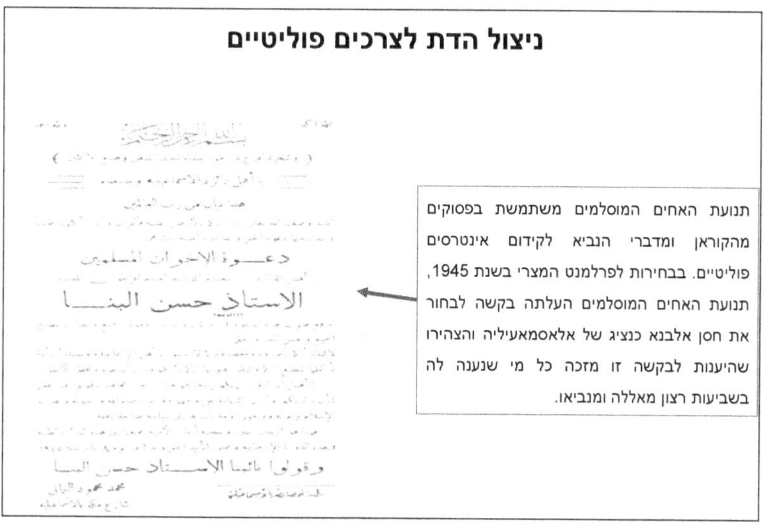

תנועת האחים המוסלמים משתמשת בפסוקים מהקוראן ומדברי הנביא לקידום אינטרסים פוליטיים. בבחירות לפרלמנט המצרי בשנת 1945, תנועת האחים המוסלמים העלתה בקשה לבחור את חסן אלבנא כנציג של אלאסמאעיליה והצהירו שהיענות לבקשה זו מזכה כל מי שנענה לה בשביעות רצון מאללה ומנביאו.

---

322.   "מכתבי חסן אלבנא", מקור קודם.

323.   המקור הקודם.

324.   אותו מקור.

תוצאות סופיות של המחקר

מטרתו של מחקר זה הייתה להשליך אור על נסיבות הפעתה ויסודה של תנועת האחים המוסלמים ומן הראוי בסיכומו של המחקר לנתח את האירועים והנסיבות שנסקרו מעל גבי הדפים הקודמים על מנת להגיע להבנה טובה יותר לצורך הפנייית מבט אל העתיד שיסייע לניבוי ההתרחשויות ולהצעת פתרונות אפשריים .

תנועת האחים המוסלמים הופיעה במצרים בצל השפעה מעורבת של גורמים ונסיבות בתקופה גורלית בתולדות מצרים ותולדות האומות הערבית והאסלאמית. תקופה זו התאפיינה בתמורות פוליטיות, חברתיות, תרבותיות וכלכליות מרחיקות לכת; השינוי החשוב ביותר היה קריסת הח'ליפות האסלאמית בשנת 1924 והיעלמות מקור הכוח והסמכות הסמלית של המוסלמים בכלל והמוסלמים באזור הערבי בפרט. בעקבות קריסה זו קם משטר חילוני בטורקיה ורוב המדינות האסלאמיות נפלו קורבן תחת גל קולוניאליסטי מערבי והתגבשו בהן אידיאולוגיות בהשראת ההיסטוריה הזרה, במיוחד זו של המערב. לאחר מכן עלתה לתודעה תפיסת מדינת הלאום כמושג אלטרנטיבי למדינת הח'ליפות, אשר לוותה בהופעת דפוסי חשיבה וסגנונות חיים בתוך החברות האסלאמיות בהשפעת המודל המערבי.

במקביל, שאלות הקולוניאליזם הזר בחלק גדול ממדינות ערב, ובמיוחד הכיבוש הבריטי במצרים דאז היה חלק מהסוגיות שאלבנא ניצל כדי לזכות בתמיכת הרחוב המצרי שהתנגד לנוכחות הזרה, דבר שאפשר לו לקדם את תנועתו כתנועה העומדת בחזית הכוחות הלאומיים המתנגדים להמשך הכיבוש הבריטי. אלבנא שיחק על הרגשות הדתיים והלאומיים של בני העם המצרי כדי להיפטר מהכיבוש הזה, שהיה הסיבה להידרדרות המצב הפוליטי, הכלכלי, החברתי והחינוכי וניסה להציג את תנועתו כתנועה הנותנת תקווה לעם המצרי. גם ההזדהות של חסן אלבנא עם הפלסטינים זיכתה את תנועת האחים המוסלמים בתמיכה רחבה בקרב העם המצרי, וזאת בשל חשיבותה הגדולה של הבעיה הפלסטינית בעיני עמי ערב ועמי האסלאם. מהלך זה אפשר לו להציג ולקדם דימוי חיובי לתנועתו בתוך מצרים ומחוצה לה, מה שסייע לתנועה שעמד

בראשה להתפשט תוך זמן קצר לאחר הקמתה אל מדינות ערב, וליתר דיוק בשנות השלושים של המאה הקודמת..

המצב הכלכלי והחברתי המידרדר במצרים במהלך השליש הראשון של המאה העשרים תרם במידה רבה להקמת תנועת האחים המוסלמים. התרחבות מעגלי העוני והאבטלה במצרים, שהיו תוצאה של הרס התעשייה הלאומית, עצירת תהליכי הפיתוח, היעדר צדק חברתי וחוסר העניין בחינוך גרמו לגל נרחב של אי שביעות רצון ומיאוס בקרב שכבות רחבות באוכלוסיית מצרים, מצב שחסן אלבנא ניצל אותו כדי להכין את הקרקע להקמת תנועת האחים המוסלמים.

הקונפליקט האידיאולוגי בין חסידי השמרנות וחסידי המודרניזם, שהם שני הזרמים שאפיינו את מצרים במהלך השליש הראשון של המאה העשרים, סייע לעלייתן של תנועות דתיות עם אג'נדה פוליטית. תנועות אלה ניצלו את הקונפליקט לקידום משנתם הרעיונית, שהייתה תמהיל של מטרות דתיות, חברתיות ופוליטיות. באותה עת, חסן אלבנא השתלב בקונפליקט האידיאולוגיה הזה והציע השקפה שנסובה סביב החייאת מוסד הח'ליפות האסלאמית או חיפוש אחר נוסחה אלטרנטיבית שתבטא את מהות הדת האסלאמית כמשטר חיים מושלם לניהול חיים אזרחיים ופוליטיים.

הנסיבות החברתיות, הכלכליות והתרבותיות כוננו את ההקשר הכללי, אותו ניצל חסן אלבנא כדי להכשיר את הקרקע להקמת תנועתו, אולם האוטוריטה האידיאולוגית והדתית שלו הייתה אחד הפרמטרים העיקריים שעיצבו את המגמות של האחים המוסלמים ואת השקפתה לגבי סוגיות רבות, במיוחד אם ניקח בחשבון שאוטוריטה זו התבססה בעיקר על המשנה האסלאמית על שני פלגיה, המסורתי והמודרני.

באשר לפלג המסורתי, ניכרת שם נוכחות של הסמכות הפולקלורית, לרבות השקפת אלח'ווארג' שמתירה להם להתמרד ולהתקומם נגד השלטון השרעי. הקשר עם אלח'ווארג' מתקיים במישור הרעיוני וגם על הספקטרום הפוליטי הסמלי, שכן הם היו הראשונים להניח את יסודות האמונה הפוליטית שנקראת "משילות", אותה הפך סייד קוטוב לציר מחשבותיו ולאחר לכתו הפכה לגורם

מהותי בהשקפותיהן של תנועות האסלאם הפוליטי, ולפיה השלטון הפוליטי הוא לזכותו הבלעדית של אללה, כך שכל חקיקה או דין שאינו מתיישב עם משילות זו נתפס כחריגה מהאסלאם.

הנוכחות של המחשבה האסלאמית המודרנית במקור הסמכות האידיאולוגית של תנועת האחים המוסלמים מגולמת באותות שחודרות מתוך השיח שלה אל הוגי התחייה דוגמת ג'מאל אלדין אלאפעא'אני, מוחמד עבדו ומוחמד רשיד ריצ'א, שכן הסיסמה "האסלאם הוא הפתרון" נוסח ע"י תנועת האחים המוסלמים בהשראה מעמדתו של מוחמד עבדו ומהבנתו את אופי היחסים בין המערב והאסלאם בהתאם לאמירתו הקודמת.   סיסמה זו הפכה במהלך העשורים האחרונים לסיסמת דגל עבור גדול מהתנועות האסלאמיסטיות, וזאת לאחר שסיסמה זו באידיאולוגיה של תנועת האחים המוסלמים ושל תנועות האסלאם הפוליטי האחרות הפכה לנשק אידיאולוגי בתהליכי השינוי החברתי והפוליטי. סיסמה זו הושפעה בתקופה מאוחרת מהרעיונות של ההוגה הפקיסטני אבו אלאעלא אלמוודודי, וזה מה שמתברר היטב מחיבוריו של סייד קוטוב, שהיו בעלי נטייה תכפירית וג'יהאדיסטית.

מפעל אידיאולוגי זה הובע ע"י מייסד התנועה, חסן אלבנא ולאחריו גם סייד קוטוב, אשר שניהם הניחו את המסגרת האידיאולוגית של תנועת האחים המוסלמים, אשר מושתתת על מספר עקרונות, שהחשובים בהם:

- האסלאם הוא הפתרון

- רפורמה מקיפה

- זכות או האצלת במכות אלוהית

- עיקרון המשילות

- תכפיר וג'אהליה של החברה

- ג'יהאד ושימוש בכוח

נסיבות אלה יחדיו זימנו לחסן אלבנא הזדמנות היסטורית להקמת גרעין ראשון של ארגון פוליטי בעל בירוקרטיה מתוחכמת שייקח על עצמו תפקיד העלאת העוולות של המוסלמים וחזרה אל המקורות ומבטיח להשיב עטרה ליושנה תוך שימוש ברטוריקה דתית עם טרמינולוגיה מהקוראן וממורשת הנביא ומורשת האבות הקדמונים עם הבנה סלקטיבית של טקסטים דתיים, שמאפשרת לו פעילות פוליטית על פי גישה פרגמטית.

חובה להדגיש בהקשר זה את חשיבות המורשת האסלאמית לניפוק נימוקים שרעיים לפעילותם של ארגוני האסלאם הפוליטי, וגם לנוכח התגברות הצורך בחשיבה ביקורתיות בתוך חוג התרבות הערבית האסלאמית והצעת יוזמות חדשניות בתחום מדעי השריעה עם צורך לנצל את שיטות מחקר מדעי מודרניות לצורך הבנת המורשת שלנו וייעול הרטוריקה הדתית והפיכתה מנוף לקדמה וצמיחה.

אי אפשר להתעלם מהמציאות החברתית-פוליטית-כלכלית ולא להתייחס לתפקיד שהיא מילאה כחממה לצמיחת רטוריקה קיצונית ואלימה. כך היה מצב העניינים במצרים במהלך התקופה שקדמה להקמת תנועת האחים המוסלמים וגם במהלך השנים הראשונים מאז הקמתה; באותה תקופה נפוצו גילויי אנדרלמוסיה, בורות ותחושות קיפוח ומחסור. ניסיון העבר וההווה ביותר ממדינה אחת מלמד על השפעות ההרעה של תנאי החיים, חוסר היציבות וחוסר המודעות של שכבות באוכלוסייה על החרפת תופעת ההקצנה הדתית ושגשוג שיח השנאה, האדיקות וההסתגרות על האדם.

אשר על כן, משטרים חייבים להביא בשיקוליהם מצבים חברתיים-פוליטיים-כלכליים אלה כדי שלא יהפכו בעתיד לכלי בידי תנועת האחים המוסלמים להסתה נגד ממשלות והתקוממות נגדן, וגם כדי שמצבים אלה לא יהפכו לסביבה המזינה התפשטות של מחשבות קיצוניות, במיוחד לאור הממצא שתנועות תכפיריות וטרוריסטיות לרוב מנצלות מצבים אלה לטובת קידום משנתן ולגיוס חברים חדשים לשורותיהן. יש גם לפעול במסלול מקביל לקראת חיזוק שלטון צודק, שיבטיח שוויון הזדמנויות לשני המינים, העלאת סוגיות של סובלנות דתית

ופתיחות לאחר אל השיח הציבורי ', השתלבות בתרבות העולמית, השגת צמיחה כלכלית וחלוקה צודקת של פרי הצמיחה.

תהליך זה חייב להיות מלווה ברפורמה במערכת החינוך, שתחנך דורות חדשים לחשיבה רציונלית ותעודד חשיבה ביקורתית. יש גם לחזק את תפקיד התקשורת להגברת המודעות והפעלת מוסדות החברה האזרחית הפעילים בעיקר תחום התרבות וגם לעיין מחדש בתפקידו של המסגד ותפקידם של האחראים עליו, אימאמים ואנשי דת ואחרים, על מנת להפוך אותו לשסתום בטיחות בכל הקשור לשמירה על הביטחון הרוחני של החברה.

הניסיון משנים עברו מלמד שתנועת האחים המוסלמים ותנועות האסלאם הפוליטי בכלל מנצלות מצבים סוציו-אקונומיים או פוליטיים- תרבותיים ומעבדות אותם בעיקר לטובת האג'נדות הפוליטיות שלהן, שהוא תפישת השלטון והרס יסודותיו העיקריים, גם על חשבון מדינת הלאום. עמדתה שך תנועת האחים המוסלמים לגבי מה שנקרא "האביב הערבי" היא עדות מובהקת לכך, שכן היא ניסתה לנצל את הדרישות שהמפגינים העלו במספר מדינות ערב כדי להסית נגד ממשלות ולעודד התקוממות נגדן מבלי שתציע אלטרנטיבה לשלטון או חזון לשמירה על המדינה ומניעת קריסתה. לכן, הניסון של התנועה בשלטון הן במצרים והן בטוניסיה חשפו לא רק את האופורטוניזם הפוליטי של התנועה, אלא הבליטו גם את חוסר אמונה בדמוקרטיה. ראיה לכך היא שהתנועה הדירה את כל הכוחות שעמדו לצדה ופעלה למען כפיית השקפתה על החברה, דבר שהוביל לכישלון החרוץ שנחלה ולאחר מכן התקוממות נגד שלטונה במצרים ביוני 2013.

רשימת ביבליוגרפיה

מקורות בשפה הערבית

מסמכים:

1. חסן אלבנא, איגרת הוועידה החמישית, אתר ויקיפידיה האחים המוסלמים, 4 ינואר 2003, בקישור הבא: https://bit.ly/2QhypdJ

2. מכתבי חסן האלבנא, ויקיפידיה האחים המוסלמים, בקישור: https://bit.ly/2UKiMzq

ספרים:

3. אבראהים אעזאב, אסלאם פוליטי ומודרניזם, (קזבלנקה: אפריקה של המזרח, 2000).

4. אבאראהים אלביומי ע'אנם, המשנה הפוליטית של האימאם חסן אלבנא, (מדאראת למחקר והוצ"ל, קהיר, 2012).

5. אבן פורק אלאסבהאני, תמצית מאמרי השייח' אבי אלחסן אלאשערי , אלמכתבה אלשרקיה, 1987.

6. אחמד אלמולא, שורשי הפונדמנטליזם האסלאמי במצרים המודרנית: רשיד ריצ'א ועיתון אלמנאר, דאר אלכותוב ואלוות'איק אל קוומיה , 2008.

7. אחמד עבד אלקאדר אבו פארס, שיטת השינוי אצל השהידים חסן אלבנא וסייד קוטוב, מהדורה 1, (מצרים: דאר אלבשיר למדעים והוצ"ל , 1999) מתוך איגרת אל הצעירים ממקבץ איגרות אלבנא. ע 16.

8. אחמד עוף, תולדות מצרים מדור לדור, מהפרעונים עד היום , (קהיר, אלערבי להוצ"ל והפצה, ל. ת).

9. אחמד בדיע בליח, סוגיית הפיתוח במצרים החל מהמאה התשע עשרה , (אלכסנדריה: מוסד דאר אלמעארף, ללא תאריך).

10. אחמד חוסיין שורבג'י, יסודות בדרכו של האימאם, מהדורה 1, (אלכסנדריה: דאר אלדעווה לדפוס, הוצ"ל והפצה, 2011).

11. אחמד עאדל כמאל, נקודות מעל האותיות: האחים המוסלמים והמנגנון המיוחד (קהיר: אלזהראא' לתקשורת ערבית, 1987).

12. אחמד עבד אלרחים מוסטפא: התפתחות המחשבה הפוליטית במצרים החדשה , (המכון למחקרים ערביים , קהיר,1972).

13. אחמד עבד אלקאדר אבו פארס, שיטת השינוי אצל השהידים חסן אלבנא וסייד קוטוב, (מצרים: דאר אלבשיר למדעים והוצ"ל, 1999)

14. אחמד עוף, תולדות מצרים מדור לדור, מהפרעונים עד היום , (קהיר, אלערבי להוצ"ל והפצה, ל. ת).

15. אדוארד סעיד, מזרחנות, תרגום מוחמד ענאני, (קהיר: בית רואיה להוצ"ל, 2017).

16. עבודות רפאעה ראפע טהטאווי, כרך שני, פוליטיקה, לאומיות וחינוך, אלהייאה אלמצריה לילכיתאב , 2010 .

17. אמין עז אלדין, תולדות מעמד העובדים במצרים החל מהקמתה, דאר אלכיתאב אלערבי לדפוס והוצ"ל, משרד התרבות, ללא תאריך.

18. אמין מוצטפא, ההיסטוריה הכלכלית והפיננסית של מצרים בעת החדשה (הספרייה האנגלו-מצרית: קהיר, 1954).

19. ג'ומעה אמין עבד אלעזיז, דפים מהההיסטוריה של האחים המוסלמים: האחים והחברה המצרית והבינלאומית בין השנים 1928-1938, (קהיר: הבית האסלאמי להוצ"ל והפצה , 2003).

20. ג'ורג' טראבישי, האסטרטגיה המעמדית של המהפכה , מהדורה 2, (ביירות: דאר אלטליעה, 1979).

21. חוסאם תמאם, הסלפיות של האחים המוסלמים: שחיקת המשנה האח'וואנית ועלית הסלפיזם בקרב תנועת האחים המוסלמים (אלכסנדריה: ספריית אלכסנדריה, 2010).

22. חסם טוואלבה, אלימות וטרור מזווית הראיה של האסלאם הפוליטי, מצרים ואלג'יריה כמודל, (עמאן: עולם הספרים החדש, 2005).

23. חמאדה מחמוד אסמאעיל, חסן אלבנא ותנועת האחים המוסלמים בין דת ופוליטיקה -1958 1949, (קהיר, דאר אלשורוק, 2010).

24. ח'אלד מוחמד נעים, השורשים ההיסטוריים למשלחות המיסיונריות הזרות במצרים (1756- 1986, (קהיר: אלמוח'תאר האסלאמי להוצ"ל והפצה , 1988).

25. ח'ליל אלענאני, האחים המוסלמים במצרים: זקנה הנלחמת בזמן, (ספריית אלשורוק הבינלאומית , 2007).

26. דליב הירו, הפונדמנטליזם האסלאמי בעת החדשה, תרגום עבד אלחמיד פהמי אלג'מאל, (אלהייאה אלמצריה אלעאמה לילכיתאב , 1997).

27. ראיד אלסמהורי, ביקורת השיח הסלפי, "אבן תימיה כמודל", טווא להוצ"ל והסברה , 2010.

28. ריפעת אלסעיד, מנהיגים פוליטיים מצריים (כותוב ערביה, 2007).

29. רוברט תיג'נוד,הכלכלה הפוליטית של חלוקת ההכנסה במצרים , (קהיר: אלהייאה אלמצריה אלעאמה לילכיתאב, ללא תאריך).

30. סעיד אסמאעיל עלי, החברה המצרית בעידן הכיבוש הבריטי, 1882-1923, (קהיר: הספרייה האנגלו-מצרית, 1972).

31. סייד קוטוב, בצל הקוראן (קהיר: דאר אלשורוק, 1980).

32. סלימאן בן צאלח אלע'וסן, אלח'וואריג': התאגדותם, כתותיהם, מאפייניהם ותגובה לאמונותיהם העיקריות (ריאצ': דאר כונוז אשביליא, 2009).

33. צאלח בן אחמד, הביוגרפיה של האימאם אחמד בן חנבל, דאר אלסלף להוצ"ל והפצה , 1995.

34. עבד אלרחמן סאלם, ההיסטוריה הפוליטית של אלמועתזלה, דאר רואיה, 2013.

35. עבד אלרחים עלי, האחים המוסלמים מחסן אלבנא עד מהדי עאכף, (קהיר: מרכז אלמחרוסה להוצ"ל, שירותי תקשורת ומידע , 2007).

36. עבד אלעט'ים רמצ'אן: מאבקי מעמדות במצרים 1837-1952 (קהיר: מכתבת אלאוסרה, 1997).

37. עבדאללה אלערווי, תיקון הסונה, המרכז התרבותי הערבי, קזבלנקה, 2008.

38. עלי אלמחאפט'ה, מגמות המחשבה הערבית בתקופת התחיה, (ביירות: אלאהליה להוצ"ל והפצה,1987).

39. פח'רי עבד אלנור, יומני פח'רי עבד אלנור, מהפכת 1919, סעד זע'לול ומפלגת אלוופד בתנועה הלאומית, (קהיר: דאר אלשורוק, 1992).

40. אלפצ'ל שלק, ברוח המהפכה"2", מהדורה ראשונה (ביירות: דאר אלפאראבי, 2014).

41. פואד זכריא, ההתעוררות האסלאמית מפרספקטיבה רציונלית, מהדורה 2, (קהיר: דאר אלפיגר אלמועאצר, 1987).

42. קאסם אמין, שחרור האישה, (קהיר: מכתבת אלאדאב לדפוס, הוצ"ל והפצה, 2009).

43. לטיפה מוחמד סאלם, פארוק ונפילת המונרכיה במצרים 1936-1952, מהדורה 2, (קהיר: מכתבת מדבולי, 1996) .

44. מאג'דה ברכה, המעמד העליון בין שתי מהפכות 1919-1952, (קהיר: המרכז הלאומי לתרגום, 2009).

45. מקסים רודנסון, תופעת האדיקות האסלאמית והשמרנות בכל מקום: ניסיון הבהרה, מצוטט אצל: עבד אלחכים אבו אללוז, התנועות הסלפיות במרוקו 2004-1971, (ביירות: המרכז למחקרי האחדות הערבית, 2009).

46. מוחמד אבו אלאיסעאד, מדיניות החינוך בצל הכיבוש הבריטי, 1882-1922, (קהיר: טיבה, 1993).

47. מוחמד אחמד עבד אלעאטי, התנועות האסלאמיות במצרים ושאלות התפנית הדמוקרטית, (קהיר, מרכז אלאהראם לתרגום והוצ"ל, 1995) .

48. מוחמד ארכון, המחשבה האסלאמית: סקריה מדעית, תרגום האשם צאלח, מהדורה 2, (ביירות: המרכז הערבי לתרבות, 1996) .

49. מוחמד איית חמו, אופקי הדיאלוג המחשבה הערבית החדשה, (רבאט: דאר אלאמאן, 2012) .

50. מוחמד ג'אבר אלאנצארי, המחשבה הערבית ו'ונפליקט הניגודים, מהגורה 2, (ביירות: המוסד הערבי למחקרים, 1999).

51. מוחמד סעיד אלעשמאווי, האסלאם הפוליטי, מהדורה 4, (קהיר: מכתבת מדבולי אלצע'יר, 1996).

52. מוחמד עבד אלרחמן אלמורסי, "שיטת הרפורמה והשינוי על פי חסן אלבנא", מהדורה 2, (קהיר, דאר עמאר, 2005).

53. מוחמד אבראהים ח'יירי אלווכיל, הרגולציה של המפלגות הפוליטיות בין הלכה למעשה, מרכז המחקרים הערביים להוצ"ל והפצה, 2015.

54. מוחמד עמארה, אמירות של הפרזה דתית ולא דתית, מהדורה 1, (קהיר: מכתבת אלשורוק אלדווליה, 2004).

55. ———— , הדיונים המפורסמים של המאה העשרים (2), מצרים בין מדינה אזרחית ודתית (קהיר: מכתבת ווהבה, 2011).

56. ———— , זרמי המחשבה האסלאמית (קהיר: דאר אלשורוק, מהדורה 2, 1997).

57. מחמוד עבד אלפצ'יל, תמורות כלכליות וחברתיות באזורים הפריים במצרים 1930-1970, (קהיר, אלהייאה אלמצריה אלעאמה לילכיתאב, 1978) .

58. מחמוד עסאף, עם האימאם השהיד חסן אלבנא, (קהיר: מכתבת עין שמס, 1993).

59. מחמוד מתוולי, המקורות ההיסטוריים של הקפיטליזם המצרי, (קהיר: אלהייאה אלמצריה אלעאמה לילכיתאב, 2011).

———— , החיים הפרלמנטריים והמפלגתיים במצרים לפני 1952, מחקר היסטורי תיעודי, (קהיר: דאר אלת'קאפה לדפוס והוצ"ל, 1980).

60. נאצר עבד אלכרים אלעקל, הח'ווארג'- הכת הראשונה באסלאם, (הוצאת: דאר אשביליא, 2008).

61. יוסף אלדיני, האחים המוסלמים ועינון הרשות הסמלית, בליעת שדה החינוך בסעודיה, (דובאי: מרכז אלמסבאר למחקרים, 2018).

62. יונן לביב ריזק, מודרניזציה במצרים בתקופת מוחמד עלי, (אלכסנדריה: ספריית אלכסנדריה, 2007).

עיתונים ועלונים:

63. אלג'אמעה אלמצריה 100 שנים, סדרת ימי מצריים, גיליון (30), 2007.

64. אלדיראסאת אלפלסטיניה, ביירות, מוסד אלדיראסאת אלפלסטיניה, גיליון 99, קיץ 2014.

65. באבכר פייצל באבכר, האם אכן נכשל האסלאם הפוליטי? סודן טריביון, 3 אפריל 2014.

66. עבד אלראזק חוסיין, ההתפתחות הכלכלית-חברתית בין שתי המלחמות, עיתון אלאישתיראכי, גיליון (17).

67. עבד אלעזיז אלסמארי, "זרמי האסלאם הפוליטי ותיאוריית הזכות האלוהית", אלג'זירה, ריאצ', 9 מאי 2016.

68. פארוק חמאדה, המשילות במשנת האחים המוסלמים. מוצא הקיצוניות והאלימות, עיתון אלאיתיחאד, אבו ט'אבי, 2 אוגוסט 2016.

69. ווליד אלח'אלדי, פלסטין ומחקרים פלסטיניים כעבור מאה שנים ממלה"ע הראשונה והצהרת בלפור, מג'לת אלדיראסאת אלפלסטיניה, ביירות, מואססת אלדיראסאת אלפלסטיניה, גיליון 99, קיץ 2014.

תזות ועבודות מחקר:

70. בלעיד בן ג'באר, הסלפיזם באלג'יריה- שיטת החיסול והחינוך, עבודת דוקטורט שהוגשה לאוניברסיטת ווהראן 2, טלג'יריה, שנה אקדמית 2015-2016.

71. עבד אלחמיד עומר עבד אלוואחד, משילות בחסות הקוראן, תזה לעבודת מוסמך בתחום מקורות הדת, הפקולטה ללימודים גבוהים, אוניברסיטת אלנג'אח הלאומית בנאבלוס, פלסטין, 2004.

72. הזרשי בן ג'לול, שייח' מוחמד ריצ'א והמדינה העות'מאנית, תזה לתואר מוסמך שהוגשה לאוניברסיטת אלג'יריה/ החוג להיסטוריה, 2002-2003, גרסה אלקטרוני, בקישור: https://elibrary.mediu.edu.my/books/2014/MEDIU10064.pdf والنشر, 1999.

אתרי אינטרנט:

73. אבראהים קאעוד, האחים המוסלמים במעגל האמת הנעלמת, https://bit.ly/2JYt8Hp

74. אבו אלאעלא אלמוודודי: הג'יהאד למען אללה, מתוך אתר בימת המונותיאזם והג'יהאד. בקישור: http://www.ilmway.com/site/maqdis/MS_128.html

75. אחמד באן, "כללי המחשבה האח'וואנית 09): תכפיר המחייב אפוטרופסות על חברות", חפריאת, 25 ינואר 2018, בקישור: https://bit.ly/2wTBVSB

76. הקשר בין האחים המוסלמים לבין אגודת הצעירים המוסלמים, בקישור https://bit.ly/2Jf6Q1f

77. אדריס אלכנבורי, האם אלבע'דאדי הגשים את חלומו של רשיד ריצ'א?, אתר הספריס, 20 אוקטובר 2014, בקישור: https://www.hespress.com/writers/243969.html

78. איימן אלט'וואהרי, פרשים תחת דגל הנביא, כרך ראשון, מהדורה 2, בקישור: https://bit.ly/31mMbjZ

79. התכפיר: הקשר הסמוי בין אלמוודודי וסייד קוטוב, אתר עיתון אלערב הלונדוני, 2014/06/02, בקישור: https://bit.ly/2tQC1fL

80. לאחר שהייה של שנה באיסטנבול.. רשיד ריצ'א: הח'ליפות העותמאנית אינה קיימת, באתר עות'מאנלי, 16 יולי 2019, בקישור: https://bit.ly/2SdeqPx

81. אלבנא והעימות עם הכיבוש הבריטי במצרים, אתר ויקיפידיה האחים המוסלמים, ללא תאריך, בקישור הבא: https://bit.ly/2ujC6IG

82. פורטל התנועות האסלאמיות: צוהר לחקר האסלאם הפוליטי והמיעוטים, , https://www.islamistmovements.com/2941

83. חינוך פוליטי על פי האחים המוסלמים, אתר ויקיפידיה האחים המוסלמים, בקישור הבא: https://bit.ly/36eOMhf

84. דוח הוועדה למסחר ותעשייה, ממשלת מצרים, ללא תאריך.

85. תנועת האחים המוסלמים ומפלגת אלוופד.... עובדות מדפי ההיסטוריה, אתר ויקיפידיה האחים המוסלמים, ללא תאריך, בקישור הבא: https://bit.ly/37v38vr

86. מאמצי אלבנא לתיקון ופיתוח החינוך, אתר ויקיפידיה האחים המוסלמים, ללא תאריך, בקישור הבא: https://bit.ly/2TzrSOK

87. חוד'ייפה חמזה, האישה ותנועת האחים המוסלמים, אתר נון פוסט, 6 פברואר 2016, בקישור הבא: https://bit.ly/36OlmCk

88. חוסאם תמאם, "למה האח'וואן לא כותבים את ההיסטוריה שלהם?", https://bit.ly/2F4PhjQ

89. חמדאן רמצ'אן מוחמד, מוחמד מחמוד אחמד, המשנה החברתית-פוליטית של האימאם השהיד חסן אלבנא: מחקר אנליטי בסוציולוגיה פוליטית, https://bit.ly/31cMKwY

90. חמיד זנאר, "האם מוחמד עבדו באמת מצא את האסלאם במערב?", 24 דצמבר 2010, אתר הדיאלוג התרבותי, בקישור: http://www.ahewar.org/debat/show.art.asp?aid=239423&r=0

91. ח'אלד ע'זאל, אבן תימיה לא מפסיק להנהיג את המוסלמים, https://bit.ly/2WQm7KA

92. ראג'י יוסף, "עיון בתפיסת המשילות של סייד קוטוב", איצ'אאת, 29 אוגוסט 2016, בקישור:
https://www.ida2at.com/readtheconceptofgovernancewhensayedqutb

93. רחמה צ'יאא', האישה הערבייה: יותר ממאה שנים לקראת שחרור, 8 מרץ 2019, בקישור: https://bit.ly/2NWJeSj

94. רשיד איהום, "אלמוודודי התיאורטיקן של המשילות, הג'אהליה והמדינה האסלאמית", 10 מאי 2018, אתר מרכז אלמסבאר למחקרים, בקישור:
https://www.almesbar.net/ אלמוודודי התיאורטיקן של הג'אהליה והמשילות/

95. רשיד ריצ'א, הח'ליפות והרפורמה האסלאמית המזויפת, אתר אלבוואבה, 27/אוקטובר/2018, בקישור: https://www.albawabhnews.com/3341568

96. אלזובייר מהדאד, היתכנות הניצול הפוליטי של הצופיזם, בקישור https://bit.ly/2KPYZKV

97. זכי אלמילאד, "השייח' מוחמד רשיד איצ'א והתפניות במחשבה האסלאמית החדשה", 19 דצמבר 2010, אתר אפאק, בקישור:
https://aafaqcenter.co/index.php/post/478

98. קיצוניות ומשבר הרציונליזם בזירה האסלאמית", 18 נובמבר 2017, אתר המוסד מוֹאמנוֹן בילא חודוד, בקישור: https://bit.ly/2TYmHbq

99. סאמח פאיז, עבד אלרחמן אלסנדי: תעלומת האיש החזק בתולדות "האחים", בקישור: https://bit.ly/2WII1UI

100. סעיד אסמאעיל עלי, החברה המצרית בתקופת הכיבוש הבריטי, 1882-1923, (קהיר: הספרייה האנגלו-מצרית, 1972).

101. סולימאן בן צאלח אלע'וצן, הח'וואראג': צמיחתם, זרמיהם, מאפייניהם והתגובה לאמונותיהם העיקריות (ריאצ': דאר כונוז אשביליא, 2009).

102. סמיר חלבי, אלאפע'אני.. רפורמיסט למרות המחלוקת (ביום הזיכרון למותו:: 5 שוואל 1314היג'רי), https://archive.islamonline.net/?p=9118

103. שייחק אלאזהר" משמעות "המשילות" השגויה סיבה לאלימות וקיצוניות "התכפיריים", עיתון אלשרק אלאווסט, לונדון, 13 פברואר 2015.

104. טארק אבו אלסעד, מה פשר תפקיד האישה בתנועת האחים המוסלמים וכיצד הוקמה מחלקת האחיות המוסלמיות? אתר חפריאת, 14 נובמבר 2018, בקישור הבא:
https://bit.ly/38mhY7C

105. טהה עלי אחמד, אמירות אלסוכרי חושפות את דרדור תנועת האחים המוסלמים אך התהום ע"י אלבנא, בקישור: https://bit.ly/2WiDELe

106. עבד אלרחמן עיאש, ארגון חזק ואידיאולוגיה חלשה: מסלולי האחים המוסלמים בבתי כלא מצריים אחרי 30 ביוני, בקישורhttps://bit.ly/2XJWagp::

107. עבדאללה בן בג'אד אלעתיבי, אלבנא הקים ארגון חיסולים והתנועה אימצה את מהפכת
1948 בתימן (פרק ראשון), עיתון אלשרק אלאווסט, 05 אפריל 2014, בקישור:
https://aawsat.com/home/declassified/71136

108. עבד אלחק אלצנאיבי, המנגנון המיוחד או הגוף החשאי של תנועת האחים המוסלמים,
בקישור: https://bit.ly/ 2MIByEX

109. עבדו מוצטפא דסוקי, האחים ותיקון החינוך.. עימות עם התנועה המיסיונרית בבתי ספר
זרים, אתר ויקיפידיה האחים המוסלמים, ללא תאריך, בקישור הבא:
https://bit.ly/2NHsQ7Q

110. עלי בן יחיא אלחדאדי, דפים חשובים בחייו של סייד קוטוב, בקישור:
https://bit.ly/2YmfrFD

111. עמאר קאיד, האם חיסול הפיות החברתית של האחים המוסלמים במצרים דוחק את
התנועה לעבר שימוש באלימות? בקישור: https://brook.gs/2E7wSSa

112. עמרו עבד אלמונעם, "תמונה הפוכה".. המסע של האימאם מוחמד עבדו מטרור אל
חדשנות (7), אתר אמאן, 29/מאי/2018, בקישור:http://aman.dostor.org/10929

113. המזימה של אחמד אלסוכרי, בקישור: https://bit.ly/2XrasD3

114. פלסטין במחשבת אלבנא, אתר האחים המוסלמים, 13 פברואר 2008, בקישור הבא:
https://bit.ly/2TzYoAx

115. פואד אבראהים, עיון נוסף בתנועת התחייה הדתית, מרכז אפאק למחקרים, 2015/9/1,
בקישור: https://aafaqcenter.co/index.php/post/2229

116. פאוזי אלבדווי, על סביבת החממה, עיתון אלאיתיחאד האמאראתי, 6 דצמבר 2017,
בקישור: https://bit.ly/2Sc7r9K

117. רחמה צ'יאא', האישה הערביה: יותר ממאה שנים לעבר שחרור, 8 מרץ 2019, בקישור:
https://bit.ly/2NWJeSj

118. חדשנים עכשוויים, אתר מדאד, 2007/11/8, בקישור: https://bit.ly/38e0eeZ

119. מוחמד ג'בריל, ג'מאל אלדין אלאפע'אני: האם "סנדק ההתעוררות" היה אסלאמיסט?
בקישור: https://bit.ly/2WOEtvr

120. מוחמד ג'ומעה, "האח'וואניזם הג'יהאדיסטי .. השלכות רעיוניות ומבצעיות", אלמרכז
אלמצרי למחשבה ומחקרים אסטרטגיים, 31 אוקטובר 2018, בקישור:
https://bit.ly/2wILBiv

121. מוחמד חרב פרזאת, החיים המפלגתיים בסוריה: מחקר היסטורי על אודות הקמת
מפלגות פוליטיות והתפתחותן 19081955, המרכז הערבי למחקר ולימודים פוליטיים,
גרסה אלקטרוני, בקישור: https://bit.ly/3bm5y1T

122. מוחמד שעבאן, אלמנאר: העיתון שהשריש את המשנה הסלפית החדשה במצרים, אתר
רציף 22, 25 מרץ 2017, בקישור: https://bit.ly/2SbLMhU

123. מוחמד עפאן, "מודל המדינה באידיאולוגיה של סייד קוטוב", מדארכ, 20 פברואר 2013, בקישור https://bit.ly/ 2K4bF0h

124. מוחמד עלי עטא, עתיד האישה בצל האחים המוסלמים, אתר אח'וואן ויקי, ללא תאריך, בקישור הבא: https://bit.ly/2TF2k2L

125. מחמוד אלצבאע', האמת של המנגנון המיוחד ותפקידו בתנועת האחים המוסלמים, בקישור https://bit.ly/2Jq0xsV

126. מוצטפא עביד, סיפורי המאבק המזוין של האישה המצרית, עיתון אלוופד, קהיר, 19 אוגוסט 2016. https://bit.ly/2OXCUdJ

127. מוניר אדיב, "מסרי האלימות במשנת האחים המוסלמים", אלאוואן, 28 ספטמבר 2018, בקישור: https://bit.ly/2ZfZq42

128. אבו אלאעלא אלמוודודי...ענק ההטפה האסלאמית), אתר "טריק אלאסלאם", https://ar.islamway.net/article/33269 2014/6/26/

129. נרמין ח'פאג'י, הוראות ג'מאל אלדין אלאפע'אני לגבי הצורך לתקן את הדת ואת החיים, אלאישתיראכי, 1 יולי 2007, בקישור:
https://revsoc.me/revolutionaryexperiences/tlymlsydjmlldynfywjwbslhldnywldyn

130. ווג'די ע'אנם, "האח'וואן של זרם אלמרג'אה היא אמונת האחים", יוטיוב, בקישור:
https://www.youtube.com/watch?v=y_p609sStzY

131. וליד אלח'אלדי, פלסטין ולימודים פלסטיניים לאחר מאה שנים ממלה"ע הראשונה והצהרת בלפור, מג'לת אלדיראסאת אלפלסטיניה, ביירות, מוסד אלדיראסאת אלפלסטיניה, גיליון 99, קיץ 2014.

132. ויקיפידיה האחים המוסלמים, האחים ומלחמתם בגל המיסיונרי בתחילת המאה העשרים, ללא תאריך, בקישור הבא: https://bit.ly/2ul2DoP

מקורות בשפות לועזיות

Books

1. AlBanna, H., "Majmu 'at Rasa'il alImam alShahid alBanna" The Collected Letters of the Martyred Imam alBanna, (Dar alQur'an alKarim 1981).

2. Alberto Melucci, Nomads of the present: Social movements and individual needs in Contemporary Society, (Philadelphia: Temple University Press, 1989) .

3. Barbara Zollner, The Muslim Brotherhood: Hassan alHudaybi and Ideology (London: Routhledge , 2009) .

4. Bourdieu, Pierre. 1990b. The Logic of Practice. (Stanford University Press, 1990).

5. Bourdieu, Pierre. 1991a. "Genesis and Structure of the Religious Field." Comparative Social Research 13: 143.

6. Brynjar Lia, The Society of the Muslim Brothers in Egypt, The rise of an Islamic Mass Movement 19281942(Ithaca Press,1998).

7. Carrie Wickham, Mobilizing Islam, Religion, Activism, and Political Change in Egypt, (Columbia University, Press Book, 2002).

8. Christophor Melchert, Ahmad Ibn Hanbal, (oneworld Publications, 2001).

9. David Lerner, the passing of traditional society: modernizing Middle East, (Free Press of Glencoe, New York, 1959).

10. Durkheim Emile, Les Formes élémentaires de la vie religieuse: le système totémique en Australie, Paris, Félix Alcan, coll. (Bibliothèque de philosophie contemporaine,1913).

11. Gilles Kepel, Jihad: the trail of political Islam. (I.B. Tauris, 2006) Olivier Roy, L'echec de l'Islam Politique, (Edition Seuil ,1992).

12. Gramsci, Antonio, Selections from the Prison Notebooks. (New York: International Publishers 1971).

13. Jeffrey T. Kenney, Muslims Rebels: Kharijites and Politics of Extremism in, Egypt, Oxford University Press, 2006.

14. Khalil AlAnani, Inside the Muslim Brotherhood: Religion, Identity, and Politics, Oxford University Press, 2016.

15. Lisa Anderson, "Fulfilling Prophecies: State Policy and Islamist Radicalism," in John L. Esposito, ed., Political Islam: Revolution, Radicalism, or Reform? (Boulder, CO: Lynne Rienner, 1997) .

16. Lukács, György, History and class consciousness; studies in Marxist dialectics. Cambridge, Mass., MIT Press,1971.

17. Mark Tessler, "The Origins of Popular Support for Islamist Movement, in John Pierre Entelis, ed., Islam, Democracy, and the State in North Africa (Bloomington: Indiana University Press, 1997).

18. MARTINW. Slann, Comparing Islamism, Fascism and Communism, (university of Texas, 2015).

19. Masoud, Tarek, Counting Islam: Religion, Class, and Elections in Egypt. (Cambridge University Press, 2014.)

20. Max Weber, The Sociology of Religion, (Boston: Beacon Press,1993).

21. Michael Hudson, Arab Politics: The Search for Legitimacy, Yale University Press, New Haven & London (September 10, 1979).

22. Michael J. Thompson, ed., Islam and the West: critical perspectives on modernity, (Maryland: Rowman &Littlefield Pub Inc., 2003).

23. Michel Foucault (Author), Colin Gordon (Editor)Power/Knowledge: Selected Interviews and Other Writings, 1972-1977, (Pantheon books, New York,1980).

24. Michel Foucault, James D. Faubion (editor), Power, (New Press, 2001).

25. Michel Foucault, L'archeologie du savoir, (Gallimard, 1969).

26. Mitchell, R., "The Society of the Muslim Brothers", Oxford University Press .(1993)

27. Moaddel Mansoor, Islamic Modernism, Nationalism, and Fundamentalism: Episode and Discourse (University of Chicago Press 2005).

28. Moaddel, M. a. Jordanian Exceptionalism: An Analysis of State Religion Relationship in Egypt, Iran, Jordan and Syria. (New York: Palgrave 2002).

29. Pargeter, A., "The Muslim Brotherhood: From Opposition to Power", (Saqi Books 2013).

30. Quintan Wiktorowicz, The Management of Islamic Activism: Salafis, the Muslim Brotherhood, and State Power in Jordan (Suny Series in Middle Eastern Studies Paperback – 2000).

31. Ropert Mabrow & Samir Radwan: The industrialization of Egypt (1939 – 1973) policy and performance. Clarendon press, Oxford, 1976.

32. Salwa Ismail, Rethinking Islamist Politics, Culture, the State and Islamism (London: I. B. Tauris, 2006).

33. Sami Zubaida, Islam, the People and the State, (New York: I.B. Tauris & Co. Ltd, 2009).

34. Samuel Hutington, The Clash of Civilizations and the Remaking of World Order, (SIMON & SCHUSTER, 2011).

35. Sidney Tarrow, "Mentalities, Political Cultures, and Collective Action Frames: Constructing Meanings through Action." in Frontiers in Social Movement Theory, edited by Aldon D. Morris and Carol M. Mueller. New Haven, CT: Yale University Press, 1992. Power in Movement: Social Movements and contentious Politics (Cambridge: Cambridge University Press, 1994) .

Periodicals

36. ASEF BAYAT, Islamism and Social Movement Theory, in Third World Quarterly, Vol.26, No.6, pp 981-908, 2005.

37. Deepa Kumar, Political Islam: A Marxist analysis, International Socialist Review, no 76, March 2011.

38. Robert L. Tignor, Bank Misr and Foreign Capitalism, International Journal of Middle Eastern studies, Vol., 8, No. 1977.

39. Tilmisani, U., "Do the Missionaries for God Have a Program?", in AbedKotob, S., "The Accommodationists Speak: Goals and Strategies of the Muslim Brotherhood in Egypt", 27(3) International Journal of Middle East Studies 1995.

Theses

40. Hussah A. S. R. S. Al Senan, The Change in Vocabularies of Freedoms and Rights in Egyptian Political Writings from alṬahṭāwī until 1952, thesis for the degree of Doctor, University of Exeter, 2016.

41. Yelena Margaret Bidé, Social Movements and Processes of Political Change: The Political Outcomes of the Chilean Student Movement, 2011-2015, Senior Thesis, BROWN UNIVERSITY, PROVIDENCE, RI, MAY 2015 https://bit.ly/2QPbtT7

נספחים

נספח 1

תוכנית, חזון ושיטה של תנועת האחים המוסלמים
(איגרת חסן אלבנא אל ועידה החמישית)

בשם אלוהים הרחמן הרחום

אחים יקרים:

ברצוני היה שנמשיך לעבוד ולא לדבר ולא לעבודות לדבר בעד עצמן על האחים וצעדיהם, והייתי רוצה שצעדיכם הבאים יתחברו אל צעדיכם הקודמים בשקט ובשלווה, ללא פסק זמן זה, בו אנו מסכמים ג'יהאד של עשר שנים ועומדים בפתחו של שלב נוסף משלבי הג'יהאד המתמיד למען הגשת משנתנו הנעלה.

אולם זהו רצונכם לשמח אותנו בעריכת כנס מקיף זה ולשמח. תודה לכם. מוטב לנו לנצל הזדמנות זו כדי לסקור את הישגנו ונעיין שוב בסדר יומנו כדי לוודא את שלבי דרכנו ולהגדיר את האמצעים והיעדים, כך שנבהיר כל רעיון מעורפל, ניישר כל ראיה שגויה, ניידע על כל צעד סמוי, נשלים את החוליייה החסרה ואנשים יכירו את האמת של האחים המוסלמים ללא ערפול וללא מסתורין.

זה בסדר וזה בסדר גם שמי שנתוודע למשנתנו או מי ששמע או קרא איגרת זו, שיביע את דעתו על מטרתנו, דרכנו וצעדינו. אנו נקשיב למה שנכון בעמדתו וניקח בעצתו אם נכונה היא, שכן הדת הוא עצה לאללה, לנביאו, לספרים ולמנהיגי המוסלמים ולאנשים מן השורה.

אחים:

מיותר לברככם ולהודות להם ולתאר את האושר שלי כשאני עומד ביניכם ושמחתי למפגש עמכם ותקוותי לתמוך בכם ולהתפלל שאללה יכתוב לכם הצלחה.

מיותר לפרט כל זאת לנוכח שפע הרגשות האציליים העוטפים כינוס זה, שכול מה שיש בו מביע אהבה עמוקה, קשר הדוק, אחווה אמיתית ושיתוף פעולה איתן, שאלוהים ינחה אותכם לדרך הישר המקובלת עליו.

האחים כרעיון בארבע נפשות

אחים יקרים:

קראתי רבות וחוויתי רבות והשתלבתי בחוגים רבים והייתי עד למאורעות רבים ויצאתי מתיור זה שהיה קצר בזמן וארוך בשלבים עם אמונה איתנה שלא ניתנת לערעור, והיא:

האושר בו חפצים כל בני אנוש נובע מתוך נפשותיהם ולבבותיהם, ולעולם אינו מגיע מחוצה להם, והצער הסובב אותם וממנו הם נסים, הרי הוא פוגע בהם דרך אותם לבבות ונפשות. הקוראן הקדוש גם מדגיש תובנה זו כדברי אללה: (אללה אינו משנה גורל בני אדם אלא רק כשהם משנים את דרכיהם) (בשורת הרעם: 11).

ולא מצאתי בפילוסופיה החברתית אמירה יותר צודקת מזו:

מעולם מולדת הייתה צרה מלהכיל את יושביה... אלא לבות אנשים נעשים צרים

האמנתי בזה והאמנתי גם שאין מנגנונים ואין הנחיות שמבטיחות אושר לנפש האדם ולהדרכת בני אדם אל הדרך השגת אושר זה כמו ההוראות וההנחיות של האסלאם האינטואיטיביות והברורות. אין זה המקום לפרט הנחיות אלה ולהסביר כי הן מבטיחות אושר לכל האנושות, שכן זה שייך לתחום אחר. מה גם שלדעתי, כולנו משלימים עם השקפה זו, אם כי רבים מהלא מוסלמים מאשרים ומודים על השלמות והיופי הקיימים באסלאם.

לכן, אני הקדשתי את עצמי מאז ומתמיד למטרה אחת, והיא הנחיית אנשים אל האסלאם הלכה למעשה. מכאן צמח רעיון האחים המוסלמים גרידא עם יעדו אמצעיו שאינם קשורים בכל צורה לזולת האסלאם.

רעיונות אלה נותרו כשיחות נפש שניהלתי עם עצמי ושיתפתי אותן עם רבים מהמקורבים אליי, כך שהם עשויים להופיע בצורה של חוויה אינדיבידואלית או רטוריקה של הטפה או דרשה במסגדים כל אימת שהתאפשר לי לתת דרשה, או להפציר בכמה חברים ולמדנים לשנס מותניים ולהכפיל את המאמצים לגאולת האנשים והכוונתם אל הטוב שבבאסלאם.

אחר כך התרחשו במצרים ובארצות אחרות בעולם האסלאמי אירועים שהציתו את רוחי ועוררו את מכמני לבי והניעו אותי לצורך בהתמדה ופעולה וצעידה על דרך ההקמה לאחר האזהרה, והיסוד לאחר הלימוד. לא ארחיב על פרטים של מאורעות שהיו ותמו ונעלמו עקבותיהם מתוך נאמנות לשכלתנות או מעט שכלתנות של האנשים שהיו מעורבים בהם.

התחלתי לדבר אל לבם של רבים מבכירי העם על הצורך לקום ולפעול וללכת בדרך של עבודה רצינית ויוצרת. לעתים הייתי נתקל בהימנעות ולעתים עידוד ולעתים סבלנות, אך לא מצאתי עניין בארגון המאמצים המעשיים. בהקשר זה זכורה לי מסירותו של המנוח אחמד באשא תיימור ש"ל, שראיתי בו דוגמה לנכונות ורצון עז, כך שבכל נושא שהעליתי בפניו בנוגע לענייני האומה הייתי מוצא שכל ישר ובשל, נכונות מלאה, בקירות מקיפה וציפייה דרוכה לשעת האפס.

פניתי אל חבריי ואחיי שהיו ביני לבינם יחסי אמון ושותפות וכוונות כנות ותחושה של מחויבות. מצאתי אצלם נכונות טובה והראשונים שמיהרו לשאת עמי את נטל החשיבה והיו משוכנעים שיש למהר ולהתחיל לפעול במרץ הם האחים: אחמד אפנדי אלסוכרי, האח המנוח השייח' חאמד עסכריה, האח המנח השייח' אחמד עבד אלחמיד ועוד רבים אחרים.

קמה בינינו אמנה והבטחה שכל אחד מאתנו יפעל למען מטרה זו עד שהנורמה הכללית של האומה תפנה אל כיוון אסלאמי תקין.

רק אלוהים יודע כמה לילות בילינו כשאנו סוקרים את מצב האומה ואורחות חייה תוך שאנו מנתחים את תופעות החולי והתרופות וחושבים על הטיפול והכרעת המחלה. היינו מתרגשים ונעצבים עד בכי לנוכח מה שהגענו אליו והיינו מתפלאים על זה שאנו מלאים את נפשותינו בעוד אנשים ריקים מתרווחים להם בבתי קפה ומבלים במועדוני שחיתות והשחתה, שאם היית שואל אחד מהם מה מביא אותו לישיבה סתמית ומשעממת זו, הוא היה משיב לך: אני הורג את הזמן, כשמסכן זה אינו יודע שמי שהורג את זמנו הוא הורג את עצמו, הרי הזמן הוא החיים.

היינו מתפלאים למראה אנשים אלה, שרבים מהם משכילים וראויים יותר מאתנו לשאת בנטל זה, ואז היינו אומרים אחד לשני: הלא זו היא אחת מהמגפות שפשו באומה ואולי המסוכנת ביותר. אומה שאינה חושבת על מחלתה ואינה פועלת לריפוי עצמה. מסיבה זו ומעוד סיבות רבות אנו פועלים לתיקון שחיתות זו ומתנחמים ומודים לאללה על שעשנו ממטיפים אליו ומשרתי דתו.

הזמן עשה את שלו וארבעתנו נפרדנו. אחמד אלסוכרי ישב בעיר אלמחמודיה, המנוח שייח' חאמד עסכריה היה בשכונת אלזקאזיק, השייח' אחמד עבד אלחמיד בעיירה כפר אלדוואר ואני הייתי בעיר אלאסמאעיליה והייתי נזכר בשורת המשורר:

משפחתי בסוריה ואהוביי בבגדאד ואני בשניהם ושכניי במצרים

בעיר אלאסמאעיליה הנחתי את הגרעין המעשי הראשון של הרעיון וקם גוף ראשון וצנוע, שאנו הנושאים את דגלו ומתחייבים בפני אללה להיות חיילים למען הרעיון. שמו של הגוף היה "האחים המוסלמים" וזה קרה בחודש ד'י אלקעדה לשנת 1347 היג'ירית.

האסלאם של האחים המוסלמים

תרשו לי אחיי להשתמש במונח זה. אין כוונתי שלאחים המוסלמים יש אסלאם מסוג חדש ושונה מהאסלאם שהביא אלינו נביאנו מוחמד עליו השלום מריבונו. כוונתי היא שרבים מהמוסלמים בתקופות רבות בהיסטוריה הדביק לאסלאם שמות תואר, כינויים ודימויים משלהם, וניצלו את הגמישות של האסלאם ורוחב יריעתו המכילה בצורה מזיקה, אם כי דברים אלה נעשו על פי חוכמה נשגבת. הם נחלקו בדעותיהם לגבי משמעות האסלאם ונוצרו בתודעתם של בני עמי האסלאם דימויים שונים, שחלקם מקרבים או מרחיקים את האסלאם או מתאימים יותר לאסלאם הראשון, שאותו היטיב לגלם הנביא מוחמד וחוג מקורביו על הצד הטוב ביותר.

חלק מהאנשים לא רואים באסלאם דבר מלבד עבודת הפולחן הנראית לעין, כך שאם יקיימו אותה הם חשים שביעות רצון ודי להם בתחושה שבזה הם הגיעו אל מימוש מהות האסלאם, וזו התפיסה השכיחה בקרב כלל המוסלמים.

חלק מהאנשים רואים באסלאם בריאה של חסד ורוחניות שופעת, מזון פילוסופי טעים לשכל ולרוח, שיש להתרחק בהם ממחלות החומריות העריצה.

חלק אחר מסתפק בהתפעלות והערצה של המשמעויות החיוניות והמעשיות האלה ואינו מעוניין לראות או לחשוב על זולתם.

חלק מהאנשים סבורים שהאסלאם הוא מין אמונה שעוברת בירושה ופעולות מסורתיות שאין בהן תועלת ואין קדמה, אלה הם המוטרדים מהאסלאם ומכל

דבר שיש לו זיקה לאסלאם. משמעות זו היא המשמעות המקובלת בקרב רבים ממי קיבלו השכלה זרה ולא ניתנה להם הזדמנות להתקרב אל האמיתות האסלאמיות, שכן הם כלל לא ידעו דבר על האסלאם או אולי ידעו תמונה מעוותת כתוצאה מהתערבבותם עם מוסלמים שלא היטיבו להמחיש את האסלאם.

מתחת לחלוקה זו קיימת עוד חלוקה, שלפיה כל קבוצה רואה את האסלאם באופן שונה מעט או יותר מהאחרת, אולם מעטים הם שהבינו את האסלאם באופן מלא שמגלם את כל המשמעויות האלה.

דימוי רב ממדי זה של אותו אסלאם בנפשות האנשים גרם למחלוקות ברורה לגבי הבנת "האחים המוסלמים" והבנת הרעיון שהם דוגלים בו.

חלק מהאנשים סבורים שתנועת האחים המוסלמים היא תנועה של הטפה והנחיה, שכל עניינה הוא לתת להטיף לאנשים על מנת להזהירם מפני חיי העולם הזה ותזכיר להם את חיי העולם הבא.

חלק מהאנשים רואה בתנועת האחים המוסלמים תנועה צופית שמטרתה ללמד אנשים סגנונות של דקלום ריטואלים דתיים מילוליים ואומנויות פולחן וכיוצא באלה שיטות של היטהרות וסגפנות.

חלק אחר מהאנשים סבורים שזו קבוצת עיון תיאולוגי, שכל עניינה לדון בדיני אסלאם, לנתחם ולהגן עליהם ולעודד אנשים לקבלם ולהתנגד למי שלא מסכים עם עמדתה לגביהם.

מעטם הם האנשים שהתחככו עם האחים המוסלמים, התערו בהם ולא הסתפקו במה ששמעו על רודות האחים המוסלמים ולא ייחסו לאחים המוסלמים סוג מסוים של אסלאם. לכן, הם ידעו את האמת שלהם הלכה ומעשה, וכאן ברצוני לדבר אליכם על משמעות האסלאם ועל הדימוי שלו בעיני רוחם של האחים המוסלמים, וזאת כדי להבהיר את הבסיס אותו אנו מקדמים ואליו אנו גאים להשתייך וממנו אנו ניזונים.

(1) אנו מאמינים שדיני האסלאם והוראותיו הם מקיפים ומסדירים את ענייני בני אדם בעולם הזה ובעולם הבא. אלה הסבורים שהוראות אלה עניינן רק פולחן ורוחניות הם שוגים. האסלאם הוא אמונה ועבודה, מולדת ואזרחות, דת ומדינה, רוחניות ועשיה, ספר וחרב והקוראן מדבר על כל אלה ומציב אותם במרכז וממליץ לקיים את כולם על הד הטוב כפי שנאמר בפסוק: (בקש לזכות בחיי העולם הבא

על ידי תרומות ממה שאללה העניק לך ואל תשכח להשתמש בחלקך בעולם הזה לטובה כפי שהיטיב אללה עמך) (בשורת הספור: 77)

אנו מוצאים בקוראן וגם בתפילה את דברי אללה לעניין האמונה ועבודת הפולחן: (אולם הם נצטוו רק לעבוד את אללה במסירות שלימה לפי האמונה החניפית, לקיים את התפילות ולתרום את הזכאת, כי זאת היא הדת הנכונה) (בשורת ההוכחה: 5).

אנו קוראים גם את דברי אללה בעניין משפט ופוליטיקה: (לא! בריבונך! הם לא יאמינו בך אלא עד אשר ימנוך שופט בסכסוכיהם, ואז אולי לא ימצאו בנפשותיהם סיבה להתנגד לפסק דינך ויקבלוהו בשלימות) (בשורת הנשים: 65)

וגם בעניין חוב ומסחר: (המאמינים! כאשר אתם מתקשרים ביניכם על חוב לזמן פירעון קבוע, עשו זאת בכתב על ידי לבלר ישר. אסור ללבלר לסרב מלכתוב כאשר לימדהו אללה וכפי שיכתיב לו החייב בלא שיפחית ממנו דבר, כמצוות אללה ריבונו. היה החייב בלתי שפוי או חלוש בדעתו שאינו מסוגל להכתיב, על אפוטרופסו להכתיב בשמו ביושר בנוכחות שני עדים, מהגברים שבעדתכם. אם לא תמצאו שני גברים, העידו גבר אחד ושתי נשים מאלה שתבחרו כעדים, שאם טעתה האחת תזכירנה האחרת ואסור לעדים לסרב מלמסור עדות בכל זמן שיתבקשו להעיד. עליכם להתקשר בכתב ולרשום את זמן הפירעון בין אם החוב קטן או גדול. דרך זו כשירה יותר בעיני אללה ובטוחה יותר לעדות ולמניעת ספקות, פרט לסחורה העוברת מיד ליד בשוק שאין בזה פגם אם תערכו הסכם בכתב) (בשורת הפרה: 282)

ואנו קוראים גם את דברי אללה בעניין הג'יהאד, המלחמה והפלישה: (אם תימצא בין אנשיך וערכת להם תפילה, תן לקבוצה מהם להתפלל עמך כשנשקם עמהם, ולאחר שיסגדו ויעמדו מאחוריך למען תבוא קבוצה אחרת ויתפללו עמך. חובה עליכם בשעת תפילה לאחוז באמצעי זהירות ולהחזיק בנשקכם להגנה מפני הכופרים שהיו רוצים שתזניחו את נשקכם ומטענכם למען יעוטו עליכם פתאום. אולם אין בזה דופי אם מחמת קשיי מרדף או מחלה תניחו נשקכם מידכם, אם תאחזו באמצעי זהירות) (בשורת הנשים: 102) ועוד פסוקים רבים המדברים על עניינים אלה ועל עניינים אחרים הנוגעים למוסר הללי ולענייני החברה.

כך האחים המוסלמים התחברו אל ספר אללה וקיבלו ממנו השראה והכוונה עד שהבינו משמעות כוללנית ומקיפה זו של האסלאם, והם הבינו גם שהאסלאם צריך לשלוט בכל ענייני החיים ולהכפיפם לדיניו ולהיות להם מקור והשראה אם האומה באמת רוצה להיות אומה אסלאמית תקינה. אולם אם האומה מקיימת פולחן לפי האסלאם וחיקתה לא מוסלמים בשאר ענייניה, הרי שזו אומה חסרת אסלאם ומשולה למי שאללה אמר עליהם: (האם תאמינו בחלק מספר התורה ותכפרו בחלק? ומה עונשם של אלה מכם שכך פועלים, אם לא קלון בחיי העולם הזה ועונש כבד ביות תחיית המתים? אכן, אין מעשיכם בלתי ידועים לאללה) (בשורת הפרה: 85)

(2) יחד עם זאת, האחים המוסלמים מאמינים שיסוד ההנחיות האסלאמיות ומקורם הוא ספר הקוראן ומורשת הנביא, שאם ניאחז בהם לא נתעה לעולם. תחומי דעת רבים התחברו אל האסלאם ונצבעו בגווניו בהתאם לגווני התקופות וגווני העמים שחיו באותן תקופות. לכן, על האומה לשאוב את התקנות האסלאמיות ממעיין טהור זה, המעיין הקל הראשון, ועליה להבין את האסלאם כפי שהבינו אותו עדת המוסלמים הראשונים והדור שבא אחריהם. אנו חייבים לכבד את הגבולות האלוהיים והנבואיים כדי שלא נגביל את עצמנו במגבלות שלא ציווה עלינו אללה ולא נצבע את העידן בו אנו חיים בצבעים של עידן שלא מסכים עמנו.

(3) יחד עם זאת, האחים המוסלמים מאמינים שהאסלאם כדת כללית הוא מסדיר את כל תחומי החיים של כל העמים ומתאים לכל התקופות והזמנים, שכן היא דת נשגבת שמתעלה מעל העיסוק בפרטים הקטנים של החיים, ובמיוחד עניינים שהם אך ורק ענייני החיים של העולם הזה, תחת זאת הדת הזו מניחה כללים מקיפים בעניינים אלה ומדריכה את האנשים אל הדרך המעשית ליישמם ולא לחרוג מהם.

לשם הבטחת נכונות יישום זה או לפחות ללמוד אותו, האסלאם דאג לטיפול בנפש האדם, שהיא מקור הסדרים וחומר המחשבה, הדימוי והיצירה. לכן הוא המליץ לה תרופות יעילות שינקו אותה ממאוויים ומונעות ממנה נזקי רדיפה אחרי מטרה ומכוונות אותה אל השלימות וטוהר המידות, ולסלק אותה מפני עושק, מחדל ועוינות, שאם הנפש תתיישר ותזוכה כל דבר שתעשה יהיה טוב ויפה, או כפי שנאמר, הצדק אינו בלשון החוק הכתובה, אלא בנפשו של השופט.

חוק מושלם וצודק בידי שופט בעל נטיות מיושם בצורה מקפחת ובלתי צודקת. מצד שני, חוק פגום וחסר בידי שופט הגון וישר מיושם בצורה טובה וצודקת עם

מידה של רחמים והגינות. מכאן שנפש האדם היא במוקד העניין בספר הקוראן. הנפשות הראשונות שהתגבשו על פי אסלאם זה היו דוגמא ומופת לשלמות האדם. לכן אנו רואים שהאופי של האסלאם מתיישב עם התקופות והעמים ורחב די לו להכיל את כל הצרכים והדרישות. משום כך האסלאם גם לעולם לא סירב ליהנות מכל משטר טוב ותקין שאינו סותר את כלליו המקיפים ודיניו הכלליים.

אינני רוצה להאריך דברים בעניין זה, שכן זה עניין רחב ונסתפק כעת בהצצה קצרה אל משמעות זו של הרעיון האסלאמי בנפשותיהם של האחים המוסלמים.

האחים המוסלמים כרעיון רפורמי מקיף

כתוצאה מהבנה מקיפה זו של האסלאם, הרעיון של האחים המוסלמים הקיף את כל תחומי התיקון של האומה וביטאה את כל היסודות הנכללים ברעיונות של זרמים רפורמיסטיים אחרים, כך שכל חסידי הרפורמה הנאמנים והנלהבים מוצאים בו את משאלתם, שכן ברעיון זה מצטלבות תקוותיהם של חסידי הרפורמה, אשר ידעו והבינו מהן מטרות הרעיון, כך שאנו יכולים לומר ללא היסוס כי האחים המוסלמים:

(1) קראיה (רעיון) סלפית על שום שהם קוראים לחזור באסלאם אל מעיינו הטהור, ספר הקראן ומורשת הנביא.

(2) זרם סוני: כי הם מחויבים לפעול בהתאם לסונה (מורדת הנביא) הטהורה בכל עניין, במיוחד בעניייני אמונה ופולחן וככל שיעלה בידם למצוא את הדרך לעשות זאת.

(3) אמת צופית: כי הם יודעים שיסוד הטוב הוא טהרת הנפש, זכות הלב, שקידה על עבודה, התרחקות מחומרנות, אהבה לשם שמיים והתחברות למען עשיית חסד.

(4) גוף פוליטי: כי הם מבקשים לתקן את השלטון בפנים ולשנות את ההתייחסות של הקשר בין האומה האסלאמית לבין אומות אחרות בחוץ, וחינוך העם לכבוד וגאווה ולהקפיד על לאומיותו הקפדה מלאה.

(5) קבוצה ספורטיבית: כי הם מטפלים בגופם ויודעים כי מאמין חזק עדיף על מאמין חלש, וכי הנביא נהג לומר: (הנך מחויב לטפל בגופך), וכי משימות

האסלאם וציוויו לא יתקיימו בשלמות ובצורה נכונה אל בעזרת גוף חזק, שכן תפילה, צום, עלייה לרגל ותשלום זכאת דורשים גוף המסוגל לשאת בנטל הבאת פרנסה. לפיכך הם דואגים להקמת קבוצות ספורט המשתווות ואולי עולות על מועדונים מקצועיים.

(6) אגודה מדעית תרבותית: כי האסלאם עשה מלמידה מצווה על כל מוסלם ומוסלמית, וכי מעדוני האחים המוסלמים הם למעשה מכונים לחינוך הגוף, השכל והרוח.

(7) חברה כלכלית: כי האסלאם מורה על ניהול הכסף והשגתו, שכן הנביא אומר: (טוב הכסף הטוב לאיש הטוב) ואומר גם: (מה שבערב עייף מעבודה זוכה למחילה) ו (אללה אוהב את המאמין בעל המלאכה).

(8) רעיון חברתי: כי הם דואגים לחוליי החברה האסלאמית ומנסים למצוא את הדרך להבראת האומה מחוליים אלה.

כך אנו רואים שהכוללנות של האסלאם העניקה לרעיון שלנו כוללנות לכל תחומי הרפורמה והפנתה את מאמצי האחים אל כל התחומים האלה, בה בעת שאחרים פונים רק לתחום אחד וחיד ולא לכול התחומים למרות ידיעתם שהאסלאם מבקש לפנות אל כולם.

לפיכך, פעולות רבות של האחים המוסלמים נראות בעיני אנשים כסותרות, אך הן לא סותרות.

ייתכן שאנשים יראו את האח המוסלמי במסגד כשהוא כנוע כול כולו ובוכה ומתפלל בתחינה, ולאחר זמן קצר הוא בעצמו נהיה מטיף ומורה, ולאחר זמן קצר הוא ספורטאי שמשחק בכדור או מתרגל ריצה או שוחה, ולאחר זמן הוא עצמו יושב בעסק או בבית המלאכה שלו ועושה את עבודתו נאמנה ובמסירות. אנשים עשויים לראות בסצנות אלה חוסר הרמונה והתאמה, ולו ידעו הם שכול הסצנות האלה האסלם מקבץ יחד ומורה על קיומן היו מבינים את משמעות ההרמוניה והרצף שבאסלאם, אולם יחד עם זאת, האחים נמנעו בתחומים אלה מגילויים שעשויים להיות מקור לביקורת או מחדל.

הם גם נמנעו מלהתעקש על תארים וכינויים, שכן האסלאם קיבץ אותן סביב תואר אחד, הוא האחים המוסלמים.

מאפייני הרעיון של האחים המוסלמים

ייתכן שאלוהים רצה שרעיון האחים המוסלמים יצמח בעיר אלאסמאעיליה ויבוא כתוצאה של מחלוקת תיאולוגית בין ופיצול ארוך שנים בין שתי קבוצות סביב מספר נקודות משניות. צמיחתה שך התנועה הייתה בתקופה בה התנהל מאבק אלים בין הזר האדוק לבין הלאומן הלוחם, כך שנסיבות אלה הקנו לרעיון מאפיינים שונים מאלה של רעיונות ותנועות שהיו קיימות באותה תקופה. עיקר מאפיינים אלה:

(1) התרחקות מנקודות מחלוקת.

(2) התרחקות מהשפעת נכבדים ובכירים.

(3) התרחקות ממפלגות.

(4) שקידה על בנייה וצעדים מדורגים.

(5) העדפת עשייה ויצירה על פני הסברה ופרסום.

(6) הצטרפות נרחבת של צעירים.

(7) התפשטות מהירה בכפרים ובערים.

1 - התרחקות מנקודות מחלוקת

התרחקות מנקודות מחלוקת תיאולוגיות משום שהאחים סבורים כי המחלוקת סביב סוגיות משניות היא דבר מחויב המציאות, שכן מקור האסלאם הנו פסוקים, אמירות ומעשים שאנשים נחלקים ביניהם באשר לדרך הבנתם ופירושם. לכן, מחלוקות נתגלעו בין ראשוני המאמינים בעצמם וימשיכו להתקיים עד יום הדין. מצב זה ניכר בדברי החוכמה שהאימאם מאלכ אמר לאבו ג'עפר, שרצה לכפות על כל האנשים פרשנות ותפיסה אחת: "אנשי הנביא ומקורביו התפזרו בארצות ובעמים רבים ולכל עם יש ידע משלו, כך שאם תנסה לכפות על כולם השקפה אחת אתה תגרום לסכסוך". אין כל פסול במחלוקת, אל הפסול הוא בקנאות להשקפה ובאי הכרה בדעותיהם והשקפותיהם של האחרים. יחס זה אל המחלוקות חיבר לבבות מפוזרים לרעיון אחד ודי לאנשים לקבל את האסלאם של כל אדם כהוויתו.

השקפה זו הייתה חשובה עבור קבוצה שרצונה להפיץ רעיון בארץ שהמחלוקות בה ממשיכות לבעור סביב עניינים שאין טעם להתפלמס סביבם.

2 - התרחקות מהשפעת נכבדים ובכירים:

התרחקות מהשפעת בכירים ונכבדים משום שרעיון חדש זה שאין עמו הישגים חומריים אינו מעניין אותם והם עסוקים ברעיונות קיימים שיש בהם להביא להם תועלת ורווח. אנו האחראים לקידום הרעיון של האחים המוסלמים עשינו זאת במתכוון כדי שלמור על הגוון הטהור של התנועה וכדי שלא תיצבע בצבע אחר מצבעי הרעיונות האחרים שנכבדים אלה מקדמים, וגם כדי לא לאפשר למי מהם לנצל את הרעיון שלנו ולהסיט אותו לכיוונים שלא לשמם הוא קם. מה גם שרבים מבעלי השררה חסרים את השלמות האסלאמית, שהיא תכונה בסיסית של המוסלם מן השורה, שלא לדבר על מוסלמים גדולים שנושאים על כתפיהם נטל שליחות אסלאמית להדרכת האנשים. לכן, סוג זה של אנשים נותר רחוק מהאחים המוסלמים, להוציא מתי מעט מהם, אשר הבינו את רעיון האחים ומזדהים עם מטרותיהם, משתתפים בפעולותיהם ומאחלים להם הצלחה.

3 - התרחקות ממפלגות

ההתרחקות ממפלגות ומגופים פוליטיים נובעת מזה שמחלוקות ויריבויות התנהלו בעבר וממשיכות להתנהל בין גופים אלה באופן שלא מתקבל על האחים המוסלמים. השליחות של האסלאם היא שליחות כללית שמחברת ולא מפצלת ואיש לא יכול לשאתה אלא אם הוא התנקה מכל מאוויי נפשו והיטהר. הגעה למעמד זה הייתה משימה קשה עבור אנשים שאפתנים שפעלו להשגת מעמד ועושר דרך מפלגות ותנועות. לפיכך, העדפנו להתרחק מכולם ולעמוד איתנים אל מול המחסור באנשים טובים עד שהאמת תצא לאור ואנשים ידעו חלק מהעובדות הנסתרות ויחזרו אל הדרך האידיאלית לאחר שערו חוויות ואמונתם הופנמה בלב ובנפש.

כעת כאשר שליחותנו התחזקה והפכה למסוגלת להכווין ולא להיות מכוונת ומושפעה ולא מושפעת, אנו מפצירים בגדולי העם וקוראים למפלגות ולתנועות להצטרף אלינו וללכת בדרכנו ולעבוד עמנו ולנטוש את הפעילות הריקה מתוכן, שאין בה כל תועלת ולהתאחד תחת דגל הקוראן ובצל דגלו של הנביא ושל דרך האסלאם. אם ייענו לקריאתנו הרי שבזאת הם יזכו בטוב ורווחה בעולם הזה ובעולם הבא והשליחות שלנו מסוגלת לקצר מאמצים וזמנים, ואם יסרבו, אש לא

נורא, אנחנו נמתין מעט ונתפלל לאללה לסייע לנו עד שהם יגיעו אל מבוי סתום או ייכשלו וייאלצו לחזור לפעול במסגרת השליחות שאנו מציעים כשהם מזדנבים מאחור לאחר שפספסו את ההזדמנות להיות בשורה הקדמית המובילה (כי אללה שולט על הכל, אף כי רוב האנשים אינם יודעים זאת) (בשורת יוסף:21)

4 - צעדים מדורגים

הפעולה המדורגת והמבוססת על חינוך והבהרת הצעדים על דרך האחים המוסלמים נובעת מכך שהאחים האמינו שכל שליחות חייבת להתקיים בשלושה שלבים: שלב ההסברה והצגת הרעיון וחשיפתו בפני האוכלוסייה הרחבה, לאחר מכן שלב הבניה ובחירת התומכים, הכנת החיילים וציפוף השורות באנשים שנענו לקריאה ולאחר מכן שלב הביצוע, העבודה והיצור. לעתים קרובות שלושת השלבים האלה מתבצעים במקביל בהשפעת כוח השליחות והקשר ההדוק בין השלבים. השליח שמקדם את הרעיון הוא באותה עת בוחר ומחנך ובה בעת עושה ומבצע. אך אין ספק שהיעד הסופי או התוצאה המושלמת לא תיראה לעין אלא לאחר התרחבות השליחות, התרבות התומכים ויציבות הבניין.

השליחות שלנו פעלה וממשיכה לפעול במסגרת שלושת שלבים אלה. התחלנו את השליחות והעברנו את המסר לאומה באמצעות דרשות תכופות ואינטנסיביות ודרך חומרים מודפסים רבים ובמפגשים פרטיים וציבוריים וגם מעל דפי העיתון הראשון של האחים המוסלמים ולאחר מכן בשבועון "אלנד'יר" ואנו ממשיכים ונמשיך לקדם את המסר עד שלא יוותר איש אחד שלא קיבל את המסר הבהיר של האחים המוסלמים. דומני שבשלב זה עברנו כברת דרך ארוכה והגענו למצב משביע רצון ומבטיח המשך רצף הפעולה, ומכאן היינו חייבים לעבור לצעד השני, צעד הבחירה, הבנייה והגיוס.

הצעד השני שלנו התבצע בשלוש צורות:

1. הגדודים: מטרתם היא לחזק את השורות ולקיים הליך של גיבוש ועמידה בפני הרגלים ומנהגים ולתרגל היקשרות טובה אל אללה ושאיפה לניצחון ממנו, וזה הוא מכון החינוך הרוחני של האחים המוסלמים.

2. קבוצות צופים, סיירים ומשחקי ספורט: מטרתם היא חיזוק השורות דרך טיפוח גופני של האחים והרגלתם לציות, סדר ומוסר ספורטיבי טוב, הכנתם

לחיילות הנכונה שהאסלאם מצווה על כל מוסלמי, שזה הוא מכון החינוך הגופני של האחים המוסלמים.

3. לימוד ההוראות בגדודים או במועדונים של האחים המוסלמים: מטרתו להדק את השורות באמצעות טיפוח חשיבתם ומוחותיהם דרך למידה מקפת של כל מה שנדרש למוסלמי לדעת למען חייו הגשמיים וחיו בעולם הבא. זה הוא מכון החינוך המדעי והרוחני של האחים המוסלמים, כולל תחומי פעילות אחרים, שם האחים מתרגלים את החובות המצפות להם כקבוצה המכינה את עצמה להנהגת אומה ואף להכוונת העולם כולו.

לאחר שנבטיח הצלחה של צעד זה, אנו נפנה בעזרת השם אל הצעד השלישי, שהוא הצעד המעשי שלאחריו יופיעו הפירות השלמים של שליחות האחים המוסלמים.

גילוי לב

אחים מוסלמים, במיוחד אלה הנלהבים והממהרים מבינכם:

אומר לכם זאת בקול גבוה ומהדהד מעל במה זו בוועידתכם מקיפה זו: צעדי דרככם שורטטו וגבולותיהן נקבעו. אינני חולק על גבולות אלה שאני משוכנע שהם הדרך הבטוחה ביותר להשגת היעד. אמנם זו עשויה להיות דרך ארוכה, אך אין דרך זולתה.

אומץ לבם של גברים נמדד בכוח הסבל, ההתמדה, הרצינות והעבודה השקדנית. מי מכם שממהר לקטוף את הפרי טרם הבשיל או חפץ לקטוף פרח בטרם עת, אני לא מסכים אתו בשום פנים ומוטב לו לעזוב שליחות זו ולפנות לשליחות אחרת. מי שמתאזר יחד עמי בסבלנות עד שהזרע יצמח, העץ ילבלב והפרי יבריא ויגע עץ קטיפתו, הרי ששכרו אצל בורא עולם ואני והוא לא ייגזל מאתנו שכרם של צדיקים: ניצחון וריבונות או שהאדה (מוות) ואושר.

אחיי המוסלמים:

רסנו את גחמות הרגש בעזרת תבונת השכל, האירו את אור השכל בלהבת הרגש, הגבילו את הדמיון לעובדות של המציאות וחשפו עובדות באור הדמיון הזוהר והבוהק. אל תהיו רכים ופייסנים מעבר למידה כי תאבדו את המסר ואל תתנגשו ותתעמתו עם הנורמות הקיימות כי הן יגברו עליכם, אלא התווכחו עמן

והסתייעו באחת מהן כנגד האחרת ונסו להטות את זרמן והמתינו בציפייה לשעת הניצחון, שאינה רחוקה מכם.

אחיי המוסלמים

אתם חפצים לזכות בברכת אללה וברכה זו מובטחת לכם כל עוד אתם נאמנים ומסורים. אלוהים לא מחייב אותכם בתוצאות המאמצים, אך הוא כן מצווה עליכם לפעול באמונה שלמה וביושר ולהתכונן כראוי, שאם שוגים אנו, אז נזכה בשכר של אנשים שעבד והתאמצו, ואם צודקים אנו אז נזכה בשכרם של הזוכים והצודקים. ניסיון העבר וההווה מוכיח שאין דרך טובה יותר מדרככם ואין דבר נכון יותר ממה שאתם עושים, לכן אל תסכנו את מאמציכם ואל תהמרו על סיסמת הצלחתכם, אלא עבדו ואללה יהיה לצידכם ולא יזנח את עבודתכם והזוכים הם אלה העובדים (כי אללה לא רצה לבטל בלא סיבה מנהג שהייתם מאמינים בו, כי אללה רב חסד ורחמן לבני אדם) (בשורת הפרה:143).

מתי מתחיל הצעד הביצועי שלנו?

אחיי המוסלמים:

אנחנו נמצאים כאן בוועידה שבעיניי היא וועידה משפחתית המחבקת את משפחת האחים המוסלמים. אני רוצה לדבר אליכם בכנות, שכן אין לנו דרך מועילה מלבד הכנות:: שדה הדיבורים אינו כשדה המעשים ושדה הקרב אינו כשדה העבודה ושדה הג'יהאד הצודק אינו כשדה הג'יהאד השוגה.

זה קל עבור רבים לדמיין, אך לא כל דמיון המועלה בדעת אפשר לתאר במלים. רבים יכולים לדבר אך רק מעט מתוכם עומדים במבחן המעשה, ורבים מתוך מתי מעט אלה יכולים לעבוד, אך רק מעט מהם מסוגלים לעמוד בנטל הג'יהאד הקשה והעבודה המייגעת.

המוג'אהדין (הלוחמים והעובדים) האלה הם מספר מועט של חסידים שעלולים לתעות בדרך או לא לפגוע במטרה אם הם לא זוכים בהשגחה אללה. הסיפור של טאלות (גוליית) ממחיש את דבריי. על כן, הכינו את עצמכם באמצעות חינוך טוב, בדיקה מדוקדקת ובחינה מעשית בעבודה, העבודה הקשה והלא מועדפת כל הנפש וגמלו את נפשכם ממנהגים, תאוות והרגלים.

עת שיקומו מתוככם- עדת האחים המוסלמים- שלוש מאות גדודים מזוינים מבחינה רוחנית ונפשית בנשק האמונה ומזוינים מבחינה שכלית בנשק הידע וההשכלה, ומזוינים גופנית בנשק האימונים והספורט, לכשתגיע העת הזו אתם יכולים לדרוש ממני להפליג יחד עמכם בים הסוער ולהמריא אל מרחבי הרקיע.

אפלוש עמכם אל כל עקשן ועריץ, וזאת אעשה בעזרת השם, שכן צודק הנביא שאמר: (מיעוט לא ינצח שנים עשר אלף). אני מעריך שהדבר יתאפשר בעוד זמן לא רב בתמיכת אללה ועזרתו ובהתאם לרצונו, ואתם, נציגי האחים ושליחיהם, תוכלו לקצר זמן זה אם תשנסו מותניים, תכפילו את מאמציכם. ואולי תתרשלו והחשבון הזה לא יהיה נכון והתוצאות המתחייבות יהיו שונות. לכן, שאו בעצמכם את הנטל והכינו את הגדודים והרכיבו קבוצות והשתתפו בדרשות ומהרו אל האימונים והתרגול והפיצו את המסר שלכם לג'יהאד למקומות שהמסר לא הגיע ואל תבזבזו דקה של עבודה.

זר אילו היה שומע דברים אלה היה משתכנע שאחים המוסלמים הם מעטים ומאמציהם חלשים, אך לא לזה התכוונתי ולא זו היא משמעות דבריי. השבח לאל כי מספרם של האחים המוסלמים מספרם רב ואין להמעיט בגודלה או לזלזל בכוחה או להתכחש לזכויותיה של קבוצה שנציגיה באלפיהם מגיעים לוועידה זו, ושכל אחד מהם מייצג אגף שלם. כוונתי בדברים אלה היא להבהיר קודם כל שאיש הדיבורים אינו כאיש המעשים, ואיש העבודה אינו כאיש הג'יהאד, ואיש הג'יהאד בלבד אינו כאיש הג'יהאד היוצר החכם, שמוביל אל הרווח הגדול ביותר עם ההקרבה הקטנה ביותר.

5 - העדפת העשייה

העדפת האספקט המעשי מתעודדת בנפשם של האחים המוסלמים בזכות מספר דברים הקבועים בנפשותיהם ובמשנתם:

חלק מהדברים קבועים בדת האסלאם במיוחד לאספקט הזה, ושמא ידבק במעשים אלה רבב של משוא פנים ויושחתו, והאיזון בין השקפה זו לבין מה שנאמר על הפצת המעשה הטוב ועידודו ופרסומו כדי שיהיו לו השלכות מיטיבות האו דבר מאוד רגיש, שלא מתקיים אלא בעזרת כוח מנחה מלמעלה.

מתוך מכלול הדברים רתיעת האחים הטבעית מהסתמכות אנשים על פרסומות שקריות ומעשי ליצנות, שאין מאחוריהם כל עבודה אמיתית וההשלכות הרעות הממשיות המשחיתות והמטעות של מעשי פרסום אלה על האומה.

וגם החשש של האחים המוסלמים מחיפזון להפצת המסר עם יריבות קשה או חברות מזיקה, שהתוצאה בשני המקרים היא עיכוב הפצת המסר או סטיה מהיעד.

האחים המוסלמים הביאו כל דברים אלה בחשבון והעדיפו להמשיך בשליחותם במרץ גם אם איש לא חש בהם מלבד אלה הנמצאים קרוב אליהם ושליחותם לא הניבה תוצאות אלא בתוך החוגים הקרובים אליהם.

מעטים הם האנשים שיודעים שהשליח מהאחים המוסלמים עשוי לעזוב את מלאכתו בעסק בצהרי יום החמישי ובשעות הערב הוא מתייצב נושא הרצאה בפני אנשים ובתפילת יום ששי הוא נושא דרשה בעיר מנפלוט ובשעת ערב מאוחרת הוא מרצה בעיר סוהאג', ולאחר כל זה הוא שב רגוע ולבו שקט ומודה לאללה על שאפשר לו לעשות זאת, כאשר איש לא חש באדם הזה מלבד אלה שישבו והקשיבו לו.

זהו מאמץ שאם היו מקיימים אותו אנשים שלא מתנועת האחים המוסלמים, הם היו ממלאים את העולם בפרסום ורעש. אולם האחים כאמור מעדיפים שמעשיהם יעידו עליהם בפני אנשים. מי שמשתכנע ממעשיהם יבורך ומי שלא משתכנע למראה פועלם ומעשיהם לא ישתכנע מדיבורים. האח עשוי לבלות חודש או חודשיים הרחק מבני ביתו כשהוא עסוק בהטפה למען אללה. בלילה הוא מרצה וביום הוא נוסע כשבכל יום הוא נמצא במקום אחר. הוא נושא יותר מששים הרצאות במקומות שונים ומרוחקים. הכינוסים בהם הוא מרצה עשויים לכלול אלפי אנשים ממגוון שכבות אוכלוסייה, ולאחר כל זה הוא מבקש שלא יפרסמו אותו ואת עבודתו.

האחים מקיימים מחנה לדוגמא בעיר אלכסנדריה למשך כחודש ימים והוא אכן הופך למחנה לדוגמא, שמשלב פעילות ספורט לשכל ולרוח עם ספורט גופני ובו מתגלמות המשמעויות הספורטאיות והצבאיות בשלמותן. דבר זה נמשך לאורך כל תקופת המחנה ובאוהליו המבורכים הוא מתארחים מאה צעירים מאמינים ויראי שמיים, אך הדי המחנה אינם נשמעים אלא בקרב האחים המוסלמים שהשתתפו בו.

ועידה כמו הוועידה הזו שלכם, שהיא למעשה הפרלמנט האותנטי ביותר של מצרים, שכן מיוצגים בו בצורה אמיתית כל המחוזות והנפות ואזורי הכפר והכרך מכל השכבות. והנה אתם הגעתם כולכם אך ורק כביטוי לרצונכם הכן לקיים עבודה יוצרת.

בדרך זו ובדרכים אחרים של תיקון, האחים המוסלמים יוצרים את האפקט הטוב ביותר מבלי להתגאות ומבלי להתברבר. לא רק שהם לא מגשימים בדיבורים על האירוע הזה, הם אפילו לא מדברים על מה שהיה בפועל. אם פעילות זו היו מקיימים גופים אחרים הם היו ממלאים את העולם ברעש וצלצולים לכל עבר, ואין זה פלא, שכן אנו חיים בעידן הפרסום.

אחים:

הכוונה שלכם היא כוונה יפה באמת ומתקבלת בברכה אצל הבורא ואצל הבריות, לכן המשיכו בדרככם ללא מורא, אך היו ערים לכך שהמסר והשליחות לא יחרגו מהגבולות המרחבים המיוחדים להם אל מרחבים אחרים. שליחותכם יצרה הדים ואנשים סקרנים לדעת עליה ועליכם. חלק מהסקרנים התנדבו לספר עליכם לאחרים כשהם לא ידעים דבר וחצי דבר על אודותיכם, כך שמחובתכם להבהיר לאנשים מה הוא יעדכם ומה היא הדרך שלכם ומה הם גבולות השקפתכם ושיטות הפעולה שלכם. אתם צריכים להציג פעולותיכם אלה בפני האנשים לא מתוך ראוותנות אלא למען הדרכה והכוונה אל מה שטוב לאומה ולבניה. לכן, כתבו אל עיתון אלנד'יר והוא יהיה לשונכם וכתבו גם לעיתונות היומית ואני סבור שהם לא יעמדו בדרככם והקפידו להיות כנים ואל תחרגו מגבולות האמת והעובדות והקפידו שדבריכם יהי בגבולות המוסר והמידות הטובות כדי לקרב לבבות, וכל אימת ששליחותכם והמסר שלכן יעלה ויעלה, אל תשכחו שכל זה הודות לאללה: (אללה הוא שעושה חסד עמכם בהדריכו אתכם לאמונה. לכן הודו לו אם אנשי אמת אתם) (בשורת החדרים:17).

6 – להט הצעירים להצטרפות לשליחות

הצטרפות הצעירים לשליחות והתרחבותה בחוגים רבים מהווה קרקע פורייה לשליחות שממנה תצמח שליחות למעמד הביניים ומעמד הפועלים. אנו מודים לאללה על הצלחה זו, שכן הצעירים נוהרים אל שליחות האחים המוסלמים מכל

עבר ומאמינים בה ותומכים בה ומתחייבים בפני אללה לקדם אותה ולפעול למענה.

ששה צעירים סטודנטים שהקדישו את נפשותיהם ומאמציהם לשליחות ועל כך זכו בברכת אללה ותמיכתו, והנה האוניברסיטה כולה הם מתומכי האחים המוסלמים, שאוהבים אותם, מכבדים אותם ומאחלים להם הצלחה, וקמה מתוך הסטודנטים הצעירים קבוצה מכובדת ומאמינה שמפיצה את השליחות במסירות ונאמנות בכל מקום.

כנ"ל הדבר בין כותלי מוסד אלאזהר המכובד, שהוא מטבע הדברים מעוז השליחות האסלאמית, כך שזה אך טבעי שיתייחס אל שליחות האחים המוסלמים כשליחותו הוא ומטרתה היא מטרתו. ואין פלא ששורות האחים המוסלמים ומועדוניו יתמלאו בצעירי אלאזהר ובמלומדיו, מוריו ומטיפיו, ולכולם הייתה השפעה מרחיקת לכת על הפצת השליחות וחיזוקה בכל מקום. הנהירה של הצעירים לא באה רק מקהילות הסטודנטים וסביבתם, אלא ששכבות רבות של מאמינים מהעם הצטרפו אל השליחות והיו מטובי חסידיה ותומכיה. רבים מהצעירים היו תועים ואללה הכווין אד דרכם והיו מבולבלים ואללה הדריך אותם ולא הייתה להם מטרה בחיים והתבהרה להם מטרתם בחיים, (אללה ינחה אל אורו את מי שירצה) (בשורת האור: 35).

אנו רואים בזה עדות להצלחה ואנו חשים התקדמות חדשה בכל יום, מה שמפיח בנו תקווה חזקה, שקדנות והכפלת מאמצים, (הניצחון הוא תמיד רק מאללה, העזוז החכם) (בשורת בני עמרם: 126).

7 – התפשטות מהירה בכפרים ובערים

באשר להתפשטות המהירה של השליחות בכפרים ובערים, הקדמתי ואמרתי שהשליחות צמחה בעיר אלאסמאעיליה והטופחה באקלים הצח של עיר זו כאשר היא ניזונה בוקר וערב מגילויי הכיבוש הבריטי וההשתלטות האירופית על משאבי ארץ זו. הנה תעלת סואץ, שהיא מקור הצרה ובמערב העיר אנו מוצאים את בסיס הצבא הבריטי על כל כליו ובמזרח משרדי הנהלת תעלת סואץ.

בין כל אלה האזרח המצרי מרגיש זר בארצו ומנושל בעוד אחרים נהנים מהטוב של מולדתו, ואילו הזר גאה במשאבי פרנסתו שנלקחו בכוח הזרוע. רגש זה הוא שהזין את השליחות של האחים המוסלמים ולכן היא התחילה באזור תעלת סואץ

ומשם עברה אל הים הקטן ואחר כך אל מחוז אלדקהליה כשהרעיון היה עוד גרעין קטן וצנוע שעד מהרה כבש את הלבבות והפיח רוח של תקווה עבור האנשים ויעד שיש להקריב ולהתאמץ למענו.

השליחות התפשטה אל קהיר עם השתלבות עמותת התרבות האסלאמית בתנועת האחים המוסלמים מתוך אמונה ברעיון שהם מקדמים והעדפה לשלב כוחות עמם, וגם מתוך רתיעה מתארים ושמות ומתוך בוז לאנוכיות שהשחיתה כל פעולה. לאחר מכן הוקמה לשכת ההכוונה הכללית בקהיר, אשר פיקח על קהילת האחים המוסלמים שהחלה לקום במחוזות ובערים ופעל בהתמדה לקידום הרעיון והעברתו אל המחוזות שעוד לא הגיע אליהם.

חברי לשכת ההכוונה הקדישו מכוחם ומזמנם והסתייעו בכל מה שידם משגת כדי לשרת נאמנה ובנחישות את הרעיון מבלי לבקש מימון ועזרה מאיש ומבלי לבקש עצתם של נכבדים ואנשי מפתח ומפלגות קיימות ומבלי לבקש כספים מהממשלה או מאיש, רק את עזרת אללה הם ביקשו. הם המשיכו בעבודתם זו עד שסניפי האחים המוסלמים התרחבו אל כל מחוזות מצרים, מאסוואן אל אלכסנדריה, אל רשיד אל פורט סעיד אל סואץ אל טנטא אל אלפיום אל בני סוויף אל אלמניא אל אסיוט אל ג'רג'א אל קנא ואל כל הכפרים והעיירות שביניהם.

השליחות לא נעצרה בגבולות מצרים, אלא עברו אותם אל החלק הדרומי של המולדת היקרה, אל סודן ומשם אל יתר חלקי המולדת האסלאמית היקרה: סוריה על שני חלקיה המזרחי והמערבי, מרוקו על כלל חלקיה ואחר כך אל שאר ארצות האסלאם המבורכות.

נהגנו לפעול להכוונת השליחות והפצתה ואילו עכשיו השליחות מקדימה ומגיעה לפנינו אל הערים והכפרים ואנו נאלצים לרדוף אחריה ולקיים את צרכיה ללא לאות. העיקר הוא שהדמיון בין כל הגופים הללו אינו שמיון רק בשם או באחדות או במטרה הכללית, אלא שדמיון זה מבטא את הקשר חזק ביותר. זהו קשר אהבה עמוקה, שיתוף פעולה הדוק, זיקה מקודשת ואיתנה, הצטופפות מלאה סביב ציר השליחות ומרכזה ואחדות מקיפה במכאובים, בתקוות, בג'יהאד, בעבודה בדרך ובצעדים ואין להוסיף מעבר לכך.

גופים אלה בערים ובכפרים פעילותם אינה מוגבלת לביצוע הוראות המטה המרכזי בקהיר, אלא שהם עובדים ומתאמצים בתחום השירותים הציבוריים. הם מקימים מועדונים וחלק גדול מהם בנו לעמם משרדים ומתקנים בבעלותם

הפרטית ורבים מהם יזמו פרויקטים פילנתרופיים, כלכליים וחברתיים, שכולם מקיימים פעילות רצופה ופורייה. מה גם שהקשר בין המטה לבין הסניפים אינו קשר של ממונה עם הכפוף לו ואינו קשר של ההנהלה גרידא ופיקוח מדעי בלבד, אלא שזה קשר נעלה יותר: זה בראש ובראשונה קשר רוחני, וקשר של בני משפחה אחת, שכן המטיפים של תנועת האחים המוסלמים מתקשרים זה עם זה בכל ענייני החיים האישיים ויודעים רבות על ענייניהם הפרטיים והציבוריים. דבר זה אינו קיים למיטב ידיעתי בשום גוף מהגופים הקיימים כיום וזו מתנה מאללה אותה הוא מעניק למי שיבחר.

אחים:

לא אסתיר מכם כמה כמה אני גאה למראה אחדות אחים כנה ואמיתית זו, אני גרה בקשר האלוהי האיתן הזה ותקוותי גדולה לעתיד כל עוד אתם אחים בצל אללה מיודדים ומשתפי פעולה ביניכם. שמרו על אחדות זו, היא הנשק והציוד שלכם.

רבים אולי תוהים: מאין לאחים המוסלמים לממן את כל הוצאות השליחות הזו, שאלה הוצאות עצומות שעשירים לא יכולים לעמוד בהם, שלא לדבר על עניים?

אז לידיעתם של אלה השואלים ולידיעת אחרים, האחים המוסלמים לעולם לא יקמצו ידיהם למען שליחותם גם אם זה על חשבון פרנסת ילדיהם וצרכיהם הבסיסיים, על אחת כמה וכמה אם מדובר במותרות והוצאות מיותרות. ביום שהם הסכימו לשאת נטל זה הם ידעו היטב ששליחות זו דורשת הקרבה של חיים וכסף, לכן הם וויתרו על כל זה והבינו את דברי אללה: (אללה יודע חכם, והוא רכש מהמאמינים את נפשותיהם ורכושם תמורת גן עדן) (בשורת החסינות: 111), לכן הם השכימו למכור, סיפקו את הסחורה מרצונם החופשי ובאהבה תוך שהם מאמינים שכל זה שייך לאללה. לכן, הם הסתפקו במה שבידיהם ולא ביקשו מה שבידי אנשים ואלוהים בירך אותם והמעט שבידיהם הניב הרבה.

עד היום, אחיי, לשכת ההכוונה הכללית לא קיבלה אפילו סיוע אחד מכל ממשלה. והנה הלשכה מתגאה ואומרת לכל האנשים שמי מהם יכול לומר שלקופת לשכה זו נכנס אפילו גרוש אחד שלא מכיסי חבריה. אינני חפצים ביותר מזה ולא נקבל תרומה אלא מחבר או מחסיד ולא נסתמך על ממשלות בשום דבר ואל תבנו על זה בסידוריכם ואל תצפו לזה בשיטות הפעולה שלכם, (בקשו את חסדו של אללה, כי הוא יודע כל דבר) (בשורת הנשים:32).

אלה הם אחיי חלק ממאפייני השליחות שלכם ואני ניצלתי הזדמנות זו כדי לדבר אליכם על מאפיינים אלה ואחר כך אעבור לדבר על אחד האספקטים החשובים של השליחות, שייתכן שעמדות האחים המוסלמים לגביו לא ברורה דיה בעיני אנשים רבים ואולי היא נעלמת מעיניהם של כמה מהאחים המוסלמים עצמם. אז אנו נגדיר יחד ונבהיר מה שאולי היה מעורפל.

שיטת האחים המוסלמים

המטרה והאמצעי

אחים יקרים, נדמה לי שהבנתם היטב מהדברים הארוכים מהי מטרתם, מה הם אמצעיהם ומה היא משימתם של האחים המוסלמים. היעד של האחים המוסלמים מתמצה ביצירת דור חדש של מאמינים בהוראות האסלאם הנכון, דור שפועל להעניק גוון אסלאמי מלא לכל האומה ובכל תחומי חייה: הנוסח של אלוהים, ואין נוסח טוב מזה, והאמצעי שלהם לשם כך הוא מצטמצמת לשינוי הנורמה הכללית וחינוך חסידי השליחות על הוראות אלה כדי שישמשו דוגמא ומופת לאחרים, ולהיאחז בשליחות ולשמור עליה ולפעול על פי דיניה ; הם צעדו אל יעדים בתוך גבולות האמצעים העומדים לרשותם והגיעו אל מידת הצלחה משביעת רצון והם מודים לאללה על השגתה. נדמה לי שאין צורך להוסיף הסברים בעניין הזה.

האחים והכוח והמהפכה

רבים שואלים: האם האחים המוסלמים מסוגלים להשתמש בכוח לשם השגת מטרותיהם והגשמת יעדיהם? האם האחים המוסלמים מתכננים מהפכה כללית נגד המשטר הפוליטי או הסדר החברתי במצרים?

אינני רוצה להשאיר את אלה בדילמה ואני מנצל הזדמנות זו כדי להסיר את הלוט מעל התשובה המלאה בצורה בהירה וברורה ולמשמע כל מעוניין.

הכוח הוא סיסמת האסלאם בכל תקנותיו וחוקיו, שכן הקוראן קורא בצורה ברורה: (הכינו נגד אויביכם ואויבי אללה צבא וחיל פרשים כמה שתוכלו, כדי להפחידם ולהרתיע אחרים) (בשורת המענקים מן השלל: 60).

גם הנביא אומר (מאמין חזק טוב ממאמין חלש). הכוח אף סיסמת האסלאם גם בתפילה, שזה המראה של נכנעות וענווה. והנה מה הנביא היה מבקש בתפילותיו בלבבו ומה שמקורביו ידעו:

(אללה, שמור אותי מפני דאגה ומצער, שמור אותי מחוסר אונים ועצלות ומפני פחדנות וקמצנות ושמור אותי מנטל החובות ומהכרעת הגברים). הלא ברור לכם שבתפילות אלה הוא מבקש שאללה יגן עליו מפני כל סימן של חולשה:

חולשת הרצון בגלל דאגות וצער, חולשת הייצור בגלל נכות ועצלות, חולשת כיס וכסף של פחדנות וקמצנות וחולשת הכבוד בגלל חובות והתעמרות? אז מה מתבקש מאדם המאמין בדת זו מלבד להיות חזק בכל דבר, שסיסמתו היא כוח בכל דבר? האחים המוסלמים חייבין להיות חזקים וחייבים לפעול בכוח.

אבל לאחים המוסלמים מחשבות עמוקות יותר וראיה לרחוק ואינם מתפתים למעשים ומחשבות שטחיות, כך שהם לא צוללים למעמקיהם ואינם שוקלים את תוצאותיהן והכוונות מאחוריהן, וזאת כי הם יודעים היטב שדרגת הכוח הראשונה היא כוח האמונה ואחריה כוח האחדות והקשר ואחר כך כוח הזרוע והנשק. אין זה נכון לתאר קבוצה כקבוצה חזקה אם אינה מקיימת שלוש העקרונות אלה. אם תנועה תפנה לשימוש כ\בכוח הנשק כשהיא מחולקת והסדר הפנימי שלה משובש או אמונתה חלשה, הרי שגורלה למות להיעלם.

נקודה שניה: האם האסלאם – שהכוח הוא סיסמתו- להשתמש בכוח בכת מצב ובכל תנאי? או שמא הציב לכך מגבלות והכתיב תנאים והכוון את הכוח אל כיוון מוגדר?

נקודה שלישית: האם כוח יהיה התרופה הראשונה או שצריבה היא אחרונת התרפות? והאם על האדם לאזן בין תוצאות מועילות של שימוש בכוח לבין תוצאותיה המזיקות עם כל הנסיבות הסובבות שימוש בכוח זה? או שמחובתו של אדם להשתמש בכוח ויהיה אשר יהיה?

אלה הן נקודות שהאחים המוסלמים נותנים עליהם את הדעת לגבי שיטת השימוש בכוח בטרם ישתמשו בו. המהפכה היא הגילוי האלים ביותר של כוח, לכן האחים המוסלמים בוחנים אותה בדקדקנות ולעומק, ובמיוחד במולדת כמו מצרים שהייתה עדה למהפכות וכולכם יודעים מה הן תוצאותיהן.

לאור כל ההערכות האלה אני אמור לאלה התוהים: האחים המוסלמים ישתמשו בכוח מעשי כאשר שאר הדרכים לא מועילות ורק כאשר יהיו סמוכים ובטוחים שהשלימו את ההצטיידות באמונה ואחדות, וכאשר הם ישתמשו בכוח הם יהיו

אצילויים וכנים ותחילה ישגרו אזהרה טרם השימוש בכוח וימתינו, ולאחר מכן הם ייגשו בכבוד וגאווה ויישאו בתוצאות מעשיהם ברצון.

האחים המוסלמים לא חושבים על המהפכה ואינם סומכים עליה ואינם מאמינים באפקטיביות שלה ובתוצאותיה, אם כי הם מצהירים בפירוש בפני כל ממשלה במצרים שאם המצב יישאר על כנו ואם האחראים לא יפעלו למתן מענה מהיר לכל הבעיות האלה, הדבר יוביל בהכרח למהפכה שהיא לא מעשה ידיהם של האחים המוסלמים ולא במסגרת שליחותם, אלא זה יהיה לחץ הנסיבות ודרישות השעה והזנחת הרפורמה, שהן בעיות ההולכות ומסתבכות עם הזמן ומהות סימן אזהרה לאחראים כדי שימהרו לנקוט צעדי הצלה מעשיים.

האחים המוסלמים והשלטון

חלק אחר מהאנשים תוהים: האם משנתם של האחים המוסלמים קובעת שהם יהיו ממשלה או לדרוש את השלטון? ובאיזה דרך ישיגו זאת?

גם תוהים אלה אני לא משאירם להתחבט בשאלה ואני נותן להם תשובה.

כל צעדיהם ותקוותיהם של האחים המוסלמים מבוססות על הכוונת האסלאם כפי שהם מבינים אותו וכפי שהם הסבירו הבנתם זו כבר במילותיהם הראשונות.

האסלאם שהאחים המוסלמים מאמינים בו רואה בממשלה יסוד מיסודותיו. יסוד זה מבוסס על ביצוע כמו גם על הכוונה. בעבר אמר הח'ליף השלישי: (אללה ייקח בעזרת השלטון את מה לא נלקח בעזרת הקוראן).

הנביא עליו השלום קבע את השלטון כיסוד מיסודות האסלאם. השלטון הוא גם סוגיה מרכזית בספרי התיאולוגיה שלנו ולא סוגיה משנית, שכן האסלאם הוא שלטון וביצוע כפי שהוא חקיקה וחינוך וכפי שהוא חוק ומשפט, שלא ניתן להפריד ביניהם.

אם המוסלמי הרפורמיסט מסתפק בתפקידו כדרשן ומדריך שמסביר דינים ומדקלם הוראות ומשאיר את הביצוע לאחרים שיחוקקו חוקים לאומה בניגוד לרצון אללה ומכריחים את האומה לבצע, התוצאה הטבעית היא שדבריו של הרפורמיסט יהיו משולים למי שנושף על אפר בתקווה שתבער ממנו אש.

הרפורמיסטים האסלאמיסטים עשויים להסתפק במעמדם כמטיפים ומדריכים אם הם מוצאים שאנשי הביצוע פועלים על פי הוראות אללה ומיי, שמים את דינו, אולם לנוכח המצב כעת:

החוק האסלאמי בוואדי והחוק בפועל בוואדי אחר, כך שהימנעות הרפורמיסטים האסלאמיים מלדרוש את השלטון היא בגדר פשע אסלאמי, שלא ניתן לכפר עליו אלא באמצעות תקומה ונטילת כוח הביצוע מידי אלה שאינם סרים לדיני האסלאם.

אלה דברים ברורים שאנו לא ממציאים. דברים אלה קובעים את דיני האסלאם. לפיכך, האחים המוסלמים לא מבקשים את השלטון לעצמם כל עוד שי אנשים המוכנים לשאת בנטל ומקיימים את המשימה בהתאם לשיטת האסלאם הקוראני. האחים המוסלמים יהיו חיילים בשירותם של אנשים אלה. ואם לא יימצאו אנשים כאלה, הרי שהשלטון הוא דרכם ויפעלו לשם נטילתו מידי כל ממשלה שלא מקיימת את הוראות אללה.

לפיכך, האחים המוסלמים נבונים דיים שלא למהר אל תפיסת השלטון כאר האומה נמצאת במצב זה. יש צורך בתקופת זמן שתאפשר הפצת עקרונות האחים המוסלמים וללמד את העם כיצד יעדיף את טובת הכלל על טובת הפרט.

בהקשר זה אנו אומרים: האחים המוסלמים לא ראו בממשלות הקודמות ולא בממשלה הנוכחית או קודמתה או כל ממשלה מפלגתית ממשלה שמסוגלת לשאת בנטל זה או ממשלה שמגלה נכונות אמיתית לתמיכה ברעיון האסלאמי. העם צריך לדעת זאת ולבקש משליטו את הזכויות המגיעות לו על פי האסלאם ועל האחים המוסלמים לפעול למען מטרה זו.

דבר שני: טעות חמורה היא לחשוב שהאחים המוסלמים היו בתקופה כלשהי מתקופות שליחותם קרש תומכת בכל ממשלה או מבצעים למען מטרה שהיא לא מטרתם או פועלים בדרך שהיא לא דרכם. זאת צריכים לדעת חברי תנועת האחים המוסלמים ושאר האנשים.

האחים המוסלמים והחוקה

חלק מהאנשים תוהים באשר לעמדת האחים המוסלמים לגבי החוקה המצרית? ובמיוחד אחרי שהאח צאלח אפנדי עשמאווי, העורך הראשי של שבועות אלנד'יר,

פרסם מאמרים בניין זה ומאמריו זכו לביקורת בעיתן "מצר אלפתאת". זוהי הזדמנות טובה לדבר על דעתם של האחים המוסלמים ועמדתם לגבי החוקה המצרית. כהקדמה, אני רוצה שנפריד תמיד בין החוקה, שהיא תקנון של כללי השלטון שמסדיר את תחומי האחיות של הרשויות ואת חובת השליטים ואופי הקשר ביניהם לבין הנתינים, לבין חוק שמסדיר את היחסים בין הפרטים ומגן על זכויותיהם למיניהן ומחייב אותם לתת את הדין על מעשיהם. לאחר הקדמה זו אני יכול להבהיר את עמדתנו לגבי המשטר החוקתי בכלל ולגבי החוקה המצרית בפרט:

כאשר חוקר מעיין בעקרונות המשטר החוקתי שתמציתם שמירת חופש הפרט לסוגיו, התייעצות וקבלת לגיטימיות שלטונית מהאומה והאחריות של השליטים כלפי העם וחובתם לתת דין וחשבון על מעשיהם, והגדרת תחומי כל רשות; כל העקרונות האלה מתיישבים עם הוראות האסלאם וכלליו בכל הנוגע לצורת השלטון.

לכן, האחים המוסלמים סבורים שהמשטר החוקתי הוא המשטר הכי קרוב אל האסלאם ואינם מבקשים להחליפו במשטר אחר.

מכאן נותר עוד שתי סוגיות:

ראשית, הטקסטים המשמשים תבנית ליציקת העקרונות הנ"ל.

שנית, אופן הביצוע, שעל פיו מפורשים טקסטים אלה בצורה מעשית.

עיקרון תקין ונכון עשוי להיות משולב בתוך ניסוח מעורפל ונזיל שמשאיר מקום לתמרן את העיקרון עצמו. ניסוח בהיר וברור של העיקרון התקין עשוי להיות מבוצע בצורה גחמנית ומוטית, כך שהביצוע לא יביא את התועלת הרצויה.

האחים המוסלמים מוצאים בחוקה המצרית ניסוחים מעורפלים שמשאירם פתח נרחב לפרשנויות בהתאם לנטיות והשקפות. לכן, יש צורך בהבהרות והגדרות. שנית: אופן מימוש החוקה והנהגת השלטון החוקתי במצרים היא דרך שכישלונה הוכח והעם סבל מנזקיה במקום ליהנות מפירותיה. לכן, יש צורך בעדכון ותיקון שיגדיר את היעדים וייתן מענה לצרכים.

די לנו בהקשר זה אם נצביע על חוק הבחירה, שהוא דרך בחירת חברי הפרלמנט שמייצגים את האומה, מיישמים את חוקתה ומגינים עליה. די לנו

לראות את היריבויות והסכסוכים שחוק זה הביא על האומה והמציאות היא עדות לתוצאותיו. אנחנו צריכים להיות אמיצים דיינו כדי להתמודד עם שגיאות ולפעול לתיקונן. לכן, האחים המוסלמים עושים מאמצים להבהרת הניסוחים המעורפלים בחוקה המצרית ותיקו דרך מימושה של החוקה. דומני שעמדת האחים המוסלמים בעניין סה הובהרה.

במאמרו הראשון, האח צאלח אפנדי עשמאווי הביע ביקורת מנקודת מבטם של האחים המוסלמים והוא הפליג בביקורת והיה חריף ונוקב. הסבנו תשומת לבו לכך שזו לא ממש עמדתנו, שכן אנו משלימים עם העקרונות הבסיסיים של המשטר החוקתי, שלדעתנו מתיישבות ואף נגזרות ממשטר האסלאם, וכי הביקורת שלנו היא על הערפול ועל דרכי היישום. הוא רצה להביע זאת ולהציג את הדברים כאישורם לגבי האחים המוסלמים והייתה הקלה בדבריו ובשני המקרים הוא נשכר, שכן כוונתו הייתה טובה והוונה של אדם גוברת על מעשיו. אנו מודים לאלה שנקטו עמדה זו כלפי האח סאלח אפנדי ולא יזיק לו לקבל את האזהרה הזו כדי שיעדיף מתינות בכל מקרה. אני חושב שאין מה לפרט מעבר לכך. דוגמאות מפורטות וראיות מלאות לגבי התרופה ושיטת התיקון יובאו באיגרת נפרדת.

האחים המוסלמים והחוק

הקדמתי ואמרתי שהחוקה היא דבר והחוק הוא דבר אחר והבהרתי את עמדת האחים המוסלמים לגבי החוקה, וכעת אני מבהיר את עמדתם לגבי החוק.

האסלאם אינו דת נטולת חוקים. האסלאם קבע מקורות רבים לחקיקה וקבע גם דינים בעניינים חומריים, פליליים, מסחריים ובינלאומיים. עדויות לכך נמצאות בשפע בקוראן ובדברי הנביא וספרי הלמדנים התיאולוגים עוסקים בהרחבה באפקטים אלה. הזרים עצמם הכירו בעובדה זו והיא אושרה בוועידת הבינלאומית בלהאיי בנוכחות אנשי משפט מכל העולם.

לכן, אין זה מתקבל על הדעת שהחוק של אומה אסלאמית יהיה מנוגד עם ההוראות והדינים של דתם וסותר את דברי אללה והנביא, שכן אללה הזהיר את נביאו בנקודה זו ואמר: (אתה מוזהר לשפוט ביניהם לפי החוקים שאללה הוריד לא לפי יצריהם ולכן הזהר אותם לבל ינסו להשפיע עליך לסטות מהחוקים שאללה הוריד אליך, ואם לא יצייתו דע כי אללה רוצה לפגוע בהם על חטאיהם כי רבים החוטאים ביניהם. הרוצים הם לחזור אל משפטי תקופת הבערות

[הג'אהליה]? הלא אין טוב מאללה כשופט בין בני אדם הבוטחים בו) (בשורת
השולחן:49-50).

והוסיף: (מי שאינו רוצה לנהוג לפי החוקים שאללה הוריד הרי הוא מן
החוטאים- העושקים-ההוללים) (בשורת השולחן:44, 45, 47). אם כן מה
תהיה עמדתו של מוסלם שמאמין באללה ובדבריו למשמע פסוקים ברורים
אלה ולמשמע גברי הנביא כשהוא רואה עצמו כפוף לחוק הסותר אותם? אם
יבקש תיקון לחוק יאמרו לו: הזרים לא מקבלים זאת ולא מסכימים. לאחר
הגבלה זו יאמרו לו: המצרים הם עצמאיים ועדיין אל יכולים ליהנות מחופש
הדת, שזה החופש הקדוש ביותר.

חוקים אלה שחוקקו ע"י בני אדם מתנגשים עם הדת והניסוחים שלהם מתנגשים
עם אותה חוקה אזרחית שקובעת כי דת המדינה היא האסלאם, אז כיצד ניתן
ליישב בין שני הדברים?

אם אללה ונביאו אסרו ניאוף, ריבית, משקאות משכרים והימורים והחוק בא להגן
על הנואף והנואפת ומחייב תשלום ריבית ומדיר את העיסוק בהימורים, אז מה
תהיה עמדתו של המוסלם לגבי דברים אלה?

האם יציית לאללה ונביאו וימיר את פי הממשלה וחוקיה? או שמא ימיר את פי
הנביא ודברי אללה ויציית לממשלה? אנו מבקשים לשמוע תשובה לשאלה זו
מכבוד ראש הממשלה, משר המשפטים ומאנשי הדת המלומדים הנכבדים.

האחים המוסלמים לא מסכימים עם חוק זה כלל וכלל ואינם משלימים עמו ויפעלו
בכל דרך להחיל במקומו את החוקים האסלאמיים הצודקים. לא נעסוק כאן
בתגובה למה שנאמר בעניין זה לגבי ספקות או מכשולים שעשויים להיות בדרך,
אלא שאנו מסבירים כאן את עמדתנו שפעלנו ונמשיך לפעול על פיה וצלחנו
למענה מחסומים ומכשולים כדי שלא יהיה ספק באשר לכוונתנו וכדי לא לעורר
סכסוך ומדון וכדי שהדת כולה תהיה דת אל אללה.

האחים המוסלמים הגישו לכבוד שר המשפטים תזכיר נוסף בעניין זה, שבסיכומו
הזהירו את הממשלה מגרימת מבוכה לאנשים בעניין זה, שכן האמונה היא הדבר
היקר ביותר. האחים המוסלמים יעשו זאת שוב וזה לא יהיה הניסיון האחרון
שלהם (אך אללה יגביר וישלים את אורו למגינת לבם של הכופרים) (בשורת
החסינות: 32)

האחים המוסלמים והלאומיות, הפאן ערביות והאסלאם

לעתים רבות מחשבותיהם של אנשים מתחלקות בשלושת האספקטים האלה: אחדות לאומית, אחדות ערבית ואחדות אסלאמית ואולי יוסיפו גם את האחדות המזרחית. ומשם מתחילים דיבורים רבים ועולים רעיונות לגבי האיזון ביניהם ולגבי האפשרות או הקושי ליישם אותם, ומה תהיה התועלת או הנזק מיישומם ודברים בזכות חלק מהם ובגנות החלק האחר.

מה היא עמדת האחים המוסלמים לגבי ערב רב זה של רעיונות וסוגיות? במיוחד כאשר יש אנשים שמטילים ספק בלאומיות של האחים המוסלמים וסבורים שהם נאחזים ברעיונות האסלאמיים שמונעים מהם להיות נאמנים ללאומיות.

התשובה לכך היא שאנו לא נחרוג מהכלל שהנחנו כיסוד לרעיון שאנו מקדמים, שהוא לצעוד בהכוונת האסלאם ולאור הוראותיו הנעלות. אז מה היא עמדתו של האסלאם לגבי סוגיות אלה?

האסלאם ציווה בצורה מוחלטת וחד משמעים שעל כל אדם לפעול לטובת ארצו ולפעול במסירות לשירות ארצו ולתרום ככל יכולתו לטובת העם שהוא חי בתוכו, מכאן שהאדם המוסלמי הוא אדם כי הדבר מצווה בדברי אלוהים. לכן, האחים המוסלמים הם אנשים שמקפידים לשמור על טובת מולדתם ומשרתים את קהילותיהם במסירות, שכן הם מייחלים למדינה יקרה זו כל טוב, כבוד ותהילה, שזו ארץ שהנהיגה את האומה האסלאמית תחת נסיבות רבות. אהבת הנביא לעיר אלמדינה לא מנעה ממנו להתגעגע אל מכה והוא נהג לומר לחברו אציל כשהוא מתאר את מכה (אציל, רק הלב יודע) או כששמע את בילאל אומר שיל געגועים למכה ולשכונותיה:

בואדי כשמסביב אג'ח'ר וג'ליל	הלוואי ואלון ולו לילה אחד
ולראות משם את שאמה וטפיל	ולשתות יום אחד ממי מג'נה

האחים המוסלמים אוהבים את מולדתם ושומרים על אחדותה הלאומית, לפיכך אינם רואים כל פסול באדם המסור למולדתו ומשרת את קהילתו במסירות, שזה מבחינת הלאומיות הפרטית.

מה גם שהאסלאם התחיל כאסלאם ערבי והגיע אל שאר העמים דרך הערבים ונכתב בלשון ערבית ברורה והאומות התאחדו בשמו על פי לשון זו כאשר

המוסלמים היו מוסלמים. בספרי תולדות ימי האסלאם נכתב: אם הערבים יושפלו, האסלאם יושפל ומצב זה התגשם כאשר השלטון הפוליטי הערבי הושפל ועבר מידיהם לידי עמים זרים, שכן הערבים הם חברת האסלאם ושומריו.

ברצוני בנקודה זו להעיר כי האחים המוסלמים מתייחסים אל הפאן ערביות כפי שהנביא ידע אותה כפי שמספר על כך אבן כת'יר, שציטט את מועאד' בן ג'בל: (הערבית היא לשוננו).

מכאן שאחדות הערבים היא דבר שאין ממנו מנוס לשם החייאת האסלאם והקמת מדינת האסלאם וחיזוק שלטונו. לפיכך, מחובתו של כל מוסלמי לפעול למען החייאת האחדות הערבית וחיזוקה, שזו היא עמדת התנועה לגבי האחדות הערבית.

נותר לנו להגדיר את עמדתנו לגבי האחדות האסלאמית, והאמת שהאסלאם כאמונה חיסל את הפערים היחסיים בין בני אדם, שכן אללה אומר: (המאמינים אחים הם) (בשורת החדרים:10). גם הנביא אמר: (המוסלם הוא אח למוסלם) והמוסלמים שווים בדם וקמים להם מנהיגים מאוכלוסיות צנועות והם משלבים ידיים נגד אחרים.

בנסיבות אלה, האסלאם אינו מכיר בגבולות גיאוגרפיים ואינו מתייחס להבדלים גזעיים ורואה במוסלמים אומה אחת ורואה במולדת האסלאמית מולדת אחת ללא קשר למרחקים בין ארצותיה. על כן, גם האחים המוסלמים מקדשים אחדות זו ומאמינים בה ופועלים לאחד את קולם. האחים המוסלמים מצהירים שמולדתם היא כל שעל אדמה שיש עליו מוסלמי שאומר (אין אלוהים בלעדי אללה ומוחמד נביא אללה). היטיב לתאר זאת אחד ממשוררי האחים המוסלמים:

שבה סוריה והנילוס שווים	לא ידעתי מולדת זולת האסלאם
השם מהדהד במולדות רבות	וכל שאזכיר את אללה בארץ

חלק מהאנשים טוענים: זה מנוגד לזרם המחשבה השכיח בעולם, רעין הקנאות לגזעים ולצבעים, והעולם היום נשטף בגל של לאומים, איך תתמודדו מול זרם זה וכיצד תקומו כנגד ההסכמה של כלל האנשים?

תשובתנו היא שאנשים שוגים ותוצאות שגיאותיהם ניכרות בבירור בטרדה הנגרמת לעמים וייסורי המצפון שלהם. משימתו של הרופא היא לא לרצות את

החולים אל לטפל בהם ולהדריכם אל הכיוון הנכון, וזו היא משימת האסלאם ומי שנושא את שיחות האסלאם.

אחרים אומרים שהדבר בלתי אפשרי והפעולה בכיוון הזה הי לשווא וכי מוטב למי שפועלים למען אחדות זו שיפעלו לטובת עמיהם ולשרת את מולדותיהם.

התשובה לכך היא שזו שפה של חולשה ופסיביות. אומות אלה היו בעבר מפוזרות ומסוכסכות בעניינים רבים: דת ושפה, רגשות, תקוות ומכאובים והאסלאם איחד אותן ואיחד את קולן, והאסלאם נותר כפי שהיה, שאם ימצא מי מבניו שיקום ויישא את נטל השליחות וחידושה בנפשות המוסלמים, הוא מאחד עמים אלה מחדש כפי שאיחד אותם בימים עברו, כאשר השחזור קל יותר מהבניה מחדש והניסיון הוא ההוכחה הטובה ביותר.

חלק מהאנשים דוגלים באחדות מזרחית זו, ודומני שנטייה זו התעוררה בקרבם של אלה בגלל הקנאות של המערביים למערב שלהם ובגלל יחסם המוטעה אל עמי המזרח. אם המערביים ימשיכו להתייחס בצורה זו לעמי המזרח, התוצאות יהי קשות עבורם. האחים המוסלמים מתייחסים לאחדות מזרחית זו רק מתוך רגש כאשר המזרח והמערב שווים ביניהם ככל שעמדתם לגבי האסלאם תהיה תקינה והאחים המוסלמים לא מעריכים אנשים אלא על פי פרמטר זה.

אם כן, ברור שהאחים המוסלמים מכבדים את הלאום האישי שלהם בשל היותו היסוד הראשון לתקומה הרצויה. אין הם רואים כל פסול בכל שכל אדם יעש למען מולדתו ולהעדיף את מולדתו על מולדת אחרת. האחים המוסלמים גם תומכים באחדות ערבית ורואים בה את המעגל השני של התקומה ולאחר מכן הם פועלים לשם אחדות אסלאמית, שהיא הגדר השלם שמקיף את המולדת האסלאמית הכללית. לאור הבהרות אלה אני מרשה לעצמי לומר: האחים חפצים בטובת העולם כולו, הם קוראים לאחדות עולמית כי זו מטרתו של האסלאם וזו משמעות שליחותו ומשמעות דברי אללה: (ולא שלחנו אותך אלא כרחמים על האנשים) (בשורת הנביאים: 107).

לאחר פירוט זה אני לא רואה כל צורך לומר שאין סתירה בין האחדויות הנ"ל במשמעות זו וכי כל אחדות מהן מחזקת את האחדות האחרת. אולם, אם עמים מסוימים רוצים להפוך את הקריאה ללאומיות פרטית נשק שיחסל תחושה של לאומיות אחרת, הרי שהאחים המוסלמים לא מסכימים עמם וייתכן שזה ההבדל ביננו לבין אנשים רבים.

האחים המוסלמים ומוסד הח'ליפות

להשלמת סקירה זו, אני רואה צורך לסקור עמדתם של האחים המוסלמים לגבי הח'ליפות. האחים המוסלמים מאמינים שהח'ליפות היא סמל האחדות האסלאמית וגילוי של קשר בין אומות האסלם, וזה מנהג אסלאמי שעל המוסלמים לתת עליה את הדעת ולדאוג לה. הח'ליף הוא הסמכות והמקור לדינים רבים בדת אלוהים, לכן מקורבי הנביא הקדימו לעסוק בבחירת ח'ליף (יורש) לפני שהחלו לעסוק בסידורי קבורת הנביא.

האמירות בעניין מינוי אימאם וקביעת כללים להסדרת תפקידו אינם מותירים ספק בכל שמחובת המוסלמים לדאוג לעניין הח'ליפות שלהם מיום שסטתה מהדרך עד שבוטלה כללי עד שבוטלה כללי עד יומנו זה.

לכן, האחים המוסלמים מציבים בראש עדיפויותיהם את רעיון הח'ליפות והפעולה למען השבתה, אם כי הם סבורים שהדבר מצריך הכנות רבות הכרחיות וכי צעד ישיר להשבת הח'ליפות יתבצע אחרי צעדי ההכנה הכרחיים:

הכרחי שיתקיים שיתוף פעולה מלא במישורים התרבותי, החברתי והכלכלי בין כל עמי האסלאם, אחר כך יש לכרות אמנות, בריתות והסכמים בהשתתפות כל הארצות האלה וכינוס ועידות ומפגשים בהשתתפות ארצות אלה. הוועידה הפרלמנטרית האסלאמית בעניין הסוגייה הפלסטינית והזמנת נציגי ארצות האסלאם אל לונדון כדי לדרוש משם את זכותם של הערבים על ארץ הקודש היו שני צעדים טובים בכיוון הזה. לאחר מכן יש להקים את חבר אומות האסלאם, שאם תוקם, אז תהיה אחדות לגבי אימאם, שהוא החוליייה המרכזית בשרשרת, הוא המאחד, הוא משאת נפשם של כל המוסלמים והוא צל אללה עלי אדמות.

האחים המוסלמים והמוסדות השונים

האחים המוסלמים והמוסדות האסלאמיים

כעת ואחרי שהבהרתי את עמדתם של האחים המוסלמים בסוגיות רבות שמעסיקות את האומה בשעה זו, ברצוני גם להבהיר לכבודכם מה היא עמדת האחים המוסלמים לגבי גופים ומוסדות אסלאמיים במצרים, וזאת משום שדורשי טוב וחסד רבים מייחלים לאחדות של גופים אלה בליגה אסלאמית אחת, שמדברת בקול אחד. זוהי תקווה גדולה ומשאת נפש יקרה של כל החפצים בתיקון בארץ זו.

האחים המוסלמים רואים בגופים ובמוסדות האסלאמיים השונים כגופים הפועלים למען תמיכה באסלאם והם מאחלים לכולם הצלחה. גם במשנתם של האחים הם קבעו עקרונות להתקרב אל מוסדות אלה ולפעול לאיחודם מסביב לרעיון הכללי. ההחלטה בעניין זה נתקבלה במהלך הוועידה הרביעית של האחים המוסלמים באלמנצורה ובאסיוט בשנה שעברה. אני מבשר לכם שלשכת הכוונה כאשר התחילה ליישם החלטה זו נתקבלה בברכה בכל הגופים והמוסדות שנוצר עמם קשר, מה שמבשר הצלחת המהלך עם הזמן בעזרת השם.

האחים המוסלמים והצעירים

השאלה שמרבים להעלות אנשים היא: מה ההבדל בין תנועת האחים המוסלמים לבין אגודת הצעירים? ולמה שלא תהיינה גוף אחד שיפעל על פי משנה אחת?

בטרם אענה על שאלה זו, ברצוני להדגיש בפני כל אוהבי איחדו המאמצים ושיתוף פעולה כי האחים המוסלמים והצעירים, ובמיוחד כאן בקהיר, אינם חשים שהם נמצאים בזירה של ויכוח, אלא בזירה של שיתוף פעולה חזק והדוק, וכי רבות מהסוגיות האסלאמיות והסוגיות הכלליות מופיעים בהם האחים המוסלמים והצעירים כגוף אחד, שכן היעד הכללי הוא יעד משותף, שהוא פעולה לחיזוק האסלאם ורווחת המוסלמים. אמנם קיימים הבדלים קלים בשיטת השליחות והעברת המסר ובתוכניותיהם של האחראים בכל צד, וכי העת שכל הקבוצות האסלאמיות יהיו בחזית מאוחדת אחת היא עת לא רחוקה כמדומני והזמן פועל בעזרת השם להשגת יעד זה.

האחים המוסלמים והמפלגות

האחים המוסלמים סבורים שכל המפלגות הפוליטיות במצרים קמו בצל נסיבות מסוימות ומסיבות וממניעים שלרוב היו מניעים אישיים ולא אינטרסנטיים. ההסבר לכך ידוע לכולכם.

האחים המוסלמים סבורים גם שמפלגות אלה עדיין לא קבעו את מצעיהן. כל מפלגה טוענת שהיא תפעל למען העם בכת תחומי הרפורמה, אבל מה הם פרטי הפעולות האלה ומה האמצעים ליישומן? מה הם האמצעים שהוכנו לצורך זה ומה הם המכשולים שיהיו על דרך הביצוע וכיצד בכוונת מפלגות אלה להתגבר על המכשולים? אין לראשי המפלגות תשובות לשאלות הללו, שכן הם הסכימו בתוך וקום זה כפי שהסכימו בעניין אחר, שהוא הריצה אחרי השלטון והשררה

וגיוס כל פרסומית מפלגתית הגונה או לא הגונה כדי להגיע לשלטון תוך הכפשת יריבים פוליטיים המנסים למנוע מהם להגיע לשלטון.

האחים המוסלמים סבורים גם שהמפלגתיות הזו פגעה בחיי האנשים והשחיתה את המוסר שלהם וקרעה את הקשרים ביניהם והותירו השפעה רעה על חייהם הפרטיים והציבוריים.

האחים המוסלמים סבורים גם שהמשטר הייצוגי ואף הפרלמנטרי אין לו כל צורך במשטרי המפלגות בצורתן הנוכחית במצרים, שאילולא זאת לא היו קמות ממשלות קואליציוניות במדינות דמוקרטיות, שכן הנימוק לפיו הפרלמנט אינו מתקיים אלא בנוכחות המפלגות הוא נימוק מופרך, שכן אנו רואים מדינות רבות חוקתיות ופרלמנטריות המתנהלות על פי משטר של מפלגה אחת והדבר אפשרי.

האחים המוסלמים סבורים גם שיש הבדל בין חופש הדעה, החשיבה וההסברה, ההתייעצות והעצה, דבר שהאסלאם מחייב, לבין קנאות דעות ואדיקות וחריגה מגבולות הקונצנזוס ועבודה מתמדת להרחבת הפיצול בעם וערעור יסודות השלטון, שאלה דברים מחויבים על פי המפלגתיות והאסלאם דוחה אותם ושולל אותם בכל לשון של שלילה. האסלאם בכל חוקיו והלכותיו קורא לאחדות ושיתוף פעולה.

זוהי תמצית עמדתם של האחים המוסלמים לגבי מפלגות במצרים. לכן, מזה שנה לערך, הם פנו אל ראשי המפלגות והפצירו בהם להניח בצד את היריבויות ולהתכנס יחד. הם אף הציעו לכבוד הנסיך עומר טוסון שהם יפעלו בעניין זה כמתווכים בין המפלגות. כמוכן, הם ביקשו מהמלך לפרק את המפלגות הקיימות כדי לאלצם להשתלב בגוף ציבורי אחד שתפעל למען העם על פי כללי האסלאם.

אם בעבר הנסיבות לא סייעו להגשמת רעיון זה, אנו סבורים שהשנה הנוכחית היוותה עדות לצדקת השקפתם של האחים המוסלמים. כל מי שבליבו היה ספק השתכנע כעת שלא תצמח כל תועלת מהישארות מפלגות אלה והאחים המוסלמים ימשיכו במאמציהם בכיוון הזה והם יגיעו אל היעד הנכסף בעזרת השם ובעזרת ההתעוררות של העם. ולנוכח הכישלון המתמשך של המפלגות בכל התחומים, אמירתו דברי אללה יתממשו בהכרח: (הקצף על פני המים ייעלם, אך המים המועילים לבני אדם ייספגו באדמה) (בשורת הרעם:17).

חלק מאנשי המפלגות רואים בדברינו אלה משום הבעת כוונה להרוס את מפלגתם לטובת מפלגה אחרת או חתירה לאינטרס מסוים. עמדה זו מוטעית

ושגויה ותעיד על כך העובדה שאשליה זו חלחלה אל כל המפלגות, כך שרבים מאנשי מפלגת אלווּפד מאשימים את האחים המוסלמים בכך שהם נלחמים במפלגה וכי כל התיאורים שמעלים האחים המוסלמים ביחס למפלגות מיוחסות אך ורק למפלגתם, וכי האחים המוסלמים מסיתים את העם לנטוש את המפלגה, וכי האחים המוסלמים עושים זאת בשירות הממשלה וכדי לחזק מפלגות שיש להם ייצוג בתוכן. בה בעת אנו שומעים האשמות דומות גם מהמפלגות השותפות בממשלה! האם יש הוכחה טובה מזה שהאחים המוסלמים מתייחסים באופן שווה לכל המפלגות וכי כל הנאמר מפיהם הוא בהשראת אמונתם ומצפונם?

ברצוני לומר לאחים שלנו, חסידי ואנשי המפלגות: עוד לא הגיע ולא יגיע היום שבו האחים המוסלמים ישתמשו ברעיון האסלאמי הטהור שלהם לשירות רעיון שהוא לא שלהם, וכי אין בקרב האחים המוסלמים כל עוינות או יריבות, אך הם סבורים ומאמינים במעמקי נפשם כי גאולת מצרים ורווחתה לא תתאפשר אלא בפירוק מפלגות אלה ויקום גוף לאומי פועל שיוביל את העם לניצחון בהתאם לכללי הקוראן.

בהזדמנות זו ראוי להבהיר כי האחים המוסלמים רואים בקואליציה בין המפלגות רעיון עקר, שלדעתם זה צעד משכך כאב והשפעתו תתפוגג עד מהרה וחברי הקואליציה יתחילו לתקוף זה את זה, כך שהיריבות ביניהם תהיה קשה יותר מכפי שהייתה לפני הקואליציה. התרופה היעילה והמכרעת היא שהמפלגות האלה ייעלמו ותודתנו נתונה להם על מילוי משימתם לאחר שהנסיבות שהביא להקמתן אינן רלוונטיות עוד אן כפי שנאמר, לכל זמן אנשים ופוליטיקה משלו.

האחים המוסלמים ותנועת מצרים הצעירה

בהזדמנות זו אני מוכרח להתייחס לעמדת האחים המוסלמים לגבי תנועת מצרים הצעירה. תנועת האחים המוסלמים הוקמה לפני עשרים שנים ותנועת מצרים הצעירה קמה לפני חמש שנים, כך שתנועת האחים המוסלמים מבוגרת פי שניים מתנועת מצרים הצעירה. יחד עם זאת, בחוגים רבים רווחת הדעה שתנועת האחים המוסלמים מקורה בתנועת מצרים הצעירה, וזאת משום שתנועת מצרים הצעירה הסתמכה על פרסום והסברה בעוד שהאחים המוסלמים העדיפו פעילות ויצירה. אין לנו כל עניין להתווכח אם האחים המוסלמים הם ששרטטו לתנועת מצרים הצעירה את דרך הג'יהאד והפעולה למען האסלאם או שמא זו תנועת מצרים הצעירה היא שהולידה את האחים המוסלמים ופרסמה אותם גם אם הם

נולדו לפניה והקדימו אותה לפעול בזירה ובג'יהאד לפני חמש שנים, שזה פרק זמן השווה לגיל התנועה.

זוהי שאלה תיאורטית שאין לה כל ערך בעיני האחים המוסלמים, אולם מה שרציתי להפנות אליו בדבריי הוא שהאחים המוסלמים מעולם לא היו בשורותיה של תנועת מצרים הצעירה ולא פעלו בתוכה. אין כוונתי לפגוע בתנועה או בראשיה, אבל אני אומר את הדברים כדיווח של עובדות, וכי עיתון מצרים הצעירה תקף את האחים המוסלמים והטיח בהם אשמות שווא וטענה שהאחים המוסלמים תוקפים אותה ומאשימים אותה, שזה דבר לא נכון. אנחנו, האחים המוסלמים לא הגבנו למה שנכתב משום שאלה דברים לא חשובים בעינינו ואני מקווה שזו היא גם תחושתם של כל האחים המוסלמים.

רבים מהאנשים מייחלים לאיחוד תנועת מצרים הצעירה עם תנועת האחים המוסלמים. אין ספק שזו תחושה יפה ואצילה, הרי אין יפה מאחדות ושיתוף פעולה למען מטרות טובות. אולם יש דברים שרק הזמן יכול להכריע בהם ויש חוגים בתוך תנועת מצרים הצעירה שרואים בתנועת האחים המוסלמים תנועה של הטפה דתית ותו לא, ויש חוגים בתנועת האחים המוסלמים הסבורים שהמשמעות האמיתי של האסלאם עוד לא הבשילה בנפשותיהם של רבים מחברי תנועת מצרים הצעירה במידה מספקת שתאפשר להם לשאת במשימת השליחות האסלאמית הטהורה. אם כן, בואו ניתן לזמן לעשות את שלו ולפסוק את פסיקתו.

אין משמעות הדבר שתנועת האחים המוסלמים תילחם בתנועת מצרים הצעירה, להיפך, אנו נשמח להצלחתו של כל גוף הפועל למען טובת העם. האחים המוסלמים לא אוהבים לערבב בין בניה והריסה ובזירת הג'יהאד יש מקום לכולם.

זוהי עמדתנו לגבי תנועת מצרים הצעירה כל עוד היא מצהירה כי אינה מפלגה פוליטית וכי היא פועלת ותמשיך לפעול למען הרעיון האסלאמי ולמען עקרונות האסלאם. מציאות עובדתית זו מהווה ניצחון חדש לעקרונות של האחים המוסלמים.

נותרה רק נקודה אחת, שהיא עמדת האחים המוסלמים לגבי תנועת מצרים הצעירה בנוגע להריסת הבארים. מובן שכל אדם שאוהב את מצרים לא היה רוצה לראות אפילו בר אחד על אדמתה, והאחים המוסלמים הטילו את האחריות על מעשה הריסת הברים על הממשלה בטרם יאשימו את המבצעים האמיתיים.

וזאת משום שהממשלה היא שהיכה את העם המוסלמי היושב בה ולא הייתה ערה לשינוי הנפשי והמגמות החדשות שהתעצמו בקרב העם לגבי האסלאם ודרכיו. בימי קדם נהגו לומר: (לפני שתבקש מבוכה שיפסיק לבכות, בקש מהמחזיק במקל להפסיק להכותו) ואני סבורים שעדיין לא הגיעה העת לזה וכי יש להמתין לנסיבות המתאימות כדי לעשות את זה בחוכמה רבה ובצורה פחות מזיקה ויותר מבליטה את המסר כמו הפניית תשומת לבה של הממשלה לקיים את המוטל עליה. על אף שהעצורים לא הודו במעשה, האחים המוסלמים פנו אל שר המשפטים כדי להסב תשומת לבו לצורך לדון בסוגיה זו בצורה מיוחדת בהתאם למניעים ההגונים שמאחוריו ולמהר ולהתקין תקנה שתגן על הארץ מפני שחיתויות מוסריות מסוד זה.

עמדת האחים המוסלמים לגבי מדינות אירופה

פירוט זה הבהיר את עמדת האחים המוסלמים כפי שהם שואבים אותה מהאסלאם בסוגיות הפנימיות החשובות וכדאי שאדבר אליכם על עמדתם לגבי המדינות האירופיות:

כפי שהקדמתי ואמרתי, האסלאם מתייחס אל המוסלמים כאל אומה אחת שלה מכאובים ותקוות משותפות וכל תוקפנות נגד מדינה אחת או נגד אדם מוסלמי כמוה כתוקפנות נגד כל המוסלמים.

קראתי מסקנה הלכתית תיאולוגית באחד הספרים שגרמה לי לצחוק ולבכות יחד, שן מחבר הספר אומר:

(אם אישה מוסלמית נשבתה במזרח, חובה על אנשי המערב לפדות אותה גם אם פדיונה מכלה את כל כספי המוסלמים). ראיתי דבר דומה בספר ותהיתי ביני לבין עצמי:

איפה הם עיניהם של כותבי ספרים אלה שלא ראו שהמוסלמים כולם שבויים אצל עמים כופרים ותוקפנים??

אני רוצה להסיק מזה כי המולדת האסלאמית היא מולדת אחת אינטגרלית וכי תוקפנות נגד חלק מחלקיה היא תוקפנות נגדה כלוה. שנית, האסלאם ציווה על המוסלמים להיות אימאמים בבתיהם, אדונים במולדתם, לא זו בלבד, אלא הם

צריכים לגרום לאחרים להשתלב בשליחותם ולצעוד בהכוונת אור האסלאם שהכווין מה שהיו לפניהם.

לפיכך, האחים המוסלמים סבורים שכל אומה שפגעה או פוגעת במולדות האסלאם היא מדינה רודנית והמוסלמים מוכרחים להתכונן ולעבוד כתף אל כתף כדי להיחלץ מעול המדינה הרודנית.

בריטניה ממשיכה להציק למצרים למרות הברית ביניהן. אין צורך לדבר על זה אם הברית מועילה, מזיקה או שיש לתקנה או לממשה, הרי כל אלה דיבורים חסרי תועלת וההסכם הוא כמו טבעת מסביב לצווארה של מצרים. האם מצרים יכולה להשתחרר מטבעת זו ללא עבודה טובה והתכוננות טובה? שכן שפת הכוח היא השפה הדומיננטית, אם כן עליה לפעול לשם כך ולרכוש זמן אם חפצה היא בחרות ועצמאות.

בריטניה ממשיכה לפגוע בפלסטין ובזכויות תושביה, ופלסטין היא מולדת לכל מוסלמי בשל היותה ארץ השלום ומולדת הנביאים ומקום מושבו של מסגד אלאקצא הקדוש. פלסטין היא חוב שבריטניה חייבת למוסלמים והם לא ינוחו ולא ייירגעו עד שהחוב ישולם. בריטניה יודעת זאת היטב וזה מה הניע אותה להזמין נציגי מדינות האסלאם לוועידת לונדון. אני מנצל הזדמנות זו כדי להזכיר לבריטניה כי זכויותיהם של הערבים לא ייגרעו וכי כל המעשים הקשים שנציגיה מבצעים בפלסטין לא מוסיפים אלמון שהמוסלמים נותנים בה.

מוטב לה לבריטניה להפסיק את הקמפיינים התוקפניים נגד התמימים החופשיים, ואנו משגרים אל כבוד המופתי מעל במה זו ברכות כנות של האחים המוסלמים ולא יזיק לכבודו או לכבוד בית אלחוסייני שבבתיהם ייערכו חיפושים ואנשיהם המכובדים יישבו בכלא, זה מוסיף להם כבוד וגאווה. אנו מזכירים למשלחות האסלאמיות את הרמייה וההונאה של בריטניה ומזכירים להם שיש לעמוד על קבלת מלוא הזכויות של הערבים.

בהזדמנות זו אני מזכיר לאחים המוסלמים כי הוקמה ועדה כללית במטה הצעירים המוסלמים שחברים בה נציגים מכל התנועות האסלאמיות. הועדה תפעל בשיתוף ובאחדות להנפקת בול תרומה אחיד שיחולק מתחילת השנה היג'רית ויוקדש לסיוע לפלסטין. בול זה יבוא במקום כל הבולים של כל הגופים. אנו ממליצים לאחים לעשות כל מאמץ לעידוד עבודתה של הוועדה ולסייע בהפצת

הבולים שלה עם הוצאתם ולחסל את יתרת הבולים הישנים שיישארו ברשות הוועדה והחזרתם אל הלשכה לשם השמדתם.

אנו נתחשבן אחר כך עם בריטניה בכל ארצות האסלאם שהיא כובשת בלא צדק, ושהאסלם מצווה על יושבי אותן ארצות ומצווה עלינו לפעול יחד עמם להצלת ארצות אלה.

ואילו צרפת, שלפרקים טוענת כי היא ידידת האסלאם יש למוסלמים אתה חשבון ארוך. לא נשכח את עמדתה המבישה כלפי סוריה האחות ולא נשכח את עמדתה בסוגיית מרוקו והעורך הברברי, ולא נשכח שרבים מאחינו היקרים, צעירי מרוקו, יושבים בבתי כלא ובגלות ועוד יבוא היום שהחשבון הזה יחוסל (כי בקרבות אלה אנו מנסים בני האדם לפרקים) (בשורת בית עמרם:140).

החשבון שלנו עם איטליה לא פחות בגודלו מזה של צרפת, שכן טריפולי המוסלמית השכנה והיקרה, הדוצ'י פועל להשמדתה והשמדת יושביה ומחיקת כל סימן ערבי ומוסלמי מעליה. הכיצד יישארו בה סימנים ערביים ואסלאמיים כשהיא נחשבת לחלק מאיטליה? אחרי זה אין כל מניעה מפניו של הדוצ'י לטעון כי הוא מגן האסלאם ולבקש את ידידותם של המוסלמים תחת טענה זו!!!

אחים מוסלמים:

דברים אלה פוצעים את הלבבות ומצערים עד מאוד! ודי לי להכיר אסונות אלה, שכן הרשימה ארוכה ואינסופית וכולכם יודעים זאת. אבל מחובתכם להסביר דברים אלה לאנשים וללמדם שהאסלאם לא מקבל לבניו פחות מחירות ועצמאות, בנוסף לריבונות והכרזת ג'יהאד, גם אם הדבר יגבה מהם קורבנות וכספים, שכן המוות עדיף על החיים האלה, חיי העבדות וההשפלה! ואם אתם תעשו זאת ותהיו נאמנים לאללה בנחישות, הניצחון בוא יבוא בעזרת השם: (אללה גזר: "אני ושליחי נהיה המנצחים") (בשורת הטוענת:21).

סיכום

אחים מוסלמים:

הצגתי בפניכם באיגרת זו תמצית מקיפה וקצרה על הרעיון שלכם בדמותה המיוחדת. והיום ברצוני לסקור יחד עמכם חלק מהבעיות החברתיות-כלכליות הקיימות בחברה המצרית, ואם תרצו, החברה האסלאמית, שכן התרופה אחת גם אם השמות שונים. אולם מחמת קוצר הזמן, אקדיש את הדיון בבעיה אחת,

שהיא התפוררות המוסר והיעדר אידיאלים, והעדפת האינטרס האישי על האינטרס הכללי ורתיעה מהתמודדות עם העובדות ובריחה ממעמסות הטיפול. ההתפצלות היא האויב, זוהי המחלה והתרן\ופה היא קול אחד גם נגד המוסר הזה וליישור המוסר של העם:

(כי מאושר הוא המזכה אותה וכושל המשחיתה) (בשורת השמש: 9-10).

אחים מוסלמים:

דת זו קמה בג'יהאד של אבות אבותיכם על בסיסים איתנים של אמונה באללה והתרחקות מהנאות חיי העולם הזה החולפים והעדפת חיי העולם הבא הנצחיים, והקרבת חיים וכספים למען תמיכה בצדק ובאמת ואהבת המוות למען אללה כאשר כל זה מתנהל על פי הכוונת הקוראן.

על יסודות אלה הם תבנו את תקומתכם ואישיותכם ותרכזו את שליחותכם ותובילו את האומה אל הטוב, (ואללה עמכם ולא יתעלם ממאמציכם) (בשורת מוחמד:35).

אחים מוסלמים:

אל לכם להתייאש, שכן הייאוש היא לא מידתם של המוסלמים, ועובדות היום הן חלומות האתמול וחלומות האתמול האתמול וחלומות היום הן עובדות המחר.

עדיין יש זמן ויסודות הבטחון עודם חזקים בקרב בני עמיכם המאמינים על אף התפשטות גילויי השחיתות.

החלש לא יישאר חלש כל חייו וכוחו של החזק לא יימשך לנצח: (אך אנו החלטנו להטות חסד לחלשים ולעשותם למנהיגים ויורשים) (בשורת הסיפור:5).

הזמן עוד יזמן לנו אירועים רבים הרי גורל, ועוד יהיו הזדמנויות לעשות מעשים גדולים, והעולם רואה בשליחותכם שליחות של הכוונה וניתחון ושלום, שתחלץ אותו מהמכאובים בהם הוא שקוע כיום. זהו תורכם להוביל את העמים ולהיות אדונים להם ואלה הימים מתחלפים בין אנשים ואתם מבקשים מאללה את אשר הם לא מבקשים. על כן, היו מוכנים ומזומנים ותעשו היום, כי ייתכן ולא תוכלו לעשות מחר.

פניתי אל הנלהבים מבינכם להמתין ובסבלנות ולחכות לעת ששעתם תגיע, ואני פוני לעצלים לקום ולהתחיל לעשות, שכן בג'יהאד אין מנוחה:

(רק אלה אשר שקדו והתאמצו למעננו ננחה בדרכנו, כי אללה עוזר רק לעושי הטוב) (בשורת העכביש:69)

ותמיד הלאה...

ואללה אכבר והשבח לאל, חסן אלבנא

(*): אתר ויקיפידיה האחים המוסלמים, https://bit.ly/2Sz9IL3

אסכולות וזרמים של המחשבה האסלאמית

רקע כללי

המחשבה	אל-ג'ואייני 858	אחמד בן חנבל 780 - 855	אבו חאמד אל-ע'זאלי 1058 - 1111	אבן תימיה 1263 - 1328	מוחמד בן עבד אל-והאב 1703 - 1791
תפיסה	[illegible]	[illegible]	[illegible]	[illegible]	[illegible]
השפעה על תנועת האחים המוסלמים	[illegible]	[illegible]	[illegible]	[illegible]	[illegible]

מחבר .. אסכולה ותנועה שהשפיעו על מבנה המחשבה המוסלמית

	ג'מאל א-דין אלאפע'אני 1838 - 1897	מוחמד עבדה 1849 - 1905	מוחמד רשיד רידא 1865 - 1935	אבו אל-אעלא אלמודודי 1903 - 1979
תפיסותיו	[illegible]	[illegible]	[illegible]	[illegible]
השפעתו על מבנה המחשבה המוסלמית	[illegible]	[illegible]	[illegible]	[illegible]

נספח 3

תקציר הביוגרפיה של האוטוריטות הרוחניות החשובות של תנועת האחים המוסלמים

אלח'ווארג': 658 לספירה

נסיבות צמיחתם

תנועת מרד וזרם ורבאלי אסלאמי שצמח בצל משבר ממשל ומלחמת אזרחים בסוף הקדנציה של הח'ליף השלישי, עות'מאן בן עפאן ותחילת הקדנציה של הח'ליף הרביעי, עלי בן אבי טאלב על רקע הסכסוכים הפוליטיים שהתחילו בקדנציה שלו. בעקבות רצח הח'ליף עות'מאן התגלע סכסוך על הח'ליפות בין עלי לבין מועאוויה בן אבי סופיאן והיריבים נחלקו לשתי קבוצות. צבאות היריבים התנגשו בשנת 657 לספירה בקרב "צפין". שני הצדדים שהתחרו על השלטון פנו לבוררות כשי ליישב את הסכסוך. חלק מצבא עלי בן אבי טאלב לא הסכימו לרעיון הבוררות והתפצלו מהצבא ולכן נקראו אלח'ווארג' (מקורו במלה הערבית ח'ורוג' [יציאה]). הם סירבו לקבל את הבוררות בטענה שהמשילות היא לאללה לבדו. הח'ווארג' האשימו את מנהיגי המדינה האסלאמית דאז, הח'ליף עלי ולאחריו גם מועאוויה והקימו קבוצה קיצונית להגנה על הזרם שלהם. הח'ווארג' עמדו על דעתם שמינוי הח'ליף ייעשה בהליך של בחירה ושבועת אמונים וכי הח'ליף צריך לתת דין חשבון על כל דבר קטן כגדול.

השפעת רעיונותיהם על תנועת האחים המוסלמים

לקבוצה זו לא הייתה השפעה ישירה על התנועות האסלאמיות החדשות, לרבות תנועת האחים המוסלמים בכל הקשור למשנה הרעיונית, אך השפעתם באה לידי ביטוי בחיקוי עמדתם הפוליטית, אשר התירה חריגה מהקבוצה והתקוממות נגד השלטון בהתבסס על עיקרון דתי, שלפיו אין משילות לבני אדם והמשילות היא לאללה לבדו. התיאורטיקנים של האחים המוסלמים, במיוחד סייד קוטוב השתמשו בתקדים זה לנימוק התנגדותם לשלטון פוליטי הנשען על חוקים מעשי ידי אדם והאשימו את השלטון בכפירה על פי עיקרון זה והעניקו לגיטימציה להכרזת הג'יהאד נגד השלטון. אם כן, אלה שלושה רעיונות מחוברים: המשילות לאללה ומי שמושל בצורה אחרת 0לפי השקפתם) הוא כופר ומותר להילחם בו בכוח (ג'יהאד).

אחמד בן חנבל 855-780 לספירהּ

אחרון הארבעת האימאמים של המוסלמים. נולד וגדל בבגדאד. למד אצל האימאם אלשאפעי, מייסד הזרם הסלפי שלפיו הקוראן והחדית' (דברי הנביא) הם היסוד לאמונה נכונה. ולשם כך הוא עשה מאמצים רבים ובילה זמן בסיורים בחצי האי ערב, בסוריה ובתימן כדי לאסוף וללקט דברים ואמירות המיוחסות לנביא. הוא פרסם את מקבץ האמירות (אלחדית' אלסוני) בספר שנקרא "אלמוסנד". ספר זה השפיע רבות בתחום לימוד חדש זה וממשיך להשפיע עד היום. אבן חנבל חי חיים צנועים וסגפניים וסירב לקבל מתנות ומענקים שנשלחו אליו מנכבדי העם ומנהיגיו.

הנסיבות שתרמו לעיצוב מחשבותיו

הגותו של אחמד בן חנבל הושפעה בעיקר ממאבקו נגד המשנה הרעיונית של קבוצת "אלמועתזלה", שהייתה הסמכות הרשמית של המדינה העבאסית בתקופת שלטון הח'ליפות העבאסיים- אלאמאמון ואחריו אלמועתסם ואלוואת'ק. המאבק שלו נגדם נסוב סביב סוגיות מהותיות שהעסיקו תיאולוגים ואנשי דת באותה עת, ובכלל זה סוגיית בריאת הקוראן. אבן חנבל התנגד בתוקף לרעיון זה וטען שהקוראן אינו ייצור ולכן הוא נצחי, ולפיכך כל הנאמר בו טוב לכל זמן ולכל מקום ויש ליישמו מלה במלה ולפרטי פרטים. המחלוקת בין אבן חנבל לבין אלמועתזלה הייתה לגבי הדרך להגיע אל האמת הדתי. אלמועתזלה, בהשפעת הפילוסופיה היוונית מתבססים על השכל ואילו אבן חנבל מתבסס על שיטת ההעברה (ההעתקה) מהקוראן ללא פרשנות וגם העתקה מדברי הנביא באותה דרך.

בסוף אבן חנבל ניצח את יריביו לאחר מאבק ארוך שנים, שבמהלכם הוא התייסר, נכלא ועונה. הדבר קרה כאשר אלמותווכל מונה לח'ליף בשנת 847. ח'ליף זה הפסיק לאמץ את הרעיונות של אלמועתזלה וסיים את מצוקתו של אחמד בן חנבל.

השפעת משנתו על האחים המוסלמים

השפעתו של אבן חנבל על ההגות האסלאמית הנמשכת עד יומנו זה מתבטאת בשיטה שלו שהתבססה על יישום מלא ומילולי של טקסים קדושים שהיו יסודות של הדת האסלאמית, שהם הקוראן ומורשת הנביא, אותם יש לקבל כמות שהם ולקחת אותם ממקורות מוכרים. זו גם הייתה דרכן של התנועות הסלפיות שבאו

אחר כך מחאמד אלע'זאלי, אבן תימיה ומוחמד עבד אלווהאב עד רשיד ריצ'א וחסן אלבנא בעת החדשה ועד מוחמד נצר אלדין אלאלבאני ועבד אלעזיז בן אלבאז.

חיבוריו

אלמוסנד: ספר אלמוסנד של האימאם אחמד הוא אחד הספרים הפופולריים והמקיפים של החדית'. האימאם אחמד שקד על איסוף החדית'ים לכל אורך חייו, שמספרם שלושים אלף על פי גרסתו של אבי חסן אלמנאווי. החדית'ים הנכללים בספר אלמוסנד נבחרו מתוך שבע מאות וחמישים אלף חדית'ים, אשר סופרו ע"י יותר משבע מאות אנשים מהחוגים המקורבים לנביא. הוא הלך לעולמו בטרם הספיק לפרסם את הספר ובנו המשיך את העבודה אחריו והוסיף מספר חדית'ים נכונים, שאותם שמע והוסיף לאחר פטירת אביו.

גורמים והכרת גברים: על פי גרסה של בנו עבדאללה.

שמות וכינויים.

שאלות אבי דאווד.

יסודות הסונה.

תגובה לג'המים ולזנדיקים.

סגפנותיָ.

גורמים והכרת גברים, על פי גרסת אלמרוד'י ואחרים

אבו חאמד מוחמד אלע'זאלי 1058-1111

שמו: אבו חאמד אלע'זאלי בן מוחמד בן מוחמד בן מוחמד בן אחמד אלע'זאלי אלטוסי[325].

תאריך ומקום לידה: נולד בשנת 450 חג'רי המקביל לשנת 1058 לספירה בכפר "ע'זאלה" הקרוב לעיירה טוס במחוז ח'וראסאן, ומשם כינויו אלע'זאלי[326]. נפטר בשנת 1111.

נסיבות שהשפיעו על משנתו:

- מבחינה רעיונית, תקופתו של אלע'זאלי (אמצע המאה החמישים ההיג'רית) התאפיינה בשגשוג זרמים פילוסופיים באסלאם. הוא ספג תכנים מחיי הרוח באסלאם יחד עם עקרונות הזרם הצופי. "מבחינה פוליטית, תקופתו התאפיינה בהתפוררות פוליטית, צבאית ומוסרית, כאשר הטורקים תפסו את השלטון בבגדאד והסלג'וקים נהיו בעלי השליטה בפועל בעיראק. באותה תקופה נשקפה סכנה לח'ליפות מקהילת האסמאעיליים והבאטניים. הסכנה הנשאבת מקהילת אלקראמטה הלכה והחריפה ונפלה אנטאקיה וירושלים בידי הצלבנים. בעוד שהסלג'וקים היו עסוקים בהקמת בתי ספר ציבוריים במטרה להגן על הזרם הסוני, העובייידיים הפאטמים במצרים הטיפו במרץ לזרם השיעי וכך החריף המאבק בין הזרמים באסלאם[327].

- בתחילת חייו, אבו חאמד אלע'זאלי הושפע מאביו הצופי העני, אשר לפני מותו ביקש מאחד מחבריו הצופיים לטפח אותו ולחנך אותו. עוג מימי נעוריו, אלע'זאלי התלמד ע:י מספר מלומדים. הוא למד תיאולוגיה אצל האימם אחמד אלראזכאני בעיירה טוס וע"י האימאם אבי נצר אלאסמאעילי. אחר כך עבר לעיר נייסבור, שם למד את יסודות התיאולוגיה והרטוריקה ע"י אבו אלמעאלי

---

325. נזאר עיון אלסוד, האנציקלופדיה הערבית, אלע'זאלי אבו חאמד, ראה: -http://arab ency.com.sy/detail/7001

326. סמיר חלבי, אלאמאם אלע'זאלי, הצצות מגישה מוסרית (בזיכרון מותו: 14 ג'ומדה השני 505 חיג'רי), אתר ארשיף- אסלאם און לאין, ראה: https://archive.islamonline.net/10903

327. אבו חאמד אלע'זאלי, אתר אלג'מהרה, ראה: https://islamic-content.com/term/443

אלג'ויני, האמאם של מכה[328].   אלע'זאלי זכה לכינוי "חיג'ת אלאסלאם" (המנמק של האסלאם) בזכות בקיאותו הרבה במשנה האסלאמית והגנתו הנחרצת עליה[329]. כמוכן, אלע'זאלי נודע בלמדנותו וסקרנותו ונטייתו להתעמק בתחומי דעת שהיו שכיחים בתקופתו. הוא סיים בלמידת הצופיזם כפי שהסביר משנה זו בספרו "הגואל ממבוכים". השלבים הרעיוניים בהם עבר אלע'זאלי: 1) שלב הספקנות. 2) למידת רעיונות ואמונות. 3) למידת רטוריקה. 4) למידת פילוסופיה. 5) למידת תורת הנסתר. 6) צופיזם.

- השלבים בהם עבר אלע'זאלי העשירו במידה רבה התפתחות מחשבתו והובילו אותו לחקר ולמידה של דברים נסתרים והוא לא היה עובר משלב הגותי אל שלב אחר בטרם מיציוי ולמידתו לעומק עד שסיים בזרם הצופי. אלע'זאלי הושפע עמוקות מהזרם הצופי עד כדי נטישת הלימוד בבית הספר הציבורי בבגדאד והתבודד ונסע במשך 11 שנים בין דמשק, ירושלים, חברון, מכה ואלמדינה[330]. פרי מסעו הארוך היה ספר על הצופיזם ששמו "החייאת מדעי הדת", שהוא מהספרים החשובים של אלע'זאלי. ספר זה שכה לתפוצה רבה בעולם ותורגם למספר שפות. אלע'זאלי זכה למעמד נכבד בעולם האסלאמי בשל היותו אחד הלמדנים הגדולים של המאה החמישית ההיג'רית. במהלך חייו, (55 שנים), אלע'זאלי חיבר ספרים רבים במגוון תחומי דעת. כאשר נאמר: אם ספריו חולקו על ימי חיו יהיה כל יום ספר[331]. חלק מחיבוריו נלמדים עד היום והחשוב בהם הוא "החייאת מדעי הדת".

הקשר שלא אבו חאמד אלע'זאלי למחשבה האסלאמית:

- כשאלע'זאלי פרסם את ספרו "קריסת הפילוסופים" הוא גרם בצורה מסוימת לדעיכת הפילוסופיה עד למעמד שהקשה על עזרתה לעמדת ההובלה הקודמת שהייתה לה בעולם האסלאמי. ומאחר ואלע'זאלי היה- ללא מתחרים- בקיא ברטוריקה ופילוסופיה, הוא הפיץ, לדעת מבקריו שנאה כלפי מדע בקרב

328. פתחיה זרדאוי, המוסר והפוליטיקה במחשבת אלע'זאלי, לימודים ומחקרים, Volume 3, P 141-152, Numéro 5 אתר ASJP, ראה: https://www.asjp.cerist.dz/en/article/4202

329. מקור קודם, נזאר עיון אלסוד, האנציקלופדיה הערבית, אלע'זאלי אבו חאמד.

330. למדע נוסף ראה: "אלאשעריה" המתינות מול הקיצוניות, אתר שער התנועות האסלאמיות, 5 בנובמבר 2018, ראה: https://www.islamist-movements.com/3449

331. מוחמד ג'מאל אמאם, מנאזל אלהודא, חוג'ת אלאסלאם אבו חאמד אלע'זאלי, חלק ראשון, 2014, ע 23.

המוסלמים, מה שהביא בסופו של דבר לנחיתות והידרדרות התרבות האסלאמית. תרגומים של ספרי פילוסופיה יוונית לשפה הערבית היה הסיבה העיקרית שהניעה את אלע'זאלי לפרסם את ספרו המפורסם, "קריסת הפילוסופים". בפתיח לספרו זה הוא קובע שפילוסופים מוסלמים דוגמת אלפאראבי ואבן סינא הם כופרים משום שהם הוקסמו בפילוסופים יוונים פגאניים כמו סוקרטיס, אפלטון ואריסטו. ספר זה הפך לזרם במזרח הערבי המתנגד לפילוסופיה. במהלך המאה השנים עשר ניסה אבן רושד למנוע את השפעת זרם זה על המערב הערבי ופרסם שלושה ספרים, שכולם הוקדשו למתקפה על אלע'זאלי והם לפי הסדר הבא: "הכרעת המחלוקת", "שיטות ההוכחה" ו"קריסת הקריסה", אך גם הוא הואשם בכפירה, ספריו נשרפו והוא הוגלה אל אליסאנה.

‏- חוקרים רבים עסקו בחקר הגותו של אלע'אלי ובשל הניסיון ההגותי העשיר שלו
הוא נהיה מועיל בתחום ועיוניו הרבים בפילוסופיה העשירו את עולמו והפכו
אותו למוביל בתחומו. הוא היה מיומן במידה כזו שעלה בידו להפוך את הסונה
(המורשת) של הנביא והפילוסופיה הצופית למקשה אחת עקבית והצליח
לשכנע מגזר רחב של אנשי דת למדנים לקבל את ההיגיון הפילוסופי של חשיבה
מסודרת והחזיר לצופיזם את הציות להלכה האסלאמית הגלויה וריסן את תלות
הפילוסופים האבסולוטית בשכל.

חיבוריו החשובים:

1 – החייאת מדעי הדת: ספר חשוב שזכה לתפוצה רחבה בקרב המוסלמים. זהו
ספר אנציקלופדיה מקיף, שעליו נאמר: אם ייכחדו כל הספרים שחוברי על אודות
האסלאם ונותר רק ספר זה, די לאנשים בספר זה. לכן הוא כונה הספר המקיף של
מגעי הדת.

2 – המושיע מאשליות: ספר אוטוביוגרפיה עשיר של אלע'זאלי. בספר הוא מתאר
את הדאגות וההתחבטות ההגותית שידע במהלך מסעותיו הרוחניים בטרם יגיע
אל האמונה והוודאות המוחלטת באשר לדת ומשמעותה כחיי רוח ומעשי חסד, ולא
רק טקסים ומעשי פולחן טכניים.

3 – הסקנדלים של אלבאטניה: אלבאטניה היא כת של תועים שנקראה בשם זה
כי הם טענו שלקוראן יש משמעות גלויה ומשמעות נסתרת (באטניה) וכי
המשמעות הנסתרת ידועה רק לאימאם (המנהיג) שלהם. רבים האנשים
שהתפתח להאמין לטיעוניהם ובראשם כתות אלאסמאעיליה, אלקראמטה ואל
ח'רמיה. בספר זה אלע'זאלי מסביר את הסכנה הנשקפת מכתות אלה לאסלאם,
כי הם הסתננו לשורות המוסלמים כדי להפיץ את רעיונותיהם המשחיתים,
שכוללות פרשנות פגומה של הקוראן, קריאתם להתרת איסורים כמו התרת גילוי
עריות, שתיית משקאות משכרים ועוד הנאות אסורות. אלע'זאלי חשף את
מטרותיהן האמיתיות של כתות אלה, אשר קידמו את הדת של זרתוסטרה.

4 – קריסת הפילוסופים: ספר זה היה מעין מכת מוות לעליונות של הפילוסופים
ולטענתם כי הם יודעים את האמת בסוגיות מטאפיזיות. בספר זה הכריז אלע'זאלי
על כישלון הפילוסופים במציאת מענה לשאלות מטאפיזיות כמו אופי הבורא וכיוצא
באלה שאלות שאין דרך לדעת את מהותן באמצעות השכל האנושי. אלע'זאלי

הצהיר כי העניין של האנשים בפילוסופיה צריך להיות מוגבל לסוגיות הניתנות למדידה והערכה.

תקיי אלדין אבן תימיה 1263-1328

אבן תימיה נולד ארבע שנים לאחר נפילת בגדאד בידי המונגולים, שזה היה האירוע שסימן את קץ עידן המדינה העבאסית.

חייו

גדל בדמשק, אליה הגיע כפליט לאחר שהטטרים פלשו למולדתו בחראן (כיום בטורקיה). הוא למד בבית המדרש החנבלי ושם התחיל לכתוב חיבורים וללמד כבר בגיל מוקדם (17 שנים). הוא היה בקיא בספרי משנה והפריך טיעונים רבים שהועלו ע"י דוברים, במיוחד דוברים מקבוצת אלמועתזלה והוא התווכח על כל דבר קטן כגדול בכל הנוגע לאסלאם, אם זה היה טקסט מהקוראן או אמירות המיוחסות לנביא ובזכות זה כונה שייח' האסלאם. ישב בכלא מספר פעמים בגין עבירות שונות כמו הסתת ההמון והוצאת פסק הלכה נגד הצופים וכו', ושם בכלא מצא מותו בגיל 67.

נסיבות שהשפיעו על נטיותיו הרעיוניות

אבן תימיה חי בצל האימפריה הערבית האסלאמית בתקופת התפוררותה ונסיגתה, אשר נגרמה כתוצאה מהתקפות חיצוניות של מונגולים, ממלוכים וצלבנים. הוא ראה במסקנותיו המלומדות ובפסקי ההלכה שלו את הדרך הטובה להתמודד מול האויבים ולהשבת מעמדו של האסלאם באותה תקופה.

אבן תימיה הושפע ממשנתו הקנאית של אבן חנבל ופיתח את תיאוריית הג'יהאד של המוסלמים והעניק לה ממדים דתיים וגשמיים תוך ציטוט פסוקים מהקוראן בעניין הג'יהאד. אבן תימיה היה מעורב בקונפליקטים והתנגשויות רעיוניות ופוליטיות, שהרפורמה בהן היא תרומתה להתנגדות למונגולים, אשר איימו באותה עת על אצו סוריה. הוא עשה זאת כשהסית את העם להילחם בהם והוציא פסק הלכה הקובע שהם כופרים ויש להתנגד אליהם כפולשים ולא כפותחים. יש לו

רקורד עשיר של התפלמסויות וויכוחים עם המחשבה וההתנהגות הצופית ונגד אלאסמאעיליה והשיעים.

השפעתו על האידיאולוגיה של תנועת האחים המוסלמים

תנועות אידיאולוגיות ופוליטיות שהופיעו בתקופות מאוחרות של ההיסטוריה האסלאמית ניצלו את הרעיונות ופסקי ההלכה של אבן תימיה בצורה אינטנסיבית. בנוסף לתלמידיו הישירים כמו אבן כת'יר ושמס אלדין אלד'הבי, אבן תימיה היה מקור סמכות רעיוני ותיאולוגי עיקרי של התנועה הווהאבית במאה השמונה עשרה והשפעתו ממשיכה גם בתקופה החדשה, שם רעיונותיו ופסקי ההלכה שלו היו אומצו ע"י הוגים ותנועות רפורמיות רבות, החל ממוחמד רשיד ריצ'א, חסן אלבנא וסייד קוטוב וכלה בתנועות מזוינות כמו אלקאעדה, דאעש, בוקו חראם ועוד.

רעיונותיו שצפו על פני גלי ההיסטוריה האסלאמית הסוערת נוצלו בנסיבות שונות מהנסבות בהן נהגו הרעיונות במקור: רעיון האשמת שליטים בכפירה משום שהם לא מיישמים את השריעה (ההלכה) של אללה והתרת הג'יהאד נגדם. הוגים חדשנים אלה גם הסכימו עם עמדותיו העוינות לצופים ולשיעים, אשר לדידו היו המצאות שחורגות מהאסלאם הזך והמקורי, האסלאם של האבות הראשונים.

חיבוריו החשובים:

1. **מסר השלמות:** בספר זה הוא מדבר על תכונות השלמות אל אללה וזה מהספרים החשובים של אבן תימיה, שבאמצעותו הוא הביע התנגדות למשנתם של אלאשאערה.

2. **האמת על אימאמים ומלומדים:** בספר זה מספר אבן תימיה על הביוגרפיות של אימאמים מוסלמים תוך הצגת רעיונותיהם ודיון בהם. הספר בן שלושה כרכים.

3. **מניעת התנגשות השכל עם ההעתקה:** ספר זה חובר כתגובה לספר "החוק הכולל" לפח'ר אלדין אלראזי ובו דיון בינו לבין עם אהל אלכתאב (הנוצרים והיהודים) והפילוסופים.

4. **דרך הישר נגד אנשי גיהנום:** בספר זה דן אבן תימיה בסוגיית החיקוי של הנוצרים והיהודים ומועדיהם.

5. **המשנה המתווכת:** בספר זה מציג אבן תימיה את משנתם של הסונים ואת עקרונות המשנה והאמונה האסלאמית ועוד סוגיות כמו מקורות הדת והאמונות.

6. **תשובת האמת למי שהחליף את דת ישו:** בספר זה מובאות ראיות ונימוקים בעניין זיוף ספר הברית. ספר זה הוא תגובה לנוצרים.[332]

---

332. רשימת חיבוריו של אבן תימיה, אתר ויקיפדיה, ראה: https://bit.ly/310sVKO

מוחמד בן עבד אלווהאב בן סולימאן אלתמימי
(1703-1791)

- מקום לידתו: נג'ד – המדינה הסעודית הראשונה

- הרעיונות העיקריים: נאמנות אבסולוטית לאללה. מלחמה נגד השיעים, הצופים ונגד האגדות ומנהגים המפוברקים של ביקור קברים והתברכות מקברי צדיקים, כי אלה מעשי כפירה ויש להעניש את מי שמשתתף בהם. הוא הקים מעין משטרה להענשת העוברים על משטר הנאמנות האבסולוטית לאללה, אותו הנהיג.

- נסיבות: התפשטות המצאות ואגדות וסטיות ממנהג האבות הראשונים בקרב חוגים מוסלמים, כמו ביקרו בקברים וקידוש קברי צדיקים ובקשת עזרה מהמתים או קבלת ברכה מהם במקום לבקשה מאללה.

- הושפע מהאימאם אבן חנבל, אבן תימיה ואבן אלקיים.

- אנשים שהושפעו ממנו: חסן אלבנא, מייסד תנועת האחים המוסלמים, עבדאללה עזאם, מבכירי מנהיגי האחים המוסלמים, אוסאמה בן לאדן, מייסד ארגון אלקאעדה, איימן אלט'ואהרי, יורשו של אוסאמה בן לאדן בארגון אלקאעדה, אברהים עוואד אבראהים עלי אלבדרי אלסאמראי, המכונה אבו בכר אלבע'דאדי, מנהיגי ארגון המדינה האסלאמית בעירק ובסוריה (דאעש).

- מוחמד בן עבד אלווהאב הצליח לכפות שליטה מלאה על העם הסעודי, ובמיוחד עם הקמת המדינה הסעודית הראשונה, שקמה באמצע המאה השמונה עשרה בחצי האי ערב על בסיס ברית דתית-פוליטית בין מוחמד בן עבד אלווהאב ומוחמד בן סעוד בן מוחמד אל מקרן, מייסד המדינה הסעודית הראשונה ונסיך אלדרעיה. הברית נכרתה ביניהם על יסוד ההטפה לדת אללה והתנגדות לחידושים וההמצאות והאגדות ומסירות לעבודת אללה לבדו ונטישת כל חדש שנכנס לדת. מוחמד בן סעוד מתך בו והוא יצר מעיר אלדרעיה ונפגש עם מוחמד בן עבד אלווהאב ושניהם סיכמו להקים מדינה שתנהיג את חוקי אללה. ברית תועדה באמנה שנחתמה ביניהם ונקראת "אמנת אלדרעיה".

לפיכך: נוסד הזרם הסלפי הווהאבי שהיה קנאי למשנתו והתנגד לכל זרם אחר. המשנה הווהאבית מאשימה את כל האחרים בכפירה ומרימה את דגל הג'יהאד. המדינה הסעודית הראשונה השתלטה על חצי האי ערב ועל חלקים מעירק, סוריה ותימן. גבולותיה הצפוניים הגיעו עד דמשק וכרבלאא', מושב קברו של חוסיין בן עלי בעירק, ולעומאן ואלחודיידה בתימן מדרום.

מוחמד ג'מאל אלדין בן אלסייד צפדר אלאפע'אני, המכונה ג'מאל אלדין אלאפע'אני אלאסד אבאדי (1838-1897)

- נולד בעיר אסד אבאד

- אלאפע'אני בן למשפחה אפגנית ותיקה, שגדל בכאבול ובתחילת לימודיו למד את השפות הערבית והפרסית, למד את הקוראן ומקצת לימודים אסלאמיים. כשמלאו לו שמונה עשרה שנים הוא השלים את לימוד המדעים, ונסע להודו כדי ללמוד מדעים מודרניים.[333]

- נסע לחיג'אז (מכה) כשהוא היה בן תשע עשרה כדי לקיים מצוות אלחג'ג' ושב אל אפגניסטן. כל חייו שקד על למידה. הוא התחיל ללמוד שפה צרפתית כשהוא היה מבוגר והתאמץ רבות והיה נחוש עד שצעד צעדים חדשים על דרך למידתה.[334]

- האו נסע לאסתנה ושם נתפרסם ועלה במעמד וקריאתו באשר לצורך למהר ולהתחיל בהנהגת רפורמה היו לה הדים טובים בקרב העות'מאנים.

- אלאפע'אני הגיע למצרים בשנת 1871 ונשאר בה תקופה מסוימת, שבממלכה ביקר תכופות במוסד אלאזהר ונפגש עם החוקרים שלו, ובמצרים התחיל את פעילותו הפוליטית בשנת 1876 עם החרפת משבר החובות של מצרים. מסביבו התקבצו ספר מלומדים, פקידים, נכבדים וסטודנטים ממורמרים מהעריצות של אלח'ידיווי, ממצב הקיפוח בו חי העם המצרי ומההתערבות הזרה שהתבטאה במשטר הפיקוח הדואלי ווعדת החוב הכללי

- במצרים אלאפע'אני מצא קרקע פורייה לקידום משנתו הרעיונית. הו אפעל להקמת עיתונות פוליטית שתשמש לשון לתנועה הלאומית שזה עתה נולדה. האווירה הכללית ששררה במצרים בתקופתו של אלח'ידיווי אסמאעיל סייעה להקמת עיתונות זו בגלל הגעת מספר עיתונאים ומשכילים סורים ולבנונים

---

333. סמיר חלבי, אלאפע'אני.. אדם רפורמי למרות החלוקת (בזיכרון מותו: 5 שוואל 1314 חיג'רי), אתר ארשיף- אסלאם און ליין, ראה: https://archive.islamonline.net/9118

334. המקור הקודם.

אל מצרים. זאת לצד הבשלת הרעיונות הלאומיים בנפשותיהם של כותבים ומשכילים מצרים, ובראשם תלמידיו של אלאפע'אני כמו מוחמד עבדו, עבדאללה אלנדים, יעקוב צנוע, מחמוד סאמי אלבארודי ואבראהים ואלמוווילחי.

- במצרים הנהיג אלאפע'אני את המפלגה הלאומית הראשונה במזרח (המפלגה הלאומית החשאית), אשר הניפה את הסיסמה "מצרים למצרים" ודרשה דמוקרטיה פוליטית ושחרור מהדיקטטורה של שליט יחיד וקראה להתקוממות נגד ההשפעה הזרה.

- הוא קרא להחייאת הלמידה והחקירה, ריענון המחשבה ותיקון ההבנה ונטישת החיקוי והאדיקות העיוורת והחייאת מנהגי מורשת הנביא וחיסול תופעות של המצאה ואגדות, כך שהדת תהיה נקיה מכל רבב שדבק בה והרחק ממעשי קסמים וסטיות ועידוד מדע, חדשנות ויצירתיות תוך לקיחת החלקים הטובים מכל תחום דעת ולפעול ללא הגזמה וללא רשלנות ·

- הוא קרא להתקוממות נגד העריצות וחידוש הדת כשאמר "חייבת לקום תנועה דתית שתפעל לעקירת הפגמים שדבקו במוחות ההמון ובמוחותיהם של חלק מהאליטות בכל הקשור להבנה מוטעית של הלכות דת וטקסטים שרעיים, ולהחיות את הקוראן והפצת הוראותיו הנכונות בקרב העם והסברתן בצורה ברורה. אנו חייבים לרענן את תחומי הדעת שלנו ולהעשיר את הספריות שלנו עם מקורות נגישים וקלים להבנה שיסייעו לנו להשיג קדמה והצלחה". מסר זה שהוא קידם הפך אותו למוביל ולמייסד של זרם החדשנות האסלאמית.

- הוא סבר שהכלל העיקרי לרפורמה והנגשת הדת הוא ההתבססות על הקוראן, וכפי שאמר: "הקוראן הוא האמצעי הגדול ביותר להפניית תשומת לבם של העמים הזרים לטוב שבאסלאם. אולם הם רואים את מצבם הגרוע של המוסלמים בהתאם לקוראן ואז הם נרתעים מלהאמין בו". הוא הדגיש את עקרונות הזכות, החופש והשוויון.

- רעיון הליגה האסלאמית בעניין "החייאת הח'ליפות האסלאמית" הבשיל במוחו של אלאפע'אני והוא עיין בו מחדש והעלה אותו מחדש לאחר שהורחק להודו. קריאתו להקמת ליגה אסלאמית באה בתגובה לטענות המתמשכות של המדינות האימפריאליסטיות שתמיד מצאו נימוקים לתוקפנות שלהן נגד

המדינות האסלאמיות והשפלתן. הוא אמר: "ממלכות אסלאמיות אלה כל כך נחותות וחלשות עד כי אינן מסוגלות לדאוג לעצן בכוחות עצמן בעוד שהמדינות ההן מוצאות אלפי נימוקים להכרזת מלחמה בכוח ובאש כדי לחסל כל תנועה מתנועות התקומה והרפורמה במדינות האסלאם. לכן, על מדינות האסלאם להתאחד בברית הגנה גדולה שתוכל לשמור על עצמה מכליה, ולשם השגת יעד זה, על ברית זו ללמוד מגורמי הקדמה במערב וללמוד את הסודות של עליונות המערב".

נסיבות שסייעו להתפתחות משנתו הרעיונית:

- האווירה בה חי אלאפע'אני הייתה רווה דיקטטורות, רודנות וקיפוח חברתי, שהיה נפוץ אז בהודו, באירן ובמצרים, בעוד שהכיבוש הבריטי היה שולט על שטחים נרחבים מארצות המזרח. לכן, האוריינטציה הרפורמיסטית הדתית של אלאפע'אני התבטאה בראש ובראשונה בהטפה לקוראן וקידום עקרונותיו.

חיבוריו:

- אלאפע'אני לא גילה עניין רב בחיבור וכל עניינו התמקד בנשיאת דברים ונאומים בפני תלמידיו, שחלקם נהגו לרשום אותן. במהלך כל חייו חיבר רק מסה אחת בשם "גיבורי זרם הקדמונים", שאותה כתב בשפה הפרסית בעיר חיידר אבאד.

- הוא חיבר מסה קטנה שכותרתה "השלמת ההיסטוריה של האפגנים", אשר הודפסה במצרים. מלבד שתי מסות אלה, אלאפע'אני פרסם מאמרים בעיתונים ומגזינים, שחלקם הוא הדפיס באופן עצמאי. השותפות של מוחמד עבדו עמו בעיתון "אלערווה אוות'קא" ומנהגם שלא לציין את שם הכותב תחת כל מאמר שפורסם בעיתון תרם לערבוביה בייחוס דברים לכותביהם. כך שמאמר בעניין הפנאטיות פורסם בשם האמאם, אם כי הוא מפרי עטו של אלאפע'אני. ישנו גם עוד ספר חשוב ומפורסם יותר של אלאפע'אני, "האסלאם דת המדע והקדמה", שפרק מפרקיו מופיע תחת הכותרת "האסלאם והנצרות".

השפעתו על תנועת האחים המוסלמים:

- הראה שאלאפע'אני היה נוכח במפעל חייו של אלבנא, שכן לאחר רעיון ההסתמכות על חסדי הדת להשגת מטרותיו הפוליטיות, אלבנא ניסה לחקות את אלאפע'אני בתחומים רבים. אלאפע'נאי הקים מה שהתפרסם אז בשם "החוג הלאומי החופשי" ואלבנא הקים את תנועת האחים המוסלמים; אלאפע'אני ועבדו תכננו להתנקש בחייו של אלח'ידיווי אסמאעיל ואלבנא הקים ארגון חשאי שלם לביצוע משימות התנקשות ופיצוצים; אלאפע'אני רקם מזימה עם הצרפתים ועם יורש העצר, הנסיך תוופיק להדיח את אלח'ידיווי אסמאעיל ואלבנא רקם מזימה עם כמה מבני משפחת אלווזיר בתימן להדחת האימאם יחיא ע"י מש שנודע לימים כמהפכת 1948; אלאפע'אני היה מתמרן את עמדותיו הפוליטיות מול כל הצדדים בכל ארץ ששהה בה ואלבנא נהג באותה דרך בדיוק כאשר הוא דילג בכרית בריתות עם ארמון המלוכה, מפלגת אלוופד ומפלגות האחרות ועם הבריטים והתחנף אל האליטות המשכילות והתרבותיות כמו בדיבוריו עם הסופר טהה חוסיין או בניסיון שלו לקרב אליו אל אחמד אמין. לבסוף, כפי שאלאפע'אני הקים מספר עיתונים, אלבנא נהג בדיוק כמוהו.

- אלבנא נמנה על תלמידיו של אלאפע'אני השייכים למערך הסלפי, שכן הוא הצליח להפוך מערך זה לארגון דתי-פוליטי מסוגר ומסוכן עם זרוע צבאית.

מוחמד עבדו חסן ח'יראללה 1849-1905

מחסידי הרפורמה והתחיה

נסיבות חייו:

- נולד לאבא טורקמניסטי ואם מצריה מהשבט הערבי בני עודיי. הוא גדל בכפר מחלת נצר במחוז אלבחירה. אביו שלח אותו ללמוד בבית הספר המקומי בכפר, שם קיבל את שיעוריו הראשונים. כשהגיע לגיל חמש עשרה שנים הוא התחיל ללמוד במסגד אלאחמדי- מסגד אלסייד אלבדווי בעיר טנטא, שם למד תיאולוגיה ושפה ערבית ולמד לשנן את הקוראן בע"פ. לאחר מכן עבר בשנת 1865 ללמוד במוסד אלהזהר ללימודי דת וסיים לימודים שם בשנת 1877[335].

- בתחילת חייו הפוליטיים, מוחמד עבדו האמין בעבוד חשאית וארגונית. הוא חתר למהפכה נגד אלח'ידיווי תוופיק וחיפש ארגון חשאי שבאמצעותו יוכל לבצע את כל התוכניות, אותן למד ע"י השייח' ג'מאל אלדין אלאפע'אני כאשר האחרון שהה במצרים בין השנים 1871-1879[336].

- בתחילת חייו הפוליטיים הוא נקט בשיטה של הסתת העם וההמון נגד שליטים והרבה למנות את חסרונותיהם ופגמיהם של השליטים. הוא היה ממוביל המהפכה העוראבית בשנת 1881 וכאשר המהפכה נכשלה הוא נכלא ונידון להרחקה ממצרים לתקופה של שלוש שנים. הרחקתו ממצרים סימנה תחילתה של תקופה חדשה

- שבמהלכה התרחבה השפעתו אל מדינות ערב. מוחמד עבדו שהה בבירות יותר משש שנים ובמהלכן נסע לפריז וטוניסיה.

- בשנת 1884 מוחמד עבדו נסע בעקבות מורו וחברו ג'מאל אלדין אלאפע'אני אל פריז, שם הם הוציאו את העיתון "אלעורווה אלוות'קא" שישמשה לשון האגודה הסודית שאלאפע'אני הקים תחת אותו שם. המטרה מאחורי הקמת

---

335. מוחמד עבדו, אתר מערפה, ראה: https://bit.ly/2SKyet0

336. עומר עבד אלמונעם, "תמונה הפוכה".. מסע האמאם מוחמד עבדו מטרור אל ההתחדשות (7), אתר אמן, 29 מאי 2018, ראה: http://aman.dostor.org/show.aspx?id=10929

האגודה והעיתון הייתה לחדש קידום הרעיון האסלאמי, דרישת רפורמה דתי-פוליטית-חברתית ומאבק בכיבוש, רודנות ושחיתות.

- עבדו היה על סף מעורבות במבצע התנקשות בחייו של אלח'ידיווי אסמאעיל על פי פסק הלכה שהוציא אלאפע'אני. מוחמד עבדו הודה בעובדה זו ביומן הזיכרונות שכתב, שם אמר: "השייח' ג'מאל אלדין אלאפע'אני הסכים להדחה והציע לי לרצוח את אסמאעיל, שהיה נוסע ברכבו מידי יום על גשר ארמון הנילוס, אבל כל זה היה לחשושים בינינו- ואני הסכמתי לרצח של אסמאעיל, אבל היה חסר לנו מי שינהיג אותנו בפעולה הזו".

- לאחר מכן, מוחמד עבדו ומוחמד רשיד ריצ'א נקטו עמדה מתפייסת עם הכיבוש באופן כללי ונתנו עדיפות ראשונה לחינוך הדור הצעיר כדי שיתמלאו התנאים לתחייה וכוח הנדרשים להתמודדות מול המערב. מוחמד עבדו רקם קשרי ידידות הדוקים עם הלורד קרומר, אשר פעל למינויו מופתי של ארצות האסלאם בשנת 1899 ובשנת 1905, יום השנה המאה ללידתו של מוחמד עלי, התחיל לפרסם שורה של מאמרים נגד מוחמד עלי ונגד שלטונו ושאיפותיו.

- במישור המעשי, השייח' עבדו הקים את תנועתו הרפורמית על שני יסוד פירוק שתי האלטרנטיבות, הסלפית השמרנית והליברלית החילונית, ששתיהן הסכימו שהמדע הוא קוטב נגדי לדת. וכך ניהל מוחמד עבדו מלחמה בשתי חזיתות. הוא פיזר את פעילותו הרפורמיסטית למען הפרכת העקרונות של שני הזרמים (הסלפי והליברלי) באמצעות שכנוע הזרם הסלפי לקבל את החדשנות הדתית ומצד שני לשכנע את הזרם הליברלי ביעילות האסלאם וכשירותו בצורתו החדשה והמעודכנת.

נסיבות שהשפיעו על משנתו הרעיונית:

- מוחמד עבדו הופיע בתקופה שבמהלכה הייתה שורה של תבוסות שהגיעו אל כל חלקי המדינה העות'מאנית, ששלטה אז במרבית ארצות ערב. תחושות התנגדות החלו להתגבר באזורי ערב והתקוממויות עממיות הסלימו באזורים רבים, בפרט במצרים, סודן, לוב ואלג'יריה, שם התרופפה השליטה העות'מאנית. הרפורמות שמוחמד עלי אימץ לא הניבו שיפור משמעותי במישור הניהול הכללי, מה גם שמשטרי הכיבוש שלטו על המחוזות הערביים שהיו בשליטת העות'מאנים.

- הכישלון של אלח'ידיווי פתח דלת לדיון בסוגיות רעיוניות גדולות, שעלו לדיון הציבורי בכל רחבי המזרח האסלאמי. זוגיות אלה הציבו את הדת אל מול ההתפתחויות החדשות בעולם, כך שהדיון נסוב סביב הקשר בין הדת לבין המדע, הפוליטיקה, החברה, הכלכלה, האישה וכ'. כך המחשבה הערבית הזיזה את סוגיית הרפורמה מהתחומים הצבאי והניהולי והעבירה אותם אל התחום הדתי, שם הושלך אור ממוקד על הגת עצמה, אשר תמכה, על פי ההיגיון העממי בשלטון אלח'ידיווי במטרה למצוא מענה לסוגיות הקשורות לפיגור החברתי וההיסטורי של הערבים.

חיבוריו:

- מוחמד עבדו חיבר ספרים ופרשן מספר ספרים, שהעיקריים בהם הם ספר "שליחות המונותיאיזם" ופרשנות הספר "התבונות הקצרות של אלטוסי" ופרשנות ספר "ראיות לנסים" ו"סודות התחביר" של אלג'רג'אני וספר "האסלאם והנצרות בין מדע לקדמה". בספר זה מוחמד עבדו ערך הקבלה בין הדת הנוצרים והדת המוסלמים והציג את השפעתן במדע ובקדמה. בנוסף הוא כתב רוח הרפורמה בבתי הדין השרעיים בשנת 1899.

הקשר שלו לתנועת האחים המוסלמים:

- עבדו הוא הרפורמיסט הדתי הראשון שהניח את היסודות והרקע לסיסמה המועלית באינטנסיביות בשנים האחרונות, שהיא "האסלאם הוא הפתרון" ואשר הניפו אותה בצורה נרחבת תנועות אסלאמיסטיות במהלך שני העשורים האחרונים. המטרה המהותית של סיסמה זו הייתה הפצת הוראות ודיני האסלאם וקריאה לעמי המזרח לחזור אל המסגרת האסלאמית ולהשתמש באסלאם ככלי עיקרי בתהליכי השינוי הפוליטי והחברתי. ובהמשך לכך השארת המוסלמים במצב היזכרות מתמדת בכל שהאסלאם עדיין כולל את כל הפתרונות לבעיותיהם החדשות ולבעיותיהם החברתיות וכי לאסלאם יש מספיק יכולת להכיל את ההווה ולעבור אל העתיד.

אבו אלאעלא אלמוודודי בן סייד אחמד אלמוודודי 1903- 1979

- הוגה דעות, פילוסוף ועיתונאי פקיסטני.

- תאריך ומקום לידתו: נולד ביום 25 בספטמבר 1903 בעיר ג'יליבורה שבקרבת אורנג'אבאד במחוז חיידראבאד בהודו[337] ונפטר ביום 22 ספטמבר 1979.

כותרת הוידיאו: אבו אלאעלא אלמוודודי- מייסד התנועה האסלאמית	
בקישור:https://www.youtube.com/watch?v=sY2 6mEsZMDw	
- בספרו של אבו אלאעלא אלמוודודי בשם "שיטת ההפיכה האסלאמית" קורא להתכחש לשייכות הלאומית ולהקמת מדינת הגות אסלאמית. בהקשר זה, החוקר ד. אסעד סמחראני, מרצה לאמונות ודתות השוואתיות באוניברסיטת אלאימאם אלאוזאעי בביירות, מציין כי אלמוודודי סלל את הדרך להתפשטות התנועות התכפיריות.	

https://www.youtube.com/watch?v=sY26mEsZMDw

הנסיבות שהשפיעו על משנתו הרעיונית של אלמוודודי:

הסביבה בה גדל אבו אלאעלא אלמוודודי השפיעה רבות על גיבוש משנתו הרעיונית, שכן משפחתו הייתה משפחה מוסלמית שנודעה כמשפחה דתית

---

337. למדע נוסף, ראה: חוסאם אלחדאד, אבו אלאעלא אלמוודודי מבסיס "אלג'מאעה אלאסלאמיה" המקור של התכפיריים, אתר שער התנועות האסלמיות, 26 אוגסט 2020, ראה: http://www.islamist-movements.com/2941?fb_comment_id=730582716979874_991962954175181

ושמרנית ומשכילה. אביו לא שלח אותו ללמוד בבתי ספר אנגליים והסתפק בלימודו בבית כדי להגן עליו מפני ספיגת השפעת מערביות. אביו לימד אותו שפה ערבית, קוראן, חדית' ותיאולוגיה. אלמוודודי היה כותב מוכשר והכתיבה הייתה נשקו בשלפיחותו והטפתו לאללה.

- בשנת 1926 היו מהומות בהודו כאשר ההינדים ניהלו מתקפה אלימה נגד המוסלמים והכריחו אותם להמיר דת לדת ההינדית. אבו אלאעלא אלמוודודי היה מבין הצעירים שהתנגדו למתקפה הזו.

- בשנת 1928 "הוציא את ספרו (הג'יהאד באסלאם) כתגובה לטענות גנדי, לפיהן האסלאם התפשט בכוח החרב. בשנת 1932 הוציא את העיתון "לקסיקון הקוראן" בעיר חיידראבאד, שסיסמתה הייתה: "שאו מוסלמים את שליחות הקוראן והתקוממו וחגו מעל העולם". ההשפעה של אלמוודודי מעל דפי עיתונו הייתה מהגורמים החשובים שסייעו להתפשטות הזרם האסלאמי בהודו והדבר ניכר למעשה בההזמנה אותה שיגר לכינוס הוועידה בעיר לקנו בצפון הודו בשנת 1937 ובה קרא לאוטונומיה של המדינות שיש בהם רוב אסלאמי[338]. בשנת 1941 הוקמה הליגה האסלאמית, 13 שנים לאחר הקמת תנועת האחים המוסלמים במצרים. אלמוודודי מילא תפקיד חשוב בהיפרדות פקיסטן מהודו בשנת 1947 וקרא ליישום הוראות האסלאם בשלטון בפקיסטן ולהתרחקות מחילוניות, שבר שהוביל למעצרו באשמת הסתה עדתית. הוא ישב בכלא בין השנים 1935-1955 והוטל עליו גזר דין מוות בשנת 1953. הלחץ העממי הוביל להמרת גזר דין מוות במאסר עולם ובתקופה מאוחרת בוטל גזר דינו בשנת 1955.

הקשר של אבו אלאעלא אלמוודודי עם תנועת האחים המוסלמים:

- אבו אלאעלא אלמוודודי השפיע על מרבית התנועות האסלאמיות, ובמיוחד התנועות התכפיריות המנסות להגשים את מטרותיהן בכוח, ואשר הופיעו אחר כך בכל העולם, כאשר שורשי האמונה שלהם ניזונים מעיקרון "משילות- הורדה משמים וטקסט- דואליות במלחמה "טוב ורע"- שינוי בכוח- הישמעות וציות-

---

338. אבו אלאעלא אלמוודודי.. מטיף מעל העננים, אתר סיפור האסלאם, 5 מאי 2011, ראה:
https://bit.ly/2SJ26pX

איסורים ופולחנים", דבר, שלדעת מומחים רבים הפך אותו למדגרה של תכפיר.[339]

- חסן אלבנא הושפע מהאמירות של אלמוודודית ומהשקפותיו בעניין המשילות, הפילוסופיה של המדינה האסלאמית והשילוב בין דת ופוליטיקה. בספריו הרבים דן בקוטביות וניגודים כמו טוב ורע, אמת ושקר ועוד. אלבנא מצא בספרו "הג'יהאד באסלאם" התאמה בינו לבין הרעיונות שהוא האמין בהם לגבי הג'יהאד והוא גילה הערצה לאלמוודודי.[340]

- היה מעין קשר רוחני בין אלמוודודי לבין סייד קוטוב עד כדי כך שקוטוב אימץ את ההשקפה המוודודית. ספרו של סייד קוטוב "סימני דרך", הוא ספר החממה של הרעיונות העיקריים של ההשקפה המוודודית המבוססת על משילות אלוהית, עבדות וג'אהליה. ספר זה הפך למין מסמך בוער וקור השראה עבור כל התנועות האלימות, לא רק לתנועת האחים המוסלמים[341]. סייד קוטוב לא העתיק את ההשקפה של אלמוודודי, אלא שינה אותה ובנה אותה מחדש בתוך אסטרטגיה של השקפה חדשה, וזאת לאחר שהתאים אותה לציבור הערבי. הספר "שימני דרך" העניק לסייד קוטוב את הממד התכפירי הג'יהאדיסטי בניסוח משמעות המשילות בהשראת השקפתו של אלמוודודי.[342]

- הוגה הדעות האסלאמי, ג'מאל אלבנא אישר כי הסיבה מאחורי פניית סייד קוטוב, המנהיג האח'וואני אל התכפיר היא קריאת ספרי אלמוודודי.[343]

- השקפתו של אבו אלאעלא אלמוודודי השפיעה רבות בעת הנוכחית על פעילי דאעש ופעילים הנאמנים לארגון אלקאעדה. מקורות ביטחוניים מצריים גילו

---

339. למדע נוסף, ראה: חוסאם אלחדאד, אבו אלאעלא אלמוודודי מבסיס "אלג'מאעה אלאסלאמיה" המקור של התכפיריים, אתר שער התנועות האסלאמיות, 26 אוגסט 2020, ראה: http://www.islamist-movements.com/2941?fb_comment_id=730582716979874_991962954175181

340. אחמד עבד אלמוג'וד, אנציקלופדיה הקלה בדתים, דוקטרינות, ומפלגות מודרניות, ראה Cicc, 11 באוקטובר 2018.

341. השאם מנאע- שימא' מפתאח- אסרא' אברהים, "אלתכפיר הוא הפתרון".. סיפור תנועה שהסיט אותה הסטן, אתר וויתו, 25 באוקטובר 2014, ראה: https://bit.ly/3jRDPdb

342. המקור הקודם.

343. חוסאם אלחדאד, נאום האלימות והדם באלפקה האסלאמי, הוצאת Ibn RoshdK, 2018, ע 88.

שספריו של אבו אלאעלא אלמוודודי, מייסד הליגה האסלאמית בהודו וממציא היסודות להשקפה התכפירית ולמשילות הם הספרים השכיחים ביותר מבין הספרים שנמצאו ברשות התאים המזוינים של דאעש, שנלכדו במהלך השנים האחרונות במצרים, ובמיוחד בעקבות נפילת שלטון האחים המוסלמים ביום 30 ביוני 2013.[344]

- אלמוודודי נמנה על התיאורטיקנים החשובים לרעיון "המגינה האסלאמית" והוא אחד הסמלים החשובים של תנועות האסלאם הפוליטי הרפורמיות והסלפיות הג'יהאדיסטיות, והוא ממציא רעיון "המשילות האלוהית" ו"תכפיר עמים ומדינות" ורעיון "הג'יהאד העולמי" והקמת מדינה על יסוד השריעה האסלאמית תוך התנגדות מוחלטת למדינה אזרחית, חילונית ולאומית.

הנקודות החשובות בבסיס השקפת אלמוודודי:

- הכוללנות של האסלאם

- המשילות לאללה לבדו

- תכפיר

- הורדה משמים וטקס

- הג'יהאד העולמי

- הח'ליפות

- ניגודים דואליים

- שיטת המהפך

- אמונה וציות

- איסורים וטקסים

---

344. עמרו אלנקיב, ספריו של אבו אלאעלא אלמוודודי הים הנפוצות ביותר אצל הארגונים התכפיריים המזוינים במצרים, אתר 24, 11 פברואר 2018, ראה:
https://24.ae/article/419646

- נציונליזם ואדנות העולם

- דחיית מוחלטת של המדינה המודרנית, החילונית והלאומית

עיקרי חיבוריו:

אלמוודודי כתב 140 חיבורים במחולקים לספרים ומסרות, כאשר החיבורים הבולטים הם:

- "הג'יהאד באסלאם".[345]

- הג'יהאד למען אללה 0תורגם לערבית).

- האסלאם מול אתגרי המודרניזציה (תורגם לערבית).

- משפט השכל: מונותיאיזם, שליחות, אחרית הימים.

- התיאוריה הפוליטית של האסלאם 0תורגם לערבית).

- המוסלמים והמאבק הפוליטי האקטואלי- שלושה כרכים.

- השליחות האסלאמית ודרישותיה.

- השליחות של הליגה האסלאמית.

- הממשלה האסלאמית (תורגם לערבית).

- סוגיות נבחרות שהעסיקו את האומה האסלאמית במאה הנוכחית.

- שיטת המהפך האסלאמי (תורגם לערבית).

---

345. ראע'ב אלסרג'אני, אבו אלאעלא אלמוודודי.. ענק הדעווה האסלמית, אתר סיפור האסלאם, 19 יוני 2014, ראה: https://bit.ly/2H0z8iM

מוחמד רשיד ריצ'א (1935-1865)[346]

- נולד בכפר אלקלמון בלבנון ונפטר במצרים.

- הוגה דעות אסלאמי מחלוצי הרפורמה האסלאמית, אשר הופיעו בתחילת המאה הארבע עשרה היג'רית. היה עיתונאי, פובליציסט וסופר. התלמד אצל שייח' מוחמד עבדו ובקים את העיתון "אלמנאר" בשנת 1898 במצרים באותה מתכונת של עיתון "אלערווה אלוות'קא" שהקים האימאם מוחמד עבדו.[347]

- היה חבר בממשלה הסורית הראשונה שהקים פייצל בן אלחוסיין בעקבות מלה"ע הראשונה. כאשר הצרפתים השתלטו על סוריה, ממשלה זו נפלה והוא חזר למצרים והחל שוב להוציא לאור את עיתון "אלמנאר".[348]

- רשיד ריצ'א הושפע מהשקפותיהם הרפורמיות של ג'מאל אלדין אלאפע'אני ומוחמד עבדו.

- צידד בהשקפה הסלפית לאחר שקודם לכן היה צופי, ובתחום זה הוא עלה מהבחינה הרעיונית על מורהו מוחמד עבדו[349], שכן רשיד גילה נטייה לעיסוק ברפורמה הפוליטית מתוך אמונה שהמדינה העות'מאנית זקוקה לרפורמה זו. אולם בטרם יתחיל את העיסוק בתחום זה הוא העדיף להתייעץ עם מוחמד עבדו. הלה ייעץ לא שלא לעסוק בפוליטיקה ואמר לו בין היתר: "המוסלמים אין להם אימאם בתקופה זו מלבד הקוראן וכי העיסוק

---

346. למדע נוסף ראה: גאסם אלשמרי, עלית אינטלקטואלים ופוליטיקה (1) מוחמד רשיד ריצ'ה: הוגה אסלאמי שאוהב את דתו, מרכז אלראפדין ללימודים אסטרטיגיים, 25 באוקטובר 2019, ראה: https://rasamcenter.com/estimate-position/5023/#

347. וולד אלסאלם, עולים לרגל ומהגרים, מדעני ארץ שנקיט- מוריטאניה- במדינות ערב וטורקיה, מכללה לספרות אוניבירסטת נואקשוט, מוריטאניה, הוצאה לאור בדאר אלכתב אלעלמי בבירות, 1 ינואר 2011.

348. מוחמד רשיד ריצ'ה, חדשניים מודרניים, אניציקלופידית אלשיח סרור זין אלעבדין, ראה: https://bit.ly/30Wt8yA

349. למדע נוסף ראה: חוסאם אלחדאד, רשיד ריצ'ה וקיום האידיולוגיה הווהאבית, 23 בספטמבר 2020, אתר שער התנועות האסלאמיות, ראה: https://www.islamist-movements.com/35235

בפוליטיקה העות'מאנית הוא מעשה מעורר ריב ומדון שיש לחשוש מתוצאותיו הקשות במקום לייחל לתועלותיו, והאנשים כאן אוהבים לשמוע מהשלטונות ומהמדינה את הדברים שהם רוצים, ובמצרים אין מדיניות והמוסלמים לא יתקוממו אלא באמצעות חינוך ולימוד, על כן אל לך לערב פוליטיקה בפעילותך, שמא תושחת הפעילות, שכן פוליטיקה עד היום השחיתה כל תחום שנכנסה אליו".[350]

- רשיד ריצ'א ועם כל כל ההערכה שלו לעצה שקיבל ממוחמד עבדו, הוא מצא עצמו פנים אל פנים מול אתגר הפעילות הפוליטית בהשפעת ההתפתחויות הפוליטיות במדינה העות'מנית ובהשפעתן המהירה של פעולות שננקטו ע"י כמה מאנשי המדינה העות'מאנית.

- מוחמד רשיד ריצ'א הציעה, בין היתר להקים משטר ח'ליפות בטריטוריה מוגדרת, שתתהיה זמנית ותונהג בה תכנית להכנת אנשי דת מלומדים ולבחור מתוכם ח'ליף שמתמלאים בו בתנאי החל'יפות.[351]

- רשיד ריצ'א מילא תפקיד חשוב בפוליטיקה האסלאמית דרך מאמרים רבים שפרסם בעיתון "אלמנאר". הוא השתתף גם בשתי ועידות אסלאמיות, שהראשונה התכנסה במכה בשנת 1926 והשנייה בירושלים בשנת 1931. הוא גם מילא תפקיד חשוב במאבק הפוליטי של סוריה מאז מהפכת "טורקיה הצעירה" ועד ליום מותו. פעילותו התקיימה במהלך מלחמת אי הריכוזיות לפני 1914 וגם במשא ומתן שהתנהל עם הבריטים במהלך המלחמה וגם כיו"ר הוועידה הסורית שהתקיימה בשנת 1920. הוא שימש גם נציג המשלחת הסורית הפלסטינית בג'נבה בשנת 1921 והיה חבר הועדה המדינית בקהיר עם פרוץ המהפכה הסורית בשנים 1925 ו- 1926.

נסיבות שהשפיעו על משנתו הרעיונית:

- הוא חי בצל אירועים היסטוריים סוערים מלאי תפניות ותמורות גדולות ומכריעות, אשר ניבאו את התפוררות העולם האסלאמי. זו הייתה גם תקופה

---

350. מוחמד רשיד ריצ'ה, תחילת השנה השניה עשר, ספר מגזין אלמנאר, אתר הספריה הכוללת והמודרנית, ראה: https://al-maktaba.org/book/6947/2102

351. אדריס אלקנבורי, אלבגדאדי והחלום של רשיד ריצ'ה, אתר מגריס, 18 באוקטובר 2014, ראה: https://www.maghress.com/alraiy/13964

של מתח והתנדנדות בין ניסיונות להציל את הח'ליפות העות'מאנית טרם נפילתה לבין החייאתה מחדש בתחילת העשור השני של המאה העשרים.[352]

- פעולות הטורקיזציה של "אגודת האחדות והקדמה" עוררו את חמתו של רשיד ריצ'א ובתגובה לכך פרסם מאמרים בעיתון "אלמנאר" על הדחת ערבים ע"י טורקים מתפקידיהם וביטול השפה הערבית בבתי ספר ושיגור מורים טורקים לבתי הספר במדינות ערב וחיוב קיום דיונים בבתי הדין של המחוזות הערביים בשפה הטורקית.

חיבורים:

- מוחמד רשיד ריצ'א פרסם מאות מאמרים ומחקרים עיוניים וחיבר קרוב לשלושים ספרים, לרבות פרשנות של הקוראן וההשראה של הניבא מוחמד.

השפעת רעיונותיו על תנועת האחים המוסלמים:

- אלבנא נכח בכמה מהדרשות של רשיד ופרסם חלק ממאמריו בעיתון "אלמנאר"[353], ואימץ הנהגת הזרם הדתי בזירה הפוליטית עם פרוץ הקונפליקט האסלאמי- החילוני, שכן הוא נחשב לגורו של התנועות האסלאמיסטיות באותה עת. באותה תקופה גם נתקבלו ההחלטות הארגוניות החשובות ואלבנא המשיך להיות בקשר עם רשיד איצ'א גם לאחר הקמת תנועת האחים המוסלמים.

- סוגיית הח'ליפות זכתה לחלק נרחב במשנתו של רשיד ריצ'א. כשהקים את העיתון "אלמנאר" הוא מנה עם מטרותיה "הסברת תנאי הח'ליפות האסלאמית לעם והחובות המוטלות על הח'ליף כלפי נתיניו". בין השנים 1898-1924 פרסם ריצ'א עשרות מאמרים להפרכת הטענות של העות'מאנים באשר לזכותם לשאת את תואר הח'ליפות של המוסלמים.

- על פי השקפתו של רשיד ריצ'א, החל משנת 1924 בראש סדר העדיפויות יש להקים מוסד ציבורי שיניח את היסודות לח'ליפות ולבנות יסודות למדינה

---

352. המקור הקודם

353. חוסאם אלחדאד, רשיד ריצ'ה בין שני תקופות.. להמשיך או להישבר?, אתר שער התנועות האסלאמיות, 23 בספטמבר 2020, ראה: -https://www.islamist-movements.com/3474

אסלאמית חדשה בשטח, וזאת במטרה "לשים קץ להגמוניה החומרית והאינטרסנטית המערבית על האנושות". רעיון זה התפתח אצל חסן אלבנא ובשנת 1928, כלומר 4 שנים לאחר נפילת הח'ליפות, הוא הקים את תנועת האחים המוסלמים בעיר אלאסמאעיליה. חשוב לקרוא בעיון את השורות הראשונות שחסן אלבנא כתב ותורגמו לשפה הצרפתית: "מחה למורים... העקרונות המייסדים של האחים המוסלמים", שם הוא אומר: "4 שנים לאחר נפילת הח'ליפות האסלאמית, קם מי שדורש בעוז לבנות את הח'ליפות שוב, הוא חסן אלבנא בן העשרים ושתי שנים, זה הגיל בו עברו מיליוני צעירים כמוהו כאשר כל עיסוקם הוא הנאות ותשוקות.[354]

---

354. יאן האמיל, הח'ליפות והרפורמה האסלאמית הכוזבת ל"רשיד ריצ'ה", אתר השער, 27 באוקטובר 2018, ראה: https://www.albawabhnews.com/3341568